U0470997

海右文学精品工程

靈島之約

歐陽乃肯

灵岛之约

王川 著

济南出版社

图书在版编目（CIP）数据

灵岛之约 / 王川著. -- 济南：济南出版社，2025.
1. -- ISBN 978-7-5488-6910-8

Ⅰ. I267

中国国家版本馆 CIP 数据核字第 2024B5U512 号

灵岛之约
LINGDAO ZHIYUE

王　川　著

出 版 人	谢金岭
出版统筹	李建议
责任编辑	姚晓亮　孙彦晗　雷　蕾
装帧设计	牛　钧

出版发行	济南出版社
地　　址	山东省济南市二环南路 1 号（250002）
总 编 室	0531-86131715
印　　刷	济南鲁艺彩印有限公司
版　　次	2025 年 1 月第 1 版
印　　次	2025 年 1 月第 1 次印刷
开　　本	160mm×230mm　16 开
印　　张	20
字　　数	250 千字
书　　号	ISBN 978-7-5488-6910-8
定　　价	58.00 元

如有印装质量问题　请与出版社出版部联系调换
电话：0531-86131736

版权所有　盗版必究

序

张清华

(北京师范大学教授,北师大国际写作中心执行主任,中国当代文学研究会会长)

二十世纪九十年代初的某个时期,我在济南的文化圈里常听到一个名字,这名字响亮、旷远,有自来的气势和气场——我的朋友圈里无人不在说王川。但奇怪的是,我与他的交集却来得太迟,迟至数年后的1997或是1998年。那时我还住在山东师范大学最简陋的一栋宿舍楼里,一家人挤在那栋南北走向的"筒子楼"南端,也就是最里面的两间——其实最初是一间,1998年之后才变成两间。做饭都在走廊,洗衣则在公用的盥洗室里。一个字,"苦",但若改四个字,便是"苦中作乐"了。想起当年一位学兄所说,大概是生活在自设的幻觉里吧。想想确乎如此,不然怎么会在那种屋子里还有坚持的愿望,有读书写文章的底气?

但我就是在那样的房间里接待了所有的来客,包括王川。来客坐在破旧的组合沙发或是小板凳上，几乎都是"促膝而谈"，没办法不促膝，空间太逼仄了。但不知为什么，我那里总是门庭若市，学生、朋友纷至沓来，一坐就是半天。茶其实也无甚好茶，但来客都喝得津津有味，聊得多半开心。

　　那时的王川还非常年轻，当然我也并不老。他来到我筒子楼的门口，敲响了镂空的铁栅栏门。我开门看到一位中等个头的兄弟，微笑着说："我是《联合日报》的王川。"我看到他圆圆的脸，首先让我注意的是他那双眼线极长的眼睛——后来有朋友说王川长了一双佛眼，我遂恍然大悟，越看越觉得这双眼可以洞悉一切，同时又满怀迷离的慈悲；一头淡黄的头发是标准的中分，脸膛红润，天庭宽阔，特别过分的是，他脸上还有一个老大的"酒窝"，这与我原先没来由设定的王川，简直南辕北辙。我想象中他应该是一个高个子，风流倜傥的样子，但没想到个头并不高，甚至还因为肩膀宽阔而显得略有点粗矮。不过，这个王川倒是适合做兄弟，因为一看就让人感觉踏实，往那儿一坐，让你有一种说不出的信任感。

　　果然，我们聊得投机。而且，聊天中王川显露的读书量把我给震了。之前曾零散读过他的诗文，还以为他是通常所见的文学青年，舞弄点儿文墨，混迹于各种酒局场合。但聊深了才发现，他不止遍读中外名典，历史与哲学、思想和文化，更兼野史杂记，各类典籍都读得多。尤其他还读佛经，对佛学有很深研习。遂知这兄弟读书远胜于我，且让我羞报的是，自个儿多是在工具意义上读书，读是为了庸俗的"用"；而人家王川则纯然是沉浸其间，全无功利地享受读书，境界高了简直不止一个层次。我便对他肃然而起敬了。

　　聊天中得知，王川原来还是我大学的学弟，只是我们刚好差了四级，我八零，他八四，我毕业，他入学，所以错过了。这关系自带亲切,越聊共同话题越多,不觉从学校聊到家乡,从童年聊到眼下,从国事聊到家事,原来我们还有相似的童年,在乡下的遭际,田野的历险,寄居外婆家的记忆……不觉相见恨晚。

当然,后来我们就成了无话不谈的兄弟,间或还是一起吃喝的酒肉兄弟,一起游山玩水的驴友,自然也是以情感互勉、以文字抚慰的精神上的兄弟。但都是后话了。

分别的时候,我忽然想到一个人,一个济南文化界和诗界的前辈,觉得王川在哪儿与之有点相像,便很随意也很贸然地问他:"你认识王传华先生吗?"王川正在调转他的自行车,他抬起头一笑,对我说,那正是家父啊。

哦!怎么居然会有这样的预感呢,之前我确实多次在《黄河诗报》和文学界举办的活动上见过传华先生,觉得他是一位仁厚和睿智的长者,但从未听及其家事,怎么就有如此联想呢。遂更冒昧地说,那老弟你可不及令尊大人英俊啊。我自是脱口而出,说完就追悔了,想着初次见面怎好这样说话。但王川笑了笑,一点也没有介意,都这么说呢,惭愧惭愧,确实没有长出父亲的个头和气质来。

我连忙说,气质还是相仿的,不然我怎么会联想到这层关系呢。

以上是我与王川交往的第一次印象。多年来,我已记不清我们之间的交集与谈话,说起来可能要写一本远比这厚得多的书。但说多少,对此刻而言可能并无意义,彼此友情交集若不能成为知人论世的依据,出现在文字中都属多余。我之所以说到这些,无非是要给我自己一个作序的理由。

读书稿的过程,便是重新感受这个人的过程。我原以为我像了解自己一样了解王川,但读过之后还是感到吃惊。他居然走过了这么多锦绣山川，去到了那么多我没有去过的地方，吃过那么多我没见过的美食，还有着那么多我根本未曾相识的朋友……读着读着，竟不免"来气"了，原来他也总背着我有福独享啊。

这自然是玩笑。但这"奇怪的妒忌心"，也印证了我与王川之友情的非同一般。我从山东迁至京城不觉已整整二十年，但二十年来我们的交往却还是远胜同城兄弟，其间奥秘不可与外人道也。何以至此，我亦无解，但亦可道一句，"非腻友也"。虽常勾肩搭背，但却是精神的兄弟，每每推杯换盏，最终却属灵魂知己，因为这交往终与文章有关。岂不闻，"言之无文，行而不远"。这话可以倒过来借用，"行之不远，言而无文"。他若是没有走过这么多的路，读过这么多的书，见识过这么多的人和事，何以写出这么多和这样好的文字呢。而且令我吃惊的是，那个在生活里常泯然若常人、湮没于众生的他，在文字里居然有如此傲岸不羁的灵魂，他那看似寻常的外表下，竟藏着那样一颗敏感而纤细的心。一旦打开，那熟悉的气息和陌生的风景，那未曾见识的人事与息息相通的文字，那犄角旮旯处都泛滥的知识，和背后那些总能让我设身处地的感动，便交杂着，缠绕着，激发着，彼此感染着，蜂拥而至。

人的感觉是奇怪和无厘头的。不知为何，文末的一辑《流动的盛宴》中，他几乎实录的乘意大利邮轮在海上畅游的日记，竟然最吸引我，也最让我"不忿"。我想，这一辑若再稍事展开，便可单独成书了，简直可以取名"天堂之旅"。它可以称为这一代人所经由的历史和人生、感官与物质的一个巨大隐喻，真的太棒了。

一边这么想着，一边又把自个儿带偏了——这么美妙的旅行，大海上的环游，那美食的、星空的、音乐的、狂欢的、彻底放空的、超然世外的、不可言喻的、梦境般的经历，他居然从未与我提起，实在是太过分了！

啊啊，不免忍俊不禁——越写越觉得有点跑偏了。我还是赶紧回到主题，说说王川的散文。

我猜想王川所理解的散文，或者说，他要倾力建造的这座文字的王国或花园，还是我们惯常所理解的"大散文"。所谓大，就是要超出个人，超越个人的经验、个体的角度，抵达自然、历史、人文、知识，以及一切可以抵达的更宽广和更辽阔的地方。这里面有"文化散文""历史散文""文化地理散文"，甚至也有"抒情散文"的影子，各种因素叠加，杂然而赋流形，便成了王川式的散文。

开篇一辑，即可充分领略王川的文章之大，其境界的广博与意蕴的深阔。其实，"大散文"说到底，非是文体之大，而是人的心胸之大，是写作者的精神气度所匹配的文字吐纳能力之大。此辑中我看到，他用了那种尤为宽广的自然札记的笔法，写近海的岛屿风情；用了地理志和历史考据的笔法，写崂山的风光与古今的变迁，直如一部简版的道教史；他还写了"驴行"的野趣，露营生活中与天地相亲、与草木同衾的诗意，那随浩茫星空与无边黑夜相伴随的哲学体悟；还有那"悬于空中"的坝上草原的神妙美景，新疆夏尔希里自然保护区的壮美风光……这些对于一般读者来说，可能其感受的是文字的宏丽，意境的壮阔，但对我来说，我首先感知到的，却是作者那颗博大的心，是他几十年读书与修持所换来的理解力与感受力，是他的灵魂所匹配的那种吐纳天地的自由与畅达。

还有哲学的深度——这是由生命之大、之理解力所带来的一个珍贵结果。故王川文字里的哲学不是兜售式、硬塞给读者的，甚至也不是那种自然浸润和点染式的，要远比这高明。《高处的翡翠》一篇在这方面最为典型，它写草原却不直接进入，而是先从"低处"入笔，从巧遇山区庄稼人的葬礼开始写起。这葬礼是奇怪的"喜丧"，喜得夸张，喜得不无荒诞和愚昧。但在这近乎不厌其详的风俗描写中，却忽地透出一种地老天荒的哀恸，那自然草木的生命绽放与倏忽而至的死亡，同这苍生的生存与寂灭忽然有了一种匹配和投射，仿佛成了彼此共生的镜像。在一片死亡的气息中，他才最终推出了那夏日盛放的灿烂野花，那片高居于空中的近乎虚无的奇迹草原。此刻仿佛海子《九月》的重现："目击众神死亡的草原上野花一片，远在远方的风比远方更远，我的琴声呜咽，泪水全无，我把这远方的远归还草原……"哲学的处境和存在的诗意油然而生，不消作者去人为抬升。这众神的显形，也是人之疆域的退避，他们在这一刻相遇，仿佛遥观沧海的曹孟德，或泛舟于春江花月夜中的张若虚，或登临幽州古台的陈子昂，感天地悠悠，怆然而涕下。

　　王川在这片草原上，留下了最美也最具神性与感染力的文字，何哉？此心胸之大与天地的相投，是生命之微与日月的相鉴，一切都是自然的流露与彰显。

　　好像忽然找到了一点感觉——我以为王川文字里最让人震撼、缅想和感动的地方，也正是在这种"相遇"之中。这亦是海德格尔哲学中反复辨析的概念——即"此在"。然而他那玄秘思辨中的说法，实在不如我们在诗歌里所体验到的意境更清晰。"江畔何人初见月，江月何年初照人""谁家今夜扁舟子，何处相思明月楼""江山留胜迹，我辈复登临"……人事代谢，往来古今，这此刻的登临者，也便是"此在"。个体生命与永恒在此刻的相遇，充满了生的彻悟与在的感动。王川每至一处，或人间美景，或古迹遗存，或故乡水月，或天涯一刻，这种感受无不是最具深度和意境的。在读第二辑《时间废墟上的绵延》《归乡吟》《绣江河之约》《寻找山之丰饶》《昆嵛遥思》诸篇时，这种感受也同样强烈。它们也是写自然，或以自然为主的文字，自然中负载着历史，负载着生命之外的自然之力，所以哲学与生命的启悟，也成了这些文字的精神引擎或是主旨。

当然，除了这哲学中带来的生命感动，王川文章里知识的含量所带来的巨大载力，也令人倍感钦敬。而这是地道的"硬物"，来源于作者的学识与修为。在散文中，知识的东西永远不可或缺，但处置不妥，也会令人感到拥挤或生硬。如今多少人文章中都是堆积如山的知识，但这些知识是刻意嵌进和塞入的，它们不是给人启迪和开悟，而是令人窒息，叫人眼前发昏，头皮发麻。而王川所随意调动的知识，却总令人感到必要和妥帖，在丰富的同时又恰到好处。于那特定的时空场景，是必要的支持，于文字中的情感气息，是自然的虚实相生。上述提及的每一篇，几乎都是如是境地。

凑巧今夏我也曾有机会去了一趟东阿，并随友人去黄河边的鱼山之侧，拜谒了闻名遐迩的曹植墓。记得彼时也曾颇有一番感慨，那份荒寂与颓圮的记忆，也曾良久萦绕于心。回来便一直想写点什么，但迄未写成，看了王川的《鱼山访曹植》后，觉得自己也可以死心了。因为他把该写的都已和盘托出，将能言的也皆已言尽了。在这样的题材上，他真可谓一泻千里，摧枯拉朽，文字简直太有裹挟力了。若说曹植才高八斗，那么这篇雄文怎么也称其六七了，因为它几乎是一篇"用诗写成的曹植论"，或一部"用散文写就的悲情赋"。他几乎是化身为子建，将他那恃才傲物的狂狷，和不谙世事的天真，将他所置身的权力漩涡的险恶，那命运中必然如影随形的"寂寞与绝望、苦闷与忧悒、哀怨与愤慨"，宣泄得淋漓尽致，诠释得纤毫毕现。

写子建这篇的文字，其实大抵可以代表我读第三四两辑的印象。无论是英雄关羽还是隐士严光，还是集美貌与智慧于一身的传奇女性西施，王川都给我们呈现了立体的人物，即"同时基于历史和人性的人物",尽量贴近史实也更贴近灵魂的人物,因而是血肉俱在栩栩如生的人物。

照理,我还应该再说说王川文章的笔法,比如他张弛有度的节奏,漫漶自在的气息,旷远深邃的意境,壮美丰盈的文字,等等;他那总是与内容相依相生高度默契的叙述风格,那音乐般不断循环往复变奏展开的结构谋篇,那从容不迫博学多思的思想者主体形象,那虚实相生动静交织如自然与生命之交响的磅礴气势,这些想必都给读者留下了深刻印象。但是文章之学,实在应该是"以无法为法",而我确信王川之为文,亦丝毫未有营建雕琢之意。他所显现出的大气磅礴的气象,舒卷自如的风神,不过是其内在心胸修为的自然流露。

言难尽其意,穷词而未诠,久未有这种缺斤短两的窘迫之感。我知道这是王川文章的效果,是我与他个人关系过于亲密所造成的认知遮障所致。即便是读曹子建,他也能够汹涌澎湃滔滔不绝,而我读他,却已经词穷语塞,无以言说。

穷词之下,只好抄袭先人来匆匆作结。以陆公之嘉词丽藻,应可配王川之奇思雄文,也代我总结诠释了他从厚积而不发,到一泻千里一发而不能收,到终成文章家的成长历程:

其始也,皆收视反听,耽思傍讯。精骛八极,心游万仞。其致也,情瞳昽而弥鲜,物昭晰而互进。倾群言之沥液,漱六艺之芳润。浮天渊以安流,濯下泉而潜浸……

收百世之阙文,采千载之遗韵。谢朝华于已披,启夕秀于未振。观古今于须臾,抚四海于一瞬。

能为其赞乎？

夜已深，我还沉浸在他的文字里，沉浸在这部书为我搭起的一个梦幻般的世界里，沉浸在那些曾经年轻，而今已渐渐褪色的记忆中。我在想，作为一个写作者，王川可能给我，还有那些志大才疏的同行，提供了一个反例。日常交游中，他从不流露文字的野心，而总是一味谦和低调，以草莽微末庸夫酒徒自居。但就是在这青萍之末，他忽成就了扶摇之身。

这岂止是文字的辩证法，也是生命的形而上学了。

勉以为序。

2024 年 12 月 22 日深夜，北京清河居

目录

第一辑　自然之魅
灵岛之约　　　　　　　　　　　　　　002
崂山册页　　　　　　　　　　　　　　019
季节之遇：告别或启程　　　　　　　　047
高处的翡翠　　　　　　　　　　　　　067
秘境中的"艳遇"　　　　　　　　　　085

第二辑　时空上方
时间废墟上的绵延　　　　　　　　　　101
归乡吟　　　　　　　　　　　　　　　114
绣江河之约　　　　　　　　　　　　　123
寻找山之丰饶　　　　　　　　　　　　136
昆嵛遥思　　　　　　　　　　　　　　147

第三辑　背影追光

时空深处的关羽　　　　　　　　　　　　156

鱼山访曹植　　　　　　　　　　　　　　174

子陵祠的黄昏　　　　　　　　　　　　　190

皤滩记　　　　　　　　　　　　　　　　200

西子故里记　　　　　　　　　　　　　　224

第四辑　惝恍梦境

尖扎的锅庄舞　　　　　　　　　　　　　247

白塔与老妇　　　　　　　　　　　　　　251

格桑梅朵，遥远的梦境　　　　　　　　　257

红嘴鸦和它的庭院　　　　　　　　　　　262

第五辑　行尘影录

流动的盛宴　　　　　　　　　　　　　　269

临窗之境（代后记）　　　　　　　　　　295

第一辑
自然之魅

灵岛之约

一

应该更早地认识湾流中的岛屿，或许能从它身上得到有关生命的启示。漂浮在海洋里的岛屿是孤独的，这种孤独更被天然的屏障围拢。大海抵挡着觊觎和入侵，似乎还能抵挡时间和朝代的践踏。在书籍中我们知道，岛屿每每成为神仙的落脚之地，许多神话传说由此产生；而对逃亡者来说，海水的隔绝不需要任何成本，却比长城更有效，浩瀚与汹涌不但让人望而生畏，更让无数兵马葬身鱼腹，战舰沉没海底。孤岛能支撑消极而无力的抵抗，让绝望中的生存保持不被侵犯的尊严。由此，它们成为长生不老和自我保护的神奇之地，这恰恰对应着每个生命深处最隐秘的渴求，不管是帝王还是草民，不管是肉体还是灵魂，他们搜寻的目光和欲望的手掌，都曾在海岛上或重或轻地抚过。

然而，那些选择孤岛或被迫流落孤岛的人仅仅是为了生存（抵抗也是为了生存），比如田横，比如鲁滨孙。所以，当我在岛上遇到第一个居民时，并没有把他看作帝王的后裔，实际上，他黝黑的脸膛和强健的肌肉，都表明他依然是世世代代驾船出海的渔佬，甚至，借助机械动力，他比桑堤亚哥（海明威《老人与海》里的主人公）漂泊得更远，他粗糙的手掌告诉我，那是拉网的手，而不是持钓竿的手。

有多少渔民就有多少岛屿，他们都是大海里的星辰。夜晚，我曾看到岛上的灯光和船上的渔火，就像夜空中的星颗。从黑暗的大海上望去，所有的闪烁仿佛都挂在天上。它们隔空对话，沉默，守望，彼此惦记，并不遥远。没有它们，大海就是孤独的、死寂的。不会有人关注船舱下的湾流与潮汐——只有渔船上的人对其了如指掌。但人们会眺望那些聚集或散落的灯火，对古老的时光产生怀恋。

我曾在一户渔民的家里吃晚饭，坐在炕上，从敞开的后窗朝外张望，几只小船在不远处作业，马提灯挂在船舷上，离水面只有几尺，幽暗的灯光照亮着一小片海水，洇出暗红漾动的颜色。我想，浅海的鱼儿是趋光动物吧，就像食客们是趋味动物一样，美味的"八大碗"把他们吸引到海边，在渔家的平房里耐心等待小船上运回最鲜美的海货。时光顿时缓慢下来，栖落在黑黢黢的院子里，酒醉的感觉宛如漂浮在海上，与脚下的岛屿一起晃动，安静、沉醉而恍惚。白天，院子里会飞起数只鸽子，在小岛的上空盘旋，它们并不需要像《圣经》里描述的那样，大水过后飞向陆地，岛屿本身就是永恒的方舟；"鸽子在它们的窠里／抖动着它们的羽翼／大海醒来了／浴着阳光——白日的晨曦"（奥迪塞乌斯·埃利蒂斯《爱琴海》）；鸽子们更不会像我一样，因为数日的隔绝而黯然神伤、思归心切，因而看着海上的落日也觉得别有深意。

当然，不是每一个日子都富有诗意。有时，岛屿与大海还存在另一种关系，当狂风掀起怒浪，波涛抡起巨大的手掌拍打在礁石上，岛屿便以最弱者的身份对抗着最有力的击打、强暴，用沉默忍受着铺天而降的

第一辑　自然之魅　003

野蛮。但它们可以被吞没，却不会被击碎。当风暴、狂潮失去了力量，花骨朵般的小岛便再次耸立于水面之上。岛人也是如此，他们将海天的呼啸关在外面，躲进屋子里喝酒、抽烟、倾听、等待；太阳升起来，院子里、屋顶上，又晾晒起他们从大海里捕捞的收获。岛屿不是柔软之物，它们是坚硬的。漫长岁月砥砺的品性，是岛人抗击一切灾难的资源与支撑，其中最重要的曾经是：贫瘠与贫穷。

每当我朝向大海的方向旅行，都会想念那些去过的小岛，蓝天，阳光，礁石，潮汐，草木，鸥鸟，寂静的声音，星光覆盖的夜。它们在视野里消失了，却通过记忆浮现出来。那些无法还原的，被时光过滤成散发着情感芬芳的美丽画面，若有若无地在眼前拂动，像水中恍惚迷离的倒影。不过，那至多是一种短暂的回忆或幻想，幻想总是指向难以进入的领域，就像日常的生活难以接近隐匿至深的灵魂一样——在更多的时候，我们根本意识不到它的存在。也许正因此，回忆与幻想才分外令人心动，一个失神发呆的时刻，常常会让我们暂时背离沉迷太久的现代文明。

星罗棋布的城市、田畴与岛屿本就分属于不同的人间部落，从所用的交通工具上就能判别出来。抵达每一座海岛，要借助比火车慢得多的船舶，有时候我不知道究竟是向前走还是往后退，但当嘈杂喧腾的陆地渐行渐远，我才突然明白，自己是要去寻找生命丢失了的那部分——它或许也同时存在于偏远的乡村、未被开发的古镇、人迹罕至的秘境。但我更喜欢被大海浸泡的孤岛，它们没有非凡的人类史迹，也缺少被时间赋形的可资考证的远古文物，但那里有最平凡的生活，不一样的生活；它既属于过去，又与时间单纯地并行。有时，站在船头，这种感觉更为明显，在海风鼓荡中遥望"对岸"，驶过白浪翻卷的航道，就像只身前往"往昔"的某个季节。夜晚，枕着涛声睡眠，仿佛陪伴着过去的日子，时间延伸到生命之外，空间扩展到天涯海角。那种体验是美妙的，也略带感伤。这又令我总遗憾时间的短促。

对于海岛，我心情矛盾，渴望与离去并存，就像发生在一个人身上的爱情，不希望因为进入常态而消失。这般矛盾，大概还因为感觉到了古人在这空间里残留的某类信息，起初，他们定然也是如此——当搭建起第一间海草房，心里仍放不下重返陆地的执念——他们才是《圣经》里的鸽子。然而当真正了解了大海，马上就会明白为什么"水比地更富饶"（艾萨克·沃尔顿《高明的垂钓者》），为什么摩西"给有史以来最好的国家指定的主食就是鱼"（当然他们不知道摩西）。从那时起，岛屿才有了真正可称作"居民"的人群，他们在大海里劳作的后裔则被称为"渔民"。

定居是生计的前提，即使是游牧民族，也是"定居"在草原上。对于我这类来自大陆的流浪者，不过是散淡的游客，有时会被好奇心驱使，暂时抛开生计到处游荡，而有时，则难说走近什么不是为了逃避什么。

二

我去过近海的多座岛屿，大都与陆地隔海相望。晴朗的白天，它们就像静卧在大海里的怪兽，隆起黝黑的脊背，披着翠绿的毛发。夜色降临后，它们则有奇妙的变化，好像能随着潮汐涌动，并发出低沉的喘息。也许是光线与天气制造的幻觉，但我始终相信普林尼的话："自然的伟大，更多地展现在海里，而不是陆上。"所有的岛屿都属于海洋，即使再渺小，也拥有比最高大的山脉更浩瀚辽阔的背景。只有大海才是诞生奇迹的地方，因为人对它可谓永远陌生，即便踏海耕涛的渔人也难以完全摸准它的脾性。它就像地球的潜意识，深幽，广袤，瘗藏着谁都解不开的谜团。难道不是吗？人类可以攀上世界上最高的珠穆朗玛峰，却很难探索清楚马里亚纳海沟的最深处。技术也许只能提供数据，却难以描摹大海的思维与表情。

在岛上，我也听到过诸多稀奇古怪的传说，很多闻所未闻的海洋怪兽出现在遥远的时代，它们曾游动在岛屿和陆地之间，神出鬼没，甚至惊天动地。但我觉得，随着我们这些岛外人越来越多的入侵，那些神秘的故事已经失去了原来的色彩和质地，渐渐成为子虚乌有的"怪谈"。日本人大概继承了某些齐文化的流韵，喜爱书写奇谈怪论，其光怪陆离不亚于中国古代的笔记小说，这大抵也与日本作为一个岛国的本土文化有关。也许生活在孤零零的岛屿上，不管大小，人们总有些意识深处的惶恐不安吧，更也许心灵安静的时代才会让人幻想天地，想象或变形人间存在与不存在的万物。

现在，随着某些事物越来越远，人们更关注近身的东西了，尽量富足地忙碌着，尽量忙碌地富足着。因此，渔民的职业性也发生了微妙的变化，他们要么走得越来越远（渔业资源减少），要么改做了其他营生。当然，即便不再是纯粹的渔民，海洋仍具有不变的吸引力，依然决定着岛人的一切。也许，是乐趣使然，我在海边的礁石上常看到为数不多的垂钓者，他们躬身从塑料盒里取出鱼饵挂在鱼钩上，身子扭向右边，双手持杆，然后借助转身的力度，将钓坠牵引的银白钓线甩到极远处。这类技术已经相当程式化，但我从中也能感受到某种美感。他们很少凝视远处，在等待铃铛响起的间隙，抽烟、喝水、听收音机，或与邻近的垂钓者聊天。自然，收获少得可怜，但并不在意，垂钓已然是消磨时间的纯粹爱好。当然也有辛勤的捕捞者，不过，你也再找不到亚哈（麦尔维尔《白鲸》里的主人公）或桑堤亚哥式的人物，他们不可能再从书本里走出来。

近海的捕鱼者往往在凌晨过后披着星光赶往码头，登船出海，晨曦微露时，"突突突"的机器声会把你吵醒，那是渔船归来的信号。带孔的塑料箱卸在码头上，里面有为数不多的鱼虾、螃蟹、蛤蜊，活着的八带会用带吸盘的触须爬到箱子边缘。购买海鲜的人纷至沓来，大都是餐馆、酒店的采购员，也有附近的村民。在码头盘桓时，你会看到一艘艘渔船朝岸边驶来，破旧而灰暗的船舱、湿淋淋的甲板，穿着胶皮裤子的水手和渔佬，一张张被海风吹皱的黝黑的脸，与清澈的海天和鲜亮的树木对比鲜明，十月的海风依然热烈且腥味十足，只是再没有一张帆可以用来鼓荡。"沐着阳光的波浪/使眼睛苏醒/那生命之船/正扬帆远行/驶向自己的凭证。"（《爱琴海》）

三

我更喜欢孤岛的夜晚，可以像一个精灵一样四处游荡，轻盈而散漫。有的岛子已是城镇的模样，有的岛子只是一两个渔村。岛子的形状大都像不规则的伞，从中间向四周垂落。海边往往有一条环岛路，许多从岛内伸出来的小径，伞骨一样被环岛路串联起来，穿过任何一条都可以抵达海边。但如果你访问的时间太短，就不可能熟悉所有的地方，而一旦离开，则永远都想不起它们的细部，记忆无法提供给你曾经到达过的任何线索。回忆一座岛就像醒来之后回忆一场梦境。你只会记得那些硌脚的石板、卵石，那些粗糙的小道，那些任意生长的屋舍、门板、窗台。海岛如此单纯，又如此复杂。在曲曲弯弯、忽高忽低的街道、民居间穿行，岑寂之中听得见潮声渐近，却恍如一个迷路者，靠着本能走向大海的方向。这感觉增加了游荡的魅惑，像赴一场有可能错失的约会。

我记得初入灵山岛的那个下午。现在想来，已如隔世。时间是无法重复的，所有经历都会钙化成一座座孤岛，沉睡在记忆里。今天回首，不是为了唤醒它们，而是在生存的沙漠里茫然四顾，以便更加确信，只有那些歇过脚的绿洲才会被时常惦记。这就不奇怪，为什么人生中间的路消失了，绿洲或岛屿却能从心底一度沉落的地平线上再度升起。之前，我不曾考虑过进入它的目的，没有目的，一切都是突如其来，或者，有一点隐约的向往——我是想找到行走、呼吸、睡眠、怀想、思念、安慰，甚至流泪的另一种方式。

就像翻看旧的相册，陈旧的画面与消失的声音沿着深夜孤独的气息慢慢游走，呈现。摊开的手掌间传来轮渡发出的轰鸣之声。依稀中，拥挤在船舷周围的人们拍照，喧哗，远眺，寻找。背后的码头远去，海岸线上的城市建筑唯余模糊的轮廓，瞬间沉入水下。船始终轰鸣着，如巨大的刨子划过海面，尾部巨流隆起，若翻涌的山脊，洁白的碎玉抛洒，哗然散落。两道长长的波纹手臂般张开，扩大着它的拥抱。觅食的鸥鸟不知所措地疾飞。遍布铅云的天空，阴郁地与海洋对峙。水面浮出峭拔的山峰，绵延的山体被它拽着缓慢上升，犹如一只巨手拎着一堆沉重的棉衣。岛岸上拥挤的民居及旁边更小的岛屿就在波光里漾动。"它那最轻快的波涛上／有个岛屿晃荡到达者的摇篮。"（《爱琴海》）

是的，摇篮。家园。逆旅。栖息地。人潮汹涌地越过船舷。一阵汽笛的鸣咽之中，脚已经踩在码头坚硬的石板上。四周都是进出小岛的游客和村民，拥挤在船边，拎着或背着各样的包裹，脸上露出或释然或焦灼的神情。这种归家与离家的神情令我心思安定，知晓这里尚未被潮水般的人群大举入侵，它仍然保留着孤岛的属性，停留在时间与梦想的边缘，并无视它们的任意飘散。我特别注意到码头不远处那个挥竿钓鱼的汉子，他似乎对身边的一切毫无觉察，只关注着手里的活计，少顷，便有一条半尺长、身子细细的鲐鲅奋力扭摆着身子，被迅速拉出水面，在地上翻动几下，便被一只大手抓起，摘下鱼钩，丢进藤篮里，然后起身，又甩出一竿。记得他专注的神情，是因为分明感知到孤岛在他身上有一抹浓重的投影，它对人的塑造与安静的夜晚对我的塑造形成某种潜在的"互文"关系，却不是孤独与寂寞。也许只有时间的静止能让我们看到空间的绽放，就像我们哪怕沉入一滴水，也能目睹宇宙的光芒一样。码头也给我这般感觉：匆促的脚步下，时间流逝；无人的等待中，时间停息。而一切只在静止时打开。

离别的小站也是如此。但与小站相反，我喜欢在孤岛的码头上散步，尤其在无人的时候。小站喻示着等待或分别，送迎都在匆迫间，总会有煎熬或失落。码头则不同，它是个等待者，更是个陪伴者，它会让你的等待渐渐变作大海慷慨的拥抱，而且无论多久。有时候，垂钓者选择了码头，我确信他们希望在大海的陪伴下仍能感觉到时光的流动，因为他们的时间比我们的更漫长——这恰又是我们选择小岛的缘由。但我们不会成为岛民的同类，他们对体内涌动的潮汐已浑然不觉，而我们对小岛的一切却兴奋不已。

超乎我预想，码头集市般的热闹稍歇，时间就好似被海风吹散了，嘈杂也被杳渺分解，停靠的渡船仿佛是来自另一个世界的最后一班。这感觉让我有些不知所措。下意识计算了一下这座北方海拔最高的岛屿与陆地的距离（看到资料说，它距大陆最近点 5.97 海里，相当于 11 公里），但 40 分钟的航行不会提供给我任何参考。然而，我却瞥见了隐藏于心底的一丝惦念，就好像准备要把余生交付在这儿了。我想，在我之前，不知多少人有过同样的感受。这条探入海水中的码头一定有它的前世记忆，只是无数代的足迹早被冲洗殆尽。相比自我放逐的决绝、重建家园的劳作，我只是又一次将日常的累赘霎时抛在大海那边去了，暂时丢掉了"枉入红尘"的另一个自己。朋友们轻松愉悦的表情立马传递到我的脸上。也许，黄昏的醉意正在酒家的楼头等着我们，一扇斑驳古老的窗户打开，能清晰看到舔舐着沙滩的浪花和渔船里的灯火。灵山岛很快修改了我对它的预想，或者是，修改了我对自己圈定的情感投放，使我忽然想变身为一个享乐主义者——无论多么短暂。我们也是投奔生活而来,哪怕是——生活在别处。

那时,瞬间的念想使我对它的过去产生了兴趣。我相信它也一定会隐身于某些发黄的书页里。那些东西对一个暂时的享乐主义者根本不重要,但是之后,我还是查找了一些资料:"水灵山岛",它在《胶澳志》里是这么美,像是刚从水中冒出来,水灵灵,湿漉漉的,如一棵鲜亮的、根茎粗壮的海底植物。古《胶州志》里描绘它:"先日而曙,将雨而云,故名灵山。"神奇到黎明的灵光会比阳光更早地栖落在它上面,继而播云沐雨,烟翡翠霭,气象非凡,"胶州八景"该数它最超凡脱俗了吧,我没有答案。还有一首清人周于智的赞美诗:"山色波光辨不真,中流岛屿望嶙峋。蓬莱方丈应相接,好向居人一问津。"他甚至还说,灵山岛就连陶渊明笔下的武陵桃花源也"未足喻其胜",似更可与邻近的蓬莱、方丈合并为一连串的神仙居所。

我认为,与虚无缥缈的蓬莱"海市"相比,桃花源更接近它的气质,陶渊明若定居于此,首先想到的一定是找块田地,种上几垄粮食和蔬菜再说别的(令人惊讶的是,此岛居然有大片的土地和几座村庄)。那么,即使是它已彻底向今天打开,那深隐的气息也不曾改变,它的轮廓,它的峦峰,它的礁石,它的房舍,它的树木,它的渔舟,它的光影与呼吸,它夜晚的灯光呈现出的遥远和宁静……仍然彼此交织为一体,互为依附。它不是仙人们的精神城堡,而是与桃花源同质,缭绕着人间的烟火气。最值得庆幸的是,它尚未被出卖,没有变作一个旅游景点,没有那些刻意制作出来的孤岛"布景"骗人眼目,更没有旨在挣钱的开发项目,比如潜水,比如所谓的"海底世界"。因此,居民对外来喧扰的热情接纳反倒证明着他们的生存自信——他们自然而然地将那些视为留守孤岛的理由和资源,而其生活方式一直与传统、岁月保持着良好的默契。这里既是人间,又与更庞大的人间相隔甚远。宁静虽被打破,但大海永远是最巨大的吸音海绵,会抹去所有的喧哗与骚动;夜色也会拉上一重海天的帷幕,让游客与岛民一起进入遥远的梦乡,直到黎明的航道再次波光粼粼地出现在海面上……

四

那条缓缓升高的路,连接着码头和渔村。在缆绳拴住的小型渔船间行走,身子也似在随波起伏。海潮拍岸,如杂沓的脚步。这些小船排成长长的两排,开始了漫长的等待。在休渔期,它们变成了无用之物,却是最吸引相机镜头的风景。它们的主人或许就住在岸边斑驳错杂的平房和小楼里,等待一个漫长的夏天过去,无聊的时候也许会抬眼朝这边张望,而酒馆与客栈的老板娘则各有各的盘算,每一位游客或许都和她们有关。

距离最近的渔村农家有一个浅浅的小院,破旧的砖块围起一个花池,里面胡乱栽着些花草,紫茉莉正一蓬蓬地开着粉红、金黄的朵儿,丝瓜与扁豆架下,一挂破渔网无精打采地垂在窗台边的墙上(我后来发现,这几乎是每个渔家都有的装饰)。粗壮和蔼、眼神明亮的老板娘有着气温一样高的嗓音与热情,如果不是看到屋里靠门的吧台、摆满酒的橱柜、冰箱、洗衣机、成堆的餐具和来自二十世纪七八十年代的钟表,我会觉得突然遇到了老家的亲戚。屋子里的幽暗、阴凉、潮湿、饭菜残余的腥味让我舒适放松,真希望下一刻就是傍晚。

于是,我决定卸下所有负重,抓紧沿着山根儿下的公路去游览整个岛屿,我可以任意享受这座岛屿的长度与宽度。这几乎也是我踏入每一座岛屿最先做的一件事。而且,我带上了埃利蒂斯的诗——这是我走近海洋的必修课,闲暇的夜晚,每每会在海风拂动的窗帘边打开那部陪伴我多年的诗卷。他是一个大海的歌者,他一直指引着我热爱着每一座岛、每一艘船。他几乎把所有的浪漫与忧郁都置于大海的背景上,像一座岛屿一样拥有着海洋的辽阔无际。多年前的那一刻,他正在希腊的星空下步入暮年(我在灵山岛的时候他尚未离世),却一直在我的身边吟诵着他的诗篇。灵山岛在我的脑海里呈现出了另一条路径——应该有一位诗人居住在这里,苍老而俊美,在波涛震动的林间小路上漫步,风吹动他的长发,收藏起他明澈而高傲的眼神。我想,灵山岛的那次旅行让我产生过某种幻觉——时间会反转、逆行,退回到某个时代,却又行走在这个时代的前面;是的,存在那样一条路径,把另一条路径推得更远……

只有岛屿会让我想念某一位诗人。潮汐与海风都可能是他的咏诵。"橄榄林与葡萄园远到海边/红色的渔舟在回忆中更远/八月的金蟋蟀之壳正在午睡/蚌贝与海草躺在它身畔/新造的绿色船壳浸在平静的海水里/'上天会安排'的字样还隐约可见……"(埃利蒂斯《天蓝色记忆的时代》)

五

夏末的岛屿仍是闷热。这不奇怪。每年都有近一个月时间,海边并不比内地凉爽。海洋囤积了大量的阳光,需要缓慢释放,就像漫长的退潮一样。但人们仍愿意跑到海边和海岛去消磨夏季,大海以自由、散漫的方式进入人的身体,也让最斑斓、轻盈的梦成为身体的一部分。而岛屿拥有观看大海的所有视角,你可以站在360度的任何一个点上环视或俯瞰,就像置身于海洋的中心。海洋的辽阔不断启发你打开襟怀,让那被你紧紧捧着的东西悉数散落在地上。于是,更深的回忆、默念浮现出来——它常现身于大海最沉静的时刻,比如一个微飔轻扬的黄昏。夕阳将最长的一道金光投入海中,那金光随即复制、繁衍出无数条,在微微漾动的水面上漫漶成细碎耀眼的光波。你会坐在悠长的海岸边出神,时间似乎在静止中流淌，又似在流淌中静止。只有大海是永恒的镜子，你会看到自己的过去与未来在镜面上滑过，恍若前世与来生；在醉酒而卧的沙滩上，你能听到沙子的歌声像遗忘一样美妙，并梦见一只小船接你去往更远的地方。

那个下午的蝉声像天空一样将我吞没，蝉声来自高挺的白杨和肥硕的梧桐。一处废弃的军营大院被茂密的树林包裹着。每一个岛上都有新发现，这个发现却出乎意外。红砖砌成的围墙，生锈的铁门，没有玻璃的窗户，绿漆剥落的木门，被树影遮蔽的巨大院落，黑暗潮湿、长着绿草的地面。一座年代久远的遗物，凝固了一段没有消失的光阴。很奇怪，它似乎被人遗忘了，一直陷落在最深的等待里，就像一位苍老的守门人，岁月消失后，他还在那里守候着。无疑，很久之前，这里驻扎过部队，曾经是一群精壮男子留下青春的地方。但他们没有留下身影，没有留下名字，早已分散到广袤的版图里，只把陪伴过他们的时光之影安放在这里了，转身即是诀别与遗忘。军号、队列、高歌、领章、帽徽、皮带、水壶、脸盆、书籍、枪支、手榴弹、跑操、巡逻、口令、汗水、家书、思念……那些属于过灵山岛的生动影像和画面，已像空气一样飘散。它们变作了遥远的故事。作为见证者，即使这些已经长大的树木，也无法组合起任何一个丢失的细节，似乎什么都不曾发生过。然而，如翻开一部穿越小说，灵山岛却让我遇到了童年的影像——无数次，我曾站在那同样的大院围墙外痴迷地朝里张望，只有同一种影像会在不同的时空发出同样的折光。在离开的一瞬，我听到了鸽子在同样地咕咕叫着。不知是来自身后阒寂的院子，还是来自我久远的记忆。

但由此，我明白了为什么一座石头岛上会修筑一条环岛公路。不过，它给我提供了一次漫长的散步。记得梭罗说过，他每天都要"漫步"四个或四个小时以上，足不出户会令他头脑迟钝。他漫步的地方是林间、山岗与田野，"只有在荒野中才能保护这个世界"（《心灵漫步·

科德角》)。而据他的考证,"'漫步'有浪迹天涯、没有固定居所之意,这就是漫步的真正奥秘所在","闲适、自由、自立是散步的必备要素"。梭罗是值得羡慕的,他从未放弃行走,他的行走实则是心灵的漫步。不过,梭罗所谓的"漫步者"如今已经消失了,没有人会为了"漫步"而浪迹天涯、居无定所,那个时代早就像鸟儿掉落的一根美丽羽毛一样飘落不见,吉光片羽般的精神遗迹被冷置在落满尘灰的书页里,很少有人再去翻动。我们或许依然热爱着梭罗,也不过类似"徒有羡鱼情"式的情感补偿,获得一点遥远而短暂的精神抚慰罢了。然而,当悬浮于山底的公路渐渐高出海面,向山上环绕;当路与海之间那时宽时窄的树林、农田、小院、乱石滩出现在视野里,我是否可以把梭罗那句话改为"只有在孤岛上才能保护这片海洋"?看看小块农田里种植着芋头,叶子像一张张心形的荷叶,高擎着,闪着墨绿油光;看看山路下一览无余的农家小院安静地坐落在核桃树和梧桐树之间,路边的招牌告诉我们,院子里有招待客人的各类美味海鲜……我意识到,唯有个别孤岛还保留着同类中的古老样本,比如,种植与捕捞,那是岛民祖祖辈辈从上天那里获得的授权。那么,与它相遇应该算作一种幸运。

  路的坡度越来越高。甚至,它斜插到一块突出的虎头一般的岩石下,形成一个豁口,忽然不见了——那里离山顶已经不远。豁口有一个十分形象的名字:老虎口。灵山岛的这一景观为其他岛屿所不具。据说,当旭日东升、跃出海面时,人们可以从某个角度看到老虎口里衔着一枚"金丹"。灵山是一只修行的老虎。

  站在路边长亭的阴影里,朝老虎口前面的大海远眺,几艘渔船停留在波光之中,像是在大海上修习"坐忘",上面也许有某位圣者的门徒。浩瀚辽阔的水面,止于一条长长的浅灰色海平线。海面上雾气蒸腾,遮住了阳光,层层浅灰色的云却渗透出夺目的光亮。我想寻找一处沙滩,坐下来久久地看海,发呆,傻笑,用单调的波涛消磨掉生活的单调。于是，在返程的路上，穿过一个村庄，穿过在一大片玉米地和谷子地间蜿蜒的泥路，走入遍布黑色碎石的海滩上。我才明白，这里没有什么金沙滩，只有很久以前从山上滚落下来的一摊碎石，大大小小，被潮水冲刷得漆黑乌亮，闪着干净的光芒，石头侧面粘满白色的牡蛎壳和暗绿的青苔，石缝间挂着翠绿的海藻。腥气扑鼻而来，清爽的微风驱散了燠热。一些游客拎着塑料袋，弯腰蹑脚低头，寻找着螃蟹、海星和苦螺。他们的专注吸引着我。有人在嘻嘻哈哈地笑着，有人在石头上蹦跳着跑动，几个孩子用手指捏着很小的螃蟹举过脑袋端详，他们完全没有意识到，这一天的正午时刻正在头顶上空擦过。

在海滩上可以端详整座灵山，海洋以巨大的手掌托举着它。山体覆盖着浓密的植被，像是要把整座岛屿遮蔽、收藏起来，这在北方的海岛中并不多见。但更多的岩石挣脱了覆盖，裸露着千般姿态的怪异、伸展、起伏、扭结，一团团凝重的黑色与一抹抹褐色的幽光并列、纠缠、堆叠在一起。那些在地壳隆起中被挤压而成的层层页岩，被时光剥蚀得褶皱遍布，容颜苍老。岩石以流淌的姿势从公路下面穿过，顺势滑入海洋的怀抱……如果在另一侧观看，它或许是另一番模样，从诸多命名上能揣摩出它们被塑形时的瞬间拟态：象鼻山、歪头顶、石秀才、老虎嘴、试刀石、海蚀崖壁……所以，《灵山卫志》描绘灵山岛："嵌露刻秀，俨如画屏，屹立于巨浸之上。"

六

即便在农家品尝海鲜的时候，我仍能听到遥远的海涛之音，又似乎近在耳畔，如一次关于约定的絮语，生怕被遗忘，而不断单调且动情地重复着。我不止一次出门，目光越过梯田的石砌地堰和一片庄稼地，凝视海面上跃动的波光，感受到一种驱使的迫近。夜幕降临后，我干脆起身朝海边走去，梦游般地擦过散漫的游客，在距离码头不远的一块岸边礁石上坐下，长时间地聆听海潮更贴近的叮咛，它在一层层的起伏中越发缠绵起来。几颗灿烂得出奇的星光在宇宙深处睁大眼睛，好奇地注视着这一切。一百多年前，一位英国作家洛根·皮尔索尔·史密斯曾写下过这样一段话："当我走到勾起人深思的海滨，当我坐在离开潮水涨落边沿不远的沙滩上时，我常常凝视着那一大片起伏的水，知道它在我眼里呈现出一种精神上的意义——它似乎躺在那儿，在大自然的书页上，成为一个浩瀚的、闪闪发光的隐喻，代表着时光溪水中所有事物的无常和不固定。而那些波涛，在迅速打向满是鹅卵石的岸边时，使我像别人一样，想起我们自己匆匆走向结局的时刻。"（《琐事集·沉思》）

是的，坐在那儿，我也想到了那个"结局的时刻"。这是身处孤岛才会得到的启示，它来自午夜之前的某个思维停顿的瞬间。如果那位垂老的诗人在身边，他在看到生命的结局时，回忆最多的是否是生命欢畅的时辰、那些离散的青春岁月？不过，距离我们最近的"结局"是，与每一个约定一样，第二天一早，就要匆匆离去。但我可以肯定，每一次短暂的"相约"，都证明我们每个人心中存在一座随时可以踏入的小岛，那里，一切是如此陌生，一切又是那么熟稔。它在生命那黑暗的大海上浮现着炫目的光芒，吸引我们朝向它的方向"归去"，也终将让我们像洄游的鱼一样再度"归来"。对于岛上的生民而言，何尝不是一而再再而三地重复这样一个单调的过程呢？

七

未曾预料，第二天傍晚下起了霏霏细雨。大海中的岛屿充满神秘气息，雨雾弥漫中，它与大海渐渐融为一体，被更为巨大的神秘覆盖。站在坚实的沙滩上，朝它的方位寻望，只能看到那一块隆起的弧状黑暗，冰冷而无言地宣告它的存在。海潮单调的律动，又似乎要把它慢慢推远。

我却无法独享海边的夜晚。无眠之夜，潮汐翻腾，夹杂着一片撕心裂肺般的歌声。天空下一片灯红酒绿，撕扯着早已降临的沉寂。那一隅，在绵延的沙滩之侧，在大海安眠如巨人般的体侧，在他沉稳有力的鼾声之中，竟显得那般渺小、虚弱和微不足道，仿佛飘浮在人间的一粒躁动不安的尘埃。我们在那里坐着，无语；很久，起身漫步，仍是无语。仅只在短短的距离之外，在离阴沉的天空只有一柞远的海岸线上，我看到了那些同样无语的夜游者，怀抱着尊严和自省，低着头徘徊。

我朝他们走去……

我熟悉金沙滩的夜。此刻，没有星光，也没有泪水。

我仿佛看到多年以前阳光刺目的正午。阳光洒落成融融热沙的正午。初秋澄澈的蓝天。初秋舒卷的白云。初秋习习的凉风。几只孤船静止不动的灰蓝色海面。突出于水面的遥远孤岛。长久的漫步。宁静的心。游人如织的海滩。我目视着的欢快的面庞。沙滩车上爆出的朗朗笑声。秋日般单纯的眸子，飘扬的长发……哦，今天，我才知道，一切都沉落到时间深处了。只有在曾经抵达过的异地，时间的提示才会如此痛彻心扉。衰老突如其来。衰老往往在一个并不重要的节点上降临，然而在持久的环绕中，一切都似乎不知不觉，一切都似乎并不重要。

如今，我再次靠近了这永恒的、大片起伏的水——所谓的"巨浸"，却似乎是第一次思考时光附在它上面的含义。我迟疑着，不想挪动脚步，也根本无法得到我想要的某个结论。也许，史密斯可能更持久地遭遇过我现在的困惑，只能发出几声类似真理的无可奈何的喟叹。

海洋潮湿的腥气包裹着我，宽展的沙滩在细腻的浪花扑打下呈现出微弱的弹性。一汪汪水在脚底下洇出。稠密的云层裂开一道缝，露出半轮灰白的月亮。眼前的夜雾吸收了身后城市的灯光，像涂了一层沉重的锈色。这单调无比的夜，有人坐在沙滩边缘的木栈道上，守着身边的帐篷，守望着夜游者的背影。

"我对事物无常的意识竟然不过是一个无常的沉思。"那位哲人还说。是的，无奈的结论。似乎说明，大海既可以迷惑人，更可以安慰人。一切不过都是假象，一切又是真实的存在。沉思与大海相伴而生，也不过是一种无常的心念使然。

困意袭来。灵山之约的絮语飘散。

近处的歌声渐渐熄灭，海潮单调的喘息渐渐平复、安静下去。

一个绿色的岛屿出现在黎明时的梦中……

而我已经孤身来到今天。

崂山册页

一

那夜，在颠簸的大巴车上久久不能入睡。歪头一直看着田野上的茫茫夜色，大地仿佛消失了，偶尔出现在极远处的路灯如萤火虫般跳荡、游走，一团团黑乎乎的树影似并无恶意的鬼魅急呼呼地朝身后掠去。我感觉游荡的思绪都被夜染黑了，一缕缕融化在深广的虚空里。有时候，我会想象一下崂山的样貌或者说"风姿"，却比不得梦中的它更明丽。车内叽叽喳喳的女人已经沉睡过去，瞥她们一眼，想起刚刚读过的英国作家史蒂文生的一句话："只有冷若冰霜的丽人才会使我们安分守己。"不禁哑然一笑，好像安分守己均出于迫不得已。不过，也有道理，漫长的途中，时间会停滞在酣睡的"丽人"体内，同样考验着我们对它的忍耐力。

如果说崂山是一位风华正茂、风姿绰约的少妇，似乎大不敬。但崂山并非与女人无关,现身的"丽人"往往位列仙班。想起小时候听父亲讲的后来又读过数遍的《崂山道士》:一位姓王的年轻人去崂山学道,某日天色已晚,他看到老道士与客人在屋内饮酒,并无灯烛,老道士便剪纸如镜,粘壁间,"俄顷,月明辉室,光鉴毫芒"。一客人说:"蒙赐月明之照,乃尔寂饮,何不呼嫦娥来?"于是道士将手中的筷子投入月中,嫦娥果真自彼处翩然而至,并由小变大,歌声清越,烈如箫管,词曲带着被久困月宫的幽怨。"歌毕,盘旋而起,跃登几上。"客人惊愕之间,嫦娥又变回了那根筷子。另一位客人提议去月宫耍耍,于是,三人又一起去了月宫一回,坐在上面喝酒,就像影子映在镜子里一般……"怪力乱神"的故事很多与深夜、旷野、古庙有关,神神秘秘,却给无数好奇的"人之初"蒙上一层魔幻的光晕。我对崂山的神往,大抵就从那时起。只是"神仙姐姐"嫦娥被道士呼来唤去的,多少破坏了我对她的仰慕之情,似乎因为她的寂寞,道士的饮酒凑趣才有了合理的依据,于是,嫦娥高贵的身份被严重降低,但转而想到,那哪里是真正的嫦娥,实乃幻术的障眼法而已。

不过,我倒希望崂山是位清雅内秀、仙姿缥缈的美人,我宁愿去膜拜她,她也可以从北九水一路绿衣仙袂地迎迓下来,安抚一下我们为生活操碎的心。看看身边这些呼呼大睡的家伙,他们没有崂山道士的神奇本领,能轻易穿透生活里堵堵坚硬的墙壁,坐拥世俗的荣耀和财富,却始终怀着跋涉、穿越、攀登的执念四处奔走,并试图从中看到并体验到美,他们不知道"山水是地上之文章"的妙喻,却比很多文人读得更多,而且往往在奇险孤绝处。用行走连缀起日常的支离破碎,从幽暗的谷底,现身明亮的峰巅,他们会有一种进入美人眼神与微笑的得意。激情游荡的岁月是用来遗忘或接纳的,我于是成了他们的一员,时间因此在压缩后被无限延长——眼前总会展现着大地拖长的裙裾,沿着它被植被覆盖的纵横纹理,我们进入它的凸凹和隆起,再也没有停止过,我希望能在这一过程中的某个节点望到生命的尽头，在临终的眼里，远方仍是一望无际的葱郁、浩荡。

此时，初夏的手掌遍抚胶东大地，泥土与草木的气息在物候深处布散。崂山也已全然张开她拖长的绿色裙裾，游人蜂拥而至，迤逦于她巨大胸襟的每个可以驻足的褶皱、纹理。一个伟大的道场变作了一座波浪起伏、心旌摇荡的花园。人们希望在他们出现的地方，那些古代的神仙也能同时出现，伸出一根手指为他们指点各类迷津。但只有山峰的手指从大地直插苍穹，寂然无语，应答一切。对崂山而言，没什么不是过客。一群群人走了，崂山还在那里；一片片云飞了，崂山还在那里；一树树花谢了，崂山还在那里。崂山永远峻拔，葳蕤，空寂，不生，不死，只有绽放的当下。崂山视万物为刍狗，视前尘为影事，不以物喜不以己悲，大道不止，生生不息。看天下熙熙，皆为利来；看天下攘攘，皆为利往。神仙们的昨天，在崂山永远都是今天，那些道场刚刚散去，便又与所有空间的道场再度共谋着另一次开始与继续。香烟缭绕之间，崂山不改亘古容颜。

二

古时，崂山哪有这般热闹。顾炎武在《崂山志校注·序》中说它"其山高大深阻，磅礴二三百里，以其僻在海隅，故人迹罕至"。即便如此，自汉至金元乃至明清，亦多有隐居、修道其中者，崂山道教的"家族谱系"更可上溯到齐地的方仙道、黄老道、黄老之学。所以，"三围大海，背负平川，巨石巍峨，群峰峭拔"（《道藏》）的崂山自古即汇聚了齐地浩浩汤汤的"仙气"。《太平寰宇记》有"秦始皇登劳、盛山（即崂山和盛山）望蓬莱"的记载。始皇此行，无非为了访仙问药（也有捎带寻根问祖一说），举全国之力而为一己之不死。因为一个皇帝的私欲，崂山才第一次被大规模地打扰。对此，顾炎武愤然有言曰："秦皇登之，是必万人除道，百官扈从，千人拥挽而后上也……一郡供张，数县储偫，四民废业，千里驿骚而后上也。"始皇劳民伤财，崂山由是得"劳山"之名，正所谓"秦皇一出游，而劳之名传之千万年"。但他也许无意中给崂山"开了光"，证明此处确有"仙迹"存焉，因处东海之滨，因距人间邈远，因清寂到除了看看东海，便是餐餐紫霞，神仙而外，凡人怕是不大宜居吧。就连批评秦始皇的顾炎武不也赞叹崂山是"神仙之宅、灵异之府"吗，始皇心向往之，良有以也。

秦之后，汉之张廉夫、唐之李哲玄、北宋之刘若拙、宋元之全真诸子，皆择崂山修真悟道，所以，"神仙窟穴"的古称的确名副其实。这些"不凡"的人中，最著名的大概要算丘处机、张三丰与憨山德清了。丘处机云游崂山时，干脆给它定名"鳌山"，"以为栖真处"。张三丰更是从海岛带来耐冬花植于庭前，此花还有个好听的名字叫"绛雪"，"正月即花，蕃艳可爱"；崂山还有张仙塔、邋遢石等遗迹、景观附会其羽化故事。憨山德清到崂山后于树下掩片席为居，却不以为苦，七个月过去，始有人帮他结庐、造庵，他却言："吾三椽下容身有余矣！"果是大德气派，身外无物，则不劳铺张。我觉得这几位高人中，张三丰更像个诗人，把养花种草当作一种修持的美学，也为崂山植物增加了品种，试想：寒风猎猎，大雪空山，谷中庭院里，唯有绿叶红花伴其静定、绚烂，如肉与灵的孤绝火焰，照亮着寂灭且永恒的道途，那番情境，有几人体验得到？

道人、佛僧们在遥远的时空中出现，也是为了走一条人生的异路吗？那么，那条路又在哪里？反正绝不是为了给后世留下一道什么文化景观的路。他们所觅寻者，是身心之静、灵魂之安，是独与天地精神相往来的空寂，是"无所从来，亦无所去"的当下安顿，是恬然而圆融的生命喜悦。所以，即便在"地高气寒，又多烈风，非神完骨强者，不敢久居"（明·蓝田《巨峰白云洞记》）的冬季，他们仍能衣衫单薄、枯瘦如柴、目光炯炯、道骨仙风地步上山巅。他们不是一步步登上去的，而是慢悠悠飘上去的，然后，从容自在地坐在石头上、树木上、云朵上，一坐就是天荒地老、地老天荒，一坐就变成了石头、树木和云朵，终于化成一道光，倏然而逝，无声无息。这不是行为艺术，没有这种行为艺术。在那些几乎死去的古书里，我读到过很多仿佛脱离了肉体累赘的深奥言说，玄幻而邈远，我相信其中保留了某类存在的真相。修道者并行于两个世界，文字记录描述的不过是他们在人间的投影罢了。

然而，作为俗人，我们却仅有一个世界，从没离开过山下的烟火气。不过，即便作为俗人，偶尔也需要瞥一眼山上的紫霞，体会一下对尘世遗忘的滋味，尽管不可能盯着那高处的紫霞看上一辈子。秦始皇做不到，李白也做不到——他可以在道观里双手擎香头晕眼花地连转七天，也可以为崂山写下一首诗——"我昔东海上，劳山餐紫霞。亲见安期公，食枣大如瓜……"不过是借李少君忽悠汉武帝的话吹吹牛而已，学道不成，只好写写诗、用用典罢了，倒不如陆游"人生不作安期生，醉入东海骑长鲸……"说得实在、励志。巡游求仙的结果是劳民伤财，只皇帝做得；吹牛夸张的恣意出乎伟大的想象力，仅诗人可为。历史人物的缺点或缺陷有时更有助于其"极致性"的发挥与实践，开疆拓土、生灵涂炭、锦绣文章均可以丰富史书与典籍，给后世留下一笔丰厚的"遗产"，难说其中不包含一次起意、一种行为、一丝灵感导致的结果。康德说过一句话："一个人的缺点属于他的时代，但美德和伟大只属于他自己。"我想他的意思是否是："你只管培养自己的美德和伟大就是了，你身上的缺点就让你所处的时代去负责吧。"然而，对我们这些芸芸众生而言，所有缺点只能归咎于自己，泯然于时代，包括把敬畏变作了消遣的"不肖"和愚蠢，也不会有人计较；而所能发挥到"极致"的优点，可能仅剩下跋山涉水的耐力和盲目了，这番行径则离伟大的逝者们越来越远。但假如我们连一点"本自具足"的美德都丧失了,恐怕也就不会有攀登崂山的兴趣了。

三

曾三访崂山,相隔二十余年。第一次,从沙子口抑或王哥庄的某处山脚下往上攀爬一小时,几近躬身踯躅,不断左顾右盼,如前路时被阻断的蚂蚁,脚力十足地在山体襞褶里辗转移动。抬眼间,满眼绿色,浓稠如刚刚涂抹在画布上的油彩,感觉迷失在一片巨大的叶子上,寻找不到折返之路——那些棕红色岩石的"披麻皴"如苍老的树皮般在远处裸露、嶙峋着。

那次我们是去寻找"海底玉",顺便在山脚下走了走。我对崂山的兴趣远大于"海底玉"。"海底玉"即崂山绿石,产于崂山东麓的仰口湾畔,按说属于稀缺资源,但我当年的印象却是——这东西多得到处都是,根本不稀罕,在村子里转悠,几乎每家院子里都有堆成一座座小山的"海底玉"原石。数百年的玩赏历史,好似突然又"热"了起来,一时成为市场新宠,叫响大江南北,也不过是炒作的生意(当年类似的情况很多,比如济南长清的木鱼石)。客商们像发现了新大陆般接踵而来,导致过度开发,崂山突然更换了"面目",变作了被市场经济时代拖出"深闺"的"暴发户"。当地有个村民告诉我,一小推车"海底玉"原石不过一百多块钱,简直是暴殄天物。明代黄宗昌在《崂山志·卷六》中有言:"绿石,出丰山,邑多好之,而侄孙贞麟之绿屏为难再得。"这些蕴藏于海滨潮间带的石头,因为开掘技术的进步,遭殃甚重,我亲眼所见的比黄宗昌侄孙的绿屏更庞大的物件也不在少数,还有雕成弥勒佛的,大大小小、胖墩墩地坐满农户的半间屋子,个个都是"容天下之事,笑可笑之人"的完美表情。我真怕崂山下面都是"海底玉",若按当年的开发架势,不消几年,就可能一片狼藉。

第二次是从景区正门进入,缓步至玉清宫。其实,最迷人的景致出现在沿海公路两侧,移动、旋转的山麓,林荫与碧海、云霞与礁岩,像空间镜像上闪回的最美画幅。之后的漫长行走中,崂山始终以冷峻而泰然的方式打开,路旁清寂的树木,在繁盛中隐含着一种落寞而沉思的表情,像是躲在时间深处的等待与惦念。洁净的山道深掩于植物的气息里,每一步上升都沐浴着阴凉,却听不到一丝季节的回响,好似时间静止了,而不是"时间开始了"那般热闹非凡。仰头观望,树木、花朵、石阶、院墙、道观、神像,皆沉默无语,空气在它们上面睡眠、扩散、垂落,阳光在若隐若现的缝隙间栖止、晃动、飘移,就像道士们的身影与表情,携着恍惚、缥缈又轻盈的节奏闪过,与人间并没几丝关联。崂山是一个让人放下执念的地方,它的陈述只有一个词语:无为。因为无为,一切才如此茂盛,连潮湿的地面与方砖上的苔藓也茵茵如毯,从未被人踩踏过。蜂蝶和鸟儿在花丛、树叶间、房檐下飞过来舞过去,像是在展示时空的无目的性或合目的性。

下清宫茂盛的耐冬让我想起张三丰,好似他刚刚洒扫完庭除,身影在枝叶间一闪,就不见了。古书里有句话:"夫古之至人,其动也天行,其静也渊默。"(《性命圭旨》)大概就是说他这样的人吧。这样的人既受不了人间的"折腾",更不会下得山去"折腾"人间。"何谓根本?吾身中太极是也。天地以混混沌沌为太极,吾身以窈窈冥冥为太极。"(同上)作为太极拳创始人,他关注的大概只是万物归一之道,韬光尚志,清虚元妙。虽居崂山之下,与下清宫未必有什么瓜葛,但他移栽的植物却蔓延整座崂山,枝叶芳菲,如他穿越时空的玄想。其实,下清宫乃憨山所留禅址处,明代高弘图《劳山九游记》有言:"诸劳皆道院,上人(指憨山)于此起禅林……"是啊,那一刻,我的确感觉有些恍惚,不见憨山,不见邂逅,不见古人来者,却在时空的景深处,看到了自己的虚影，被花树与殿宇的虚影笼罩着，一寸寸沉入万物之渊默，心相与物象，实无任何差别。太极之中，还管什么来路与去路呢，便是长伫于此，所见者唯四季轮回而已，那些身影消遁处，怕也是"寄声浮云往不还"吧，又何必等待什么"千金散尽还复来"呢？坐在半路的石阶上看小径蜿蜒，心中动念：若天地与我并生，万物与我合一，哪还管什么东西值得索取、值得给予、值得留恋？来日漫长，实则刹那……如是，如是而已。当夕阳敛去大地的光泽，城市华灯闪烁，不知怎的，忽然产生了强烈的"出离"之感。

然而，当山下的街巷熙来攘往、人车喧腾，大排档的啤酒与海鲜发出诱人邀请的时刻，我终于还是再次坠落到凡世之中。呼朋唤友，举杯痛饮，既然没有十觞不醉、世事茫茫的沉痛，就只管畅快淋漓到不知天南地北、古往今来吧。青岛人"吃蛤蜊喝啤酒"的主题先行，举杯则睥睨一切、决堤倒灌的架势，会让李白之流在短时的兴奋之后便长醉不醒，感觉到一日长于百年、千载不过一瞬的恍惚与畅快。我很怀疑，那种四海翻腾、五洲震荡的体验是否几近于道，是否是修道成仙的"崂山捷径"。

第三次登崂山，则全然是松松散散的享受与宽泰，行于所当行，止于所当止，如禅悟，如随意翻书，脚步跟着感觉走，了无牵挂得很。那是从背面山阴进入北九水，行不多久，便和几位好友在一池碧水边的小亭子里东扯西拉、谈天说地，虽是初夏时节，景色蕃茂，所见也不过乱花迷眼，杂树欹斜，翻风自乱，并无甚拈心留意处。却唯独对北山门旁的农家宴记忆深刻：金黄色的炒笨鸡蛋、嫩绿的崂山蕨菜、香喷喷的炖柴鸡、味道浓郁的蘑菇、爽口清脆的桔梗……都是山里的道地土货，味道足令人惦记多日，以致有朋友兼诗人名"华清"者建议：大家凑钱买栋山间别墅，退休后来此度假，偶尔寻访一下崂山道士，学学长生不老之术，岂不自在快活……嘻嘻然谈笑间，捋一把胡须，仿佛将希望与妄想都留给了以后的岁月。

三年过去,我已非我,崂山无恙乎?

四

还是从沙子口登山,完成一次对崂山的纵向穿越。我们不是游客,而是"冒险家"。

天不亮,到达青岛李村。车停在马路边一团橘黄的路灯下,被飞蛾围绕着扑打。那些黑暗中惊慌失措的"幽灵碎片",在被黎明融化前做着最后的挣扎。四周的居民区依然沉浸在睡梦中,初夏的凌晨扩散着一种空旷的清冷。十字路口有一个亮着灯的早餐摊儿,摊主靠墙用塑料布搭起了一个简陋的棚子,里边摆了几张条桌和板凳。我走进去,孤零零地坐在最里边一张桌子旁。耐心地等了半小时,馄饨才端上来,三块钱一碗,厚厚的皮,很多煮破了。就着馄饨,吃了两个自带的面饼、两个鸡蛋和一根黄瓜。吃完,抽烟,默默看着别人呼呼啦啦地吞咽。棚外一个铁架上摆着羊肉串和其他烧烤食品,料定这摊主一家该是一夜没消停。与我所在的城市一样,夏夜是属于地摊儿和啤酒的,这是城市平民叙事的一部分。

睡意袭来,天却微微亮了。摊主熄灭了电灯。我提起精神看天,薄云铺展,没有看到月亮——昨晚是农历四月十五夜(后来查了一下),乘车前,在体育馆前的广场上,我仰头望了很久月亮,还问身边的人:"今天是十五吗?"

晨曦初露,前方一片微亮暗蓝的天光。我们抵达了"大河东"。这也许是一个村庄的名字,坐落在一条大河的东面。可是河在哪?村在哪?只见一条很窄的公路深入到田野里。下车是一片稠密的玉米地。身边电线杆上挂着一个路牌。我失去了方位感。下意识地环顾,那轮惨白的圆月悬挂在几棵细而瘦的白杨缝隙间。天略阴。迷蒙中有微凉的雨丝飘拂，若有若无。一夜颠簸，刚刚袭来的困倦被黎明前的熹微一扫而光。背起装满水、食物、应急工具的包，跟随一队人马朝那块高翘到天际的巨石进发。

  布谷鸟的呼叫出现在起步之初的开阔地带。这种性格孤僻的大杜鹃就像离群索居的诗人，躲在初春的冷寂和晚春的寥落之间抒发着不被回应的情愫，那种间隔着等待的孤零零的叫声单调、圆润，如语词简朴的歌吟，一声之后，好似得到了孤芳自赏的满足，便以足够的耐心再起一声。在我熟悉的鸟类中，似乎只有杜鹃和斑鸠有这类喜好，用不断重复的方式一再丈量大地的广度。也许很多自古及今的诗人从它们不歇的叫声里领悟了表达的真谛。"万壑树参天，千山响杜鹃。"谁说那位喜欢空观的王维没有把辽旷的诗境投放到唐朝的山水和此间、此刻呢，那些诗歌的光芒会飘过杳渺岁月变作眼前的婆娑景象。我从来都认为，诗歌的真谛隐藏在它跨越时空的能力中，它既属于创造美学，更属于接受美学。但唯有崂山的布谷叫得你灵魂出窍、虚虚飞升，越过樱桃林，直入云岭间。倘若在星河灿烂的深夜，那叫声无疑能穿越整个宇宙。然而，我只听得见它啊，"荒忽兮远望"；却看不见它啊，"目眇眇兮愁予"。我意识到，无法回应的自己，那一刻将它当作了时空暌隔的另一个人了。但如果你到过春季的崂山，听到那布谷声声的嘹亮和寂寥，一定会觉得"望帝春心"的古典背景又多了一个明媚而广远的维度。

  我们就在这样的背景中走进了一个村子。村南，崂山正在大地上落座。

  很少能见到这么干净、漂亮的村子，房屋均由赭色石头砌成，院落毗邻，俯仰参差，高低错落，周边花木葱茏，栖落着一层层斑斓与静谧。一座崂山脚下的乡村花园。走势、布局与材质均取自于崂山。一位早起的、须发皆白的老者将炉子搬到路中央，生起第一缕炊烟，那炊烟就像他身着的蓝衫一样，被微风荡起一层层顺滑柔软的褶皱，虚虚升腾。他并不好奇身边出现的一队行人，自顾弯腰挥动着蒲扇。那种与乡野浑然一体的神态、表情和体征，沉静，恬然，仿若崂山的一抹投影。平淡的生活在这里依旧续接着远古的岁月，只安静地占据着清晨一个最小的角落。

沿路的麦田边出现了越来越多的樱桃树，成熟的红樱桃在浓密的绿叶间闪射出鲜艳的光泽。此刻，正是崂山樱桃成熟的季节，果园如滑落到山脚下的绿色云海，成行成片的樱桃林在视野里绵延、扩散、积聚、浓缩了那么多天地精髓，凝结成密密麻麻的孟夏之供，铺排着一种珠玉玛瑙般的豪奢，如盛大的筵宴。我从未见识过如此巨大的樱桃园，它让我想到，那蕴含在饱满果肉里的汁液流动着大地额外的慈悲，让丘陵山地的物产有了平原果腹之粮不具备的润与甜。所有人类的果实都秉承同样的特质——强调季节的别样滋味，那种美味也会为厚朴的田野施洗，使之有了炫彩多姿的诗意和启迪味蕾的光芒。

然而，在饥肠辘辘的年代，它们不是必需之物，小时候的乡村，即使山间旮旯的磨齿子地、牛梭子地，也要种满玉米、高粱、萝卜、花生、芝麻或棉花，那些不能种粮的地方，比如院落、门侧、路边、沟沿、地头、山崖、林地（墓地），才是身份次等的枣树、核桃、樱桃、苹果、桃子、山楂、柿子、梨等的容身之所，而集体果园的收获从来分摊微薄，抵不上几顿干粮。人们还不惜动用大量劳力在山上砌造梯田，为贫瘠的薄田架设水渠，机井里的水被输送上去，灌溉的是对粮食收成忐忑不安的希冀。那时，垦荒种粮成为一个时代的主题，没有人能忽视自己咕咕叫的肚子。在我的印象里，果类在北方的农作物中大面积缺席，我们的"学农"活动就是夏季捡麦穗、秋天捡稻穗，我们一遍遍观看《苹果熟了的时候》，一边不停地吞咽没完没了的口水，我们经常入口的"水果"基本是——西红柿。

想当年此处或许也是那番模样，水土不服的玉米顶着病恹恹的穗子，营养不足的花粉生养了骨瘦如柴的棒子。斗转星移，世事变迁。当粮食多到出现浪费情况的时候，各类水果也慢慢改变了身份，甚至在各种手段的帮扶下忽然高贵起来。家园开始华丽转身，故乡变得丰富多彩，山川大地随处飘逸着花香、果香，很多地方显示出斑斓的"异象"。但这是否也意味着，农业尤其是粮食种植业慢慢沦落为不赚钱的行当？这当然不是一个能吃饱喝足的普通人可以思索、盘算、判定的问题。不过，我敢肯定，人们如果看到我眼前的樱桃园，一定会兴奋地、趋之若鹜地奔来，而面对更广袤的庄稼很可能无动于衷、视之平常。

然而，我还是愿意相信，崂山始终是很久很久以前的模样，到处种满樱桃树，毕竟，我们的大地上从未断绝过这类物产，哪怕出乎播迁与嫁接。我想起《诗经》里的桃、屈原的《橘颂》、傅玄的《枣赋》、李贺的李子、苏轼的荔枝、范成大的梅子、陆游的杏，古诗词里的水果比比皆是。关于樱桃，在中国已有三千多年的种植历史，《礼记》中的"含桃"即是。历代都视之为佳果上品，唐太宗居然有《赋得樱桃》诗："朱颜含远日，翠色影长津。"李时珍以之入药，称其甘、热、涩、无毒，调中，益脾，令人好颜色。我疑心那并不是十九世纪七十年代美国传教士带到胶东大范围种植的樱桃，但那又有什么关系，反正它大量出现在我们的古书中。翻阅过几首前人写樱桃的诗，多是近观、雅趣，"樱桃一雨半雕零，更与黄鹂翠羽争。计会小风留紫脆，殷勤落日弄红明……"同样的季节，相隔800多年，在杨万里的诗境中，雨后黄昏的斜阳洒落在凋零大半的樱桃树上，黄鹂深鸣，甜润、婉转，算得上一帧精致小品。宋人赵彦端（一说陈克）"绿葱葱，几颗樱桃叶底红"的词句，简直太小气了，不过是些珍爱之情、玩赏之趣，哪有崂山下的樱桃园这般阔气，一片片浩如烟海。然而，非近观则不能见其夺魄之美：此刻，圆润紫红的樱桃像一簇簇坠在枝叶间的珊瑚珠，挂着晶莹透亮的雨露，赏之且食之，怎不"好颜色"？如果早知道此地有这样的特产，我会提前建议抽出半天时间到樱桃园里一饱口福。

《崂山志》有载："樱桃，有家樱桃，味甘。而蜡珠尤大而肉丰，水多；有山樱桃，味兼酸，调以糖，蒸食最佳。二种皆可作干。"所见皆"蜡珠"也，带着温润的"宝光"，是谁起了这么精准、生动的名字？当穿过村庄，行走到一座水库和公路间的樱桃园时，我不止一次停下了脚步，望着满树的紫红出神。与此前所见不同，居然是小樱桃树。我完全熟悉这种小樱桃甜美、柔糯的滋味和口感，小时候曾在故乡的亲戚家大把大把地吃过。种在院子里的樱桃，是丈夫早逝、养了五个儿子、挣扎在贫困线以下的堂姑拿来招待我的唯一稀罕物。我之所以为樱桃动容，大概与那次记忆有关，如若堂姑当年能与自己的儿子们在村边山岭上种满眼前这种可以致富的樱桃，便不至于在贫病交加中离去。我的故乡泰山周边的山村曾多植这种樱桃树，果实虽小，树桩却高，采摘困难，不易保存，因而城市人难得品尝，终被硕大如枣、保质期长、便于长途运输的大樱桃所取代，于是，一个樱桃的时代倒下去，另一个樱桃的时代站起来。

只有季节依旧。在春末和初夏的接缝处，这大片栖落山间、仿佛来自某个久远年代的樱桃引起我一些淡淡的回忆。我也听到了隐身林中那天性欢悦的黄鹂鸣啭的清亮、圆润的歌喉，它们又好似在替我表达着什么。

五

清晨，大亮的天光笼罩刚刚觉醒的万物。

崂山腹地，粗粝、缭乱的绿色枝叶开始包围、纠缠我们，在时隐时现的小径迤逦前行，或仰或俯，或左或右，或停或奔，我们就像一群被丰茂的绿色盛宴弄得不知所措的山羊，就像久困城市圈栏早就忘记了山林溪泉的野兽。

天气薄阴，雾霭缭绕，沁凉的微风在皮肤上游走。在进入山林之前，我抬眼看了看像是突然高耸到眼前的崂山，山顶巨大的岩石从云雾中探出来，搞不清楚到底是山在云海里，还是云海在山里。这云海的崂山，这在海滨矗立了亿万年的崂山，自一早起，就不想揭开她的面纱，始终在半遮半掩里隐藏着矜持的神秘。

崂山的确有种阴性的秀美。她被一层厚厚的植被包裹，葱蔚蓊郁，万木峥嵘。这在齐鲁大地的诸山中并不多见。记得上次来时，我那位教授朋友曾论说此中缘由：崂山形成于白垩纪初始，乃花岗岩体，有地质特称曰"崂山花岗岩"，其异于石灰岩处，乃是经风霜雨雪、流水剥蚀之沧桑变化，而利草木衍生，故植物茂密，景色蕃秀。我不知此言真伪，但可反证之：我所在城市的周边众山，尽石灰岩质，状若馒头，其顶浑圆，而裸露者众，多植柏树和灌木，品类单一，少见峦壑竞秀、纤皴巧斫、臻臻簇簇、树茂林深者。教授事文学而研地质，莫非此二类相通乎？

游思尚在飘荡，身子便已陷入一团密不透风、东西莫辨的绿海莽丛之中。山看不见了，眼前只晃动着浓酽的绿。几步之外，缭绕的雾气遮住了一切。少顷，细雨又飘飞起来，好像要糅合着这触手可及的绿一起贴在我身上。山麓的树木茂密茁壮得出奇，最初的一段行走，几乎被淹没在灌木丛中，横七竖八的枝条扫过赤裸的胳膊，时常要抬起手臂遮住头面。许多大树的长根裸露凸起，横穿路径，像大地奔腾的筋脉。在山里，或在南方的城市（比如长沙、广州、成都、宁波、三亚），我总喜欢辨认更多的植物，没有什么比炜烨焯烁、葳蕤明艳的花树更令人欣悦，那是大地最绚烂铺采的辞章。"映红葩于绿蒂，茂素蕤于紫枝"（谢灵运《山居赋》），那既是世界的一部分，又是世界之外的一部分，在它们面前,你会安静下来,感觉到两个世界实为一体。花与树通过躯干、枝杈、叶脉、气息把它们连接起来,也把你包裹进去。

崂山这地方,是亚热带和北温带的交接处,所谓亚热带之终、北温带之始。所以,我看到一些叫不上名字的树,明显有着热带丛林树种的特征,长长的叶尖儿垂而朝下,像是总要准备滴水的样子。植物也有扩充领地的本能和灵性吗?但更多还是那些常见的黄荆、胡枝子、荆条、黄栌、映山红,那些小叶鼠李、蔷薇、木天蓼、锦带花,还有那些赤松、白檀、稠李、蒙古栎、鸡树条、水榆花楸、辽东桤木、多腺悬钩子、华北落叶松,等等,它们在斜坡、峪谷、冲沟、崖缝间蓬生、交叠、缠绕、冲荡、竞逐、蔓延,活生生地泛滥着,占领了几乎每一寸土地;而在驳杂、纷乱的温带灌木丛下,那些多年生草本植物更以最自然无序的方式,繁茂蓬勃着各种或长或短或宽或扁或尖或圆的叶子,开着花的或不开花的——白茅、地榆、鹅掌草、桔梗、柴胡、百里香、玉竹、百合、结缕草、远志、木半夏……好似一片从未有人闯入的茂密芜杂的中草药种植园,没准儿你还可以采到一些白花蛇舌草带回去泡水喝(当地已经有一款这样的矿泉水饮品)。沿途一簇簇开着白花的稠李时常吸引我的视线,它的花形很像家养的茉莉,却居然开在树上。锦带花则更令人瞩目,它比稠李还多得多,洁白、浅粉色喇叭状花朵一丛丛绽放,密密麻麻,在绿色植物的衬托下显得格外艳丽。而青涩的刚成形的核桃、山楂、桃子上沾满晶莹的水珠,微距镜头下更有一番惊心动魄之美。

各种花草和植物的气息杂糅在一起,浓郁的香气扑鼻而来——更似是一种药香,不容分说地涌入肺叶里,多么美的味道,如世道之外的善、慷慨和慈悲。"惟山深多生药草,而地暖能发南花",顾炎武如是说。地质、气候、土壤,造就了崂山植物的奇迹,繁盛、质朴的万物偃卧其上,让它成为一个丰富、内向、壮硕的母体,成为一个坦然、深沉、多趣的男人。崂山通过这么多的植物表达着它道法自然、普度众生的宏愿。

  在山麓腹地，杂草与灌木湿漉漉、绿生生地覆盖了黝黑蓬松的腐殖质土壤，苍白或肉红的岩石偶尔露出一星半点的坚硬质地。植被甚至逐渐淹没了所有的路径——其实根本就没有路，我们完全是踩着一条石块和石条摆放成的"路"行走。这是人的智慧，只有不朽的石头才能抗拒泥泞、节省足力，在四季轮回的丛莽深处标识出前行的方向。也许动物不需要什么路径，路是属于人的，正所谓"其实地上本没有路，走的人多了，也便成了路。"（鲁迅《故乡》）——在崂山，我们从未遭遇一只野兽，《崂山志》中提到兔、獾、獐、貉、狐狸等野物都消失了踪影，其实它们足迹遍布，但随处可以遁迹隐身。应该庆幸无所不能的人在大地上的可行之路并没有那么多，他们对自然和荒野的兴趣也并不都那么强烈。尽管海德格尔说，现代技术让自然万物失去了其自身的丰富性和本源性，变为人类能量的提供者，尽管一条石径表明，人的足迹可以无处不在，但我们仍应该庆幸此间依然有"蛮荒"的遗存，这片貌似原始的丛林尚未遭遇人的过度侵占，否则，终有一天，人的路径会变得更加狭窄逼仄或根本无路可退了。"……高山峻岭，弋猎者罕至，则兽不骇，鸟不惊，山之足以容物也。"这是当年黄宗昌对崂山的描述，若今如其昔，可谓幸甚至哉。游客虽不是"弋猎者"，但崂山的深处于今未被过多叨扰，其重要原因就是它那博大到"足以容物"的能力。但我担心它的能力终究大不过人类。

  德国占领青岛时期（1897-1914）在崂山开辟了16条通道，致游人接踵而至。我们选择的这条路不可能是其中的任何一条，因为这里不会出现一位游客。但一定有捷足先登者。据我所知，有户外爱好者用卫星定位设备画出了数条通往岱顶（泰山）的类似这般难行的野路，只要下载到手机上用以导航，误差仅在几米之内，足以精确地循之以行，我也曾经有幸走过几条，每走一条，其惊其险均令我视之畏途，甚至不敢再走第二次。而当下，我们只能听从于石块、石条的引领，亦不敢稍涉乱草一步，且脚板尽量踩在翘起的石棱上，以免滑倒、跌伤，步履谨慎而快捷。因为稍作停留，前边的人便会像站立奔跑的蜥蜴一样倏忽不见影迹，倘若遇到岔路，很可能会迷失于山野莽丛之中。走在最前面的领队时常喊山，如虎啸猿鸣，其用意便在于让后边的人随时判断、矫正自己的方位。他与我们一样，根本望不到被丛林遮蔽的山峰和天空，但他熟悉通往山顶的路，也许手里还有一件导航设备吧。

既然我们的目的并不是去参观"九宫八观七十二庵"，就应该选择这样的方式穿越丛林、谷地和山脉，这多少更像进入了崂山的古代。确实，在水泥筑起的空间里待久了，一旦进入没有水泥丛林的地方，我就有种强烈的穿越感，有种对现世存在的恍惚，好像在一片远古的时光里沉沉浮浮，全然忘记了前生今世。离开城市的灯红酒绿、市声喧嚣、写字间、办公桌、会议、学习、培训、考核、汇报、表格、饭局，会卸去诸多重负，变得无所顾忌，不必矛盾地、揪心地，甚至愤懑地生活，被与生命无关的东西充塞，该是多么敞亮与幸运，哪怕只有一瞬，哪怕没有未来。

我想，做过高官的耿介之士黄宗昌在崇祯年间辞官后即探胜崂山，遍访道长与宫观，于家乡建玉蕊楼，满怀激愤地书写《崂山志》，其最初的心境大抵正如莱阳人张允抡在其书《序》中所言吧："嗟夫！君子不幸而与山为缘，犹幸而得不愧于两间，则舒惨啸歌，亦安在不可一日百年哉！此志之不可以已也。吾悲夫先生处，晦而困心衡虑不得一伸，乃作山志。其亦重有憾也夫！"沉浸山野，黄先生一定有远离官场的解脱与庆幸，人生如幻的恍惚也会更强烈——相比崂山之宏阔、高峻、有容，那些世间遗憾又算得了什么。难怪他在《自序》中忍不住直抒胸臆，写道："余不敏，不见容于世……崂山乃容余乎？春非我春，秋非

第一辑　自然之魅　035

我秋，环视天下，独有崂山耳。嗟乎！时所在，命所在也；命所在，性所在也。人道不昧，其崂山之力乎？余无足重于崂，而崂为余有，则崂所自立于斯世、斯人之会者，因缘不偶，是安可忘哉……崂无心也，心乎崂者，其恍然于所见、所闻之外乎？"他已把崂山对他的意义以及他与崂山的深层关系说得非常明白、透彻了。他深知两段毫不相干的人生履历必然浸染出不同的灵魂底色，明朝末年黑暗的官僚系统好似专门为碾碎他这种中正、坚硬、廉洁的骨骼而设的，即使侥幸逃离，灵与肉都需要持久的抚慰与重塑才能继续存活，所以投入家乡附近的崂山怀抱，对于他这样的文人来说，几乎是命定的选择。崂山，无疑是人间"受伤者"与"受害者"的精神疗愈所，崂山终于让他悟到了生命的本相："人生如幻，我不识我。幻复生幻，尔又为谁。"（《崂山志·雄县生祠自赞》）古往今来由此感喟者又何止一个黄宗昌呢，不知多少人在类似这样的山水间，找到了与时间、历史、宇宙、自我的对话方式，一种生命存在的终极方式，或许又是最圆满的方式。

忽然想起鲁迅先生的一句话："中国的根柢全在道教。"那些年，在古齐长城以北的广大区域东游西荡，我数次登顶泰山、云门山、沂蒙山、崂山、昆嵛山、伟德山、五莲山以及很多不出名的小山，参观了数不清的大大小小的道观、庙宇，才多少有了一点自己的"心得"，也许并非先生的本意，即：它可以给人托付灵与肉的无羁、泰然、恬适、自足，奋争后的不争、轻蔑、隐逸、狂放，回归本我的无念、清净、自然、旷达，物我两忘的天人合一……闻之，思之，修之，生命在"轻"与"重"之间或许就能找到微妙的平衡。不可否认，那是类似崂山这样的自然"大境"赐予的，至少让人远尘离垢，体味"洁静精微"，可以把外面的喧嚣和心中的躁乱抛个干干净净，只留下一个干干净净的身子与灵魂。

六

渐渐地，脚下这条石板路已很难再定义为路，随着坡度的增高，大多地方失去了路的形态，更像是一堆一字排列、随便丢弃的乱石岗。由于雨季水量丰沛，原本靠下滑的力咬合挤压在一起的石条，被一泻而下的山洪冲乱，横七竖八，泥浆变成了润滑剂，修路者只好放弃进一步的努力。

尽管水冲雨打，石头下面一定隐藏着一条年岁久远的山间小径。我不明白在这半原始的山林中铺设石径的意义，它不像是城市旧街巷里的经年石板路，被踩踏、车碾，被岁月磨洗——越是光可鉴人，越是容颜苍老，越会保留更多的追忆和回声，铭刻更多的悲喜与苍凉……而这匆匆而过的石板路不会被谁记起，它们只能与寂寞的山林相伴，在天空下、在大地上慢慢变成粉末，最终化入黝黑的泥土。但它却给了我们一次在泥泞的春雨中攀登的机缘，并让我再次感知到时间与空间在城市与莽野中截然不同的流速和张力，我们在其间来回挪移，既要于轻度的冒险中突围生命短促且无聊的屏障，又要在庸碌的日常中服从命运悠长且重复的安置。这大概就是所谓的生命存在的语境吧，在崂山两天的跋涉中，我看到了它们交叠的折光在我心中不停地扫过。

坚硬的石板消失了，一下陷入泥泞，腿脚不停地打滑。只好寻找灌木丛间的青草踩踏，小心翼翼地蜗行，以免肉身失控。湿滑的泥水不断修改着重叠在烂草上的足迹，脚步变得犹疑而缓慢。雨还在下，忽而淅沥，忽而倾盆。风鼓荡于树冠之上，雨便时疾时缓，沙沙之音忽近忽远地掠过。挓挲着浓密枝条的灌木横扫、劈打着身体。撑伞的情侣无奈收拢了伞面，穿皮鞋的男子时常在草叶上刮蹭鞋底难以甩掉的污泥，套着一次性雨衣的青年很快变成了身披条状透明塑料的侠士……我的头发和衣服已经湿透，眼镜片罩上了一层水雾，视野一片模糊。途中，我只在一个山脊的小树林中稍作休息，便重新组合起瘫软在地上的骨架，向更高的山岭攀爬。跟腱酸胀，双腿颤抖，从早晨五点到七点，已经行走了三个多小时。有人祈祷雨能够停下来，在山顶能看到太阳和云海。

当行程过大半，步上一个山间平台时，几块高耸的巨石后面射出了一道被雨水洗过的金属箭镞般的阳光。每张头发紧贴额头的湿漉漉的脸庞瞬时被涂了一层油亮。密林的缝隙间传出一片欢呼：天晴了，天晴了。

拐上一个缓坡，一块巨石横搭的"桥"出现在斜上方，一座天然的桥，不知从哪个年代飞来，栖落在两块并列的石头上，仍保持着原初的势能，像是专门抬起来给行人让路的样子。这就是近人周至元《游崂指南》里记载的奇景吗："南北两岩特起，有巨石，穿覆之雄，畅宏阔大如城门。"自桥下朝远处张望，一层薄雾覆盖的白色山峰高高挺在浓密的树梢上，峰顶似用数块巨石胡乱堆砌而成，褶皱间鼓起一块块硬邦邦的"赘肉"，如巨人肢体的一部分，像被冰川磨去了棱角的圆润发亮的伤疤，而伤疤周边乱蓬蓬地拱出几绺灰绿色"毛发"。它以丑陋的形态显示着一种高不可攀的凌厉冷峻与先声夺人的磅礴气韵，以一种岈崿峭拔的雄美霸气，巍然耸峙于乱云飞渡的天空之下。"其奇峰怪石，不能以状；崩崖幽谷，深岩绝壑，峻岭曲崦，不尽以名……"（明·陈沂《鳌山记》），古人之所见，此处可证一斑。

进入石阶引路的"巨峰风景游览区"，脚底爽静了。路边有鹅卵状巨石兀立，皆似从天外飞来，盘桓落定于亿万年前。作为崂山的"鼻祖"，此间"群峰环列，巍然巨观"。那座高耸的"自然碑"，在云雾中忽隐忽现。第四纪冰川曾把它周围的岩石拔蚀，只留下这孑然一身的孤影傲立。在一处平台，从背后看它，简直就像一只站立的猴子，愣呆呆地目视着前方，它是在讶异周遭的洞壑之奇，还是在讶异倏忽之间就只剩下了孤零零的自己？我恰听到一位导游正给游客做着介绍："此石叫作'猴石'……"命名虽形象,却是俗了。明代文人曹臣在《劳山周游记》中写它:"三四里许,为自然碑,直削千尺,本修额短,俨若天质之妙,因笑秦皇汉武,何不于此勒功德而遂失之也!"问得好。好大喜功、睥睨天下的秦皇汉武怎么就没像登泰山那样也在崂山勒石以记呢?那可是流芳万世的"重大举措"啊。何况,秦始皇刻石亦非一无是处,《文心雕龙》里不是有那句话吗——"至于始皇勒岳,政暴而文泽,亦有疏通之美焉。"对此,还是周至元一首诗回答得有趣:"岿岿丰碑矗,树来不计年。凿应施鬼斧,题尚待飞仙。苔篆蝌文古,云浸螭额鲜。秦皇空一世,不敢勒铭篇。"他的意思是,崂山奇峻,勒石须鬼斧神工,只有神仙和大自然做得,你秦始皇有啥资格或本事呢,雄霸一世也不过身后空空,终不敢在崂山的巨石上任性恣意。不过,话说得还算客气——该是秦始皇面对崂山有自知之明,只能望峰息心,徒劳而返吧——非不想也,是不能也。崂山阻断了他的痴心妄想,站在崂顶遥望,大海已是天涯尽头,浩瀚无际的汹涌波涛岂是他能征伐占据的领土,踏海耕涛者自有比他能耐更大的仙人、方士,他们飘忽无迹的身影则更为他的人间凡掌所不能抓取,只能望洋兴叹,然后在归途的尘沙中猝然死去。

　　崂山是胶东半岛庞大的存在,其根脉深探入海,无处不是风景,所谓"游览区",仅仅是人为圈定的很小一部分。读《崂山志》就知道,能称得上"名胜"的就达六十余处,如:黄石宫、翠屏岩、玉女盆、天液泉、南天门、白鹤峪、九水、白云洞……有山,有水,有泉,有岭,有崮,有涧,有桥,有宫,有殿。如此看来,古人的腿脚确实比今人强健,涉足广远,不辞辛劳。而写崂山游记者,明清文人居多,亦说明此前崂山主要是一座"神仙穴窟",除了皇帝感兴趣,一般人不会无事去耍,故中间那么漫长的时间,只有神仙们在里面逍遥自在,不被叨扰,闲云野鹤,飞来飞去。我相信,倘若当年司马相如也跟着汉武帝来访崂山，一定会留下一篇汪洋恣肆、铺排靡丽的《崂山赋》，即使不能在石头上留痕，至少也会收藏在一堆汉简里吧，但是没有。似乎明清之后，崂山才热闹了起来，文人雅士像飞过崂山的鸟一样，洒落下大量明丽婉转、逸韵深采的动人语词，崂山也多少有了点人间气息。而今，则更是"空山常见人，更闻人语响"了。

崂山是道教名山，景区内自然少不了体现道教文化的建筑。距自然碑不远，有一石牌坊，名"离门"。左右石柱上镌刻着一副对联："乾坤知造化登易学堂奥瞻视无碍，大地任作为入数术门庭悟法有方"，似乎在说易学是洞彻万物的悟道法门。往上走，又进入"巽门"，则是一处院落般的围墙了，并无院子，墙中间唯有一门而已，两边也有一副舒体对联："山川通气千古秀，江河蕴德万物新。"门边的仿古建筑、环廊斗拱、飞檐彩绘、黑瓦白墙均未经岁月磨洗、浸染、沉淀，只为装点门面，实乃景区通病。不过，在山顶于八卦中仅立"巽""离"二门，怕也是有讲究的，巽为木，为风；离为火，为电……回顾方才的经历，再展开想象，便觉得也算恰当，不必懂《周易》和什么京房八宫卦，这俩建筑明摆着就是说崂山与道家的深远关系了。

穿门而过，峰顶在望。那是"灵旗峰"。《崂山志·卷三》写到"金刚崮"，说其"在老君洞南，其上有峰曰'灵旗峰'，再西北上曰'卦峰'，再上则中巨峰之白云庵也"。这灵旗峰在诸峰包围中，"秀削而薄，如旗展开，故名"。崮上有峰，又名"仙台峰"，卓然耸峙，直入云霄，其高虽仅次于右侧的巨峰，但堪称诸峰的"精神领袖"，"领袖"实由位置决定，不必"个头"最高。这"领袖"的周边，遍布"崂山之碑""崂山之穴""崂山之槽""崂山之洞""崂山之峰""崂山之臼"，林林总总，不可计数，似乎拜见"领袖"之前，总要有点铺叙和前奏，让你觉得崂山千奇百怪的石头都具有音乐般高高低低的节奏，尽管是默音和鸣、"各自为政"，但也是必不可少的烘托与陪衬。

一步踏上峰顶，视野何其雄阔，风光排闼而来。巨石连片，自山顶迤逦四方。北面的卦峰上，阳光正好拨开云雾，照耀在天文台迷彩一般斑斓的穹顶上，闪射出暗绿色的光芒。东面的环山没入云海，峰峦像漂浮在海上的岛屿般岿然不动，在白亮的云影折射下显得神秘莫测。站在灵旗峰顶一块暗红色岩石上往南面远处眺望，崂山尽收眼底。绵延的绿和绵延的山，在忽聚忽散的白云间撩拨、冲荡着视线。光色跳荡，阴晴不定，云雾笼罩的山体危岩倏忽间变得隐约可见，蒙上一片灰蓝色，天光暗淡，竟如傍晚；又倏忽间，太阳复钻出云海，山间的雾气野马般奔逸四散，白色的山岩再次放射出耀眼的光芒，岩石褶皱间的植被重又浮现出锦缎般的碧绿苍然……

盘桓时，忽见两块山体的缝隙间有座桥，名"先天桥"。下边是一道深涧，即所谓"一线天"。很多人拥到"桥"上去拍照，他们喜欢在"更高"之上站得"更高"。云蒸霞蔚的背景下，个个都仿若仙人。他们肯定不会想，此处离人间究竟多远，而每座高峰都是"来"之终点，亦是"去"之起点，若生命抵达中年的暗喻（也许仅对我而言）。

已近正午，有人从山顶走到附近的摘星楼里休息，有人则行至更远处的山岩边，扶着长长的护栏向远处眺望。此刻，你想到了什么？是所谓"意义"吗？那些透明、切近而本然的事物，那些晦暗、遥远又混沌的虚无？比如生命与爱情，比如此在与遗忘，比如岁月的睡与醒、梦与真？一个异峰突起的高度或许会让你奢望平庸"异变"的可能性，就像日常的琐碎会变作梦中的奇迹，就像行走中惊异地遇到了另一个少年的自己。一个人的壮年与暮年同时呈现。恍然的追忆。流逝的光阴。跋涉的莽野。匆迫的步履。那些聚散与追缅。那些浅悦与深凉。这就是意义吗？如果"意义"终结于所有外在的现实、沉重的肉身，只有一个精神的"当下"，那就有可能摆脱迫不得已的自我安慰，摆脱虚妄的努力导致的持续损毁。远古的仙人们，也许早就跨越了"身心"这个

第一辑　自然之魅　　041

封闭而狭隘的范畴,不再觅求某种意义,把崂山也看作心相的投影,则"履愈高,心愈平,目愈旷,神愈敛……"之论,岂不等而下之了。

但观眼前之境,我还舍不下这番"等而下之"。此类贪着,历代文人雅士更有甚焉。明绍兴会稽人陶允嘉在《游崂山记》中写道:"陟其巅,眼界骤宽,山与海交,海与天接。上下一色,似净琉璃……远岛累累,淡若修眉,晚霞映波,缥绿万里,与碧落无异……"那般景致,无非崂山动态长卷的一个刹那、一个边角。在同一处地点、同一个角度,时间的手指总能翻动出连贯又不同的画幅。此刻却是正午,云雾明亮,饱蘸着阳光的粉末,在天空涂来抹去,哪还能看到海天相接、远岛累累?但它们就在那里,那边——那边,还有那边,在虚空之下、万物之上,矗立于凡尘之外的时间废墟里,如大海的遗孤。净琉璃的世界当在天地与人心皆纤尘不染时方可得见,如佛之示现,那自然不能沦为"等而下之论",岂仅"目旷"所能及之。

美色也会令人目盲。困意突然袭来。许多人享受着阳光的照射与抚摸,躺在一块块平整的岩石上睡着了。我也美美地睡了一觉。在山顶四仰八叉地盖着天空睡觉还是第一次。我该梦到点儿什么,比如凌虚飞升,比如仙袂飘举,比如霓裳羽衣。在半睡半醒的朦胧中还在想,即使在梦里看到仙女,我也不会像盲人先知忒瑞西阿斯那样被雅典娜夺去视力。闭上眼睛,出现了一片粉白混沌的光,不似有人说的"光线在眼皮内侧变得如万花筒般五彩斑斓"(奥利维娅·莱恩《沿河行》)。也许这是躺在山顶岩石上和躺在河边草丛中的不同之处——波光潋滟令人迷醉,高耸入天让人茫然。身边摔打扑克和嬉戏吵嚷的声音慢慢淡下去,广阔天地把一切嘈杂变得清脆易落,花瓣一样飘入杳渺寂灭,竟使它们无法打扰与浩瀚的空间融为一体的某个凡俗之辈。不知过了多久,在昏睡醒来的一刻,四周的声音随即复活,杳杳冥冥如宇宙初音,我知道我的耳朵也同样没有被雅典娜清洗过,却仿佛更弱化了,所有的声响如鸟儿的翅音一样遥远，如浮云投下的荫翳一样飘动。

"泰山虽云高，不如东海崂。"崂山的秀美，不惟其峰峦峻拔，更惟其妩媚、俊丽，惟其敦厚朴拙，惟其植被苍翠，惟其云海莫测，惟其不可言说……正所谓"崂之盛也，高与为高，大与为大，朴与为朴，秀与为秀。幽倩夷险，入其中而静观不妄，具自有之色相。"（《崂山志·卷三》）什么是"自有之色相"？看来黄宗昌也不知如何形容了，崂山可以用尽你所有的词汇，让你深刻感知到一个文人的"贫乏"。但"崂无富贵气，而理大物丰"（同上）倒说得颇中肯綮，怪不得人人都能踏实地在崂顶上睡大觉，仙风道骨总是慈祥而温和的，就像嶙峋长者的静默与微笑。崂山的眸子是清澈明亮的，人们像风一样从她眼前闪过，不会留任何痕迹。也许在睡眠中我的眼皮被涂抹上了魔法三色堇汁液，我爱上了崂山顶上最透彻澄明的天空，我毫不怀疑视觉的可靠性。

下山时，我决定走先天桥下的"一线天"。两截几乎垂直上下的铁梯子在一个冷森森的山洞里拐了个直角。小心翼翼地下来后，眼前——面朝南方，是万仞夹壁之间的一条狭窄的蓝天和一条伸向脚下的陡峭石阶。左侧的石壁上沾满了一层干枯的蓝灰色苔藓，一条绳索悬垂而下——难道曾经有过攀岩者，想用一根绳子把自己从崂顶顺到"一线天"下的石阶上？那的确需要胆量。刚才有人在下铁梯子时的几声惊呼，让我感觉到此处连回音都是险峻的。危险总是强调肉身的存在。

又回到了巽门。那么，我们是围着崂顶转了个圈儿。这次，景区的石阶路一直引领我们下山而去。到达一座韩美林风格的巨大石龟雕塑前的石牌坊时，雾气又变得浓重起来，细雨霏霏之中，公路上车辆奔驰的嘈杂声越来越近，剩下的只是长途步行了。我们抄近路横穿盘山公路，到达仰口农家旅馆已是下午四点。坐在海边的岩石上，看着近海几艘随波起伏的捕鱼船，我度过了一个没有落日可看的黄昏。暮霭渐起，海浪喧哗，天地沉寂。

七

第二天重新从山下的农家出发，自另一条山路进入北九水。那里的确是个美丽的去处，不知有多少沁凉而清澈的溪水从丰厚、磅礴的绿色里溢出，而且亿万年地抗拒着时间的耗损与围堵。所谓北九水者，乃内九水和外九水的合称，崂山北麓天乙泉之水下注而成白沙河，河水顺山脚折流，计有九次，故称。山下曲水回环，人间难得一见。

绿树掩映的石阶山道边，一道溪涧垂泻，流水淙淙，在石头上撞击出细小的浪花。相隔不远，积水成潭，清澈见底。有人在潭边戏水，或在附近的亭子里闲坐聊天……我不知道北九水距我们进山之处有多远，更不记得钻入那岩岫缭绕、沈沈苍酽之中是否真的涉水九次，我想，也许这是我第一次也是最后一次以这种自虐的方式造访崂山了，于是有了一种相见即是别离的"悲怆"。

身后隆隆的雷声和山下涌起的云雾强化了这种悲怆，天骤然阴黑下来。沉闷的雷声很快在头顶的树梢上变作了猛烈的霹雳。大雨和着冰雹猝不及防地从天而降，击打出一片啪啪、唰唰之音，且越来越响。我们都有准备，纷纷穿上了雨披，居然仍有人撑开了伞。密林中打伞非常困难，榛芜处处，树枝时常将伞面扯住。我的一次性雨衣很快被挂出了几个大洞。脚步只能慢下来，疾雨冷风中浑身瑟缩打战，急需找个避雨的所在。没想到，附近果真有一个洞——防空洞。在滂沱雨水中淋了一个多小时后，我们终于一个紧跟一个，猫身进入了那个只能容一人进出的洞口。总有人熟悉这些稀奇古怪的地方，就像我们小时候一样。

洞内又黑又冷，好在还干爽。进去的人大都在离洞口不远处站着，观察着雨势，随时准备雨停了就冲出去。有几个戴着头灯和强光手电的年轻人深入洞中勘察了一番，回来说洞很深，不止几千米，里面还有许多"房间",有锈迹斑斑的发动机等设备。这是"深挖洞广积粮不称霸"时代留下的遗迹,这样的防空洞到处都是,我所在城市的南山下面就有一条条长长的备战防空洞,据说主洞横穿当年整座城市,可以行驶解放牌卡车,但从来没有使用过,前些年被分割成一段一段,有的租出去储藏水果,有的改做了烧烤餐饮店。但这深山中耗资巨大的战备工程并不靠近市井,一旦废弃,只能做路人的避雨之处,其"功德"也仅在于此了。

嗖嗖的凉风从洞内吹过来。几个情侣彼此拥抱着取暖。有人拿出食物在黑暗中咀嚼。我深入洞中,找了个无风的拐弯处站着,有好几人跟着我一起进来,并围在我身边。

完全听不到雨声了。我们都沉默不语。不知道外面的雨是否停歇。黑暗中,时间再次静止。究竟是一种什么缘,让我躲进了崂山深处的一个防空洞?如果不是来崂山,如果不是半途遇雨,我和它怎会有如此机缘?跟随别人进入这冷冰冰的黑暗,我觉得紧缩成了一块石头,要融入背靠的坚硬。我想尽快离开。我感到冷。我没有可以拥抱、可以互相取暖的人。

一出洞口,呼吸何等畅快。雨小了。在一片山水的哗哗声中继续攀登。大家决定留下个遗憾,不去北九水,而是下山返程。我这才知晓,我们没到北九水,我们被浩瀚的崂山收藏于一个小小的角落。

刚走上山间公路,瓢泼大雨再次骤降,狂风从身后涌起,像一只横贯天地的巨大的手掌推着人踉跄前行。山崖飞瀑声如雷震,左侧的河谷激流奔腾,轰鸣贯耳,同行者的声声惊呼被大风扯碎。每个人都拼命靠紧右侧的山岩,抓着斜逸出石缝的杂树枝条,走走停停。身上的雨衣被撩起,将头整个蒙住,不停地用手紧紧拽住上下翻飞的那层薄薄塑料,还是淋了个透彻。四周的山完全隐没在水雾里了,一片昏暗,天地搅混在一起,不分碧落与坤仪。鼓荡的风雨裹挟着我们跌跌撞撞、东趔西倒，像一群丧失了家园、被白日梦迷醉的流浪者。

忽有一辆面包车开到身边，招呼我们上去，每人五元，送到山下。此刻还犹豫什么。车门拉上后，有人说："什么叫幸福？这就是幸福！"

雨终于彻底停了。我们让车在一个出售樱桃的农家车库前停下，大伙鱼贯而入，一边让司机掉头去接后面的人，一边打探起了樱桃的价格。待大家聚齐，等候车子来接应的间隙，几盒樱桃早被抢光。我拎着一塑料袋樱桃大方地与别人分享。樱桃真好吃啊，应该是"另一个樱桃的时代站起来"后的那种。

再次回到仰口的农家吃饭。说不上是午餐还是晚餐，都吃得很香，大口喝酒，大口吃肉。醉眼迷离地往上面一看，天怎么骤然间就大晴了，果是一块净琉璃。

季节之遇： 告别或启程

一

拔出最后一枚地钉，你知道，告别的时刻到了。

当然也是——启程的时刻。

将帐篷、地垫、睡袋和杂物塞进重装包，直起腰身，一边深吸着饱含荆榛与野草苦香的潮润空气，一边环视周围薄雾氤氲的青郁丘冈：交缠蓬乱的荆丛将所有隆起之处遮得严严实实，阴凉的气息沿着林木的缝隙涌落下来，弥散开去；从眼前铺展到远处的乱石被时间和消失的大水漂洗得洁净、苍白，清浅、分叉的溪流在其中轻快地流淌，淙淙之音如薄脆的曙光在微微碎裂——它们源自附近一挂小瀑布；石缝间硗薄的沙土上，挣扎、蓬生着一簇簇坚韧的碧草。

夜间的疲倦延续到黎明。如雨的瀑布和潺潺的水声不曾影响到睡眠，静听久了竟会神奇地消失。倒是稀稀落落的几声鸟鸣将你吵醒，它们总比人醒得早。山光悦鸟性。早莺争暖树。古人在离去之前，早就为我们描绘了这一切。我们被那些传统的诗意覆盖，一觉醒来就主动认同了他们美妙的书写。景色是相似的，行走却各有各的不同。因为过度的自我沉浸，你很可能错过了许多意外的"发现"。有时，你会想，这些年的行走，除了丢失的，究竟有多少能在垂暮之年显现出久违的光色，岁月的断编残简里有没有一株植物，在被记忆之光照亮的一刻，摇曳出某个字迹的阴影——它此时就站立在你身边，一棵矮瘦的、披满鳞片旧衣的孤独柏树，如一位沉默的老者，僵硬地守候着一场即将到来的诀别。

四点钟的时候你曾醒过一次，不闻鸡叫，也没想到古人，荒草乱石间，甚至忘了身在何处，与身下几尺土地的缘分让你感觉不实与虚幻，好像周边是无尽的虚空。晨曦初露时，几缕无力而惺忪的虫嘶再次将你从蒙眬中唤醒，你的眼睛触碰到了黎明栖落在大山中的痕迹，蓝色外帐透进一层暗灰而朦胧的光亮。残夜那隐形而冰凉的手随即从你裸露的脖颈上撤离，只因你一翻身，拉严了睡袋。还好，你没有消失于活着的"假象"。空彻与清寂里还有一程又一程浩阔缤纷的暮春之景。虽无风浪逸情、乾坤纵志、霓线月钩倚仗的诗书剑气，那山巅的流云、深谷的飞瀑、攒簇高矗的岩溶峰丛、绵延不绝的赤壁丹崖，也可让人视"假"为"真"，不负被生存携裹的倥偬奔波与委顿怆然里，尚存"目遇之而成色"的惊喜和欣悦。

此处远离村庄，是伏牛山中一个渺小而隐秘的角落。数丈之外，矮山环绕，松柏杂树，葳蕤蒙密。山后的晨光渐渐清亮，天空像一块印着云朵图案的绸缎，铺盖在这盏黑釉巨杯多处缺损的沿口上，慢慢变换着颜彩，黛色天幕中的灰蓝色云朵很快被涂抹上一层并不均匀的温柔橘黄。

此刻，已有人早早地钻出帐篷，伸着懒腰打哈欠，长长地舒气，神态惺忪地在蒿草乱石间来回踱步，露水打湿着鞋帮和裤脚。有人支起户外炊具，插上燃气瓶，将旅行壶里的水倒入小锅，咔咔地打火，撕开方便面的包装袋，倒进锅里，不一时，诱人的香味儿便飘荡出来，混入清冷的空气中。

所有人都醒了。语声如鸟，山林愈静。你才得知，这群人正置身一个距离重渡沟不远的陌生山坳里，这不知名的山坳在中国河南。据说，新莽末年，刘秀因破坏了龟驼山王莽的"龙脉"，被其亲率大兵追杀，仓皇落逃此间，两次骑马过沟，故名"重渡"。不过，山中谷沟甚多，刘秀快马奔踏、涉水而过之地定无法细寻确位，只能泛指大概了，于是，这片山水均被称作"重渡"，而"沟"字，则很准确地表达了山与山之间稍稍开阔的谷地上那草茂水浅的独特地貌（当然，陡峭山崖间也毗连着众多曲流幽深的峡谷，一匹马怕是难以飞跨而过的）。

沟中的水流和岸边的草木吞没了历史的细节，它们那最为迅速的弥合力，霎时覆盖了疾驰的马蹄蹚扫的豁口，仿佛一切都不曾发生过。战争的噪音沉入了历史的岩层，再长的弧形凹崖（嶂石岩地貌，天然的回音壁）也"刻录"不下杀声震天的回音。自然之中只有生灭与覆盖，任何一个经历者重返故地，都不会有沧桑之感、兴亡之叹。这里亘古及今的大自然生态，似乎从不曾被人类的指爪搔挠过、被人间的铁蹄践踏过。于是，那个曾经真实存在的历史影像，只在逐渐幻化的传奇里得以保存。这类帝王将相或神仙名士在民间拥有的特权所制造的虚假光环，在这片过于古老的土地上比比皆是。而芸芸众生连一条沟渠都进入不了，更何谈江河。河流的形象最接近历史，除了主干和支流，多数的细节都被时间的涌浪淘尽、卷走。河流本身没有故事，故事都是人在河流上留下的。民间创造了传奇，似乎就赋予了一片土地某种高高在上的神性，历史的狂风恶浪便腾起了辉煌灿烂的光芒。于是，一个个包含文化内涵的地名诞生了，仿佛历史的叙事仍在进行、从未中断，它们高耸着，以某个伟岸的形象替代了支撑它们的砖石瓦砾、泥土血汗、层层废墟。

其实，再崇高的地名，也不过是人对肉身行住坐卧处标记的符号而已，就像某个城市之于你。作为善忘者和游走者，人需要不停地命名事物，以确定自己的方位、存在和需求，防备走丢、失联、混淆引起的恐惧。因而，每座山、每道水、每条街乃至所有出没之地都有它们的名字。人们朝那些名字探望，不断确认和它们的关系，做出判断与选择。只有最密切的关联才能牵动心念，其中最美的方式便是能再度记起。回眸之中甚至可以写成诗，写成伤痕累累的句子。比如看到回归的雨燕，你会恍然想起某些春天的旧址，看到某张消失的面容。

重渡沟或伏牛山并非属于你的"旧址"。在你走过的版图上，很多地名呈现的不是一个个故事，而是一幅幅画面。有时它们会跳出脑海，与眼前的季节呼应，清晰、生动地印证着时间的轮回，拓展着记忆的纵深。那些伫立于旧影中的事物似乎还等待着你的探望、你的重访或"归来"。因此，你也可以揣度那些遥远的历史事件与人物，那些他们穿越过的土地和季节。刘秀们消失了，但他们还都在，且永远都在，置身于当地人对某处地理、文化——比如重渡沟的讲述和想象里。

二

昨夜，大巴车载着你们开入一座只有一条破旧主街的小县城，恍然回到了二十世纪八九十年代。稀落、低矮的门头房射出幽暗、孤独的灯光，坑洼的马路和人行道上已无车辆和行人，几棵国槐、白杨、泡桐瘦骨嶙峋地站立在马路两侧。低端的生存刚刚淡出日常的纷纭烟火，几缕残迹也被深夜熄灭。寂寥落寞是这条街唯余的景色。一只踉跄的狗醉汉般横过马路，一瘸一拐地消失在幽暗的门洞里。一只野猫紧随其后，看到"突降"的人群，仓皇间不停地回头，紧颠几步，跳上了路边的树杈。并没有人拉开一扇门朝这边张望，人们习惯了夜晚的寂静，知道片刻的扰攘很快就会挪至他处。领队提高着嗓门解说行走线路，他指着远处那片黑黢黢、厚墩墩的一片，说"我们要在那里扎营"。但对于你等于白说。你只像一个紧随大流的流浪者，或一个夜入深山的"落草"者，等待"组织"的指令和发落。你自嘲地想，自己和这群人或许就是送给大山的"投名状"。但"扎营"二字让你感觉亲切，你小时候生活、上学的地方叫"官扎营"，那是先有清兵驻扎、后有百姓定居的所在。现在，纵横交错的老街都被林立高耸的住宅高楼替代，你熟悉的那些"旧址"已经全部消失。这些年，你也开始了到处"扎营"的生涯，却是为了远离都市。你不知道这样的行径是否隐含了对某个消失了的"旧址"的追悼之意。哪个"旧址"不是人流浪、游走之后的选择呢？游走最多的人，也往往拥有更多的"旧址"。

　　从大巴车上取下重装（内有帐篷、地布、自动充气垫、睡袋、头灯、帐篷灯、水、食物及其他），扔进几辆等待已久的带斗小拖拉机（领队提前联系了"高规格"接待），然后爬将上去。"突突突"，发动机带着机头猛然抖动，似一个个钢铁活物，排气管喷出几口黑烟，轰然而起的噪声吞没了路边杂草丛中的热烈虫唱，朝向辽阔的黑暗"狂奔"（"八九十年代"被甩到了身后），沉重，拙笨。几十年前的某个时段，这类拖拉机是乡村接娶新娘、运送嫁妆的豪华载体，代表着排场、富裕、权力和关系。在农业文明漫长歌吟的最后声部里，它是机械工业侵入大地厚土的短暂而粗糙的"前奏"，上演的段落并不漫长。不承想，旧时代的遗物仍具有对付崎岖山路的优势，在偏远地区发挥着残存的使用价值。乡愁涌起。二十世纪七十年代奔跑在田间麦垄上的童年和少年。

　　出县城，驶上了仅能被车灯照亮前方七八米、扭曲着藤条般辙痕的蜿蜒山路，车斗晃颤、跳动。山、树的剪影向身后倾斜、飘移、倒伏。呼呼的暖风擦过耳朵，吹干沁出额头又流到腮边的汗水。几粒遥远的灯光在树影间隐现，闪过，跳荡如萤火。横亘的悠长黑暗里，孤零零的山里人家守望着天地的深厚与广阔，蜷缩于长年累月的辛劳、忍耐和等待中。

拖拉机终于停在了无法再前进一步的地方。扇面的灯光下，显影出河滩的一角和被乱石挤埋得看不分明的羊肠小径。一行人依次跳下，打开头灯，白炽光柱在陌生的面孔上扫过。都是暂时的"入伙者"。每个人的动作出奇地一致：两只胳膊依次穿过背带，晃晃肩，扣紧胸前的系带，将巨大的重装包紧束背后。然后，几十人排成一队，沿着河沟边碎石硌脚的窄路塞缓而行。五月某日的凌晨。杂沓的步履踏过零点的指针。大山收留着一个凉爽、湿润的夜，你们正沿着它衣褶的边缘进入它的体内。拉一拉速干衣领，让凉爽钻进去些许，随即，汗烘的热气扑到下颌和面颊上。

河中似有细流，击石而绕，发出冷然之响。旱季，山林的津液并未干涸，在罅隙处秘密集结，汩汩渗出。溪流，在方位和地名顿失的时候成为最有效的道路，为你们这些进入深山的"夜盲者"指引方向。真是太黑了，黑得像倪克斯（黑夜女神）的裙摆。伸手不见五指的黑、彻头彻尾的黑、出离经验的黑，如生命的至暗时刻。细小的飞虫灰尘般飘过头灯摇晃的光束，迅即消失。光束之外一无所见，好似在证明所见之外尽是虚空、所见之内亦非实有。但即使最强大的黑暗也不能吸收、抹除最纤弱的虫鸣和最疏淡的植物气息。那虫鸣和气息在近处的起伏与远处的布散，给你某种莹亮且柔软的深远之感。前方路旁山根处缭乱的灌木丛边，一对对幽幽的绿光和黄光忽闪忽烁——是巡夜小动物溜圆的、宝石般的眼睛，朝这边好奇而警惕地凝视着，像首次发现了入侵的怪物，需要判定你们的行踪和意图。

季节正在多维的时空里徘徊、踯躅、游走、绽放，交混着流动的温度和色泽。人的"世外"，蛮野的景深和拥簇。不被侵犯的自然秩序，趋列卓立而凛然。有时候在城郊的深夜你才会有类似的感触，相比大地的无垠与苍茫，那些重叠的楼影和稠密的灯光是那般渺小而萎缩、卑微而冷漠。而白天，它们则变得声势强大，坐拥占据一切的欲望和张力，缝隙间塞满智识、傲慢和垃圾。那些将你染污得驳杂又浓浊的尘嚣，不断在岁月里复制、繁衍，让你永远甩不掉一直拖曳着的沉重宿命……都不过是生死长梦，经历的和眼前的。只有心恍惚地浮现在上面，无着地漂游。在那念想的刹那，你恍然觉得，此处竟是隔世般的遥远、罕见、陌生。仰脸看，头顶上的星河越发灿烂，却洒不下一枚光斑；快步行，夜气庞大的清流涌动，却冲刷不掉那一刻之外的所有记忆。你知道，从城市的琳琅到山野的莽旷，实则相隔一生之距，它不能仅仅用行走去衡量，用几次"扎营"去判断。往往是，你从未涉足和深入的，才真正称得上意义和希望，却也并非只是你一个人的——你相信，那些行走在身边的人和你有相似的感觉。有些东西，你们只可无限靠近，但永远无法抵达，甚至都不如沙漠中的甲鲹那样坚韧和幸运。

这是夜的启示。只有夜。群山围拢的夜。溥博、深广的夜。

三

将近一个小时，行至露营地。一小片铺满碎石的场地。灯光扫过去，估量只可搭三四十顶帐篷（于是有人提前另觅他处，两伙人相隔不远）。场地四面环山，只有两条细路从山的缝隙间穿过，一条是你们走过来的，一条是第二天要走过去的。

放下负重稍息，身上骤然感到了寒凉，植物和山岩仍散发着它们长期储存的体温。夏初深谷中特有的气息包围着你。即使在冬天，这里也密不透风，空气无法展示它的重量，此刻更是清澈、轻盈，带着一丝隐而不见的上升之感，让你顿然放松下来。

不远处的瀑流水声如雨。耳侧虫鸣起伏，短促，悠长，细碎，清脆。巨大的黑寂被纷杂的光柱扫掠、切割，那粗糙而深沉的缄默又瞬间闭合。空彻的被山体高举的星空，洒满夜的透明水钻。这里距你远离的那些市声、尘色该有多远？此刻，它们是仍然存在着，还是已经消失？只要远行，你总会想这个问题，仿佛是将前世的惦记带到了此生。你把背包里的东西扯出来，散落在地上，看上去犹如被生活撇出的表情：孤独、寡言、沉重、松懈。但你喜欢蚂蚁般拼爬的自由和晕眩。你认为，前方的路径仍包含了一个中年男人迟钝的梦。有一个瞬间，你真想回去，有多么地想回去，回到往昔的所有细节，把丢失的找回来，把每一刻重新地、紧紧地揽在怀里，让爱进入所有的流逝，在缓慢的散去中被一一细数、亲昵。

你们被圈于一块铺满砾石的坪坝，几道浅流的溪床如巨手的抓痕扭曲似的从中犁过。昨夜并未发现，只感觉是沿着河谷的右侧走进了一只被黑黢黢的林野围拢的"漏斗"，然后草草地清理碎石，用脚踢除硌身之物，扎营，将一节节的金属杆插在一起，穿进帐篷顶端的孔眼，撑起内帐，然后将外帐蒙上去，再用嘴吹胀连接着地垫的枕头，塞上塞子，和睡袋一起扔进帐篷，拉上拉链。这个过程仅用十几分钟。

那位迅速搭好帐篷的朋友（一年后，他在登顶甘肃北部一座冰山时遇难，之前一个多月，你们曾在城市的路边店里喝了一堆啤酒。你没有任何预感。一位未婚的、精瘦而帅气的中年男子。当他八十多岁的父亲得知了不幸的消息，只问了与儿子同往的朋友一句话："他登到最高顶了吗？"朋友回答说"登上去了"。那位垂老的、疲倦的父亲空茫的眼神里闪过一丝欣慰："那就好，他实现了自己的愿望。"你想：只有这样的父亲，才会有这样的儿子。）把灯挂在帐篷外面，地上有了一圈亮光。复从粗长的背包里取出一颗十斤左右的西瓜，用折刀切开，大声招呼大家。你的惊讶被一阵欢呼与号叫淹没。静旷的深夜升起的欢笑和话语，让夜的尺度更为巨大。浓黑深渊里的忘情欢畅，如此轻盈纯净，犹如将你们带离了尘世的边缘。你甚至由此确信，你们是飘荡在大地上的一个部落，已成为陌生世界的一部分，此后每一次重返生活，都有了一个"异乡人"的身份。

"异乡人"的部落安顿进帐篷。灯光从各种颜色里透出来，瑰丽，柔和，温暖，在黑暗的汪洋里簇拥、漂浮，呈现着一片奇异的斑斓之美，像"逃亡者"对于"抵达"的感恩、领纳与祈祷，静默而坦诚。你闭上眼睛。睡眠并未像绵延的水声一样立即将你覆盖。曾经，年轻的时候，你用睡眠抵抗过难以应对的糟糕事件，在逃避中，睡眠的被动性保护让你获得暂时的安定和遗忘，它让你明白，人对自我的袭击只会发生在清醒的时候，那是一个通过不断受伤而厘清与外部边界、切削塑型自我的过程，是在一个无形模具里的痛苦外溢，如果不愿看到血肉挤出缝隙的挣扎和悲痛，就给自己注入一剂睡眠的麻药。那无疑帮助了你的睡眠修行，对长眠不醒的潜在渴望拉伸了夜的长度，也让你躲过了很多生命的阴影。阴影永远小于黑暗，太阳或灯光制造光明的同时肯定也会制造更多更复杂的阴影，尽管那并非它们的本意。于是，在黑暗中亮起一盏灯，也许能从另一个层面驱散心中的幽晦，独守着灯光的清醒让人看到了时间深处的事物，无论向前还是向后。月亮点起的宇宙之灯，之所以在亘古黑暗中甚至比太阳更具精神学意义，就在于它能引发人的静夜之思，那是在奔波劳顿之外最为需要的心理抚慰，它牵引的目光超越了"物"，而让人关注到了"灵"与"心"。

"夜深千帐灯"。当年，一个叫纳兰容若的词人扈驾辽东，思乡心切，不停地在深夜徘徊、沉吟，站在高处久久眺望一片苍茫，又转身俯瞰军营连帐。飞扬的风雪，迷蒙了地面上晕染的辉煌灯光，漫漫长夜笼罩了一切。这位带刀侍卫，并不在意战争书写的历史，也并不在意波澜壮阔的军旅生涯，而是更敏感、苦痛于羁旅的孤寂和生命的短暂。"风一更，雪一更，聒碎乡心梦不成"，辗转煎熬中，一望无际的坚硬冰原和纷纷靡靡的嵯峨峰岭，被他吟哦乡思的柔情渐渐融化。一位雄性的带刀者，骨子里却竖着一根婉约的箫管。最彻骨的伤痛，就源自那最难舍的深情里。

而你们没有"千帐"。没有夜阑风雨、铁马冰河的雄烈、壮阔，没有"月浅灯深，梦里云归何处寻"的哀婉、感伤。沉醉与柔情又是那么遥远、陌生。但你终会知道那要找寻的是什么。纵是山河踏遍，一无所得，每当倦怠之时，不也仍可自问"此间有甚么歇不得处"（苏轼）吗？

灯光渐次熄灭。水声明亮起来。你钻入睡袋，从里面拉上拉链，脑袋陷进温暖舒适的袋帽里，像一只蚕蛹或木乃伊，仰躺在星光洒落不进的地方。浓郁的、混合着潮湿的泥土与植物味道的空气涌入你的呼吸。你听得见自己那悠长的吐纳，却听不到他们的。轻暖睡袋的包裹让你感觉安谧，也似乎能感觉到他们生命的辐射、温暖的热力。你不知道这些人是否也是在刻意寻找这类睡眠，就像你的某个画家朋友几乎每个月都要开车到野外，孤零零地住在帐篷里，在突然的"失踪"和"与世隔绝"里把某些东西丢弃、打开或放大。那是与他幸福的家并存的另一个"家"。他在荒野中清理废墟与障碍，在心中画画，然后再把它们描绘到画布上。你想也许所有人都想那样，有时候，疏离和沉湎就潜藏于出走与回归之间，可是，在你长久荒芜的岁月里，你并未觉察到那种需要，就像大多数人一样。

你不知道为何选择这样的生活，与一群陌生人结伴，远离家门，投身异地，在一次次分享食物、酒、沉默、放歌和跋涉中成为朋友，共同加深着对山野的迷恋。

你记得那一年的某夜，在泰山北麓的天井湾，停车场的大院里麇集了上百豪饮、纵歌的人。雷鸣电闪，大雨倾盆。几十盏大灯聚焦的场地，密集而明亮的雨线幕布般坠下，在地面击起一片移动的水雾。你醉了，踉跄地找到营地，钻进提前搭好的帐篷，在狂泻如瀑的雨声里酣然大睡，铺天的嘈乱沉入混沌。你听到有人朝你大声喊叫，才感觉身下有一片正在洇开的沁凉。你睡在了一片水洼中。拉开帐篷，迷蒙中看到那人正举着伞站在旁边，他帮你把帐篷移到高处。第一次露营就遇到了瓢泼大雨，崭新的帐篷沾满泥水，你却毫发未湿。在这顶深蓝色的帐篷里，你感到一个狭小的空间对你的护佑。随后的漫长日子，你把它安置在山间、乡野、森林、河畔、海边，安置在漫天的细雨、奔泻的电闪、明媚的月光、起伏的涛声、鸣啭的鸟语，以及斑驳的岁月里。你怀念和感激它的陪伴，它见证了你生命的一段历程，一段同样不能重返的历程。那时候你都想了些什么，那么匆忙又那么从容地将行迹丢弃在了那么多、那么遥远的地方。你相信，它是有记忆的。无数个夜晚、无数个异地，它给你支撑起了一小块安妥的空间，用仅只两层单薄却密实的材料，替你遮挡风雨和蚊虫，却并不阻隔美妙的万籁之声。它让你静定，以与大地最贴近的方式获得最好的呼吸和睡眠，以精减到最轻的重量，承担起放下重负的安适与坦然。在这一过程中，它也无可避免地经历着退化、衰老、废旧（如今，它在黑暗的地下室里进入漫长的等待，也许再也不能伴你远行），或许终有一刻将退出你的背囊。

那么，现在，就算你在陪伴它吧，以睡眠的方式。

意识开始模糊。你累了。酣睡。

让晨光慢慢靠近，然后在外面等候。

四

灰斑鸠和四声杜鹃，站在这个季节的高处，深隐在远方的树枝上，发出"咕咕——咕""光混好苦"的鸣叫，圆润、流畅的音色在明媚的新绿中滑行，那种间隔等长的呼唤，像是等待某种回应的热切。它们才是这空旷山野的真正主人。

你心里念叨着：就这样走了，再不回来了？你还不至于在转身间就开始怀念这一夜的"将息"之地，就像带着锥心之痛怀念那几处久居过的老屋一样。每次露营都是如此，斑斓物色也并不因为你的离去而动容些许，你却总感觉它们正渐次模糊、暗淡，倏然卷起一角，缓缓收起了整幅画轴，与岁月的把戏如出一辙。你就这样一次次种下"惜别"的种子。过多的离散淤积了一片无法重返的荒凉。所以，每每"那一刻"，你常认定无数岁月后的自己仍能回观当下，看见消失的空茫里再次闪出几缕昔日的残迹。遥远的难舍，如星沉海底、雨过河源。在"阅读"过的山河大地中，"已识乾坤大，犹怜草木青"的那种通透、豁达与悲悯你并未领悟到，反倒让所谓"惜别"有种刹那间顾影自怜的味道。其实，更本质地说，你也不过是一团"阿赖耶识"的记忆，混沌而不可信的记忆。你想让它们清晰，在其中，你没有你，却又是一切；你不在，却又在一切身边。你看着身边这些人，他们朝山里投注的目光温和而平静，好像对待相识多年的老友；或者在老友面前各自忙着，间或彼此说话、交流，完全是一种放松与坦然，等待出发的一刻。在某个维度上，他们与你或许是一样的，只是不关注某类起心动念罢了。你又何必关注呢？无论记住的或遗忘的，其实都已进入记忆之门，变作"种子"，终会在因果和来生里抽芽。那是你不断跋涉的理由吗？只有在人间的跋涉才是命定。不过，那几年的岁月，也仿佛证明，你完全可以属于另外的事物——在你自己以外的所有物象及其隐喻里有时愉悦、有时悲凉地穿行。

初夏，山里的早晨还是如此清冷（只有大山能收留暮春"流浪"至此、刚刚开始丰盈的身姿。途中，林木簇新；山巅，花枝烂漫。季节在前行中出现了颠簸、错位。你们行走在春夏之交美妙的夹缝里）。夜里，你听到有人窸窸窣窣（地垫被辗转反侧的身体磨蹭的声音）地起身，然后闻到浓烈的酒味。一条抓绒睡袋即使和白酒勠力同心，也未必止得住浑身肌肉的瑟缩抖动。是相邻帐篷里的一位兄弟。拉链哧哧地响了几秒，他打开头灯，趿拉着鞋去山根处小解，急促地喘气，忍不住牙齿快速地磕碰。世界静得如停摆的钟表，如被微飔抽走的一缕暗香、被巨大天幕熄灭的窈杳之思。

在透彻的黑暗里，你醒了，那霎时的清明越过湿漉漉的冷涩寂灭，让你听到了更远和更细碎的动静：夜鸟在沟谷深处的高枝上猛然一声，像一位女中音对巨大的黑寂梦魇发出的奇特惊呼，随后，那干燥、短促、裂帛般的声音又在更远处出现，一只夜不能寐、为山林领地呕心操持的夜鹭；林子深处偶尔还传来极细弱的吧嗒吧嗒或咔啦咔啦的声响，许是野猫或是臭鼬正小心翼翼地在碎石、枯枝间探爪匍匐，生怕惊动那无知无觉、埋头前行的猎物；近处的鼾声此起彼伏，群落的安全感让他们放弃了敏锐的警觉。呓语，噗噗地吹气，嘴巴吧唧着像品尝美味的食物，心满意足地哼哼唧唧……可是，你想：我们来这里干什么。命里的几个人，如今不是在地球的另一侧，就是在望不到的咫尺，他们此时是否也想到了你？旧影纷纭。反复的虑念，遗忘，再想起。一个人的历史，斑驳的碎片，在念念流迁里沉沉浮浮。没有结局的"剧情"或片段，隔着一道无法突破的玻璃幕墙，两边错位的时间中，闪回着同样的光色与情感，这边的你与那边的你与他们在各自的"孤岛"上持续着庸常的日子，他们已"无视"你的存在，那晦暗与忧伤的缄默色调，是你唯一能领受到的沟通方式，而且，只属于你自己。"我说识所缘，唯识所现故。"（《解深密经》）即便是在一个从未醒来的"生死长梦"里，即便一切都是"假象"，是梦中之梦，你也仍是一个"往昔"的参与者，因而无权悲悯，更无法救赎，只能更换前行的途径，去找寻陌生之地，栖身崭新又短暂的幻觉里，那些能前往的和回不去的，那些正在成长的和早已枯萎的，在时间的镜子里瞬时映现，根本留不下一个人的痕迹。

那些年，你试图转身，进入这些人的步伐与游荡、沉默与喧腾，让那些搁置、屏蔽、停滞的事物在不停的远游中隐秘地持续、安顿。至少在热情洋溢的奔行中，你们的叙事是一致的，再不创造彼此进入、纠缠的故事。异地他乡。深远的梦境。谜语般的未知与经验。存在与虚无。不可抗拒的起身前往。孤绝。热烈。壮美。宁谧。高耸扬起的兴奋、惊惧。轰然垮塌的坚忍、倦怠。晃漾的被酒液漫灌的迷醉。倾泻掉血肉浊污后奇特的空彻与清醒。酣畅淋漓、野旷激越与清寂索寞、冷滞枯涩。那些村野、乡镇、老城、孤岛，那些绝巘、低谷、戈壁、高原，那些颓败、荒凉、丰赡、繁茂……南北方迥异的气息、声色，无休止的跋涉、漫游，令你悲欣交集。闪烁在季节里的迢遥而陌生的山河大地，就像尘封在书页中你早年留下的批语，越过时光的深河突然显迹；就像某些最初砌入人生的"关键词"（哪怕再简单）在苍凉生存的追光下展露出更多信息与含义。交错的纹理与褶皱间蛰伏的惊喜、喟叹、悲楚和煎熬。遗忘。无法遗忘的铭记。时间一往无前没有归程，不在意任何人的眷恋和回顾。你想到余生也有可能马不停蹄地离开与奔赴，在陌生的空间里投下雪泥鸿爪，在一片空旷的寥廓里洒满不断被复述的念与思，并以一个点为中心，将行迹画作覆盖心之版图的蛛网，然后拂动，散碎，消失。一种孤单的圆满，恰如站在山顶看到的被茫苍大地慢慢收容、分解的落日。黄昏最复杂的颜色，粉紫、黛蓝、橘黄、棕红、青黑……一笔过去，纵横涂抹，大自然的巴洛克，悲怆的弥撒，生命最后的光，将你吞没。

笙箫水云间，马蹄清月夜。那是人间富贵中的宫廷妄想。历史的册页、朝代的"起居录"已被时光撕碎。那里面没有你的山水故园。你只想融入野地,经历过的第一次才是你自己的"创世纪"。广袤与"方寸"之间,你的身份会被重新确认,可以暂且放下劳作、养育、生存的奔波、咀嚼日子的损伤,远离更多"粗暴的干预",在"流放地"的枝叶交接处伫立、静定、舔舐、喘息。众多的道路每次都带你走向不被看见、不被等待的地方,仿佛总有崭新的领地在静静等候你。那会儿,你很想狂吼那首歌:"……悄悄地,我从过去,走到了这里。我双肩驮着风雨,想知道我的目的。走过春天,走过四季。走过春天,走过我自己……"一首青年时代的歌,已染上苍郁暮色。同行者中很多人的背包里插着一个播放器,在穿越的途中和冲顶的路上,你不止一次听到过这首歌,按下开关,好似就莫名产生了一种推力。

一群企图"走过四季、走过我自己"的人,在山脊上迤逦成长长的一队。他们希冀以驰骋逍遥的方式,蜕去那层被都市的躁郁不断贴身塑型的痂壳,轻灵地爬到那个"壳"跟不上去的制高点,站在天地之间,被温煦的阳光柔情地抚摸,伸出手,用食指、中指摆一个"V"字,或伸直双臂直指苍穹,把自己搞得光芒四射,好似将一个仍然喘着粗气的物质性命题瞬间提升为神采焕发、趾高气扬的精神性命题。有时,他们粗莽的举止恰恰是想证明自己的心比肉身更年轻,尽管也许背负了比别人更沉重、更芜杂的东西。相处久了,你才了解到他们拥有的不同身份:教师、工人、老板、公务员、建筑师、图书管理员、计算机专家、文学博士、各类公司职员、自由职业者、造血干细胞移植者……但出于同样的目的或约定,他们为来路不明的自己重新起了千奇百怪的名字,以丢弃或逃离尘世的身份、行迹和背景,混入一支无论贵贱、"从头再来"的队伍,昂然阔步,一往无前;他们相约山林,没有"苟富贵,勿相忘"的惺惺相惜,历史、年代和那座城市暂且被他们遗弃,只管在地理、草木、季节轮替的空旷磅礴里轻松、自在地穿行。他们头顶牛皮礼帽或系着各色头巾,穿着五颜六色的冲锋衣,手执登山杖,身背运动包、水袋、播放器，有的脖子上还挂着微型相机，像一群奔跳在大自然中的行为艺术家。他们并非一个紧密的团体，常常集合或分散在不同的时间和空间里，有时候一个人便是一个团体。你曾与朋友驾车逛山时，看见你们那个曾经的"团体"中有个叫"阿赖耶识"的精瘦且矮小的兄弟背着重装沿着公路独自疾行，在一个前不着村后不着店的地方做着他的"功课"，那种煌煌烈日下的挥汗如雨，是修行"万法皆空"、唯识无境的实践吗？你不知道，却肃然起敬。你只是隐约知晓，有些事不断重复才能让人进入另一种世界。

还有昨夜与你邻帐的那位朋友，他几乎每个星期都要从背面登顶一次泰山。他当时的女友告诉我，他患上了登山的瘾症，只要那一天到来，就会在天不亮的时刻出发，将车子开到山脚下，然后马不停蹄地开始攀登，无论风霜雪雨，从未间断。出发的前一天晚上，他会变得躁动不安，生怕有什么事情阻止了他第二天的行程，他甚至会把自己独自关在房间里默默祈祷，拒绝任何人打扰。于是，第二天就变成了他的一个充满信仰的节日，必须在沐浴之后启程。唯独那一天是属于他自己的，他从不需要同行者，他要一个人占领世界的那一天、那座山。你们有几次结伴同行的经历，你对他锻炼得精瘦的体魄很感兴趣，他认为那是必然的结果，但最重要的不是这个，"而是你要信它，山是有灵的，它会告诉你接下来的几天你该做什么，你与它交流的周期越准确，它告诉你的就越多"。你权且听之，并未发现他有什么异常之处，反倒是在更多的沉默中，他会把一切打理得干净利索、有条不紊，显示出一种超越他人的理性，比如设计行走的线路、收拾凌乱的装备、准确地选择营地等等，总给人一种安定如山的感觉，也许他的生命有一部分是属于大山的，或者背负着某种与大山交流的使命。这个世界上偶然出现的奇人往往混迹于红尘中，他们把自己的行迹深深隐藏在不断提升的海拔上，你难以望其项背，但在那些险要处，他们会等待着你，并伸出一只援手。

遗憾的是，他只是你生命中一位匆匆的过客，大概只有在重登泰山时才有可能再次与他相遇，那样的机会极其微茫，就像在一片山间的黑松林里再次看到自己多年前的足迹一样。

其实，与他们同行是件非常容易的事。一个被几乎所有人都忽视的时刻会成为远行的召唤，比如，雾霾弥漫，随后大雪飘飞，等待春天的心蠢蠢欲动，他们便急于脱离生存现场，仿佛只有出走、钻进天空下那顶窄小的帐篷才能安静下来，哪怕天地混沌，星月无痕，正是他们在消失中验证存在的好时机。此前，你已经和他们穿越了狂风暴雨中的崂山、大雪纷飞下的泰山、悬崖壁立旁的野长城、总也走不到头的徽杭古道……更久之前，你并不知道还有这样一类人与你共同生活在一个地方，流浪于街道、高楼内外，混迹在人群、车流之间。你曾和这些人中的音乐狂热分子在酒吧里狂饮，然后双手搭在彼此的肩膀上，排成一溜长队，像一群袋鼠那样蹦蹦跶跶、张牙舞爪地转圈跳舞，那种舞姿第一次被创造出来也仅仅使用过一次。你莫名其妙地就受到了那种氛围的感染。这是一群侣峰峦而友歧路的人，很多时候更像一群五颜六色的蚂蚁，在群山的褶皱里寻找家园。

是他们把你带到了这里，或者是，你已被认同为他们的一员。无数次，他们在晨光熹微的一刻就开始在城市的边缘集结，见到每一个抵达的人，便依次喊出那些古怪的名字。漫长的徒步，仿佛是为了让他们把你带上危耸的悬崖、山巅。不久之后，大地上涌起的葳蕤繁茂无论是树、石头还是你念想中的"空"，都越来越让你意识到在人群里挤来挤去是何等的浪费。你与他们一起挥霍着大把光阴，从不计度值与不值，也抛下了那样的毫无分量的说辞——在煎熬中明了等待的意义。哪一种"自我流放"不是更接近真理？何必为时间长河里偶然"析出"的生命操心？无论到哪，只要峰峦俊美，花叶扶疏，阳光倾泻，星河灿烂，你就被收留在了一个更广阔的维度。它们可以追随你心中的阴影不断飘移,让它摇曳生姿,将它照亮,让它超越白天和夜晚,将岁月的深沉寓意变作可以永久珍藏或随手扔弃的东西,一切都像金箔一样轻盈,泪可以滴在上面,成为钻石。

五

此刻,你的头脑已然清醒,细辨眼前的物什,你想起曼德布罗特的话:"云不只是球体,山不只是圆锥,海岸线不是圆形,树皮不是那么光滑,闪电传播的路径更不是直线。它们是什么呢?它们都是简单而又复杂的'分形'。"世界充满数学之美,可你无法朝更深处看到。但在睡去和醒来之间,"分形"的永恒和无量垒叠的隐秘构筑,让你享有着宽广的慈悲和照拂,你行走在它们无限延展的宽广与包容里,那种纵深,也许能抹去你不知所措的困顿。

他们已将启程的一切收拾停当,一个个巨大的背包矗立在地上、树旁。阳光像一块轻柔的不规则的地毯,铺满你们走过来的凹凸不平的狭长滩面,与山顶倾泻到山根下的浓重阴影交织在一起。背后,浓密的灌木丛中间有一条几米之外就被遮蔽不见的小径,好似要故意隐藏起穿行者的踪影。

的确,最先攀爬的几个人很快就闪身不见了,他们躬身钻进了低矮的灌木丛,传来一阵簌簌的枝叶绊蹭的声响。你夹在队伍中间,踩着充满腐殖质的松软泥土,在开始蒸发出来的土腥和植物清淡的精油般的气味中迈出越来越沉重的步子,呼吸渐渐变得急促,额头开始沁出汗珠。你们被浓茂的植被包围了,你看到了刺槐、漆树、核桃楸、山杜鹃、小黄柏、蒙古栎、野丁香、大叶椴木和脚边开着碎花的杂草。你无法分辨过于复杂、像绿色亲属一样拥挤在一起的植物世界,它们恣意而野蛮地生长在此间似乎从未被干扰、截断。因为每一片叶子和枝干的具体存在，它们叠加、簇拥、铺展，竟显得比天空还浩大。

一个多小时之后，终于进入了一块稍稍空旷的地带，细窄的肠道绕过一大片挺拔的竹林。你很惊讶，伏牛山中居然有碗口粗、十几米高的大片毛竹林，而在江南的山地水畔所见更多是蒿草一般疯长的箭竹（原因是你并未真正深入江南的山水，那里的毛竹种植占了绝大多数）。有人爬上竹子，折取细直坚硬的一段，做成手杖。竹子的身躯弯垂下来，竹叶触碰，簌簌作响；枝节折断，咔咔脆响。竹林的主人、一对中年夫妇就在旁边静静观看，并不上前阻止，原来，竹子并不怕折取，折取反而有利于其生长得更多更茂密。

你们手执翠绿的竹杖继续赶路。翠绿的竹杖好像比金属的登山杖更容易让人眉飞色舞，你们拥有了一根来自遥远山野的纪念品，它会慢慢褪掉那种生命的绿色，变成浅黄色，又在回忆般的抚摸下变成棕红色，继而渗出金属的光泽。那是竹子一生的命运，可你却将它丢在了中途。"莫听穿林打叶声，何妨吟啸且徐行。竹杖芒鞋轻胜马，谁怕？一蓑烟雨任平生。"你们没有"芒鞋"，没有"一蓑烟雨"，只是暂离生活的幽闭而出门远足。后来，你在眉山的中岩风景区看到了更多的竹林，山脚那湾碧水储存着苏轼最初的恋情和诗意，而你站在那里时，却想起了伏牛山深处的那片竹林。

你们步上了山巅，被包围在群山凝固的巨浪里。但隐没在灌木丛与蒿草中的小径为你们指点迷津，越过平缓波动的山梁再次沉入幽深的谷底，在那里，你似乎仍然可以听到看不见的水声，它们若隐若现的细语描述着大山无与伦比的深度。有一段路程，你们沿着一条山中的河流行走，那位扛西瓜的朋友在密林遮挡下换上泳裤，跳入其中，一边欢叫，一边劈波斩浪，追随着路上的队伍前行。这是你从未见过的情景。还有这些河流，也许在远处就能汇聚成高峡平湖的奇观——在太行的云台山、八泉峡，你曾惊奇于峰壑之间那平滑深邃的辽阔镜面，以及它所布排各处的瀑、潭、溪、泉——那是多年后的事了。"水是眼波横，山是眉峰聚。欲问行人去那边？眉眼盈盈处。"（宋·王观）可那时，曾经同行的人已走失，不知所终，而忆念的眉眼宛在，换作了溪山清远。

岁月就这么越来越深了。那般经历总是如飞鸟掠过一般短暂。这异乡的漂流也仅能成为你全部记忆的一个微小局部，为生命的渊薮增加一个若有若无的光斑。无论是生前还是死后，它证明你的痕迹终将是虚无。你想成为流浪者，其实思而不得，你在生命和时间的局部流浪，因此也永远望不到尽头。

那一夜，在重渡沟深处一个农家院里，你们将酒菜一桌桌摆开，举杯痛饮，然后狂舞起来，那么喧嚣纷杂，那么忘情恣意。在那个瞬间，似早已忘却了今夕何夕，更不知乡关何处。那一刻仿佛扩展到了永恒，凝缩了生命所持有的长度。

终于安静下来了。你与几个人走出院子，进入西面的宽展平台，将身子靠在砖砌的半截围墙上，默默听他们倾诉。有人搬来了数箱啤酒，一瓶瓶打开，一次次分送给每个人。后来每个人都沉默了。右侧路边的溪水声响如雨，能看见溪畔的竹影无力地晃动。那是一个无法再复制的夜、无法再延长的夜。黎明前醒来，院外哗哗的水声让你误以为整个世界正下着一场豪雨。

你们在那个上午又登上一座峰顶。

站在山巅，大地是无边的，包括它没入地平线的那部分——就像时间，包括它已经消失的那部分；也像人生，包括它前面的漫漫长路。

高处的翡翠

一

在路边，我看到了扎起的灵棚，几个男人披麻戴孝跪在棚口，静卧如绵羊；从灵棚的开口往里看，身着戏装的一男一女浓妆艳抹，正一招一式地扯着嗓子演唱，仿佛一幕大戏的开场，颤抖的音腔努力表达着来自遥远时代的苍凉与悲戚，在抵达高潮的一瞬忽又变作了喜从天降般的亢奋与欢畅。是玉皇大帝派来的还是阎王派来的使者？似乎人一死去，天上天下都有了意外的收获。高亢嘹亮的曲调倏然穿过摇下的车窗，那透明的音色如地面徐徐蒸腾的热气，似有一种托举与覆盖之力，能将亡者的灵魂送入天堂，能把他的躯体埋入地下。

热气腾腾的集市刚刚散去，清澈的气流冲淡了人畜的气味儿，但路上仍有不少车辆和行人。有人停下脚步听戏，脑袋往灵棚里探着。路两边，铺排着一溜低矮的民居和杂乱的店铺，各种招牌、幌子、货架和嘈杂的声音交织在一起，晃眼晃耳，在这个出游的上午，让我多少有点意外地感到了几丝人间的亲切和杂扰。

车速缓慢，一点点挪出村镇的街道。我将脑袋伸出车窗，好奇地前后观瞧。一片惨白的阳光从左侧上空倾泻而下，燥热地敷在脸上。抬眼间，我看到一只立在电线杆上的喜鹊正悠然地上下翘动着尾巴，但只与我对视了一眼，便呼扇了几下翅膀，仓皇而笨拙地朝我们相反的方向飞去。一只河北的喜鹊。喳喳的方言似与山东的没什么不同，硗薄而宽扁的男中音，是北方的山野产物，单调得犹如一个个不连贯的音符或顿号。对于人间世，喜鹊永远都是旁观者，但它们的好奇心总是如此短暂。其实，人的好奇心也并不比它更持久。

但我却十分好奇地问身边开车的马哥：这里有老人去世也要唱戏吗？他们唱的是什么剧种？

马哥"嘿嘿"了两声，悠然地说："要唱的，而且要连续唱七到九天，唱戏的时候，孝子们都要在一旁跪着，每天好几个小时哩；唱的都是晋剧，离山西近嘛。"难怪喜鹊没有耐心观看这人间的道场，孝道的充分表达需要漫长难挨的时间。这令我忽然想起古代官员们的丁忧"仪礼"，所谓"俱以闻丧月日为始，不计闰二十七个月，服满起复"云云，抛其漫长不说，且不能在丁忧期间喝酒吃肉、洗澡梳头、夫妻同房等等，真是岂有此理。孔圣人去世，弟子们守丧三年，子贡独守庐墓六年，也不至于滴酒不沾、块肉不进吧？自打我记事儿起，凡参与的乡村葬礼，一律是在院子里扎上灵棚，也一律是在院子里支上炉灶，专门雇了厨子起火炒菜，八仙桌边的男人们更一律是大吃大喝，酒气灌顶，面红耳赤，大呼小叫，哪来那么多仪礼、规范？看来，官与民自古以来就别如天壤。在生死这件事上，民间即使有所谓繁文缛节，也几乎都掺了"形而下"的"粗鄙"，即便有庄严、敬畏，也无妨以实实在在的大吃大喝贯穿始终，比不上官场那些无衣食之忧的虚伪"套路"：皇帝急着用人时可以"夺情",官员则可祭起"孝道"的大旗明目张胆地"抗旨不遵",互相演戏罢了,那是给天下人看的,于是进退便有了充足的理由。只有张居正为保"相"位接受"夺情",其违反礼教、道统之举为朝堂和后人诟病,也是身后满门悲惨遭遇的缘由之一。漫长的煎熬难耐之中,时间那更广阔的舞台上不知酝酿了几多人生与世事之变,也似乎在一个相当长的尺度内圈定了某类遗存、某种风范、某个标杆,它们叙事的尾音至今袅袅不绝,在偏远大地上雕琢出一个个民间样本抑或似像非像的"拟态",貌似旧时代的完美传承,实则已被艰难的生存围堵得枝蔓横生、端肃散尽,并时常让我这个不以为意者突如其来地遭遇——不止一次,在距我居住的城市不远的封闭山村,葬礼上的唱腔一样高亢嘹亮,一样在悲痛与兴奋间让人不知如何安置自己的情感,庄严的跪拜后面是一曲欢畅淋漓的背景乐音,却呕哑嘲哳难为听。丧葬的礼仪符号,至今仍是千百年沉淀在底层社会的精神元素之一,哪怕只剩下一副空壳,也要强撑不倒、风雨不进。难说好坏,因为在更多的地方,在"移风易俗"的平原地域,小时候记忆中的场景已荡然无存,我甚至早就遗忘了当时令我像喜鹊一样好奇了一瞬间的奇景所包含的所有细节,想来心中竟有些许遗憾。人,真是个怪东西。

　　同样是在蔚县,我倒是沿着一条斜贯村庄的破败街道挨家挨户看过当地的剪纸艺术,我相信这条街道里的所有店面会在雨天泥泞时更加冷清。但屋子里却是一种喜气洋洋的温暖景象,不是人多,而是墙上、案板上、橱柜里,到处是火红的剪纸,大小不一,品类繁多,有的价格相当昂贵,仿佛在宣示它们终能够等来天底下热爱剪纸艺术的富翁们,富翁们小时候脑袋里储存的意象尚未褪色,甚或时间愈远愈被强化,他们大腹便便的肚子里始终包藏着一颗文化传承的温暖心脏。但那一刻,我不能不感觉到屋子里的火热氛围只是一个脆薄躯壳。民间艺术已然失去了生长的土壤,市场的生态是决定性的,诸多愿望只是徒然而已。我盘桓良久，拿起一把把剪纸团扇把玩不止，因为便宜，最后，下定决心，大方地掏出两张"大团结"，然后抓着一把扇柄，花枝招展地阔步出门，准备回去——送给"大观园"里那些更加花枝招展的热爱着民间艺术的妹妹们。

不过，正暗自好笑自己这份得意的时候，一首古诗突然发声于脑际：

拥毳对芳丛，由来趣不同。发从今夜白，花是去年红。艳色随朝露，馨香逐晚风。何须待零落，然后始知空。

就在跨出剪纸艺术一条街那家门店的时候，忽然忆起两年前遇到村镇葬礼的那一幕。感觉人间的道路条条相连，行走间除了自己的衰老，一切都没变。足迹和身影一次次出现，随即被时间的手掌一次次抹去，不留任何痕迹。时间又是一条直线，串联着不同的空间，但遗落或消失的空间会在记忆中慢慢冷寂，成为黑夜般的存在。记忆并不排斥陈年旧影断断续续的复现，其中很多与即将遗忘的情感有关，甚至，越是远离，越是惦念。那些生命播撒的种子未必都会再次萌芽，但我知道，在这个时空萌芽的，在退去的另一个时空已经死去，它们不再生长，而是等待枯败后的酝酿，好让当下的醉意更为持久。那又有何意？倒莫如这些眼前的事物，画面般一幅幅掠过，不占据你的情感内存，不刻入你的记忆磁盘，像一张折叠了数次的红纸被剪掉的那些部分，随风飘散，坠入尘埃。

那么，空中草原是否也呈现为一幅幅终被我丢弃的画面？它们不过是在眼前一闪，就消失得无影无踪。至少是，我无力做到把它们一一从记忆的显影剂中湿漉漉地拎出来，让那些影子慢慢显现出模拟记忆的黑白效果。实际上，空中草原已经变形，轮廓与局部多已失真，当我在很久之后试图描绘她的时候,我早与她山河暌隔,南北两界。她,不过是偶然留在我心上的一道垂影,不过是——我通过她对失落记忆的一次回眸与捡拾,没有缅怀,也没有纪念。

二

但我并未忘记她。即使在几年后,穿越离她并不遥远的草原天路时,我还是无意间想到了她——空中草原。从大同看完云冈石窟,一路东行于崇山峻岭之中,竟然感觉离她越来越近了。如果在更早的一次,去崇礼的途中,从金河口而入,最终攀上小五台,我可能还会站在高处眺望她不知何处的所在……是的,她没有滑落到记忆的最深谷,没有像掺杂于生命中的那些尘渣缓缓落定、终于消失,在物来则应、过去不留的时光镜面上,她始终放射着一道永恒的光芒。

我记得,在离开她之后某个宁静的深夜,或者以后的多个时日(远远称不上岁月)里,我记录、描绘或想象了她曾经示现于我眼前的模样。我一直在揣测中坐立不安,试图重睹她的绝世美艳,而这般努力中,有没有过挪移、置换、替代与塑造,已无法判断,她遥远的存在需要我一点点地去"生成",但沮丧相伴而生——所有抵达真实的企图,在前行(实际是反向的追忆)的途中越发显示出其虚妄的本质,就像阿基里斯永远追不上芝诺龟一样;所有的磕磕绊绊,在无限接近那想要接近的目标时,或许是踏上了另一条路途、再造了另一个去处。存在先于本质。文字却无法描述存在,如对空中草原,我再不能切近那曾经的印象、风景与感觉:一缕风、一丛草、一道闪电、一场冷雨、一次旷世相遇。

词语的折光来自另一个时空,埋藏在生活过的日子里,隐隐地区分着明亮或晦暗——那明亮的斑点不过是极少的一部分,其中更少的一部分是：暂时的放下与暂时的逃离，包括跳脱郁闷生活的短时游历。然而，回忆是否也是一种自我囚禁、一个个放不下的执念，哪怕是回忆一片逝去的风景？记得在一部小说中，主人公试图忆起过往的所有细节，但他发现必须付出与经历同等的时间，于是，只好放弃。愚念只能导致失败，但愚念却也导致了一种努力，尽管不可能，尽管无意义。类似于"人不能两次踏进同一条河流"，写作者（或主人公）的努力终于落空，也许，他（们）仅仅是为了隐喻生命的悖论与悲剧，或在无意义之中呈现一种意义，类似颁布一道自己给自己的谕旨。

　　局限正是讲述与写作的魅力所在。张力、猜测与想象依赖于缺失、空白甚至错讹。一千个观众就有一千个哈姆雷特，一千个游客就有一千个空中草原。这使我增添了取出如下文字的信心，哪怕你进入它，待走将出来，印象仍是支离破碎、不得全豹，你也不会怨怼它的记录失当、逻辑混乱、文采阙如。但有一点你或许永远体会不到，那就是我的"物是人非"之感——

　　渐渐地，穿越一道大山的屏障——那只是从远处观看获得的推断，其实我们是进入了那道漫无边际的屏障之内。乱石穿空，壁立千仞，山门忽闭忽启，道路忽仄忽阔，仿佛进入天堂漫长的入口——那重峦遮蔽的最深处，应该是神的居所。神不指望嶙峋的山石上长出庄稼，但他们一定喜欢那些浓密高耸的植物。他们餐风饮露、仙袂飘举，不食人间烟火，在半荒凉半葱郁的领地中游来荡去，自由自在。这是不是两千多年前东巡的始皇帝得病后让蒙毅拜祭祈福的神山？蔚县的"神山"们改变了中国历史的走向。

　　这次没在飞狐峪停留做长久的漫步，而是一路向南。

　　视野逐渐开阔。远处，群山低矮；身边，峰回路转，青山滴翠，草木繁盛。空气中弥漫着湿润和清香。天上的云格外安静，有几朵颜色灰暗，好似积攒着跌落的重力。

盘山公路七拐八弯，缓慢抬升，从山脚到山腰，又从山腰转到山背，仿佛每每要跨过面前的山峰抵达蓝天的深处。倾斜的山体围拢起一块块谷地，云的阴影就从山坡滑落进去，继而又爬上另一个山坡。车行时间并不长久，就已然远离尘嚣，全凭了这众山的阻障，凡尘的气息荡然无存。但覆盖凡尘的四季同样会穿越这些山峦的阻障，以更加肆意的姿态蔓延，只是过滤掉了人间的燠热和躁动，甚至也慢慢过滤掉了沉积在我心中和躯体上的污秽之物，使我摇晃在尘世间的影子被浓郁的绿色吞没、清洗。一切都是那么清爽，寂寥抵御着过度的热烈。应该感激明晃刺眼的阳光和携带着植物味道的微风。略带苦涩的气息透明而沁凉，那叶绿素被太阳熏蒸的味道超过花香带给人的愉悦，这气息更多地来自稠密而幽暗的松柏。

放眼望去，草木披散在山的肌肤与褶皱间，像天空刚刚脱落在大地上的衣衫，富有质感地堆放在一起，毛茸茸的，既散发着春末的凉意，又蒸腾着初夏的温热（当然，此时已是七月），却听不到一丝簌簌的喧响。一切都是如此开阔、浩瀚（我用这类大而无当的词汇概括这片天地，实在是窘于描绘。面对自然万物，人的语言苍白无力。在日常的交流中，我们仅使用最简单的词语，彼此明了，却不必感受。但唯有感受才是复杂的，尤其面对陌生的事物，我们无法找到对应的词语。其实，感受、感觉，本不需要语言，也不必通过语言。语言无法承载事物，只能让它变形、失真）。这里没有往世，只有今生；没有死亡，只有生长。尽管存在得更久远，它是崭新的；尽管离人间很近，它是陌生的。这就不难理解，为何刚被抛在身后的市井，瞬间就变作了"前尘影事"。

当然，我们也不可能把这里当作自己的"现世"。世界自有它的法度。即使如此壮美秀丽，人们也绝不会将摇着团扇、撩着香风的妹妹们居住的"大观园"迁移至此。如果没有周边鳞次栉比、低矮破败的民居，没有酒肆茶楼、商铺排档、喧嚣纷纭的市井闾巷，大观园也便失去了存在的依托与意义。那才是细民眼中的"人间天堂",而这里不是。细民从富贵"天堂"一侧的高墙边擦身而过,白驹过隙,繁衍生息,腥风血雨,生老病死。然而,他们也知道,这类"人间天堂"很可能会在某一天沦为"人间地狱",正所谓"眼见他起高楼,眼见他宴宾客,眼见他楼塌了"。

我无法目睹和倾听被时间带走的光影与声音,但我可以目睹今天的"人间天堂"正以几何倍数增加和复制,远远超过以前的体量、数量和亮度。宾馆、酒店、歌厅、酒吧、洗浴中心、商业中心、豪华居所……将众生的喧哗抬升到一个无以复加的高度,将声光电交织的号叫、喧腾、奢华、妩媚、妖冶、绚丽、冷漠、空洞装饰成一个世界最为广阔的背景,让它们将人的灵魂一再抽空,在现世的享乐里雕琢一具具僵硬的躯体,塑造一个个备受物质压迫的紧张、榖觫的灵魂。宴饮,欢歌,斗智,揣摩,较量,掠夺,觥筹交错,暗地厮杀,几乎每个人都在如影随形的市场里拼命寻找出售自己的机会,以换回娱乐肉身的资本,但大多在无法企及欲望顶端的努力中将自己消耗殆尽。而同时,一个更为巨大的躯体正在被侵蚀,需要向伤口与残肢供应更多的精血,它的喘息在我耳边越来越急促,让我意识到,随时可能发生的巨大坍塌仅仅需要一次喘息的停滞。但愿,身边这类钢筋水泥附丽的"天堂"也许并未覆盖所有"疆域",那未被覆盖的,或储存着救赎的力量。毕竟,像一本书的名字,我们仍生存在——"人的疆域"。

缓慢的力量。静止的力量。倾听的力量。凝视的力量。如大自然和空中草原启示的力量。正如一位写作者所言:"你只有在一个人独坐时才能倾听到世界的合奏,世界的演奏从来只面对一个人,它只需要一个听众,一个诸事遗忘的纯净者。"(张锐锋《和弦》)是的,倾听需要真正的"坐忘",需要将自己变作"无"。而不像等待那样,要克制或利用某一些相反的力,比如焦虑,比如耐心。焦虑很可能导致盲目的行走与寻找,甚至导致衰败与死亡。

的确,我也在进行着一次次行走与寻找,无法看清究竟是源自焦虑还是盲目,但那只关乎我自己,就像在夜晚的德令哈,我只念叨着海子的那句诗:"今夜我不关心人类……"我知道,于世间行走再多的路,也不一定能找到,因为你并不知晓你所寻找的究竟是何地、是何物、是何人,你将寻找寄托于一次偶然的相遇,而那所谓的相遇却隐藏在另一个时空或者虚无里。不是所有的道路都通向那里,或者根本就不存在那样一条道路——道路与"相遇"之间很可能毫无因果对应关系。而你的时间只有那么多,你出入的空间更是有限。因此,以有限入无限,寻找往往是徒然的,目标常常是虚无的,它或许存在于你的盲区,或许只存在于你的幻想,你并不知晓它的真实模样。最终,你在这世界和世道里兜了一个小小的圈子,却再不能回到原点,而只能飘散、消失于一个遥远的乌有之乡。正所谓:生存之内,命运唯一。其实,"相遇"只能存于人的内心,但需要付出所有的寻找之后才会得到,或者也未必真的能得到。我们被某个神秘的力量驱动,各自走完疲惫的一生。

远古时代,我们会寻找众神的居所。没有一个核心自我,我们只相信众神的存在,就像古希腊人心中有一座伟大的奥林匹斯山和十二位神灵一样,他们掌握着人的生存秘密、技能、经验和智慧,站在高山上俯瞰人间,又不时纵身其中,干预一种命运、一场战争、一段历史的走向与结局。没有他们,人类似乎就不知所从何来、所往何去。人间的叙事被众神的叙事左右,因为神拥有决定一切的力量。人类必须匍匐在大地上,才能仰望众山之巅的神殿发出的圣洁之光。但神不过是弱小人性的投射,神话不过是人类生存的投影和寓言,而人类所有的秘密都能在神话中找到对应的解读。那些形而上的永恒存在,更是人创造的一个意念乐土,让无所不能的神们无所事事地待在那里,一日百年,青春常在,独拥天地的富有、辽阔和永恒。

但我相信，众山之上，云海之间，同样隐藏着人给自己开掘的道路或给后世指明的路向，所有通向高处的事物，都曾在人的躯体里留下过或深或浅的影子、形象、气味、色彩，比如天空飞翔的翅膀、寺庙升腾的香火、高原河流的源头、夜晚明朗的星空、深山出岫的云海……这些遥不可及的事物，尤其是那些试图纵浪大化、赤条条来去无牵挂的厌世者（包含一大批诗人）的追慕所在，如果在尘世连个桃源都找不到，到头来，无非东篱把酒，遥望南山，花痴般梦想着惠风和畅、物阜民丰、天下大同，莫不如去寻觅那始终惦记在心头的蓬壶妙境，去那些人迹罕至之地沐浴天堂美妙的投影——"忽闻海上有仙山，山在虚无缥缈间。楼阁玲珑五云起，其中绰约多仙子"……为这一念执着，可以不辞跋涉，可以矻矻修行，可以捕风捉影，可以尽一切手段，灵虚高蹈、羽化登仙。白居易只在《长恨歌》里描绘过一番杨玉环灵魂归属的仙山妙境，他懂得用不实之美放大诗歌的力量；仗剑狂饮的李太白则是游仙的践行者，遍历名山大川，求列仙班，仅得之于梦耳；而《神仙传》里各路仙风道骨的高士，哪一个的得道所在离得了虚无缥缈的神山灵境，却多为传说，无迹可寻；还是"觉有情"的菩萨们富大智慧，道场耸立人间，虽高山仰止，却无妨让众生的镜像神经元彼此模仿着虔敬与祈祷。海市蜃楼无非虚无玄幻，然天堂的美妙投影会覆盖绝壁险壑、云海蒸腾的海内名山，甚至覆盖那些一直躲藏在人类视野之外的神奇绝地。

空中草原是否天堂的投影？亿万斯年，她仍保持着诞生时的美貌，或者在不老的神谕中驻留了绝世妆容。抑或它只是一个无人涉足的冷僻之隅，在"众神降临的叙事"之后又被众神遗忘或丢弃，像一颗"深埋"穹庐之下的钻石，失去了传奇，也不再有现身的璀璨，就那样一直在沉默中独自描绘着一个巨大梦境，这个梦境只与接近的天堂有关，从未向人间敞开过它的音色。但终于有一条曲折的山道暴露了人们解开她所有秘密的企图，这条路也同样让我得以实施对她的轻松闯入。

路的修筑应该是不久之前的事——相对她的旷世不觏，任何事件都仿佛发乎眼前的瞬间。或者是迷途的牧羊人在回家的路上发现了她，沿途的描述把她变作了一个远近闻名的传说；或者是最早的勘探者将对她的发现标注为地图上枯燥而具体的数字和地质构造的专业术语，并给她起了一个形象生动的名字；或者是有人从飞机的舷窗向下俯视，意外地看到了那被群山捧着的一片碧绿，就像一块翡翠原石被剖开了一层皮面，收藏着温润的质地和高贵的折光……于是，人们按捺不住突如其来的兴奋，一把将她从神的领地里夺取过来，纳入人间的价值体系，估算她的"原石"价格，使之成为悬在高空的奇特商品。为了更好地兜售她的"色相"，还不辞辛劳，专门修造了一条从人间通往这里的曲折道路。但沿路而来的人们绝非为了与她永久地相会，而更像是为了一次匆促相会后的永久别离。她已经被入侵，开始了被剥夺的命运。当生态成为资本的俘虏，则毫无疑问地会被它一点点抽空，终将变得凋敝、荒芜。我看见一条被车轮碾压出的砂石路如划破草原皮肤的狭长伤口蜿蜒进碧绿的草甸，越来越多的游客会从那道"伤口"中分泌出来，进入齐腰深的草丛与花海，摆着姿势，举着手机，拍下以自己为中心的一张张照片，收获着猎奇般的满足；或徜徉在她怀抱的光天化日之下，悠然漫步，不时地驻足遥望，似乎一边品鉴着她的旖旎、瑰丽之美，一边推迟着正午与傍晚的降临，生怕回到凡间，心中那天堂的投影就会被睡梦驱散。

我也是入侵者之一，不能否认我的游客身份。不知是出于感激还是出于惭愧，我走到一处远离人群的地方，在一块坚硬的石头上坐下来，面向太阳的方向，久久地闭上眼睛，像一次没有默念的静息或祈祷，我试图让空中草原沿着一缕柔和而澄明的光线，一点点进入我的心中。

是的，这片隐藏在"千丈沟壑、万里屏障"之内、面积达 36 平方公里的高山湿地草甸,足以容纳我翻身侧脸背向尘世的白日之梦,尽管短暂,但她属于我生命中的一天。而且,她以推迟季节的方式让我对时间有了新的判断——此刻,神的时间是缓慢的,他把已经流逝的春天安放到了高处,甚至把不同的季节安置在了一起,因为,就在我睁开眼睛的瞬间,我看到了各色的鲜花,正在开放的,已经干枯的,它们是:雪绒花、霞草、翠雀、天仙子、百里香、八宝景天、金丝蝴蝶、雪山点地梅……这些美丽的名字突然丰富了我对空中草原时间秩序的想象。

然而,这里并不是真正的草原,只是高山之巅一片过于干净的草场——说是草场也不确切,既非地理学意义上的牧区,又如此隐蔽、偏远,绝不会成为牧民转场放牧的佳选——对人而言,它的繁盛等于荒凉。这里只有四季与它们的物产:鲜花、蒿草、虫鸣、雷电、雨雪、冷寂的月光、透明的星颗、风的轻柔与呼啸。而广袤的草原不止有马嘶羊咩,还有缭绕的经声佛号,有玛尼堆和那达慕,有升起的炊烟与额吉的呼唤,有孩童的欢笑和狗儿的狂奔,有温暖的帐篷和奶茶的甜香……但那些都不属于空中草原。

三

两千多米的海拔处,渐露高山与高原的伴生地貌,山与山之间飘浮着一块块平坦的高地,它们是空中草原的序幕。在这里,大自然展示着它的戏剧性,这种戏剧性表现于地势与气候的变化中,并用几近垂直的方式省略了漫长的过渡与铺陈。因此你可以迅速翻过或干脆忽略那些山地叙述的片言只语,而不影响对高潮章节的期待与欣赏。这与我沿着时间走过每一秒的日常惯性不同,年复一年的重复与疲惫里缺乏精彩的情节与细节,那种冗长与庸常的幸运往往抵消了对生活的感恩。目光被楼群遮挡,窗户失去了眺望的功能。在拥挤和噪声中,我与行人们擦肩而过，在城区的街道上小心翼翼落下每一步，岁月的臃肿与缓慢让我一再见证着隔膜与繁荣。而现在，车窗外迅速倒退或缓慢旋转的风景却令我目不暇接，我竟然不想忽略每一道山脊、每一棵树、每一片花草、每一缕混杂着热辣与沁凉质感的风。周边的一切让我心生感念，它们闪过的影像不会让我急于清除，而是希望能贮存永久。它们同时唤起了诸多类似的记忆，短暂而琐碎，却都鲜亮如眼前的光影。我知道，那些在山河之间行走的日子依然没有消失，它们隐藏在同一个地方，会在我进入同一类时空时骤然显现，让我感悟到生命与情感本是一体，中间并不存在漫长的跋涉；也使我看到了一种并存的矛盾：有些跋涉希望尽快结束，有些跋涉希望永远持续。

　　车子爬升到最高处时，一大片真正的草甸展现在面前，仿佛猝然之间打开了她的静穆、开阔、灿烂，宛若一座天神的花园，在高处播撒着光芒。群山都退到了远处，湿度较高的空气（类似"阳焰"）将它们模糊成了一层层矮小的虚影，凸出的几座山峰只露着尖尖的顶，仿佛大地的牙齿。天空从头顶倾斜过去，与绿草延伸的边缘接壤，远山灰色的轮廓似乎是它们不规则的缝隙。行走间，我恍然觉得，无论站在哪里，都能获得神灵环视大地的视角——人间的烟火在地平线下消退，尘世的喧嚣被隆起的山峦遮挡，只有花草能解的风语贴着地面游走，轻轻如神的透明衣摆扫过，簌簌远去，继而徐徐上升。神隐而不现，只用身后强烈的阳光与云朵的幔帐遮住了宇宙的穹顶，使空旷的花园更加肃静、绚丽。

　　在过去的亿万年中，空中草原大概一直保持着四季轮回的纯净，一尘不染如时间遗忘的处子，遗世独立若空间封存的翡翠。即便是因为战争，北方少数民族的步兵、马队穿过飞狐峪，也未必会选择在这里露营、放牧，因为神的居所从不考虑人类的成本，这里除了茂盛的花草，唯一剩下的资源就是时间，神不需要粮食和水源，神也不会像人类的军队那样必须与时间赛跑，在迅疾如电的奔突中抢夺仅有的一丝胜算。雨雾雷电不过是神的装饰，是他喜怒无常的表情，在单调的背景下，所有运动的物象都是他降下的旨意。与此处所有的植物、土壤、碎石、坑洼、小径一样，我领受的这份旨意是变幻多端的清澈光影，是掩藏在草棵深处的细细风声。神慷慨地打开了他的宫殿，展示着他的收藏。

与人们常说的世外桃源不同，因为被自然的伟力抬升到"空中"，这里没有人间烟火，没有居民。你无法在此享受江南水乡的柔媚潋滟，画廊烟柳的岁月静好，暖风醺醉的闲愁散淡，"携琴上高楼，楼虚月华满"的彻骨相思，无法在虚幻的自欺中憧憬未来的幸福如意。慵懒、陶醉、舒适、惬意、温暖而熟透的光阴，停驻晨昏的无所事事，一切都恰到好处的迷离恍惚，下半辈子要托付给身边悠悠逝水的心绪漫漶，貌似融化在时间与空间里的物我两忘，都不会出现在这里。这里只有猝然的惊心冷艳，绝世的空寂辽远，甚至万古荒凉养育的遗世孤傲。在这里，迅疾的行走和扯着嗓子的叫喊都是无效的，巨大的安静和空旷会将它们瞬间吸纳。所以，我选择悄声耳语和悠闲漫步，或能在停顿的间隙听到寂静本身发出的微妙声响——我不可能只为了倾听才来到这里。我发现，任何声音都会变得杳渺而神秘，连孩子和女人的欢笑都是，明明是在眼前，听起来却很遥远；明明是在远处，听起来却好似在身边。我感觉踏入了"秘境"。"秘境"中的空间是变形的，它随意摆弄着人的视觉、听觉、感觉，它同样可以把你看到的事物拉近，把道路押长，你不能再信任你的眼睛，而只能信任你的脚步。当你驻足一刻，目视一片云影慢慢把一片草坡覆盖，你还会产生它们彼此反向游弋的错觉，轻盈的云影仿佛蕴藏着拉动大地缓慢旋转的力量，让你感觉到一丝美妙的晕眩。

尽管如此，这类秘境依然不是居留之地，你可以进入，但不能陪伴。秘境在黄昏沉没之前划出了一道尊严的界线，自古及今，这些地方都不曾留下人类生存的样本遗迹（哪怕一堆篝火的余烬，哪怕一座被主人丢弃的帐篷）。比如博尔塔拉边缘的夏尔希里，在那里，我几乎迷失在孤绝而美丽的白昼深处，却没有发现一条通往雪山之巅的道路（只能说明它尚未被欲望的足迹污染）。即便是川藏纵深地带的民居，也只散落于秘境周边那些水草丰茂、足以存活的去处。牧场、草甸、飘移的云脚、洒落的疾雨，饲育、滋养着成片的羊群，足以让稀少的牧民部落繁衍生息，在神的领地周边得到上天的垂顾和庇佑已经使他们心满意足，而别无更多贪念。他们将秘境像神一样供奉，凝望，祈祷，跪拜，用洁白的哈达表示虔诚，在他们心中，只有白云的哈达有资格搭在神山的脖颈上。他们绕着神山秘境的边缘行走，双手合十，日复一日地念动经咒，却从未动过出卖它们的念头。他们也曾以温暖的帐篷和热气腾腾的酥油茶热情地款待遥远的来访者，告诉他们那些代代珍藏的传说，对千里跋涉的信仰表示恰当的恭敬，却不会迎合那些"探险者"野心勃勃的奢望。

四

　　草原和山峦的连接处升起一层雾一般的云絮，好似要更换一幅使用了"太久"的布景。其实，光影一直在变换，连草原的颜色都是，甚至能让视觉感知到冷暖，比如云影扫过的瞬间，暗绿变作了嫩绿或青绿，花儿们会突然间被点亮，然后又突然间暗淡下去。秘境只能靠这些手段来表明她的不同寻常，这恰又是她自己的"寻常"之处。自然界从来就不存在秘不示人的事物，只是这些事物往往变幻多端。远处的天空悬着几块很大的雨云，正缓慢飘移，越来越黑，直到彻底挡住了阳光。而雨云之间的天空却湛蓝得像一块块透明纯净的琉璃。

　　有的地方开始下雨了。远处，大朵乌云的边缘垂下一道雨幕，绵密的雨线与草地连接在一起,像一道薄薄的纱帘,却遮不住一层层青山的剪影和一朵朵孤游的闲云。这纱帘没有褶皱,而有着柔软的质感,它似乎凝然不动,看不出是垂降还是上升。无数的雨线连接着天地,那不过是一种合理推断,实际上,你根本看不到雨丝,也听不到它唰唰的声响。这是天地之间的一种交流方式,只在遥远的地方进行。第一次目睹这样的奇观,让我相信,天地自有它们彼此交付的情感,比如,随即,我又看到了云中频繁而迅速的电闪,那是雨幕不能遮掩的激情。随后,沉闷的雷声轰隆隆地传来,像迟缓而滞重的喘息。少顷,山与云之间的天光变作了淡绿色……惊讶地呆立着,低头间,才发现,阳光依然明亮地洒落在我身上。转换一个视角——东面和南面的草地之上也出现了几块巨大的雨幕,仿佛为了某种遥远的呼应,它们共同组合着一场令人震撼的演出。很庆幸,我看到了空中草原最丰富的表情。

几匹马在远处悠闲地吃草,它们并未被身边的雷电惊扰,也许是早就习惯了。倒是它们的主人不时地抬眼看看天,仿佛担心着今天的生意。两条狗一黑一黄,在草丛中奔跑跳跃,夹杂着细碎黄花的绿草正好磨蹭着它们松垂的肚皮。狗儿们玩耍得十分自在,在草丛中任意出没,傍晚会跟着主人一起回家。稀少的游人似乎更喜欢在草丛中漫步,尽管有条路延伸到草原深处——这条路只在景区门口往里硬化了很短一段,更长的沙土路蜿蜒到天边消失了。

走近那些马匹时,我看到草皮中间裸露着一块红色的土壤,像一块丑陋的皮癣,上面停着几辆轿车、面包车和一辆皮卡,四五块大小不一的广告牌插在地上,旁边竖着用几根三角铁焊的架子,一块粗糙的喷绘上写着"草原人家·悬崖木屋·农家小院"等字样。看来,这空中草原已经有人安家,都是为了生意。只有"悬崖木屋"比较吸引我。

一个女孩和一个男孩已经跨上了马背,男孩的妈妈举起相机给他拍照,背景是绿色山坡上的风车。风车之上,天阴着,云却是白的。

走到马哥提前介绍过的"万年冰洞"。草地上突然塌陷出一个三角形漏斗,一个黑黝黝的洞窟出现在漏斗底部,洞窟上方是被草皮覆盖着的壁立岩石。沿着一级级石阶往下走,迎面石壁上刻有"万年冰洞"四个黑漆大字。黑漆漆的洞里寒气逼人,果然有几块残冰,像是亿万年前的遗物。

五

应该记录下这高山湿地草甸上生长的各色鲜花。我看到了淡黄色、五瓣张开的双花堇菜,金黄色、一根细茎高挑着的野罂粟,红色的、一小簇花朵挤在一起的胭脂花,还有絮状的白头翁、淡紫的鸢尾,以及点地梅、绣线菊、狼毒花、蒲公英、祁州漏芦等等,星星点点,在脚边、周围,谦逊而无忧无虑地开放着,只有靠近才会看到,而抬眼间,它们便被平坦如砥、一望无际的碧草淹没了。最难得的是看到了传说中的雪绒花。此花极少,细细寻找方才得见,雪白的、毛茸茸的、星状苞叶群上有排列成伞房般的花序,中间的花蕊点点金黄,花的形状和花瓣的颜色真的像雪,这"雪"稀稀落落地撒在七月的空中草原,更是弥足珍贵。我们都是第一次见到传说中的雪绒花,并不约而同想起了那首同名歌曲,于是一边惊呼自己的发现,一边在周边不停地寻找更多,好像发现了来空中草原的唯一理由。同行的几位女士干脆躺在花草边尽情地拍照,直至最后兴奋地跳起舞来。我最喜欢给她们拍的那张照片——围坐在几朵盛开的野罂粟周围,美丽的笑脸和同样美丽的黄绸子一样的花朵一并绽放。

六

雨脚还是很快追赶到了我们身边,刚刚撑起伞,哗哗啦啦一阵儿又过去了。草原的天气神秘莫测。

我们已经走出很远，一个宽大的峡谷横亘面前，脚下的沙土路绕过峡谷伸向远处。

悬崖边，没能看到木屋。大概，木屋在更远处。眼睛搜寻着，只看到草原的边缘依然是层峦叠嶂，仿佛只有几米高。

雨忽然又下起来，沙沙地打在路面和草地上。马哥先开车将孩子们送到景区门口，又开着返回，大伙像沙丁鱼一样挤了上去。望向窗外，草原更美了，更像一块巨大的翡翠。

这是天堂的景色，远离人间，似乎要让人把什么都忘了——除了留在这里的那些。

但我们必须返回人间。夜晚的灯火和余生的岁月正等着我们。空中草原不会知道，我们的将来还会遇到什么；但我知道，我离开了，就不会再回来，我将拥有一次次对她的回忆与想象。

秘境中的"艳遇"

一

无数奔涌的峰峦和谷地，随着目光的飘移不断繁衍，如大地上的波涛跌宕起伏，展示着比海洋更蓬勃、野蛮的力。它们以凝固的方式泛滥、扩散，以饱满的隆起、纵深的褶皱、稠密的植被承载时空的运转。但时间却难以将不同的季节准确地安置其中，比如在夏天，于不同的高度，她同时绘制四季的画卷，随后依次递减或递增线条和釉彩的疏密与浓淡，循环往复，周而复始。她并不完全服从上天颁布的季节律令，更不以其壮美与辽阔吸引人的目光和脚步，容纳尘世的烟火和命运。作为自然保护区，这里只存在比人类更为古老的部族：动物和植物。它们按照自然的生存法则延续着不曾间断的繁育和共生，夏尔希里也因此保持了原初的单纯明净与勃勃生机，像绽放的空中花园，在新疆大地的深处散发着神秘的隔世灵光。

巨大的峡谷之间隐藏着一条纤细而蜿蜒的"天路",那是我们的来路。只有站在最高处,才能看到它夹在大山褶皱之间的那条浅黄色"折痕"。一边是高耸的铺满浓绿色的山坡,一边则是浅绿色的,眼前的层层山峦由淡绿渐变为深蓝和浅灰,极远处则只剩下一块块洇开的清水般的印渍,融入天空的背景。阳光在巨大的空间里任意涂抹天堂的颜料,笔势由近而远,慢慢松弛、沉寂。我的一位摄影家朋友拍下了这幅纯美的画面,他把眼前正在盛开的火红色花束一同收入取景框,让夏尔希里的景色具备了更为惊心动魄的美。

其实,夏尔希里的美是全景式的,均以你的视线为中轴,左右上下打开,豁然洞彻。在她面前,人更容易发觉视域的局限性,需要不停地转换角度,才能将大幅画卷映入脑海,可每转换一次,之前的景象随即消隐不见。

更为奇异的是,进入夏尔希里,你会觉得空间正打开一条隐秘通道,将你一步步带离凡尘。净土以其沉默而安详的姿容呈现出她的形而上含义。夏尔希里是神的喻示。神将耸峙于人世之外的另一极安放在这里,进入她,完全称得上一次被洗涤了身心的"艳遇","形而上"的艳遇。最高处的峰峦被积雪覆盖,白皑皑的光芒令人目眩神迷。那是神的领地,是离天空最近的地方,也是我们的目光能够抵达的极限。我怀疑它们变幻的光色能制造出无数幻觉,投放并弥散在草甸、花海、丛林中,让身体慢慢产生清虚的飘浮、上升之感,试图将我这个"入侵者"引渡到那片无尘之境。然而,她的每一棵树、每一株花都是具体而真实的,它们时时把我吞没,并被一块更为巨大的色彩斑斓的锦缎吞没。云影在上面滑动,制造着明暗闪烁的华丽特效。我站在夏尔希里的一片山坡上,目光追随着它们,像追随着神灵的背影。辽阔的空间变得柔软,时间也变得悠长且缓慢,像听不见却看得见的光,漫过无边的花树和峰谷,栖止在旷远与岑寂中。夏尔希里不断扩大着疆域,感觉越走越遥远,与神的花园一样,只要进入其中,就会迷失在里面,你被一道无形的追光笼罩,再无法抵达她的尽头。最重要的是,她会让你忘却所有世俗的经验,无论是爱还是痛,都会变为最珍贵的"化石",安放远处,不被打扰,也不被惦记。经验在这里找不到存放之处,任何地方都是第一次遇见。

尽管大自然赐予了这里更多的恩惠,你却只可享受她的部分恩典,比如,找一块草毯或岩石躺下小睡,在明媚的阳光下或清凉的阴影里,将一个个闪回于脑海的局部连缀在一起,变作你"真实"的冥想背景,或把刚刚闭合的绚烂放入梦中。然而,只要离开她的怀抱,这类冥想和梦境就几乎难以再现。夏尔希里的美艳仅存于"当下",且需要不断远足跋涉,才能续取,才能进一步扩充你有限的想象,印证你与她之间并无黑暗的隔世之距——或许,你本来就是她的居民,无论被放逐多久,残存的记忆仍能够被唤醒。你遇到了她的当下,就恍然忆起了自己的前生。

"夏尔希里"作为一个名称、抽象的符号,或许只在地图上出现过,她从未被历代文人的情感染指,与诗词歌赋的赞美无缘。她没有朝代、纪年、历史的规则,"因为天堂是一个没有时间的地方"(耿占春);更没有人为描摹的痕迹,没有自然之外的杂染、噪声。进入她是简单、直接、坦然的,不会产生任何紧张和压迫感,相反,她让你的尊严如神赐的礼物一般美观、完整——这尤其有别于你在人间的感受。你尽可舒畅呼吸、放松身心,与她平起平坐。神的慈祥和宽宥无所不在。但她并非一位拯救者,了解你的痛苦和希望,她只能让你暂忘一切,以她圣洁而永恒的光,照彻你内部的幽暗与寂灭。无论多少年过去,她都会接纳每一个到来的人,后来者并不会知道你也曾经来过。夏尔希里将以不断的复现进入幸运者的记忆深处,也许还会修正他们在人间的路途。

二

夏尔希里同样是一首宏阔、苍郁的长歌，没有尾声，就像她热烈又冷峻的丛林，不会出现最终的余烬。往往是，在一个巅峰的休止处，群山浩瀚的旋律再度扬起，林莽幽暗的深度被重新照亮。停顿。回眸。远眺。你发现，只有伫立的姿态是最好的，好似庄重的凝望可换得生命的重构，不必反观、追悔，平庸的岁月就被分解过滤，飘散在清净的空气里。你试图以卑微、渺小的身份进入那首长歌，成为一个词语或音节，在她吟诵的转折或停顿处闪现，汇入她的永世之光或幽暗之谷。然而，她无边的静默似乎在暗示，她并无那样的权力，就像我们无权搬动她的一块石头、砍伐她的一棵树一样。同样，即使站在最高的山峰上，我们也采不走神的一片云彩。夏尔希里虽然是慷慨的，却无法满足我们的所有需求，我们可以不断地深入去一点点抵消她的"吝啬"，但那也是不可能的。她不是故地，能允忍我们任意往返、重温，她出现在我们的生命中，毫无疑问，只有一次。不过，有一点可以肯定，夜晚，夏尔希里的月亮同样是人间的月亮，而人间的月亮却绝不是夏尔希里的月亮。

所以，在夏尔希里度过的每一刻都是珍贵的。只有守望着的"夏尔希里"才能让夏尔希里存在，一旦离去，她就会消失无影，恍如一个梦境，除非你让时间静止或飘散，就像面对爱情时的祈祷一样。然而祈祷也未必留得住爱情，那是世间的情感法则。夏尔希里绝不为祈祷所动，她只示现自然的本真，没有任何功利，纯净俨若处子。

浩如烟海的植被。磅礴绵延的山峰。她耸立在天上，耸立在人的视野之外，却始终捍卫着四季轮回和风霜雪雨的生命系统，确立着万物彼此依存的最纯粹关系。她的白天与黑夜不只有横向的交叠，也有纵向的延伸，既可触摸到最高处的明亮，更能掩藏起最深处的幽暗。但她没有对话者,更不是"隔世之美",所有写给她的诗歌都是无效的,她本身就是大自然顶级的礼赞。她只聆听自己亿万斯年的孤绝回响,生而不有,为而不恃,遗世独立,容纳生死。

然而,离开夏尔希里,我却写过一首诗,最后两句是:"越是危机四伏,越是美得想哭。"真是词不达意,尽管我数次在美和危险之间的神秘关系中遭遇过折磨和痛楚,我也深知,夜晚,美的"黑洞"更为险峻,但仍不能将"美"和"危机"视作事物的一体两面。一位诗人对我提出异议:"川哥,哪有什么'危机四伏'?"我勉强说了番理由:"刚才在盘山公路上,你没觉得危机四伏、提心吊胆,甚至毛骨悚然吗?车子不小心掉下去,就是粉身碎骨,幸亏都是老司机。还有,夜里你留下来试试,碰上狼、棕熊、雪豹、野猪,你就趴在草窝儿里好好体验'危机四伏'吧,我敢说,白天你看到的所有这些美早就吓得踪影皆无了。亲爱的诗人,在夏尔希里的夜里,你很可能只是猎物。"他不吱声了。

不过,他说得对,我们没有必要成为昼伏夜出,能在她黑暗的群山、腹地内部穿行自如的动物。夏尔希里璀璨夺目的白昼就是我们此刻全部的财富,我们应该深感满足。她并不以我们的喜好而存在,无论是爱还是恐惧。也许,只有艰难而浪漫的探险才配得上她,但利益驱动的"热情"应该始终被禁止。如今,人的"远足"能力已使得"净土"这个词变得十分可疑,夏尔希里当然也不再是"地理学者的愿景与实践之间的空白地带"(段义孚《浪漫地理学:追寻崇高景观》)。就像纯洁、美好的事物常常遭遇的命运一样。"禁区"越是夺人心魄,越会勾起占有的欲望,而人的"强悍"、霸凌与"胜利"导致的邪恶反过来又会铺成一条自毁之路。

我知道,这块被称为"中国最后一块净土"的秘境,到目前为止也只有少数人进入过。他们(包括我们)真是幸运。曾有一部《夏尔希里，最后的净土》系列专题片，似乎让她名扬天下，其实她依然是"养在深闺人未识"。新疆的一位朋友说过一句话，我至今记得："打个比方，如果全国有一万人进入过夏尔希里，其中博乐市进去过的不会超过500人。"当地人都难见其真容，更何谈其他。另一位朋友说，他组织过八次全国笔会，唯有这一次，作家们顺利进入了夏尔希里自然保护区，这需要相关部门签批边境通行证。除了边防战士和护林人员，近300年来已无人进入其中游牧，这里成了许多珍稀动植物的乐园和天堂。虽然我们没有征服的野心，听了这话，心里还是怀了一丝忐忑，但很快被兴奋替代，我们在发现的"新大陆"里忘情地消耗了一天并不充沛的精力和体力。我们深知无法带走这个奇绝、壮美、生态多样的现世样本，却没有忘记带走自己可能留下的所有痕迹，除了脚印。夏尔希里没有因为我们而损失她的完整。

三

进入夏尔希里，在一个山谷转弯处，立着一座由两块石头组成的石碑，上面三角形的碑帽上刻有"夏尔希里"四个阳文隶书，顶端印着一枚花、草、云、鹿图案组合的椭圆形徽章，下面横着的长方形岩石上刻着蓝色楷体碑文，全文如下：

新疆夏尔希里自然保护区位于新疆西北部博尔塔拉蒙古自治州内阿拉套山北麓，地理位置为东经81°43′09″—82°33′18″，北纬45°07′43″—45°23′15″，海拔110米-3670米，高差3360米。因沙俄推行扩张主义政策，蚕食我夏尔希里328平方公里领土。1998年7月，根据《中哈国界补充协定》，将争议区220平方公里划归我国。为加强该区域的自然资源保护和管理，2006年6月成立自治区级自然保护区。保护区总面积为 31400 公顷，其中：林地 8552 公顷、草地 21482 公顷、湿地 180 公顷、冰川裸岩 1186 公顷，活立木总蓄积量 73 万立方米。受复杂地形和多样化气候影响，造成了生物种群种类多样。各种野生植物 81 科 513 属 1676 种，其中蒙古黄芪、雪莲、红门兰等国家重点保护植物 60 余种；陆栖动物 64 科 221 种，其中雪豹、北山羊、棕熊、马鹿、草原雕、雪鸡等国家重点保护动物 35 种。同时，夏尔希里是新疆西北部重要的鸟类迁徙地、繁殖地、越冬地，也是我国一座独特的生物基因宝库。

由此而知，夏尔希里生长着一个庞大而自由的"神圣家族"，包括那些被丛林掩藏着的、昼伏夜出（在我们看来似乎如此）的凶悍动物——尽管我们不曾遭遇过一头，我们也清楚，它们并非藏匿，而是在家园里坦然享受着自己的习性，接受彼此的饲育。

夏尔希里，一个干净到连传说都没有的地方。但如果你深入了解了夏尔希里，并能讲述她，那么，你就会成为一个传奇。尽管我力不能逮，但我看到，在保护区内遇到的寥寥几个护林员身上，都散发着一种奇特的光彩，眼神澄澈而明亮，言语简洁而热切，浑身洋溢着夏尔希里的质感。那是夏尔希里对一个稀少部落的独特成就，她的传奇通过他们才可以转述。当然，这里的每一株植物、花草也可以做到，它们是这部浩瀚大书的生动语词。

四

四辆越野车连续经过了四道关卡，每一道关卡都要仔细检查，包括通行证和身份证。一位"党"姓蒙古族大哥既当接洽人又当驾驶员，忙前忙后，像夏尔希里的"原住民"一样热情待客，古铜色的脸庞油亮、饱满,笑容始终在他脸上绽放,作为这里的"主人",他已经很久没迎接过远道而来的客人了。当地的朋友叫他"党书记",应该是某个乡镇或部门的领导。我很奇怪蒙古族有这个姓,朋友告诉我,战争中解放军收留了大批孤儿,孩子们没奶吃,就被送到了蒙古族的牧民家,于是,都姓了"党"。那么,党书记应该是第二代了。不过,看长相,他就是蒙古族人。

党书记开着第一辆越野车在前边带路。其实,路只有一条,是当年修的战备公路,没有硬化,但很平坦。盘山而行,忽升忽降,左转右拐间,我们不停地左顾右盼,怕错过每一处深藏的秀色。夏尔希里这部辉煌交响乐,前奏并无多少出人意料之处:牧草稀薄的山坡,如生了癞的皮肤;一小片身材高挑的云杉,像亭亭玉立的少女;草树之间,很多滑坡由砾石铺成的一个个黑褐色断面,仿佛巨人为疾速腾空而蹬踏过的捷径,而且"脚力"过猛。顺着山坡往上看,每座山顶上的天色都好得出奇,白云慵懒地飘浮着,在蓝天里"度假",超然其上,又径直横跨到哈萨克斯坦那边去了。汽车的轰鸣被周边庞大的幽静吞噬,杳杳冥冥,如宇宙的座钟刚刚响过的午后。

逐渐地,云杉和碧草将裸露的岩土更多地覆盖起来,像匆忙间披上了一袭绿色的裙裾,尚未打理的凌乱褶皱,凸凹着山体的肉身,明媚,杳然。裸岩、草甸与丛林交替出现,一丛丛金黄色的野花顺着山坡流淌下来。一片片浓密的雪岭云杉或西伯利亚刺柏林闪过之后,再次出现了嶙峋的山峰与草甸,山坡的怪石间跳动着一群洁白如雪的山羊,下边的花草丛里,游弋着一群土棕色的绵羊。两群来自不同"部落"的羊互不干扰,界限分明,在各自的领地享受馈赠和自由。奇怪的是,没有放牧者。此处已是"秘境"的边缘,羊群无法突破上面的禁区。

在夏尔希里,遇到任何动物都不稀奇,遇到人才是稀奇的。这里也绝不可能是"哀吾生之无乐兮,幽独处乎山中"那类自我放逐的佳选之地，更不可能是"快然自足，不知老之将至"的颐养之所。这里是罕见的物种繁盛的无人区，与我们曾穿越过的戈壁荒漠形成截然对立的生态两极，它们竟然都存在于新疆的大地上，彼此孤立，也遥遥呼应，前提是，中间隔着遥远的距离。是的，在新疆，你无法责怪两地之间的路途漫长。

我很怀疑羊群的行走能力。在它们下方，是回环往复的进山之路，深陷底坳，折曲如蛇绕。我们离大地渐远，博乐市已不见踪影。车子若摇晃的风筝徐徐上升，再往上，已是攒峦夹翠、万峰连绵。山体忽而在左，忽而现右，浓密的植被仿佛伸手可抚。不停地急转弯、攀爬，身子随之摇晃，跌宕，颇动神魄。回望窄窄的山谷，灰蒙蒙的戈壁荒滩已经沉降到远处，如一块被大山压住了边角的巨大地毯。而山谷中的路，那来回画出的无数个"之"字，因天光更亮之故，这会儿尤像被一只手急速挥动的长练凝固在半空，像一条不断摆动着身躯的河流曲折蜿蜒，甚至还像绿茸茸的山坡上一道不规则的抽象文身。这条细窄的盘山路，多处路段只容一辆车通过，且没有护路基石，上面危岩陡峭险峻，下面悬崖万丈幽深，急速转弯的一刻，每往窗外一看，便禁不住一声惊呼。直到抵达最高处两峰之间的那个垭口，惊险才被彻底甩到身后。从车子里下来喘口气，往南看去，数道山峦交错间，极远处的大地已被一层薄云覆盖成苍茫一片，如宇宙的混沌之初。近处，丛林皆墨染，草甸尽嫩绿，小片的新疆方枝柏，是草甸上最亮眼的迷彩。

从山下的准平原，到海拔 3000 多米高处，我们经历了多种地形，地理学将它们命名为：山前倾斜平原带、低山带、中山带、山间盆地、阶地、洪积扇……这是拜谒神灵要越过的层级吗？也许古代人是这么看的。我虽然不晓得科学的术语，但地势的样态与植物的变化还是非常清晰的。如果没有公路，必然是难以穿越的险途。

第一辑 自然之魅 093

五

在高山中一片开阔的谷地歇息。爬上一座小山就可以俯视下面,同时被更高的山俯视。

路边长着一种植物,贴地一团肥硕的叶子,中间一杆杆长茎高挑着一穗穗红褐色的花,远看若矮桩的红高粱。大概是俗称"山羊蹄"或"山菠菜""酸溜溜"的酸模。有人听说可以生吃,立马折断一棵塞进嘴里,并递给我品尝。其茎中空,口感脆,的确略酸,回味有淡淡奶酪香。是因为这几天奶茶、酸奶、奶疙瘩吃多了,还是新疆的羊都是吃这种味道的草长大的,我记得清炖的手抓羊肉回味起来便有这隐隐的香味。酸模将奇特的气息注入羊的一生。这奇异的草遍布夏尔希里,仅通过一杆中空之茎,便又将它同样奇特的气息瞬间注入我的体内。在夏尔希里,做一只羊是幸福的,但它们始终没有机会进入这片"福地"。应该说,在这"福地"里,任什么都是幸福的,它们茂盛、自由、无拘无束、野蛮生长、没有功利、没有目的,坐享山高谷阔,任由星转云飞,像根本就没有人类世界这回事儿。夏尔希里无为而治,无为无不为。

我们飘浮进一片背阴山坡,被各种野花淹没:金莲花黄绸子般,一茎一盏地擎着,高挑、灿然、纯洁、孤傲,如刚刚长成的少女,美得令人心颤;宽叶红门兰的穗子是紫色的,羊胡子草吐出了白棉花一样的丝绒,软紫草张着毛茸茸的叶片,耧斗菜打着紫色的灯笼,漏芦举着淡紫色的团球;柳兰顶生的总状花序探出众多穗状花蕾,紫红鲜艳;洁白的卷耳花开五瓣,每瓣都有一个小小的豁口;淡紫的老鹳草花,每瓣却都画着四条深紫的纹线;金黄侧金盏一丛丛地盛开,花瓣分开,不像黄金菊那样整齐地拥抱着花芯;白色的蛇床花有无数细碎的组合,像攒成一把的韭菜花；还有一蓬蓬的针叶石竹、驼舌草……高的、矮的、单生的、丛生的，好似得了统一的指令，在同一个时空里争妍斗奇，各色的花与穗铺作一片五颜六色的毛毯，在山坡上起伏、荡漾。我很想识遍夏尔希里的花草，我更愿意做一个植物学家。法国人卢梭写过一本《植物学通信》，如果他能看到这些野花，一定会欣喜若狂。作为一名孤独的漫步者，夏尔希里不但能丰富他的文字，更能疗愈他的忧伤，他会告诉我们更多植物的消息，让我们在文字中落实此后对夏尔希里漫长的想念。

我们陷落在夏尔希里的锦绣时光里，像一群羊，散布在山坡的各个角落。女人们提早换好了美丽的衣裳，互相招呼着，急切地拍照，猛然一声惊呼，若发现了新大陆……渐渐地，蹲下，贴近，仔细查看每一朵花，又坐下来，摆出各种姿势，微笑，沉思，左顾，右盼，举目，颔首，在让花儿做背景时同时成为花儿的背景，留给镜头后的人耐心地捕捉最美的风姿，绰约，旖旎，像在为夏尔希里精彩演出的档期做着充分准备。在这过程中，一片白云用了一个时辰，从头顶飘到了遥远的山顶。她们则谦逊地说："夏尔希里让我更美，或者，我让夏尔希里更美。"但夏尔希里同样也是巨大的消声器，几步开外，她们的声音就变得纤细而缥缈，这无疑又提升了她们的魅力指数。只是在这广袤的舞台上，一百个女人怕也成不了一台戏。不久，我们的声音都消失了，一只貌似大黄蜂的家伙让夏尔希里发出嗡嗡巨响，它像超音速战机一样掠过无数带翅膀的亲戚，一圈圈宣示自己的领地，然后像一颗哑弹一样猛地栽进花丛里。也许，它真正好奇或愤怒的是我们。作为自封的"管家"之一，它知道夏尔希里是"黄色山坡"的意思，于是鼓胀着黄黑色相间的头腹，携带一枚利器，在阳光与阴影里到处巡视。

山坡又被一片云影遮住，光线变得柔和，花儿呈现出寂静之色。不远处，弯曲的山梁上，刺柏荫翳着。后面有三层山峦，接近正午的阳光

第一辑 自然之魅

把最前面的山坡照亮,从山梁倾泻到山谷的草甸若浅绿的翡翠,褶皱间的层层凸起闪射着银白的毫光。后面的一座山仅露出半条天蓝色山脊。再后面,最远的一脉山峰稍稍高起,唯余一抹均匀的淡绿。我无法根据颜色的浅淡判断山与山之间的真实距离,它们貌似紧紧地贴靠在一起。不知道再往后,那弥漫着阳光颗粒的白色天幕下,是不是还有一座座大山横亘着。如果天空是一面巨大的镜子,或许能让我们望到哈萨克斯坦那边的奇特倒影。1998 年,314 平方公里的夏尔希里重回祖国,那无数的大山成为高耸的天然屏障。不过,在无疆的天空盘旋飞翔的苍鹰、雕鹗们仍可将盘羊、雪鸡、梭梭、雪莲们的气息散播到夏尔希里的光可以照亮的所有地方。

车子拐而向北的时候,我们看到了路东侧的一道铁丝网。跨过路边花丛遮掩的一条浅沟,每个人都扒着铁丝网往那边观瞧。柳兰开成红红的一片,从我们身边越过铁丝网,蔓延进辽阔的禁区。那里被周围的大山围拢、环抱,一层层、一叠叠的山,细数不尽。浅绿、浓绿、墨绿、淡蓝、灰白交织,除了襟前满满一层草色,已分辨不出远方是丛林还是云影,它们都是天光的一部分。此刻,再美的语词也无法描绘,诗人们哑然失语,仿佛面对着无解的谜题:一片无与伦比的美色,如何从眼睛进入身体,替代了所有的梦、经历和记忆。我双手握着铁丝网,忽然想起了米兰·昆德拉一部小说中描绘的动人细节:一对热恋的男女隔着铁丝网持久地接吻。那边会不会走来一个人,轻轻地把手放在我的手上……那个"人",既是夏尔希里,却又不是。

其实,铁丝网是提示我们,夏尔希里只有一小部分允许我们涉足。是我想多了。

六

在停驻赏景的路边,花丛之上的山坡石缝里,铃铛刺已经结了红褐色的荚果；苦马豆的荚果椭圆，透明而膨胀；忍冬的浆果，鲜红欲滴，仿佛结着一颗颗浓郁而柔软的相思之心。高处的深秋。低处的盛夏。高度让我们在一天之内经历了两个季节，真是奇妙。我心绪散淡，倾听空气里传递的静谧之音。朋友与我一样，似乎刚从梦境里醒来，在大地上惺忪地散步，在意识的边缘行走，悄无声息，默然不语。

遇到一位放马的护林员，一身迷彩服，戴着帽子，胖胖的，脸膛黑红。身边有两匹枣红色骏马陪伴，身后的山坡上还有几匹正在啃草。党书记与他打过招呼，转身回到车里。不一会儿，就换上了一身天蓝色蒙古袍，腰间系着一根金黄丝带，头戴翘檐儿的礼帽。他伸手从护林的汉子手中接过缰绳，脚踩马镫，翻身上马，缰绳一抖，胯下那匹枣红马强健、轻盈，四蹄腾踏，发出一片脆响，忽地一下就跨过几条沟，跃上了山坡，朝高处的山梁奔驰而去。一边站着的我，能清晰感到它身上散发出的那种紧绷绷的力道，那力道又完全掌控在党书记的双臂与双腿之中。马儿遇到了解它的骑手，一个真正的骑手，它显然是激动了，几步就蹿到了半山腰。党书记缰绳一拢，双腿一夹，又掉转马头，哗哗地俯冲下来。几片急促的马蹄声忽地在身边掠过，如一串疾风，被疾驰的速度一下甩在后面，我们的反应完全没有跟上那匹奔马的速度。这令人瞠目结舌的一幕，真是漂亮到了极致。

党书记身手如此矫健，与他驾车的风格如出一辙。真正的蒙古汉子，会时刻想念着骏马，难怪他把民族服装如此庄重地随时备在车上，不离左右。如果开车和骑马二选一的话，他一定会选择骑马驰骋，像风一样在大地上掠过，俊朗而剽悍。我想，他是要在我们面前显示一下蒙古骑手的高超技术，重要的是，他没有丢弃传统和血性，对得起那身一尘不染的蒙古袍子，而绝不是为了表演。

我们和护林员聊了一会儿。他们分散在每个区域，每天都要带着干粮、水，骑马在山路上巡行，检查山林的安全，主要是防火。山路崎岖、漫长，骑马是最经济、最环保的方式。他告诉我们，他的小儿子放假了，也跟着他来到了保护区。他要继续前行，希望我们把他的那个八九岁的儿子送到边检站，再让人带他下山回家。男孩上了党书记的车。一个漂亮而安稳的孩子。

下起了小雨。刚才还是白云朵朵，碧空万里，忽然间就雨云遍布。夏尔希里的天气高深莫测，她的表情常换常新，显然，她有自己的气候，我发现，哪怕只有一片云彩，也许就会落下一阵疾雨。

党书记驾驶的头车又停下了，男孩开门跑下来，爬上了路右边两人多高的陡坡，他发现了杂草丛里的野草莓。党书记一定答应了他的某个请求。后面的车都停下了，大家纷纷下车，学着男孩的样子，踮起脚跟，伸手去够那一颗颗红彤彤的浆果。男孩把摘下的野草莓捧在手里，分给同车的阿姨们。回返的路上，他下了三次车，不顾雨下得越来越急，重复着同一个过程。我有机会仔细地观察他，一个可爱的、很会笑的、脸色黑黑的、熟悉大自然的男孩。那位曾反驳过我的诗人每次都跟着他下车，把摘回来的草莓傻傻地、却满脸虔诚地递到我手里。口感甜甜的，有细小的籽儿，细籽儿被咬碎的感觉就像品咂诗行里准确、跳跃的词汇。诗人对男孩赞不绝口，说他是"大自然之子"，我深表赞同。

七

坐回车里，雨更大了，夹杂着蚕豆般大小的冰雹，前挡风玻璃噼里啪啦乱响，如带着韵脚的美妙的催促。我们应该离开了。新疆的朋友说，如果雨继续大起来，山间的道路就会遍布泥泞，难以前行，还怕有意外的情况发生。

在强劲的轰响中，车子很快爬到了山顶，转而迤逦下行。

辽阔、浩瀚的大地再次展现在我们面前。山峦起伏、奔腾，像交响乐恢宏的高潮，持续描绘着深沉而壮丽的尾声。我看到，在左侧的山包上，一位身着黑衣的瘦瘦男子骑在马背上，腰杆笔挺，一动不动地凝视着远方，他面前，是云开雾散之后夕阳降落的辽阔戈壁、莽野。男人座下的那匹枣红马也与他一样抬头遥视前方，脖颈上的长鬃静静披垂，似乎在等待主人稍夹双腿，就会腾空而起，飞奔而去。一件完美的雕塑，一位骑手诗人。

雨停了。远处，从阴云里垂降下的雨幕横扫过层峦，渐渐向身后退去。阳光泼洒在雨水刚刚浸润过的山坡草甸上，大片的新绿更加明媚、耀眼。一道彩虹横跨东边的山谷，像夏尔希里头顶美丽的光环。洁白的云分开湛蓝的天空，它的下边，便是隐藏在无边苍茫里的人间大地……

第二辑
时空上方

时间废墟上的绵延

　　置身许多难以抵达或难以涉足之地，总有些遗憾相伴而生：遥远的、壮丽的、一生都不可能忘却的地方，大概命定只能经历、见识一次，停驻一刻，然后，它们仍永远在那里，而我却一步步远去，并慢慢消失。

　　当我在涅瓦河畔徘徊，在亚斯纳亚·波利亚纳庄园流连忘返的时候，这种感触便曾袭上心头。当我唯一一次站在箭扣长城的"北京结"上，远望绵延的群山和耀眼阳光下那无际的苍茫，这种感受越发强烈——毕竟在我们的土地上，再来也是有可能的，然而内心告诉我，恐怕再也不会有第二次了。这是一种对自我的否定，又是对人生渺小的肯定。我感到羞愧。像长城上掠过的一缕风一样，这羞愧又很快拂过——它与生命中其他时段的任何羞愧都有质的不同，毕竟，我站在了长城那古老的砖垛上，可以俯视令人战栗心惊的深渊，更能够放眼与时间同在的永恒与浩瀚。如果抵达遥远的他乡只是借助一次机缘的出现，那么，出入险境则完全依靠一己的体力和意志，包括对危险稍许的胜算。只有在经历并战胜了艰险之后，自足与欣悦才会融入时间的衡量或一个安稳的梦中，才能掂量出一个瞬间的可贵或微不足道——所有的回忆都是如此，临渊的凶险或经历的痛苦被过滤掉，回味中那想象的美便拥有了一对飞升的翅膀。而在艰难攀爬的时刻，我关注的唯有自己肉身的沉重与内心的恐惧，长城与世界其实并不存在，不管它们是否仍横亘在我有限的知识领域里。它们既不是此在，更不是彼在，却决定性地衡量着我微薄的生命。

而所有的危险过后，在长城脚下的一个农家享受着怀柔当地的虹鳟鱼和美酒，看着突然变得极其鲜亮与柔美的黄昏光色，我忽然想到了古人的所谓"壮游"，李白、杜甫他们都有过的那般经历，大概是文人、诗家的一个传统吧，在年轻时代就要尽力完成，无论此后是否会受命运逼迫，在生存的困顿中颠沛流离。我理解的"壮游"并非其原意——趁着壮年去游历，世界那么大，我要去看看——而是，有点"悲壮"，有点"豪壮"，有点"壮烈"，甚至略有点"自残"的意味，是挑战身体极限而非增添诗意的那一种；当然，这不可能是持续很久的生命过程，只是为了体验生命中本来就罕见、稀缺的某类瞬间，比如——冒险。而这个"壮游"的时间点对我而言即将过去，我几乎是利用了它最后的节点选择了长城——不是八达岭，不是居庸关，更不是老龙头，而是危机四伏却雄奇无比的"野长城"——箭扣。

在攀登箭扣之前，"箭扣"二字不止一次催发过我的想象，我只能越过那些从小就熟悉的长城照片的边缘，闭着眼睛去猜测它可能延伸的方向和矗立的位置，却终不得要领。我也不能用几乎倾塌殆尽、被荒草掩埋的齐长城去揣摩箭扣的模样，尽管历史上最早的长城出现在我的家乡，我也多次涉足过那些山脊石梁；甚至还在异乡——河北宣化的山里意外目睹过一段燕长城。但它们大都被时间"风化"，即使也曾绵延千里（齐长城600余公里，燕长城2000多公里），其体量、长度均无法与万里长城相比（明长城8000多公里，现今看到的长城遗址多半是明长城）。如今，它们的"风烛残年"持续地向地下沦陷，隳颓如最后的告别，更在瑟瑟秋风里增添着视野中的苍凉。

尽管北方的长城也是时间的遗迹，被人更形象地喻作"时间的遗骨"，它却依然拥有更庞大、清晰乃至"壮硕"的"骨架"，足以隐藏更多历史谜语。每一块方砖组合成长城这部史书的页码，沉重而斑驳，无人能够翻动。那是数代人用血肉和生命堆砌的见证，用比战争更多的死亡圈起的一道保护帝国安全的"堤坝"，可以保证帝王获得足够的安全感，并对"子民"实施有效的操控。

当代西方学者丹尼尔·施瓦茨说："'墙'作为一种建筑要素已成为中华文明的一部分，这在世界上恐怕是绝无仅有的……万里长城是墙这一观念最初的，也是最突出的体现，它将人类区分为'我们'和'他们'，将世界划定为'里面'和'外面'。"（曹艳兵《卡夫卡与中国》）这是一个用密闭而高耸的城墙圈起的帝国，德国18世纪的哲学家赫尔德曾在《关于人类历史哲学的思想》一书中这样形容"它"："这个帝国是一具木乃伊，它周身涂有防腐香料，描画有象形文字，并且用丝绸包裹起来；它体内血液循环已经停止，犹如冬眠的动物一般。所以，它对一切外来事物都采取隔绝、窥测、阻挠的态度。它对外部世界既不了解，更不喜爱，终日沉浸在自我比较的自负之中。"1853年，卡尔·马克思也说过类似的话："与外界完全隔绝是保存旧中国的首要条件"，当这种隔绝状态被暴力打破的时候，"接踵而来的必然是解体的过程，正如小心保护在棺木里的木乃伊一接触到新鲜空气便必然要解体一样"（马克思《中国革命和欧洲革命》）。

城墙、棺木与"堤坝"具备同构性，封闭、圈围、防卫、保护是其一致特征。然而，有形的"堤坝"不会永存，无法抵御时间的洪流与崩溃的命运。与之相比，倒是许多无形的"堤坝"会以文化沉积的方式保存下来，让一个民族世世代代难以突围，甚至陷入某种"强制性重复"。稳态的重复只能在封闭、安全的环境下进行，长城该是一个多么绝妙的屏障。屏障阻止了所有的对外通道，将它们变作自给自足的内部循环。

当然，有时也会打开一条窄缝、一扇和亲的窄门，将美丽而高贵的"公主"或王昭君们输送到塞上、漠北，随即，又将大门紧闭（事实上，长城也从来不曾彻底封闭过，作为汉文化与游牧文化、农耕文明与游牧荒野之间的交融地带，长城两侧民间的贸易与通婚一直存在，"有时甚至还会创造出一种新的、胡汉混合的社会生活。中原的统治技巧和军事技术增强了部落的实力。而且，真正成功征服帝国的外族联盟，也诞生在这片区域。"——魏斐德《中华帝国的衰落》。由此看来，长城的意义或仅存在于统治者，而在民间大地，只有生活与繁衍）。万般无奈中，帝王们以极小的代价获取和平，这"极小的代价"却是中原的物产、所谓的"加封"和一个个女人悲凉的一生。对"出塞"的女人而言，跨过长城就是永诀，此前的生命和此后的生命被长城"拦腰截断"，前路漫漫，不可预测。

我相信，女人与长城的精神性关联，就是回望故乡时，她们对那连绵的阻隔投去的最后绝望与决绝的一瞥。这大概是漫长的历史中，女性与长城唯一的关联吧——仅仅出乎揣测，让我的想象变得更加可疑。女性从来都不可能打开长城的缺口，她们只能让那道关隘的大门再次紧紧地封闭，她们的身影只会在长城下出现一次，并很快走远、消失，再不留下一丝痕迹。因为"长城是以男性为主题的阳性空间，它展现的是力量、硬度与持久性，是一个长期凸起于历史地表的空间形象，在经过了复杂多诡的转变程序之后，长城最终成了一个象征，一个标识，一段谶语，一种炫耀和夸饰，而这所有的一切，都与女性无关"（祝勇《长城记·芳香的身影》）。也许是的。但我仿佛仍然看到了无数女性的泪水，听到了无数女人的啼哭。在民间，那些泪水更为缤纷滂沱，那些啼哭更为撕心裂肺。

1991年，我曾在北戴河的海滨看到一座孟姜女的汉白玉雕像，几乎没有女人走过去与她合影（直到今天，她们还忌讳遭遇孟姜女般的命运，哪怕仅仅是与夫君的长别离）。她深切眺望的目光里似乎始终游弋着一道死亡的阴影，那阴影从历代不同的书籍中垂入她的眼眸，并扩散为某种群体记忆。那其实是长城的阴影，如一条不断生长的噬人巨蟒，在帝国统治者的手里不停挥动。因为无数人的生命被剥夺，长城建立起来的安全屏障终于被集体诅咒，其中之一，便是试图通过孟姜女的哭声与眼泪将它震崩、冲垮，八百里的"长城亭障""长城塞"瞬时化为废墟尘土。这类幻想与愿望，与"时日曷丧，吾及汝偕亡"如出一辙。但我始终相信它们的积累效应，就像再崭新的长城也抗拒不过时间的积累一样。那些长城的督造者，从蒙恬到徐达，虽然根本无法体会兵士、匠工的悲苦，更不会关注到民间"孟姜女"们的群体性不幸，但作为任君王随意摆布、生杀予夺的一枚棋子，在死亡的一刻，难道心里没有产生过与孟姜女同样的恨与泪、同样的对他们亲手筑就的长城的诅咒吗？尽管我不能以当代理念简单化地揣度他们的所谓"愚忠"，然而我依然不信。

今天，长城已经彻底变作了壮丽的景观和民族的骄傲，它从帝国命运的"预言书"（祝勇《时间的遗骨》）化作了"民族脊梁"般的伟岸象征，人们甚至曾"骄傲"地宣布：在月球上唯一能用肉眼看到的人间建筑就是我们伟大的长城（这当然不可能）。从漫长的憎恨转为高亢的歌颂，恰恰是因为长城彻底丧失了它的实用功能，它徒然矗立着，只用来让人仰视、敬慕、攀登，而它背后的朝代，那些风雪、疾雨，那些残暴、血腥，早已淡出人间的视野、人们的记忆。孟姜女的塑像离山海关不远，它们今天的并存，好像不是在强调一位古代女性与长城的关系,而是在说明先人与长城的"不共戴天"早已远去,望夫、尽节、葬身的代价,已经不再进入当代人的视野和价值系统。没有人再想做孟姜女,无数人却盼登长城。悲苦的烈女与革命的好汉分别归属了不同时代,长城似乎变作了一道隐形的"分水岭"——不只是农耕文明与游牧文明的地理分野。孟姜女和长城也已然成为历史的符号与修辞,在需要的时候可以随时拿过来使用,已无切肤、切骨之痛,比如用"绿色长城"喻称宁夏的"三北"防护林工程,比如用"自毁长城"比喻主动削弱自己的力量,比如用孟姜女的故事教化懵懂的孩子,等等。

从怀柔进入黑陀山,我感到一下子陷入了峰峦、山石、树木的包围之中,没有一条路指向仰视可见的长城,但似乎所有的小径又都通向那里,可以任人行走——长城是唯一的目标。大自然最初在这里布置的迷宫丝毫没被篡改,那些山、那些茂密而杂乱的植物、那些滚落的乱石,仿佛仍是秦人、汉人、唐人、明人、清人曾经见到的样子。覆盖在头顶上的蓝天白云依然如故,我甚至怀疑那些飞过的鸟和蜂蝇也来自远古的时空,告诉我刚刚停息的战况。昨天和今天消弭了界限,时间一下子浓缩在一起,空间似乎挽留住了时间。一切簇新,展眼都是老干、枯藤、蓬蒿上新萌的绿叶,空气也如我置身此处的五月一般干净明亮。五月是长城最美的诗,片片花云在长城两翼飘浮、漾动。

然而,当我穿越了几座安静的村落,沿着迤逦曲折的小径,窸窸窣窣地踏过无数的草叶、荆丛、山岩,在气喘吁吁中第一步踏上黑坨山长城的时候,时间忽然展示了它蚕食与雕刻的力度,它的显现一度让我的脚步变得犹疑不决。沿着险峻山势起伏腾跃的城墙,已经严重风化,到处是不堪重负的断裂、坍塌,以及倾斜近70度的碎石、泥土坡面。有关长城的想象荡然无存,无疑,它的确早已成为岁月的遗迹。也许,残缺、颓败、荒废、倾塌、苍凉,才应该是它呈献给世人的样子,一座崭新的长城是不可理喻的,修复一新的幻想不但疯狂而且荒诞。而一座狼烟四起、箭矢如雨的长城则属于黑暗的史册，一座破败的长城将留待岁月的进一步侵蚀、粉化。

用手抚摸斑驳甚至表层酥软的青砖，仰望头顶上方一抹自在飘浮的流云，我思维漫漶，心无所住。"飞鸟之景，未尝动也；镞矢之疾，而有不行不止之时"（《庄子·天下篇》）乎？不，在时间之内，任何事物都是一个逐渐消失的过程，甚至"出现"，也是为了必然的消亡。时间划过，留下创口与遗迹。它是吸纳一切的黑洞，是根本不存在谜底的最大谜语。把时间比作河流，完全是人类思维的局限所致，"逝者如斯"，你可以顺河而下，也可以逆河而上。但时间却无法上溯，因此它无力复原事物与历史，令时空倒转，让往昔重叠。与时间相比，长城倒更像一条支流众多的"北方的河"，借助双脚，你可以行走于它的任何"流"段与"时"段，在完整与残缺、裸露与隐蔽、耸立与凹陷、奔腾与干涸间，进入时空的多维。仿佛看见"时慢尺缩"的"时间扭曲"（爱因斯坦），你可以把每一个垛口看作生命史册的无数个组接点，那一眼望去的无数个重叠，无须借助任何词语复活——所谓史书，不过是一堆词语、一片片从人类身躯上掉落的肤皮而已。

尤其站在高空下坍塌的石阶上，你甚至会出现幻觉，目击许多生存过往一并浮现于脑海，就像阻断步道的那些疯狂的植物，那些看似被淹没实际却铭记于心的痛楚，像风中的树叶被阳光点亮，似无数个瞬间，正翻飞着闪回；眼前茂盛的蒿草，摇曳出诸多无缘的怀想。"往事乾坤在，荒基草木遮。"（唐·朱庆馀《长城》）对于长城，我只是个外来者，我的生命尺度呈现了从未有过的卑微和短小，连毫末都算不上。也许正因此，才令我不自觉地内视到被放大的不堪回忆。只是长城的"回忆"更为痛彻、漫长，要通过无数代人的慢慢苏醒。然而，那些被埋葬的尸骨再不会从乱石尘土中站立起来，那些流淌如河的血液早就失去了滋养荒草的肥力。我的眼前，漫山遍野的植被春生夏长，仿佛正在执行着一年一度默默而无效的呼唤。"惆怅梅花落,山川不可寻。"(唐·杨巨源《长城闻笛》)在山川之上,梅花只开在梦中。

箭扣。是的。如果能清晰而全面地目睹这个对冷兵器的借喻形象,或需要站在高空俯视,至少也要站在一个制高点上。我想这一定是某个将军对这段长城的命名,他甚至不止一次站在某个最高处拉弓射箭,并恍然领悟到眼前这段长城的状貌类似于他须臾不离的把玩之物,而且,这个命名是如此贴切,充分展现了保家卫国的雄心壮志。他一定觉得这是天才般的闪念或神启,并为此沾沾自喜。与所有兵士一样,虽然他也只能看到长城的片段,熟稔为数不多的烽堠、台墩、谯楼以及视域内蜿蜒起伏的墙体,但这丝毫不影响他对整座长城的想象力,而且他将负责护卫的这一段长城,当作了帝国弓箭上的关键部位,并用一个妙喻让它具备了阳刚的审美。

我对"箭扣"命名的赞美超过其他,因为它让站在城垛上的我仿佛听到了时间深处那一根根弓弦迅疾有力的绷响。毋庸置疑,边关将士,无论哪朝哪代,手中紧握的不只金戈弓弩,怀中揣紧的更是家国故园。也许,他们经验最多的是"有日云长惨,无风沙自惊"(李益《登长城》)、"万里长城坏,荒营野草秋"(刘禹锡《经檀道济故垒》),目睹更多的是败城遗堞、如麻僵尸,但作为一个整体,他们从未缩减"横身为国作长城"(晁补之《复用前韵遣怀呈鲁直唐公成季明略》)、"万里长城家,一生唯报国"(韩翊《寄哥舒仆射》)的雄心壮志。在这些浩如烟海的文字中,人们看到的是另一座身躯与心灵筑就的长城,它比长城更雄伟、更坚固。当然,更坚固的"长城"是亿万斯民,即使坚硬的砖石能一次次抵挡进攻的铁骑,也无法抵挡来自内部的民心相悖。"守国之道,惟在修德安民。"康熙说这话的时候,一定想起了其先人在长城之外发起的一次次进攻与失败,也一定明了他们最终何以轻松入关的深刻缘由。从这个意义上讲,明代的长城早就开始松软、垮塌了，这个过程与统治集团的腐败加剧并行不悖、协调一致。

> 多少个世纪飞逝匆匆，
> 它跟时间和风雨对抗；
> 它在苍穹下屹然不动，
> 它高耸云霞，它远抵海洋。
>
> 它不是造来夸耀宇内，
> 它为民造福，担任守卫；
> 它在世界上无出其右，
> 却完成于凡人之手。
>
> 这座古代的坚固的建筑，
> 它对抗着风雨和世纪，
> 它伸展得无穷无尽，
> 保护万民，它就是长城，
> 给世界和鞑靼荒漠分界。

(《席勒诗选》)

　　这是席勒眼中的长城？如果他到过中国，到过长城，他的诗篇绝不会只是无上赞美，如果赞美仅仅是针对人间造物或者文化产物，诗歌的向度也不会如此单纯。也许，在描写长城的外国作家中，只有卡夫卡提供了更为复杂、丰富、深邃的文本。卡夫卡和阿尔巴尼亚的伊斯梅尔·卡达莱都写过长城，在他们眼里，浩大的空间距离转化为具体的物质间隔，长城的最初意义仅在于保护帝国安全，而巨大的空间扩展和永恒的时间延伸，则使之成为"人类雄心与野心、欲望与绝望、此在的有限性与存在的无限性的象征""建造长城既是帝国绝望的表现,又是反抗绝望的表现,这是一个悖论"(张德明《卡夫卡的中国想象——解读〈中国长城建造时〉》)。任何悖论都有荒诞参与其中,长城最终还是被抽空了,它所肩负的使命和帝国愿景,在白云岩的墙基和烽火台的青砖刚刚开始风化时就已经远去,那些遗留下的名字——南大楼、鬼门关、箭扣梁、东西缩脖楼、东西油篓顶、将军守关、天梯、鹰飞倒仰、九眼楼、北京结,均来自后世的想象与描绘,长城从山下的砖窑中走来,又与砖窑一样熄灭了烟火,变作了遗迹。只有长城下的无数个村庄,仍繁衍着长城修建者的后人,那是长城建造者们活着的血脉。

卡夫卡称"自己是一个中国人",是否因为他深刻感受到了生命的围困与突围的悖论,包括对他所处的奥匈帝国衰败的失望,才对异域的中国文化产生了莫大兴趣?尽管他对神秘的中国根本无法做更深的了解与解读,但他自己的内心本来就存在一个无法推倒的"长城"——一个跨文化的"长城",促使他时时刻刻试图"出走"。围困与逃离的冲突构成了他作品的荒诞与深刻。他心中的确有个中国情结,遥远、神秘、浪漫,构成了一切"出走"的理由乃至向往,至少在虚构的文字中获得了某种满足,于是,一则诗性寓言由此诞生。

只要生存,就有围困;只要围困,就会出走。难说攀登箭扣于我不是如此。

不止一次,我在许多国内外摄影家拍摄的照片里看到过箭扣这段明代长城,作为最险要的一部分,它给予人的美,类似交响乐的华彩段落,以混响交织的旋律,挟裹着每一段扬抑的起伏、每一个明亮的音节,持续不断地涌向远方的高潮。摄影机只能捕捉和凝固其中的一个局部、一个刹那,有限的方寸之间,我难以将起伏跌宕的乐章尽收胸怀,更难以在脑海里拼接、落实每一个具体细节。箭扣长城在画面上出现着四季的轮转,花海、植物、皑皑白雪、蓝天流云,只能作为衬托它的背景存在,仿佛以一个又一个春夏秋冬的更替，一遍遍反复阐释着它永恒的雄险、峻峭和妩媚。没有人能够拍出完整的箭扣，正如没有人能够真正了解它一样，即使踏遍它的每一层台阶，登上它的每一座城楼，它仍然在远处，包括大榛峪、黑坨山、慕田峪、连云岭上的长城段，它们与无尽的山峦、天空融为一体，穿越、飞升——你可以用一生的精力在空间上丈量它，但你的脚步不可能跟随它进入时间的赓续。长城是阅读不完的一部书，时间依然在书写它剩余的那部分，而且，永远都不可能完结。

我想象中的箭扣是一个阵地的制高点，是战争双方拉锯、拼抢的核心，其形如"扣"。但所有的描绘都概括为一句话：它"蜿蜒呈W状，形如满弓扣箭而得名"。那么，它是一段20多公里长的唐代、明代长城的总称，东边是慕田峪，绵延入古北口、山海关，西边是黄花岭，与八达岭相连。当我站在南大楼上环视尽收眼底的城墙时，也没有分辨出箭扣的模样。但一个命名，却让它充满了历史的动感与张力。所有的箭矢带着重力加速，如豪雨一般向下方扑去。我忽然明白了为何喜欢在城墙的凹口和城楼的拱窗边驻留，每一处都是张弓射箭的所在，拥有绝佳的角度，无论是狙击来敌还是观望风景。清风迅速地拐过一个个出口，像看不见的时间之流，携带着某些喧嚣与劲响，朝山下蔓延，继而滋润出了一片片茂密葳蕤的灌木，用横陈的苍翠掩埋了人与墙的轰然倒塌——在晕眩的幻觉中，我睁眼看到了令人绝望的壮美。

几乎整整一天，我沿着箭扣行走，在能行走的地方，我用脚；在无法行走的地方，我手脚并用，甚至贴地滑行。箭扣是我生命中的第二次历险（第一次是在郭亮隧道的峭壁窗口缒降），我由此记住了长城的艰险，此后，当我登上八达岭的时候，我觉得所有的人工修缮只能消减长城的魅力。人们避开了危险，同时失去了巅峰体验。这种悖论只能在身体上升到某个高度，甚至面临绝壁和深渊时才能出现，就像人生一样。

然而，只要有承接身心的支点，我就不想放弃。在"天梯"上垂

第二辑　时空上方　　111

降的时候,那些"支点"是一棵棵从直立倒塌的城墙上横逸而出的树,我信任它们,将背包扔下去之后,用了几乎一个小时的时间依次抓住粗糙的树干,终于从空中抵达了地面。攀登"北京结"对我而言是最大的挑战,没有一个台阶,城墙内部是几乎垂直上下的坡面,粉状的土层根本无法措足,只能沿着一人宽的城垛手脚并用、心跳如鼓、腿颤如电地躬身徐徐上升,身子左侧就是数十米的长满灌木的深涧。所谓如临深渊——事实是"正临深渊"。这个过程是那么"漫长",仅比肩宽的城墙时刻提醒我全神贯注,不敢退缩,也无法退缩,只能硬着头皮一点点向前爬行。没有人敢站立着行走,如果城墙宽到毫无跌落的风险,也没有人让姿态变得如此狼狈。终于到达"北京结",靠在那两棵并不高大却十分著名的松树干上拍照时,我感到双腿仍在颤抖,摆动如树枝上被风吹动的红丝带。"不到长城非好汉",这下我明白了,不是因为距离衡量着好汉的标准,而是因为危险,而这危险根本就是发自人的内心,源自自身深处。如果前行的道路横在半空,且仅比肩宽,能有几个人不心生恐惧?恐惧的结果很有可能便是骤然跌落。

　　黄昏时分,已经走近"鹰飞倒仰",那也是一段垂直坍塌的城墙,名字很形象,雄鹰落在上面,身子也是倒挂着的。有一条路可以绕过它,但偏有人带了攀缘绳去挑战,体验悬垂在半空的刺激——抑或恐惧,同时也是高潮般的窒息。我选择了退避,我所有的水都喝光了,饥渴难耐令我失去了信心,于是选择一个收费的铁梯子,再次面对长城的躯体徐徐下降,然后松开箭扣的最后一角衣襟,与它深重地道别——我知道这是唯一的、也是最后的一次。

　　与箭扣的"亲密接触",我只用了一天的时间,第二天不过是横穿而过。在不间断的行走中,遇到了很多背包客,其中有不少黄发碧眼的西方人。我还遇到了在城墙和乱石间奔跑的狗——有一刻,我非常羡慕那条黄狗的体力和攀登能力,然而它并不知道蹄下就是伟大的长城,它的气喘吁吁不过是由于广阔天地给予它的自由与兴奋,它本能地表达着对主人放任的谢意。于是,这条兴冲冲在我身边腾跳而下、呼啸而过的狗,让我对长城的记忆多了另一种可能性。

对于长城,我不过是过客。人生羁旅,时间可以忽略不计。几百年,甚至更长的时间过去,只有它依然以残破之躯蜿蜒在中国北方的大山之中,像一条腾起的龙脊,以坚硬的外壳抵抗着岁月的磨损,抵抗着风雨的侵蚀。它的身姿依然千变万化,在每一个接近它的人眼中呈现出不同的形象。它提供着无数条进入它的通道和无数个观察它的视角,但即便在一个高处俯视,心里的角度也是仰望,这是长城的奇特之处,因为它总是凌驾于群山之上。

在箭扣脚下西栅子村回眸,箭扣宛在面前,对讲机里仍能听见上面朋友的喊话。在一处农家堂屋里,我看到悬挂在墙壁上的红色旗子,上面密密麻麻写满了名字,居然有我的几位朋友,他们在另一个时间、另一个季节,如我一样从箭扣下来,在此度过了一个筋疲力尽却兴奋无比的夜晚。箭扣的诱惑在他们龙飞凤舞的一笔一画间呈现,他们似乎记录了一段酣畅淋漓的生命行迹,尽管短暂,却有着最为壮丽的背景。

疲倦并没有随着夜色降临。举杯豪饮中,我始终目视着箭扣,直到它渐渐沉入暮色,与夜空融为一体。此后,我再次翻阅了卡夫卡的《中国长城建造时》,文中的几句话令我回味良久:"团结!团结!肩并着肩,结成民众的连环,热血不再囿于单个的体内,少得可怜地循环,而要欢畅地奔腾,通过无限广大的中国澎湃回环。"遥远的中国让卡夫卡着迷,如果他真的登上过长城,他会选择在我喝酒的小村子里与他心爱的朵拉住下来,并在夜晚的梦中一遍遍在长城上空遨游。

夜深沉,村中的狗叫早已停息。黎明的熹微中,身边数位同伴依然鼾声如雷。我从梦中醒来,睡眼惺忪,却仍记得那句一直在呢喃的话:"妈妈,我登上长城了。"

归乡吟

那一刻，我正读着杜甫关于夏天的一首诗，起笔便是：

永日不可暮，炎蒸毒我肠。
安得万里风，飘飖吹我裳。

（《夏夜叹》）

正是这样的季节与感受。也正是这样的焦灼与渴望。城市的楼群和人群包围着我，喘息局促，汗蒸如雨。何来一场透彻的凉风卷走燠热，好让我平息掉积久的烦躁与牵念，结束这徘徊无地又无所事事的漫长等待。其实还有更深的缘由，炎热不过是一层表象。我是想抛掉那持续增强的噪声，以及数年来世相纷杂的干扰，轻身跃出压抑且黑暗的夜色，追随一阵浩荡晨风，去无边的旷野里，将身躯铺展为透亮的一层，干干净净地晾晒在山河大地之间。于是，听从了一声召唤，我便在情急之中收拾好行囊，奔赴一座传说中的"天上王城"。我甚至执拗地认定，那该是另一个天上，另一处王城，另一方世界，何止会有彻身的清凉，更或许会有一次濯洗与拯救。

在沂水泉庄的那一夜，我们乘坐的电瓶车从温凉河与马莲河畔疾驰而过，径直奔入山中，去看世外的月亮与星星。小镇华美的灯盏退去，耳边鼓荡的夜风，仿佛纷扬的纱幔，被路旁两排高大的杨树拖曳着往后掠动，它们更裹挟着河水的气息，丝绸般扑拂到脸上。我念叨着两条河的名字，尽管在夜色中看不到雪青的马莲花和墨绿的芦苇丛，但仍感觉这里的一切都像是为夏天固守的一团微凉而绽放的。那四围的连山和成排的崮顶，正以植被密布的方式向天空打开，而当从地下隆起的暮色将其覆盖成峥嵘的一片，它们便抱紧了伏隐的冷静与岑寂，执拗地抗拒着天地的热烈和世外的浊流。

在山谷间起伏的坡道上，密集的树梢将青色的天幕画作了一条风息浪止的河流，宽展而幽深，仿佛浩大的沂河从地平线的另一端升起，自我们头顶上流过。河水轻盈而透亮，默不作声地沿山谷的堤岸穿绕。我看到两只萤火虫跳荡着飞入其中，瞬间消失了颤动的流光。这最早到来的萤火虫，仿佛让我触碰到了秋天从远处伸过来的一根手指。

站在高处的开阔地带，天空之河漫作了澄明无际的大海。月亮移出丛林的遮挡，突然照亮了一大片白云漾动的波涛。举头仰望，那种无边的阔大，就像是山河大地间敞开了最大的门窗，赐予这些在深夜里依然清醒着的人，这些为某些"不宁静"追迫着寻找宁静的人，以毫无遮拦、纤尘不染、无住生心、睹之又甚或泫然的视野。如此，皎洁的月色就成为当下的一种心境和语境，一种暂且抛开尘世执念的别离与遗忘。而眼前所见，也恰如杜甫在同一首诗里写到的：

昊天出华月，茂林延疏光。

仲夏苦夜短，开轩纳微凉。

我自然依此想到了杜甫在茫茫夜色中遥望华山的情形。这首诗是他于乾元二年（759）从洛阳返回华州后所作。彼时，关中大旱，饥民失所，而国内局势动荡，朝政废弛，安史之乱正将一片好端端的江山拖至沉没的边缘。忧国忧民的诗人岂能在短促而燥热的暑夜里安眠，陶醉于昊天的华月、茂林的疏光和透窗的微凉？也许是，林与月的婆娑、妖娆虽可以暂缓焦灼与憋闷，却更能唤起深远的怀想和关切。身处兵家必争之地，个体之命，若草芥之于野火，即便前据华山，后倚泾渭，左控潼关，右阻蓝田，又当如何？无非更具讽刺意味。诗人对家国前途之失望只能与山川之雄伟壮阔形成更为强烈的对比，满腔激越也只能被纤毫的虚明与飞扬的羽虫扰动或抚慰罢了："虚明见纤毫，羽虫亦飞扬。物情无巨细，自适固其常。"

是啊，世间万物不分大小，本该是以安乐自适为常理、常情，却总会被岌岌的世情、宿命纠缠、压迫，断不让人彻底放空、摆脱，反而为之殚精竭虑、彷徨踟蹰。而心怀天下与社稷的诗人如杜甫者，又常常是在"国破家何在，城春草木深"的惆怅与忧思里低吟徘徊。这种落实到至精至微处的深阔、沉郁、热望的情愫，又何止杜甫一人，直至后世，相似的陈情与抒怀依然声动肝肠，不绝如缕，支撑和延续起华夏诗脉的伟大传统——辛弃疾写出"把吴钩看了，栏杆拍遍，无人会，登临意"的郁闷时，萨都剌吟出"空怅望，山川形胜，已非畴昔"的惆怅时，许心与许命落空的苍凉与悲哀，定也不输于他们的先辈。"文章合为时而著，歌诗合为事而作"，这时之"时"与彼时之"时"，怎就孕娩出了那么多的丧乱、坎坷、窘迫与孤愤？殊不知，国运与民生从来都是搅缠在一处，哪有片刻分离的时候。

然而，诗人的献祭或排遣，只会永存于时间，却不能挽救颓败与衰亡。他们的诗歌就像遥远的星河，闪烁于浩瀚的夜空，清凛而孤寒。如今，在高空那微小的毫光映照下，那些词语依然催促我辨认山河相似的形貌和质地，用从古至今的沧浪之水，涤除内心深处那些浅薄的聒噪，好被它们踏实的韵脚开化，并沿着大地的阶梯往上，接近更高处的光芒。

我们看到了北斗七星。它们在洇透着厚重灯晕的城市夜空里隐没太久了，以至于我们几乎遗忘了它们的消息。它们隔着童年之后的时空朝我们闪动，在某个刹那成为心灵的救赎者。因为它们照旧在每一个夜晚集合起群星的璀璨，与月华一道洒落进这片土地的山林和泉水中，在人类有限的年代里不离不弃，更让遭遇过苦难的人们心中再次涌起祈祷和祝福。由此，我相信，喜欢仰望星空一定是有缘由的，他们都是痴迷于"大地上的事物"的人，甚至，总会在纯美的凝视中产生失语之痛。在他们看来，高远的星空与时光的延展即使定格于一个刹那，也比人类所有的朝代加起来更长久，比那些苍白廉价的誓言更真实。

自然，那也不过是纯美一念，是避开人世艰难与无奈的瞬时"坐忘"。然而，岂能否定它的"尊贵"？岂能舍掉这珍贵的"坐忘"？如果不是进入山中的暂时"了脱"，侧身便能想起那些句子吗："夜深彭衙道，月照白水山""谁肯艰难际，豁达露心肝""江头未是风波恶，别有人间行路难"……索性站在那里沉吟片刻，旋即从杜甫和辛弃疾的诗词中跳脱出来，猜想2700多年前居住在被后人称作"纪王崮"上的人们，是否也会在万籁俱寂的长夜里仰望星空、向神灵祈祷，忘却困窘与难挨；是否也会在大兵压境之际仍心思淡定、惦念着斗转星移下的山长水阔；还是执拗地怀了复国还乡的誓言，越是怀抱着壮美，越是无休止地与命运、时间对抗。

倚靠环闭的大山和壁立千仞的巨崮安顿穷途末路和岁月轮回，不失为一个智慧的选择。登临崮顶，展眼远眺，群山层叠，峰崮耸峙，无尽的绿意从山谷爬到山顶，粉瓦的村舍攒落其间，仿佛隔世的桃源依然驻留此处,并不曾被神明移至他乡。在山下的村庄之间穿梭的时候,看泉水,看桃林,看粮囤、碾磨、看农家生活,看香椿和枫杨,觉得当年的纪哀侯也是非常之人,能选择这块易守难攻又物产丰饶的宝地做第二都城,厉兵秣马,延续国祚百余年,而后人忖之,绝非偏安,实乃悲壮,悲壮之中,又有岁月安抚下的和解与释然——全因了这壁立崛起的山崮恩赐了保护尊严的最后边界。在纪王崮顶,我看到了开阔的演武场、扼守狭路咽喉的山门、穿岩而过的藏兵洞;看到了可资灌溉的天池、平展如砥的田畴、哗然有声的垂瀑和汨汨而出的清泉。我很怀疑,在一个除了演兵场,再也腾不起一丝尘埃的接近天空的地方,换作是我,很可能因为这些足慰平生的短浅与逍遥便失去了复国征战的野心,"却将万字平戎策,换得东家种树书",哪来"平戎策",更无"种树书",对一介凡夫而言,世上还有比孤绝和自足更安全的吗?

公元前690年,纪国被强齐吞并,纪哀侯率臣民"去其国",从此杳若黄鹤,踪迹皆无,传说是迁都西大崮(即今纪王崮),纪国也从此化成了一个传说。但这里所有的山崮和风物都似乎证明着这"传说"的真实性。尽管为先祖(纪炀侯)的口舌(实则为强国的鲸吞)付出了惨重代价,但唯有眼前和足下的葱茏、险峻能让他们得以喘息,并有条件寻求复国之机。更何况还有俯身望去那镂刻在大地上的图案可资信仰——山包与山岭组合的"神龟驮崮"清明如画,如此怪异、奇绝,犹如神示的预言不容篡改,并且,昂起的龟首指向明确——那边是——家园、故国,分明是,上天仍有不可揣度的意志存焉,聊可慰藉,让那些蒙尘的身心有了投放之处。可以想象,疲累困乏的纪哀侯策马而行,不时因颠簸、阻滞而拉住缰索,恍惚间的仰观俯察,竟被渐生的惊喜扯去了悲郁,胸中的沮丧涤除,一口气过后,嘴里发出一声高过一声的嘶喊,似要告知臣民也告知自己——如此绝处逢生之境真乃上天所赐,或是生之侥幸或是神之护佑,否则,为何在起初的峥嵘森怖过后,竟越来越看出了这片连绵峰巅的雄深与妩媚？

于是，2700多年后的某一刻，在一场战马嘶鸣、挥戈搏杀的演出中，我仿佛依稀望见落魄的纪哀侯忽地振作起来，努力保持着蕞尔小国的君主威仪，整饬军队，以勇猛刚健的身手击退强国进犯。同一个场景中，高空的绳索上，一位仙袂飘举的美人正荡着圆圈挥洒鲜艳的花瓣，而另一位站在大鼓上的美人也长袖广舒，舞姿蹁跹。那该是纪哀侯弃国逃亡时带着的两位妃子，她们从故国都城的深宫里款款进入孤绝于世的天上王城，与寂寥的时光为伴，在泉池边洗去带着泪痕的胭脂，在杀声震天里瑟瑟抖动着纤弱的身躯。白云掠过城头，星河拉近天空，峡谷起伏的虫鸣替代了夜夜歌舞的编磬之音，杂花艳美，荒草无际，丛林浩荡，幽咽无声……在"军士"们骑着战马上下翻飞的高难度拼杀演绎中，所见与想象混淆在一起。幸运的是，这些金戈铁马的将士不必远戍边疆，也无边疆可戍，王城就是边疆，王城也是故里，只需在这易守难攻的王城上投下滚木礌石、射下如雨箭矢，便可阻击全部进犯之敌。只是"天下"太小了，似乎一根弓弦就可衡量；稍一纵马，便能凌空崖壁之外。悬崖之上，危巢累卵。天可怜见，这种孤守的决绝，这般危机四伏中的无路可退，这类骋目一望便能看破的处境与格局，又怎能抵上杜甫诗境的辽远和苍劲：

  念彼荷戈士，穷年守边疆。
  何由一洗濯，执热互相望。
  竟夕击刁斗，喧声连万方。
  青紫虽被体，不如早还乡。

然而，思乡与思亲之痛是一样的。对纪哀侯和他的将士而言，还乡已然是奢望了——拿什么拯救你我的故乡？有时，出走未必就是全然的不幸，否则，又何必忍痛出走？在所有被动的放弃和主动的逃离中，故乡的意义有时仅仅等同于生命的源头，是一个"原点"和"归处"，而"过程"与"磨难"，生存所必须经历的，大抵都在故土之外。然而，它能被深情一点点扩大，乃至所有的流浪和阅历都不足替代。既然"近乡情更怯，不敢问来人"，既然"马上相逢无纸笔，凭君传语报平安"，既然"少小离家老大回，乡音无改鬓毛衰"，既然"忽见陌头杨柳色，悔教夫婿觅封侯"，既然"日暮乡关何处是，烟波江上使人愁"，既然"何处是归程，长亭更短亭"……那么，故乡连接的就必然是一条不断被拉长的血脉，故乡之外就必有生命奔赴的征程，就必有血泪抛洒的旷野及其意义。

不妨说，异地与"歧路"同样是另一方"乡土"，异地的伤痛强化着灵魂的归属，"活命"的路途上才有最深的惦记或追问："露从今夜白，月是故乡明""故乡归不得，地入亚夫营""今春看又过，何日是归年""风月自清夜，江山非故园"……杜甫写下的思乡之诗可谓多矣，正因为归乡不得，围绕她展开的歌吟才更为惊心动魄，锥心之痛才会与至高的审美融为一体。是"他乡"确定了"故乡"的价值，将故乡推上了美学的高地。难以想象，不曾经历颠沛流离的杜甫，如何能完成苦难与生命等值的伟大歌吟，以无远弗届的沉郁和浩瀚，覆盖诗歌的广袤领土。同样，对于漫长的生命而言，还有没有另一种人所共有的"不能"呢，那就是——"曾经以为走不出的日子，现在都回不去了"（村上春树）。如果有，突围与忏悔之间还会存在另一种向度的歌吟，它们会在纪王妃胭茹、妣粉和诸多臣子们不得不从事的编织、耕种时，变作对"昨日"和故地的缅想，对曼妙的舞姿、大王的宠幸、宫廷的筵宴、无聊且漫长的光阴的追怀。当初那些"恨不能"的放弃、诅咒与逃脱就会忽然变得"珍贵"无比。而当一切过往成为虚无，又岂能一个"哭"字了得，又岂能一番拼杀或干脆自绝了得。国破家不在，城春草徒深。如此心境，怕自甘埋没的纪哀侯更当如此吧，尤其在接近天空的崮顶，在漫漫长夜中陡然醒来、恍然不知身在何处的那一刻。随即，一声叹息抖动了铁石般的心肠，震碎了冻云黯淡的夜空。

纪国的都城在今寿光纪台镇，距纪王崮一百四十多公里，在遥远的古代也是遥远的距离。兄弟投降卖国，大国扯皮不救，仓皇出逃者，靠什么复国还乡呢？到最后也不过是挨过并不遥远的时光之后的彻底覆亡。

纪王崮顶居然有春秋墓群，其中一座大墓，尽管难以考据墓主人身份，但埋葬规格极高，出土的大量文物证明，乃属王侯级墓葬。有一种推测，这正是当年不知下落的纪哀侯之墓，也暗合了清代《沂水县志》的记载。埋葬在海拔五百多米的高处，更属天下罕见，尤为奇特的是，墓主人和陪葬者均头冲东方，朝向故都的方向。人死亦念故国，可叹不复归去。天空之下，从古到今，又有几个能安止当下、坦纳命运之人，怕是死了，也要宣示那最大的执念。拥有过一方厚土、享有过不尽奢华的纪哀侯更是如此。"感情的寂寞，大概在于：爱和解脱，都无法彻底。"（徐志摩）纪哀侯所爱者，无非家国、权杖、宫殿、享乐，当肉身与骨骼被殷红的朱砂所化，只有陪葬的汤鼎、列鼎、铜敦、铜铺、矛剑、玉人、玉戈、玉佩等身外之物将他的寂寞与爱传递千年，默默倾诉着他的无法解脱之恨。从王侯到平民，从远古到现世，谁又不是如此呢——对终身安康与家国承平的渴望，往往是不可企及的虚妄，遭际身世飘零后的倦怠、无奈，反过来又寄之于"明知不可为而为之"的无功奋争以反抗荒谬与绝望，直至死亡。杜甫在当年的夏夜被忧思煎熬，不也是在无法安顿的烦劳与疲累中，将国泰民安与身家康宁渴盼得那般迫切、强烈吗？他有没有料想自己命断异乡的孤舟之中，却仍不能放下一直不曾放下的那一切：

北城悲笳发,鹳鹤号且翔。

况复烦促倦,激烈思时康。

　　国泰民安与身家康宁才是故乡得以存在的根本。当你看到山河各归其位,土地各归其位,生民各归其位,草木各归其位,乃至蝼蚁各归其位;道路是道路,院落是院落,牛羊是牛羊,炊烟是炊烟,话语是话语,笑容是笑容,泪水是泪水,心是心,你是你,我是我……那么,故乡就无处不在,季节就无处不在,天下就是泉庄的天下,泉庄就是天下的泉庄。

　　是的,在这里,我看到了。这里绵亘蜿蜒的山脉与鸟语花香没让我喟叹过往的苍白与虚度。当漫山遍野挂着纸袋的桃子像金色的灯笼照亮了白天,当绵延的绿色像乐章一样起伏跌宕,我感到生活与大自然从来不曾终结,没有人可以阻挡,在我们信任和渴望的时候,它们就会出现。在一处院落里,我看到香椿树仍在一丝丝生长,高挺的蜀葵也并不为迎迓我们而绽放,一扇从不会关闭的门随时为我们打开着……经历着时间轮回的万物仍在原处经历着,与我们并行的生命之美仍在被一一饲育着。我确信,此后会再次聆听和端详已经拥入心间的流泉、山崮、丛林、月光、天空,那些不会干涸、枯萎、隐退的事物。它们同样会让我们曾经的纪念、追忆,以及从事过的和即将营造的,慢慢呈现出被诗歌吟诵的价值。

　　　　白日放歌须纵酒,青春作伴好还乡。

　　这一刻,我还是想起了杜甫的两句诗。我将在酒肆里讨得的一杯浓香的烈酒洒在纪王崮上,企望王城上的先人们如今也回返了故土。

绣江河之约

一

梦里，我常听到绣江河的水声。这水声，从漂荡摇曳的苍草里溢出，玉髓般的清流怀抱着悠长、碧绿的曲谱；又好似从遥远的银河传来，带着星光的波纹和初秋的沁凉。

我无法猜测，在岁月逝水般远去后的某些个夜晚，那星光的颤音如何又与月色下的涟漪交汇于一处，以满溢的清辉与繁复的律动覆盖着我母系的故土，在混沌、迷蒙的旷野上栖落了一片片净澈与肃寂——是它们试图沿着梦痕的边缘连缀起曾经的记忆，示现久远年代里那些会发光的事物，还是我一次次无端遥望制造的幻觉，实则是企望回到生命的原点？在一个幼儿与少年的眼睛和耳畔，那些弥散进星空深处最初的闪烁与琮响，细碎、轻缓、明亮、婆娑，降临在靠窗的枕边，渐渐融入黎明的熹微，似乎有意让我在昏睡中醒来的一刻，触碰到心中已经隐退多年的缅想与惦念。

很多次，甚至在午夜，火车的汽笛声透进窗户，恍惚中，那些熟悉的场景渐次在眼前涌现，给我穿越时空的幻觉。列车驶过原野，仿佛都可以带着我去再度见证、指认一切。那些旧时光，如堆放杂乱的胶片，曾储存在记忆难以觉察的角落，被不断累积的日子覆盖，落满生活的尘土。只有梦中的光能偶然扫过，将它们打开、照亮，像移动在大地上的车窗，迅速闪回，又倏然隐没。

我无法解码神秘的梦境，但它无疑具备翻检与追索的功能。不止一次，我嗅到了临水的气息、浓郁的稻香，那是绣江河曾赐予我的。当然不止这些。时空的镜头被残留的记忆拉近，袅袅炊烟里，寂静、孤独的村落漫漶进我的视野；早起的亲人洒扫院落的声音将我扰醒；梧桐树筛落的细碎光斑灼热地晃动在脸上；鸡窝的栏板打开，肥硕的母鸡啄食撒在天井中的玉米；鸭子摇摆着走向河边，迫不及待地从湿漉漉的石阶滑落到水里；长满青苔的河岸，柳荫爬过水面，微风拂动潮润、沁凉的水汽，把燥热的蝉唱送过依河而砌的高高院墙；河汊漫溢的清流淹没丛生的水芹，独特的芳香会使它成为一道没有成本的菜肴；古老的纺车在门洞的穿堂风里嗡嗡作响，声如遗世的黄蜂，陪伴男耕女织时代的最后遗韵；骨架疏散的织布机尚未丧失最后的功能，老妇坐在幽暗的屋子里，来回不停地扔着梭子，朝怀中猛力拉动织板，像不断重复的、对最后岁月的数点、收纳；媳妇们哧哧地扯过长长的麻线，用掌侧的顶力紧一紧鞋底的针脚，锥尖在浓密而散乱的头发上迅速撩擦，簸箩里那些麻线球正好可以丈量整个农闲时节；男人们将绳套搭在臂膀间，仰身朝四个方向齐力拉起沉重的夯石，又轰然砸向地面，为某家娶亲的新房打下第一块地基，高亢的号子像一个古老传统即将消失的尾音，又像是对一个年轻生命最有力的鼓动；有人用长长的竹竿伸向高翘的屋脊，捣落肉乎乎的瓦松，用以治疗隐秘的疾患；浣洗的衣裳、粗布的床单、孩子的尿布，会在西墙的阴影逐渐拉长的时候，从牵着两面墙的铁丝上收起，阳光的温度一同被搭在臂弯里；蒙眼的黑驴拉着碌碡，被站在场院中央的那个男人用长长的绳子牵着，在满地的麦穗上不停地转圈；夜晚，放映着黑白电影的幕布上方，总有几颗银白的流星倏然划过，巨大的蛾子在追光中纷乱飞舞……一切都那样自然，安静，生活所能给予的，包括贫困，都在乡村的秩序里重复呈现，像陈旧的木制家具，裸露着经年粗糙的纹理。

我知道，那些糅合了生存温度的气息、声音、影像、细节、场景，无一不是依附于绣江河的事物，既单纯又驳杂，既明亮又幽暗，流动着淡泊、亲和、质朴、深邃的美。这种美只能在缓慢的时光里诞生，在烟火喧腾的日常里存续，并以河水的方式迤逦、漫漶、铺展、倾诉。绣江河把她周边的乡民、村落、庄稼、物候安顿到她的流域和时空中，既标注了他们的独特性，也暗示了他们可能存在的局限，却最大限度地诠释了水、土与人的关系，使"水土"这个词摆脱了抽象的含义，成为一个随时、随处可见并可以触摸、撩动的生动实在。因为她，这片土地被称为"明水"，明晃晃的水系像植物发达的根茎，在土地上蔓延，不止抵达远方，还能抵达游子的梦境和背井离乡的路途。水的拓展性无疑消解了土地的拘囿，并使水与土的结合更为紧密，使"种子所长成的小村落"（费孝通《乡土中国》）凝聚着水乡的气韵、温度与传统。

绣江河也因此拥有了抚育万物的一千只手掌。掌中脉络丛生，潺潺汩汩，流向哪里，哪里就会出现一望无际的稻田、水面如镜的鱼塘、穿村的河汊、丛生的矮槐、灰白的芦苇、婀娜的垂柳、聒噪的蛙鸣、纷飞的流萤、戏水的孩童、墨蓝的染缸，以及村边河岸上的捣衣之声。然而，她并非一条汹涌绵长的大流，甚至过于短促、清浅、温和、平静，始终如一位处子，样貌清纯而简素，却从未干枯、消失，而是以持久的耐力、温煦的滋养，在大地上默默流淌，护佑一片丰茂乡野，使之蓬勃苗壮、续接天地、生生不息。她映照、珍藏着自己创造的一切——那些散落的村舍、麦秸苫背的泥屋、傍晚推动的水磨、千年不息的饲育，也映照、珍藏着天空的白云、璀璨的星颗、飞掠的鸟群。当然，还包括我——我始终是她的一部分，并且永远都留在了那里。

光阴似乎从未流逝过一瞬，而是栖止于一个个黎明的梦中。

二

我知道，我不可能再回到最初的河岸，时间已修改了她的空间样貌。她的很多分支被粗暴地斩断，消失不见，然而那并没有使她的主干变得更加粗壮、流域更为宽广。很多次，我打探她的消息，在亲人们语焉不详的回答中，我可以想见，她正在大地上逐渐消瘦、萎缩。作为农田灌溉的主要水源，人们对她不离须臾的倚靠大都被现代化的物质和技术进步所取代，她变得可有可无。大片的水田改种了小麦和玉米，或被拓宽的道路、林立的楼房所占据，大片的荷花也被移栽到精致的公园里，成为人们的观赏怡情之物。一个舒适、便捷且躁动不安的时代到来了，一方令老人们骄傲并不断念及的水汪汪的故土，像他们逐渐流失的语言和生命一样，从回忆的高潮，渐渐进入了低回的尾声，最终隐遁在空洞、沉默的嘴巴和眼神里。

在短促的一生中经历自然和社会的巨变，见证很多事物的消亡，也许只是这一两代人的遭遇，不知是幸运还是悲哀。"于以采蘋？南涧之滨；于以采藻？于彼行潦。"《诗经》里描述的生态与情景经历了2500多年乃至更为古久的时间跨度，似乎一直延续到昨天，却在"昨天"之后的某个时段，转眼间便迅速退场。人们似乎并不感觉惊讶，而是视之淡然。一条"河流的衰亡宣告了一个时代的结束，同时一种绵延千古的生活方式也已开始瓦解"（祝勇《江河的遗书》）。"衰亡"更是指功能的丧失，水运、捕捞、导渠、汲水、灌溉、浣衣、濯洗、畅游……那番景象再不会复现，而"丧失"并未引起多少追念，是因为人的追念总是无法超越自身的生命长度，只能对那些"并行"过且业已消失的人与事产生无可追回的怀恋，对时间带走的旧岁空间产生再不能身临其境的无奈与伤感。于是，"说古"与回忆，在一遍遍的重复里提供了稍纵即逝的抚慰。

但我却始终披戴着绣江河的波光行走，从幼年到壮年。尽管更多时候我对她视而不见，时间却自有它的守恒性和存储功能，会将其中至关重要的部分变成某种"遗产"、某种"恩典"，不由分说地分赠给当下或未来。她的粼粼闪动，仍在背后隐现，在大于我的感知所能触及的背后，以某种精神与规则、幻觉与冥想的方式存在，左右着我前行的路向——那是我后来才察觉到的。我渐渐地明白，在很多方面，绣江河通过母亲的教化深刻地影响了我。即便在我想念她的时候，我也十分清楚，她绝非某类心灵补品，只用以满足虚荣，或虚拟性地怀旧与自慰。再没有生活优渥、被滋养得无比幸福的现代人，会跋山涉水前去找寻一条名不见经传的平凡河流，借以缅想，凭吊，抒情，甚至不无得意地"炫耀"，除非他们的生命与她有关。

是的，她区区20多公里，无法贯穿广袤无垠的土地，无法陪伴绵延高耸的雪山，甚至无法塑造跌宕起伏的生命传奇。她只拥有平凡的姿容、声腔、语调和叙事，波澜不惊，从容淡泊，就像她哺育的子民一样，纯朴、率真、内敛、安静、守成，甚至有些沉默，又绝不缺乏灵透、智慧与胆魄。他们认同被绣江河熏陶的性格，过着与绣江河一样平稳、安适、富足却绝不汪洋恣肆的生活。他们是她真实而贴切的映照，共同演示着她的多重纹理与多个侧面，诠释着"一方水土养一方人"的精准与微妙，默默地饲育，繁衍。他们从不指望依靠勤劳之外的手段发家致富，也并不囿于男耕女织的千年传统。因此，在她润泽的土地上,才会出现葳蕤的湿地、整饬的良田、葱茏的庄稼、繁茂的果林、清香的菜园,大葱、水香米、白莲藕,成为稀世罕见之物,甘饴、芬芳、清脆,饱含绣江河清流的精髓;同时,在他们的智慧与勤俭的操持下,门类繁多的手艺与行当不但成为家业,更装点了生活的美学与气质,被有滋有味的日子存放、传续——铁匠、铜匠、木匠、泥瓦匠、剃头匠……绸布店、纸行、茶庄、当铺、钱庄……祥字号的招牌更是将绣江河赋予的财运广布于京城和北方大都市的街衢、市井之间。尽管"从土里长出过光荣的历史,自然也会受到土的束缚"(费孝通《乡土中国》),但绣江河提供了更多可能性,人类择水而居的习性使这片土地的生存史更加悠久绵长,天赐的膏腴之地让这里的人群更加繁茂壮硕、忠恕谦恭,他们步履矫健,且行走得更远。

尤为重要的是,绣江河的滋润与波光培育并照亮了这片土地的文明,在平原散落的村子中,至今仍以老一代人口中传说的方式,显现着文庙、宗祠、殿宇、碑刻、塑像、族谱、书法、诗词、唱曲的华美、精致、俊逸、流畅、明丽、深邃,在时空中隐约浮现着丰赡、深阔、浩大的景观。它们时常出现在母亲的描述、自豪和感叹中,也曾出现在我幼年无知的目光里——那些镂花的窗扇、残破的石狮、长满青苔与荒草的大院、乌黑开裂的梁柱、晦暗腐朽的亭廊、荒疏空荡的关帝庙、夯土残存的老戏台、砌入水渠的碑碣、废弃码头的遗址、祖辈们流畅且清劲的书法……颓败与毁损,被一层层地沉埋地下,但诸多光辉的遗址和名字依旧幸存下来——城子崖、齐长城、兴国寺、东平陵故城、廉复、李格非、李清照、刘敏中、李开先、雪蓑、孟洛川……他们像我从小就熟悉的村中古树一样,依然蓬勃地活着,春天来临的时候会长出簇新、翠绿的叶子,开满芬芳四溢的花朵,那垂老中依然旺盛的生命力,仿佛一部大书中的重要章节,隐藏着土地、生民、历史、现实的深度交流。

在这些无比凝重与生动的事物中,我更喜爱绣江河畔的女子。她们娟秀的面容、善睐的明眸、如玉的皓齿、似水的肤色和性格、温婉的声腔和洁净的服饰,延伸着绣江河的韵致和光泽,在我的记忆中回荡,从未褪色。记得少年时代的某个夜晚,门环叩响之际,我打开一扇木门,皎洁的月光下,一位清纯的少女正闪动美丽的眼眸迎接着我的目光,她的身体与呼吸传递着青草与河水的气息。此后,我们经常一起在田地里帮着长辈劳作,掰玉米、种白菜、挖土豆,我渐渐熟稔的那张面孔和身影后来一直出现在我长久的想念中……

很多岁月就那么过去了。在遥远的城市,我每每以想念绣江河的方式想念着她,或者相反,直到结束了苍白的青春。

三

绣江河曾经不止一次进入浩瀚的书写,她的源头之水至今仍在古书的文字中流淌、跃动、熠熠闪烁。"有洌氿泉,无浸获薪。契契寤叹,哀我惮人。"(《诗经·小雅·大东》)"明水一名净明泉。其泉至洁,纤尘不留,土人以洗目退昏翳。"(《齐乘》)"水出土鼓县故城西,水源方百步,百泉俱出,故谓之百脉水。其水西北流,径阳丘县故城中……其水西北出城,北径黄巾固。盖贼所屯,故固得名焉。百脉水又东北流,注于济。"(《水经注·卷八》)周代"大东"之地有谭国,存七百余年,为齐师所灭,其都城就在现今章丘境内。"兴观群怨"之"诗"中,战乱导致的民生凋敝和先人遭遇的忧困煎熬最是动人心魄:寒凛侧出的山泉,不要浸湿我的薪柴,夜梦忧心时醒来,精疲力竭得让我心中悲哀。可是,那甘洌的清泉也同样能洗去眼睛里的荫翳,为生活带来清澈的光亮,让心灵变得通透、朗然。我的母系故乡,所有的悲苦喜乐都被水浸润着,水使人们情感的修辞更为富饶、丰沛,水与人们的生命衔接,相互渗透,合二为一。所以,当一道水光照入古老的书卷,先民的足迹与表情便在某个局部得以复活。

在所有与章丘、明水相关的典籍中，我最喜欢阅读《水经注》，它记载了章丘的八条河流，对绣江河的描述尤其翔实、鲜活。最重要的是，沧海桑田变幻，千年弹指之间，绣江河以微弱的身躯抵消了时间与时代风云的侵蚀，大致仍保持着我熟悉的走向，尽管沿途的众多地标性"遗迹"已荡然无存。很多类似的河流就没有这般幸运。她俨然是奇迹的创造者，近乎完美地阐释了"源泉"的重要性（自然也得益于"山南水北"的大自然巧妙安排）——西麻湾、眼明泉、百脉泉、小麻湾、清水泉、金镜泉……不止这些，所有的水都是她的源泉、她的根脉。同时，她也验证了大自然的书写是坚定而完备的，改动一笔，都要付出难以赎回的代价。而只有建造在河流与水泽之畔的居所，才更接近天堂。正是基于这个共识，我的祖祖辈辈才悉心地呵护着她、卫护着她。因为他们明白，在一片土地上，河流应该是永存的，河流的消失则意味着人的最终退场。

然而，绣江河一直是含蓄的，甚或是谦卑的，她从不强调自身的重要性，史书中更没有她汪洋恣肆、"野马难驯"、飞扬跋扈的记载。"水善利万物而不争"是她的本性，她只善于用最茂盛的植物，将沿途的村庄遮掩起来，无意中又将它们装扮得更加美丽、夺目。如果你在田野间行走，看到那些花团锦簇、丛林掩映的所在，就会知晓，那里一定是某个被岁月眷顾的地方，有着一个动听的名字，一群逐水草而居的乡民，日出而作，日落而息，厮守着喧腾的烟火，过着世间最平凡的生活，它们是——明水、绣惠、刁镇、水寨（镇）、浅井、吕家、相公、后营、西营、前营、中营、牛牌、河南、金盘、三盘、宋家磨、宫王、东皋、西皋（村）、赭山、女郎山……早年，我就熟悉绣江河两岸几乎所有的地名和村落。在无数个季节里，我从其中的一个走到另一个，在某个院落里住下来，与老人和更小的孩子为伴，与燕子、麻雀和漫长的白天为邻。几乎每天，我都会走出院子，走出村子，到处游荡，只要记住绣江河上的桥梁，就不会迷路。每个村子似乎都有我们的亲戚，我不知要跋涉多远才能见他们一面。只要跨过绣江河，我就知道，在不同的屋檐下，会有不同的"陌生人"在我的疑惑中讲解一个家族复杂如蛛网般扯不断的血缘。我逐渐学会了那些粗糙而质朴的方言土语，它们让我成为他们其中的一员，当我的口音已经完全与他们一致，我的"独异"之处便被抹掉，变作了他们的孩子，并与他们的孩子一样，在遭遇一次次责备后，依然毫不悔改地站在绣江河的石桥上，一次次跃入平滑涌动的水中。漆黑的夜晚，我们在大地上奔跑，无边的寂静里只听得见同伴的呼吸和自己怦怦的心跳。稻香与蛙鼓在水田间的小路旁飘荡，银河在夜空的幕布上明亮得耀眼，像绣江河晨光里的粼粼耀动。

在那座幽深的院子里，我见到过垂老的曾祖辈，由于孩子众多，他们始终无法辨认我究竟是谁，在他们面前，我一再失去着自己的身份，他们的糊涂让我开心。我看着他们离去，在温暖的春风里，跟着长辈们去村边祭奠，朝长满蒿草的坟头跪拜，丝毫不理解其中的含义，只等待着分享精致餐盒里的美食。我看到祖辈们的日渐衰老，被疾患长期折磨，守着窄小的窗户盯视着我和母亲的出现，相见的一刻每每是含混不清的长哭，那情景逐渐让我意识到，比病痛更难熬的其实是漫长的等待，是守着一座村子、一条逝水的等待。当我再不能目送他们离去，我知道，他们像绣江河一样离我越来越远。

这般宿命在我幼年的时候就略略知晓：当我试图留下来，与伙伴们进入那所乡村小学时，母亲的拒绝是那么断然；当我想念那位美丽的少女时，我知道，我只能把那个美好的秘密永埋于心底；当我回去的越来越少，回忆的密度越来越大时，我告诉自己，绣江河一定还在那里，她不会像人生一样，因为岁月的迁徙而变得斑驳黯淡，改变的只能是可以被时光塑形的、在"成、住、坏、空"的规则里不断循环的事物，比如被绣江河串起来的珠玉般的村落,渐渐脱去了岁月的包浆,摇身为崭新的模样,村路改道、硬化,券门和土墙消失,低矮的草屋变作了宽敞、齐整、线条坚硬的砖瓦房;天井一再缩小,很多已经无人居住,往昔生活的体温伴随最后一缕炊烟飘散;而漫步于拔地而起,收藏了百脉泉、墨泉的"明水古城",陶醉于它精致、繁密、深阔、舒朗又迷蒙的建筑美学中,那移身江南的幻觉始终不能缓解我欲近还离的矛盾,陌生包裹着熟稔,恰似时间与生命、记忆与存在关系的寓言,剥落与新塑、倾颓与创建之间已不由谁来分说。我想,今后我再不会从发黄的蚊帐里醒来,看到晨光窸窸窣窣地爬过床边的条凳、床头的木箱,从圈椅、八仙桌、条几、屏风、座钟、旧式暖瓶上滑过,看到那对厮守着老屋的燕子灵敏而轻盈地穿过木门上的孔洞,随即,屋梁上的燕窝里传来饥饿的雏燕喊喊喳喳的叫声……那些声音,那些光与影都永远地流走了。

而河流是永恒的,唯有她可以比喻时间,因此也等同于时间。

四

你记得绣江河宽阔的支流自垂柳中弯曲着油亮黑滑的身躯,无动于衷地在河床上流过。那水流与捣衣的敲击声并未被时间吞噬,相反,你怀疑它们无数次地穿越被遗忘的梦境,就是要帮助你洗涤穿越了半生、被尘土和污渍浸透了的躯体,为了让你重新回归你渴望的童稚与单纯。无数次的洗涤在睡梦中摆动。这是一个极其漫长的过程,却又如此短暂,回头一看,短暂得令人心惊、不堪、疑惑、羞愧,短暂得就像幼年的一个个夜晚,手握瓷碗的白色碎片,一次次无聊地在河边红砂岩的墙基上擦出串串闪射的火花——飞迸的火星不能照亮或点燃漆黑的夜色,它只能照亮一个孤独童年的无数个瞬间。它们是破碎的,电光石火般的,尤其在回忆中,那些消失的闪烁,会催促你不断地回返与寻找,沿着一条生命的河流前行，脚步不歇。只是岁月已晚，所有途经的美已然苍凉。

在不断的沿岸行走中，时间变作了河流，或者河流呈现为时间——是具体的、从夹岸浓密的垂柳抚摸下滚滚而出的时间。与古老的河流同构，时间在每一棵植物与每一件器物上留下痕迹与阴影。只是痕迹与阴影皆悄无声息。因此，漫长的跋涉中，你会停歇在岸边的树荫下久久地朝对岸凝望，宽阔的支流漫漶，河床的泥沙堆积成一片片长满芦苇的沙洲，潺潺的水流清浅明澈，可以涉足而过，脚踝被撞击得发痒，一脚下去便会出现一个浑浊、旋即又被清澈漾满的水涡。河对岸有你的亲人之家，他们堂屋内漆黑的八仙桌上，被长期擦拭的桌面，露出了古铜色盘绕的水波，那是枣木或香椿木的年轮。其实更接近于棕红色，是绣江河夕阳下的水纹凝固在了上面。在涉河而过之前，在一顿桌边安静的晚餐之前，你不会料想到，那些河边游荡的足迹，多年后会以另一种方式进入河水、树木和器物的纹理，在它们成长或消失的过程中慢慢沉淀，进入生命深处的皱纹。对于绣江河，我不知道是离开还是留下，这种迟疑总伴随着我，就像对守望与等候的感觉，我明知道更需要忍痛与放弃，却依旧盘桓流连不止。

越是熟悉，越是言语不逮。清晰而有力地描述绣江河是我遭遇的重大难题，只能让她自己描述自己，而且在梦中最合适。是的，我已经描述过，她绕过很多个白天，进入我的睡眠，带着大片的蛙鸣和纷飞的萤火，隐入村庄与平原的深处。她已经远离我的现实之外，可仍运行于我的世界之中，像一道星河，像看不见的背景，明净、浩荡，托举着我的来路与去向。不妨说，那在我生命里唯一流淌过的河流，至今仍不舍昼夜地流动。即便无法贴近她，她的表达也从未失效，她始终在与天空的流云与沉静的大地对话。她只有一段时光属于我，却已构成我生命最生动的篇章，她甚至仍滞留在我原地等待的人生深处，而我已经与那个

"原地等待"的我相距甚远，甚或再不会谋面。

"没有任何东西会使你觉得比时间的不可逆性更加痛苦。""生命沉默，静听着你孤独的所有那些时刻……"（埃米尔·齐奥朗《思想的黄昏》）然而，我以为，倘若磨难抵制一切诗意，那么，时间会如数奉还，并馈赠情感的分量、纯度与深度，在往昔与未来的两个维度之间，让追缅不断抬升着期盼，也释放和溶解着自我救赎与对命运的本能抵抗。即便是那些穿越村庄的支流，干涸后的沟渠同样不会消失，作为大地的遗言，它们会执拗地储存在乡民对房舍、院落、道路布局的恒久称谓中。人们走向更新的生活，遗忘和放弃增强着生存与幸福的韧度。我始终相信，所有的乡音仍富有诗意的节奏。

五

"乡音"同样可以追溯到往古。它凝结在地下瘗藏的物什上，以独特的器型、材质与色彩，记录着人类先祖对自我生存的表述，它甚至具备更辽远的传播力，借助一条更为绵长、开阔的隐形河流，将文明的种子播撒四方。

数年前，我去参观城子崖遗址，在那些依然隆起的土堆层里，破碎的陶片随处可见。我抚摸着它们探出黄土的棱角，猜想龙山文化所能达到的文明高度，以及以它命名的一个考古时代的伟大意义。当铺天盖地的黑陶制品成为当地市场经济发展的一个重要符号时，我才意识到祖先的馈赠仍是通过土与火的方式在人间传递。陶器中注满了水，蒸煮着米粮和肉食，哺育着一个庞大族群的生长。在博物馆里，祖先借以农耕渔樵的器具质朴敦厚，实用且灵动。一枚无与伦比的蛋壳陶，成为他们留给后人的最高美学，既是一道谜题，又包含了所有的嘱托。他们用不辍的劳作，塑造了延续数千年的生存结构，并缔造了一方水土的形态与性格。在我很小的时候，至少从两代人的生活中，目睹过祖先遗留下来的手艺：打坯、夯土、造屋、凿井、纺织、搓绳、积肥、犁田、播种、插秧、祭祀、蓄养家畜、尊奉年节、互亲互爱……他们将一片土地和一条河流的恩赐和教化传承、发挥到了极致。

一切都得之于绣江河的育化，从古到今。当人们恍然想起并试图回到"原点"时，他们一定觉悟到了那"育化"的重要性与唯一性。

我只希望，当我再次回到绣江河畔，依然能看到那些梦中浮现过的事物，哪怕是最后一道被垂柳遮掩的河湾。当然，还有一双朝河湾凝视的美目。

寻找山之丰饶

天空湛蓝,几缕横跨山顶的白云几乎已经融化,像即将全部融入大海的透明纱幔。

似乎在第一场雪晴之后,天空才能呈现出如此宁静而深远的颜色,它覆盖着整座刚刚从风雪中陷入静默的沂山。

某一个时辰,你朝空间深处瞭望,试图从苍茫之中分辨出一丝旖旎。接近正午的阳光穿透清冽的空气,将树木纷繁的枝杈染成浅金色。只有这个季节的萧疏,林子的线条才如此丰富、动人,每个局部都是入画的笔墨。从山肩绵延到坡谷、山脚的板栗尚未落叶,一片褐黄,中间点缀着松树暗绿的树冠。曾经肆意疯长的草丛、灌木干枯了,铺展着蓬乱而柔软的质感,仿佛逝去的季节将贮存的温热随便摊晾在那里,干爽且安静。而近处,刚刚结冰的池塘布满凌乱的图案,看上去变得黏稠的清水仍反射出部分天光。第一场细雪营造的空寂是寥廓的,它同时又强化了奔向天空或撒落大地的每一缕声音,比如鸽子腾飞的羽翅或麻雀细碎的啁啾。在眼睛可容纳的全景画幅里,近在咫尺的山好似变得矮小了，你不认为这是一种错觉，而是空气澄澈、天空高阔所致。此时进山恰正适宜。但你想，对你来说，何时进山不曾适宜过呢？

如此一问让你想起很多往事。虽然不曾到过沂山，你对山表的纹理、沟谷、植被以及季节的变化并不陌生。曾经很长一段时间，包括冬天，你不停地在山间穿梭、游荡、攀爬，挑战某个能将自己消耗殆尽的高度，有时近乎野蛮，带着披荆斩棘的气势，仿佛只有接天的险峻才配得上你的倾泻或征服，却往往只验证了自己肉身的沉重，呼吸急促、身乏意怠间，不时生出退却的念头。老实说，那时，你对山的欣赏是有限的、粗疏的，每次都像是在匆忙地完成"一件事"，那种惯性恰恰是你在尘海里挣扎时所养成的积习，是你厌恶的。在漫长的行程中，抵达山顶是唯一的目标，即使坐在谷底、林中、垭口的石头上暂歇，自然的旷古宁静正慢慢松懈着身心，你也会随时被一声催促唤起，重新算计步速的快慢以掌控登顶及回返的时间。

大概很多人最初对登山的执着都是想从疲惫中得到某种抚慰吧，或者试图站在比别人更高的高度看清平日里那个渺小的自己。当然不能否认，进入过人类集体意识的对山的膜拜情结也有潜在的吸引力，那些至高无上的客体在漫长的历史中凝聚成的信仰从未缺席，比如冈仁波齐、珠穆朗玛、泰山、冈底斯、乞力马扎罗，乃至你第一次遇到的沂山。不可否认，在大山所有对人的引力中，独异的风景是最重要的，就像在"神"的领地，你最想进入的并非"神"的宫殿，而是"神"的花园。一种无以言表的幻象、一种脚踏实地的无极，清虚，空阔，杳寂，治愈。突破每个高度，都让你觉得，世间其实本无大阻大碍之物，自我之外也并无什么可念之地、可念之人。哪怕这感觉恍然一瞬，引发的也不会是焦虑，而是在某一刻重新燃起的欲念并再次将其付诸行动，像不知不觉患上了无法戒掉的"瘾"。"美"是有"瘾"的，习性也是。

在大山的磅礴中，你没有觉得自己"生如蚁而美如神"（顾城），你只有"如蚁"的坚持与狼狈，不断认清一个尘世之人的卑微和浅薄。大山令你敬畏，是因为在接近"死亡"的喘息中，你再次看到自己居然站在了一个"复活"的高度，万丈高崖上的晕眩，溢出的是暂且脱离肉胎凡骨的惊喜。也更让你认同，与大山之间，"唯有亲身相遇，才能得以一见"（娜恩·谢泼德），这"相遇"和"一见"，因为越过更多艰辛才显现出弥足珍贵。你觉得，对于任何事物，都应持有如此心念。那些年，与各地山川持续的"相聚"，影响了你的生命，它没有让你的中年持续下行，它们将恩典展示在你远眺的地平线上，展示在一次次日出与日落的时刻，展示在你接近星空、俯瞰原野的一个个坐标上。你并不遗憾放弃那些令你神往却无力登顶的高山，它们不会沉默，而是时常在幻想里重现那些喜悦的闪烁。普鲁斯特的一句话似可对这般感觉做出恰切的解释："当我们了解到，在我们身外，现实与我们的欲望相符，即使这些欲望对我们来说是不能实现的，我们也会觉得它更加美好，也会更充满信心地寄情于它。"

你沿着石阶与木栈道上行，过石桥过山溪，在山腰处坐进索道缆车里。在一个缓慢爬升的玻璃盒子中，天空被两侧的岩脊不停地画出参差不齐的边缘，像一块正在被切割的青蓝色幕布，它凝然不动，充满安详和慈悲。寂静、悠然的滑翔带着轻微失重的惬意。前方绵延的山岩、林木渐渐打开，隐没在杂树中的峡谷也跟随着上升，从两侧和下方平稳地飘过。飘过，并未消失，转过头，你看到它们渐行渐远，慢慢沉降。缆车就像可以推近或拉远物象的长镜头。以凌空的视角朝下俯视，浓密的荆丛、凌乱的碎石、参差的混交林、壁立的山体，如在一幅巨大的画框里涂抹的釉彩。这个高度，无法触摸到山谷里的初冬，雪散落在灌木、枯草、松针、败叶、枯枝上，散落在裸岩、凹槽、沟谷、巨砬、崖壁以及泥土的表面、缝隙和褶皱里，一片苍然、沉郁。与在沟谷中的实际行走不同，很多局部与细部被抹去了，荆榛遍布之处本就人迹罕至，掩藏起了植物最后的生机。大山的叙事在平静的漂移中显现出深邃、肃寂的表情，蛰伏的荒芜让意境变得更为阔大。尽管节气尚未以一场更浩大的降雪埋藏起大山所有的秘密，但已让你感受到了"最高级的美存在于深度效果中"（罗丹）。这个季节适合独行山中，抑或需要更为长久的时间和更为幽深的岁月与它的一岭一峰、一水一石、一草一木相依为伴。落寞、枯索的心境适宜空旷与沉默。山能创造出与宇宙相匹配的寂静，也能更深切地理解行走世间的孤独之人，让他们清晰地听到那些从心中一跃而出的想念。岁月无论多么无情，都自有痴情的一面。季节轮回，让瘗藏的记忆重现，就像在这座山中你与往昔所有阅读过的山峦再次相逢。

  老实说，过去，你对山的体验几乎从来依靠攀登，依靠手脚的抓附和触摸，依靠具体的观察和判断。你很认同一位诗人的说法："一座山坡会把它自身的倾斜、空间和质地还给我的感觉着的身体。这是我对它的拥有。仿佛我能看见的领域就成了我存在的领域。成了我直接的、身体性的存在。我看见的事物及其空间成了我自身。犹如我的身体直接占有的空间是我的存在场所一样，视线所触及的空间也成了我自身的存在。这也同时是出让空间，我敞开我自身。"（耿占春）你还想说，不只是身体的触觉、视觉，有时还包含听觉甚至灵觉。回想起来，在山中，你不只听到过雨雪簌簌、大风鼓荡和丛林、飞瀑的呼啸与轰响，听到过你沉重的呼吸、急速的心跳，鞋子与岩石、泥土的摩擦之音，甚至还听到过大山这"有灵之物"时隐时现的诉说。所谓"有灵之物"，既是它的存在本身散发的灵性之光，更是源自太古以降的生命气息依然在场的一种放射、闪耀，包括人类向它投注的信仰、情感、祈愿，它被视为一个精神空间所确立的价值体系。通过对大山的膜拜和颂扬以确定个体与族群的坐标和方位，确定一个家国的文化样态，使崇高感情具体化、神圣化，一座"有灵"之山便具备了强大的感应力、感召力和凝聚力。这类山的"体量"曾被不断放大，它身上的光环也曾不断扩展，祭祀的烟火袅袅升腾，庙堂的灵音缕缕不绝。当然，在时间的流逝中，它可能变作了一条隐匿的、神秘的线索，但仍会在追索、探求的目光里显现出幽微的光亮。当你面对一座大山的时候，才会意识到先人们曾是那样执着于对浩瀚宇宙和天地万物的瞩目和阐释，而不是深陷于生存的琐碎，在几尺范围内忙碌自己有限的生命。哪怕你居住的城市里那几座小小的山体——虞山、药山、历山，也曾是上古少昊后人夜观天象的所在，他们在大水尚未退去之时，已经在探索星空包含的数学奥秘。

有人说："一座山自有其内里。"沂山的"内里"不止地质、风物、那片垂直的花岗岩断面遗迹、山顶那块凸出悬崖的"探海石"、古松群、仙客亭、芝樱花海、天然石佛，更在于文化积淀所赋予的"气质"。你想仔细地看看那些其实一直深深吸引你的东西，即便在苍茫大山的深处、顶端或某个角落，你也一直试图发现人的痕迹，看到他们在另一种维度上的生存、创造与寄托，那些与大山深度融合或被大山启迪出的思维、灵感与宏阔的精神世界。

游步道尽头的山顶，一组红色建筑矗立于蔚蓝的天空背景下，钟楼、鼓楼、玉皇阁、御神殿、观景台，排列整饬，雄伟壮观，带着一种端肃、严谨的秩序感。这种"秩序"同样存在于这片土地上所有的宫殿和庙宇，无论在高处或低处，都会在有人的地方投下移动的阴影。极致的建筑美学未必能宣示神谕，但如果建造的初衷仅仅为了美以及美可以收纳的一切，那信仰的子民应该还是幸运的。当然，其中居住的神祇也自有可信的一面，比如玉皇阁里的玉皇大帝和御神殿里的四位宇宙万物的最高管理者，他们让善良的祈愿具备在膜拜者心中达成愿想的可能，这足以解释，在游步道旁与建筑院内的油松、麻栎、花楸与石栏上何以挂了那么多祈愿牌、缠了那么多红丝带，与其他类似这样的地方一模一样。比之其他元素，你更喜欢建筑本身或者说它的结构、形式之美，它的精深、博大、沉雄、静肃以及人的智慧与审美的极致发挥。尽管你不喜欢"仿"，但哪一种创造里没有"仿"呢，继承、发扬中没有"仿"吗？"仿"不是"抄袭"与"复制"，本质上或在最高意义上，是一种"互文"甚至"致敬"，不然你怎么理解艾略特说"在写出《荒原》之前，《荒原》就存在了"。当然，你可以从多个角度理解这句话，并推而广之。有人也许会模仿艾略特说的话借以反讽："玉皇阁在建造之前其实就存在了。"你会说："是的，是这么回事，因为沂山早就在这里了，它将设计的图纸输入了设计者的心里，它一直在等待，于是，等来了。"这恰如你的感觉：你在到沂山之前其实早就到过了，你只不过把对它的那些回忆还有想念重新观看、体验了一遍，用一个瞬间，或者用所有的时间，你的记忆同样与沂山"互文"。

居中的玉皇阁是一座复合式仿古建筑，三重檐、十字脊歇山顶四面加抱厦，繁复的、蓝绿色彩绘的斗拱，朱红的圆柱、窗格、门扇、栏杆，金色的琉璃瓦顶。你在玉皇阁上走了一圈，扶着栏杆骋目。广袤的原野上群山连绵，一重重、一层层地错叠、横亘，直到最远处的山成为虚影，被奔涌的阳光融化。静透的天空只舒展着几缕浅淡的毛状云，云的下方，大地上的湖泊玻璃一样平静。只有站在极顶的人才可能明白为什么喜欢站在极顶，即便不能振翼凌空，也能让视野和胸襟越过尘埃，甚至能感觉到一座山吸收的光芒，它同样会进入你的躯体、深长的呼吸、搏动的心跳。"灵气所钟"，这不是一个比喻，而是实指的一个具体场域。你记得方才所见的，除了一块高耸的、刻着"沂山"二字的巨石，还有一块竖立的石头上刻着这四个康熙御笔的红漆大字（那块御碑就在山下的东镇庙里），一棵幼小的松树紧紧倚靠着它，将长长的松针披在它的肩头，像个懂事的孩子。你也曾是一个孩子，爱幻想的孩子，或许仍是。你渴望能带着一丝这里的"灵气"重返尘海，好让你的"信"与"不信"在那里都得到它的护佑。你觉得，在一个人的生命跨度里永远需要一个寓言般的童话,只要它是真诚的、深挚的。

虽然你对沂山似乎拥有"记忆",但对它"岁时春秋二祭,守土主之"的"镇山"来历并不知晓,亦不知"泰山为五岳之尊,沂山为五镇之首"的说法。真是遗憾,你来晚了——这不过是托词,文化的衰落就这样具体而微地体现在你身上。于是,在山下的东镇庙里,你如学生一般倾听了当地一位博学之士的讲解,才多少对"东镇沂山"有了点了解。镇山之说源自《周礼》,源自已很难考证的远古崇拜。周时,九州每个州均设镇山,为"九镇",所谓"三代以降,九州皆有镇山"。镇山的作用是"阜民生,安地德"。

那位博学之士讲,上古之人夜观天象,看到天上有二十八星宿,每七颗星组成一个星座,于是寻找它们在地上的对应物,二十八星宿第一个星座的第一颗星是"角星",对应的就是沂山,而"亢星"对应的则是泰山。如果说"角"代表头的位置,"亢"就是脖子的位置。"大海东来第一山"、五镇之首就是这么来的。他还讲,起初是将"四镇"与"五岳"并举,唐时增为"五镇",与"五岳"对应。"五镇"者,东镇沂山、西镇吴山、中镇霍山、南镇会稽山、北镇医巫闾山是也。"镇者,安也,镇安国靖之意。东镇就是东安之意。"他告诉你,西汉时沂水设东安县,后为东安郡,说明东安县与沂山祭祀有关。周边还有乐安、安丘等地名。他特别强调,镇山文化和岳山文化都集中在庙里,东镇庙与岳、镇、海、渎的祭祀场所都是一样的,它集中体现于庙里的文物古迹、文化遗存中。"由原始崇拜、原始宗教发展而来的岳、镇、海、渎祭祀,贯穿于整个民族的发展过程,对中华民族思想意识形态具有重要影响,五岳、五镇、四海、四渎,代表了华夏民族大一统的国家观。"你感觉受到了震动,似乎看到了一副矍铄的面孔、一双睿智的眼睛,神情苍茫,欲言又止。

在此后的资料查阅中,你了解到,大禹时便开始了对沂山的祭祀,那是自虞舜至西周"望秩之礼"的重要内容。此后，历代朝廷各有增封，自隋唐至明清，礼典不废。皇帝们都很关注沂山，一因它是"大海东来第一山"（自东海向内陆的第一座高山，崂山虽更高，却属海上之山）。明洪武三年（1370）所立的"诏定岳镇海渎神号，东镇曰沂山之神"御碑，就代表了这个意思。二因其更是军事战略要地。齐地"南至于穆陵"——沂山之穆陵关处南京、北京正中，所谓"从南京到北京，穆陵关在当中"。沂山东西正向，南控江淮、北扼京师，义熙五年（409）刘裕伐南燕的战争就发生在此地，直至几十年前也有过大的会战。因此，包括汉武、康熙在内的十朝的十六位皇帝才登封于此，亲临设祠祭祀。

你在一本购自网上、1991年2月编印的小册子《东镇沂山》里了解到，仅明代万历时临朐名士王居易《东镇沂山志》卷二收录的自洪武三年（1370）至万历四年（1576）的《御制诏告祭文》就有48篇之多；山下的东镇庙更是多次重修，"规制宏丽"，其"薪采于沂山，石凿于荆山，琉璃陶于颜神，山材购于益都、临朐之民，南材货于临清、济宁……"有的木石来自千里之外，近的也不少于百里，"左牵右曳，民苦弗胜"，足见朝廷对镇山的重视，不管民苦与不苦，作为驭民核心内容的礼制是不能废弛的，否则，天子们如何体现"受命于天"的执政合法性。其实，他们最怕的是天灾人祸、黎庶忧惶，乃至揭竿而起、危及政权，于是不惮劳民伤财，耗费民脂民膏，以祷告于天地神灵，其举止又何其自相矛盾。但也不能否认其中的文化内涵和价值所积淀形成的民间信仰：每逢阴阳失序、天时亢旱、田苗枯槁、林木四空、饥馑相仍、民生凋敝之际，百姓便会伏拜天地，入庙焚香祈祷，企望在神灵的庇佑下，山川形胜，物阜民丰。还有什么比这样的祈愿更美好的呢，无论在什么时代。令你没有想到的是，朝廷的很多祭文中居然也有大量自然灾害和民不聊生的描写和记录。看来帝王们也不全是掩耳盗铃、自欺欺人之辈。他们不辞劳苦前来沂山，主要不是来玩儿的，即使仪礼盛大的气派、登高览胜的畅快，也难掩他们忧心忡忡的表情。

历朝的望秩之典、沂山的雄伟壮丽，更吸引了诸多文人、名士纷至沓来，留下了蔚为大观的"东镇碑林"和题咏诗作，其中最著名的当属欧阳修、苏轼、苏辙的作品。这笔丰富的文化遗产，无疑为沂山的内质增添了更多的光辉。

汉白玉华表、石阶、石狮、盘龙丹墀、朱红的拱券山门、绿琉璃瓦歇山顶、沿中轴分布的护法殿、古祭台、东安王殿、寝殿、文昌殿、财神殿、后罩楼……规制谨严，宏廓巍然，你走进去，感觉这皇家御庙的气派俨然，庄肃而舒朗，非但不压抑，反倒很亲和，它构筑的静谧是沂山的一部分。这座搬迁三次的庙宇，经历过你无法想象的历史、战乱和意外。被大火烧毁的东安王殿12个柱础还在，它是时空的泗渡者，却仍拥有崭新、年轻的样貌；平展、笔直的石道，金灿灿的大殿重檐，光洁、明亮、神圣。然而，几乎没有入殿的叩拜者，今天的王灵官、五大元帅，威力似乎没那么大了。

你更相信那些幸存的古物，作为岳、镇、海、渎祭祀存碑最多的庙宇，有一百四十五幢尚存的碑碣、四幢御碑，除了被毁坏掉的和化为碎石、齑粉的，其他都在这儿了。它们矗立在走廊里、亭子中，用玻璃罩着，以免经历时间与风雨的再度磨损。你仔仔细细地看过去，那些——诏碑、记碑、祭碑、告碑、祷碑、诗碑、墓碑、残碑，却无法将每一块都看得清晰、明了；你想从那些字句中感应到渗透进冰冷石头里的心跳和温度，那些吟哦与斧凿之音，可书写者都不在了，錾刻石碑的匠人也不在了，他们敛去了身影和气息。这些并排之物或孤耸之物，大概真的变成了这片土地"不动产"的一部分，以封存的方式降低其价值的损耗，又以沉默的方式支付时间讨要的利息。它们还在等待什么呢，还有多少人能从中得到滋养和启迪呢。即使驮着御碑的赑屃，人们喜爱的也是那憨态可掬的石兽,把它高挺的鼻头抚摸得乌黑锃亮、光滑可鉴。在某种意义上讲,寺庙都变作了"旧址",那些纷纭的、鲜活的东西被搬运了出去,内容抽空了,如消失的烟火,成为空气的一部分。"旧址"甚至连凭吊的功能都丧失殆尽,只留下一处游览、参观的场所,空空荡荡,花木扶疏,散布着一种遥远的清寂之美。与它朝夕相伴的只有那几棵古树了,你看见,院内树皮皴裂着的汉柏、唐槐,依然虬枝漫展、壮硕参天、生机勃勃;那两棵西雄东雌的宋、元时代的银杏树,黄金般的叶子尚未落尽,在初冬的暖阳里灿然绽放。它们经历过多少事,目睹过多少人呢,都不过是云消雾散的瞬间而已。

　　东镇庙处沂山东麓,背倚凤凰岭,近前有"五汶"之一的小汶河流过。这里虽然风光秀丽、地理重要,在并不久远的过去却属偏僻之地,不然,东镇庙瘞藏的碑碣命运或许更加多舛。除了人力的强加,还有时间的侵蚀。你忽然想到在附近的山上蜿蜒着的那道齐长城,不也正慢慢没入时间的尘埃中吗?一座山、一条河总比人的造物更长久,包括岁岁荣枯的植物,它们以单纯的接纳、孕育、生长、运动,保持了更为恒久的存在。

　　那一天,你还返回山中,去看那挂从壁立高耸的山崖间一泻而下的百丈崖瀑布。你很诧异这个时节还有如此丰沛的山水。有人说,它源自法云寺永不干涸的山泉,崖下之泉乃汶水之源。瀑布色如白练,声震云天,在望不到它的登山步道上就能隐约听见。水激落到下方的石面上浪花四溅,奔流下注,形成一面宽展的水潭,经过涉水的汀步,注入下山的沟谷。你在那里盘桓了很久。这是你与沂山的作别之处。你看到树立在汀步中间被高挑起的一块木牌上写着:"我始终觉得,站在瀑布下的应该是两个人。我在沂山很想你。我爱你。"何止是两个人呢,瀑布下有那么多仰观者。你想,更多的时候,又何必是两个人呢,或许一个人,更好。

东镇庙里，明万历二十六年（1598）状元赵秉忠立于甲寅年（1614）夏的《观沂山瀑布泉》诗碑有二律，其二曰：

> 瀑布山头挂，冰河天汉来。
> 波光连海岱，练影泻氛埃。
> 不断四时雨，惊闻万壑雷。
> 香炉曾纪胜，转忆谪仙才。

赵秉忠观沂山瀑布时想到了李太白写的《望庐山瀑布》诗，沂山的百丈崖瀑布不输庐山瀑布。可惜谪仙似不曾到过这儿，他那首《求崔山人百丈崖瀑布图》诗里写的"百丈崖"瀑布大抵是在浙江的天台县。

离开沂山的时候，你与友人谈的话题仍是镇山文化。当得知沂山正在申请世界文化遗产的时候，你觉得沂山的镇山文化迎来了一个被保护、发扬的大好机遇。

沂山，广矣，大矣。奇山万叠，宜匹岱宗；静主东方，福泽生民……你想再看一眼沂山。回首间，沂山还在那里，并未高耸入云。是的，空洞的"大词"是无法讲述沂山的，纵使它担得起。沂山内敛着它的光芒，只会为你的虔诚打开它时空深处的丰饶，并照亮你的寻找。

昆嵛遥思

中国几乎所有的寺庙、道观都深藏在名山大川的褶皱中，如一枚枚经年发光的纽扣，镶嵌于浓绿纷披的巨大衣衫上，解开它们，一段段隐匿的精神遗脉便渐次显露，那种幽邃与斑斓并没因遁世的逍遥而被光阴掠走。纽扣般的小小空间，却能在无限的时间坐标上得以存续、绵延，并非无端的奇迹，它们潜隐于文化的肌理，又每每呼应着人间的气息。

我常寻思其中的道理。夜色里踽踽独行，深山孤独的灯光始终吸引我们的视线。那是一种慰藉般的存在，让跋涉的中途有了坚持的韧劲和期待，甚至有了持久的祈愿与向往，有了不断跋山涉水、孜孜苦觅的缘由。那些远离尘嚣的暗弱光晕，有时也能照亮尘世的街衢和门扉，如古老而遥远的字符，以亲切、温煦的呢喃，唤醒我们浩渺的记忆。于是，便有朝圣的脚步不辞劳苦，趋近那微茫、遥迢的晨钟暮鼓，用虔敬的意志抵御不断袭来的喧嚣和侵蚀，以抵达心灵的静谧、喜悦与安详。

我去过许多佛家、道家的清修之地，却并未试图解开那一颗颗神秘的文化"纽扣"锁藏的秘籍，对于非常人所及之事，我有自知之明。

却又常忖，在山川之中畅快地呼吸，浊气块垒吐尽，思绪焕然一新，身心放松而愉悦着，世间的浮云万象又算得了什么？而佛道精神的精髓也无非如此，不过是让人活得心无挂碍、慈悲为怀、得无上妙乐。妙乐既得，又何必问缘起性空、性空缘起、长生久视、羽化飞升呢？道家有些至理名言，讲天讲地，也并未将人间丢下不管，而总试图将天、地、人合而为一，比如："天得一以清；地得一以宁；神得一以灵；谷得一以盈；万物得一以生；侯王得一以为天下正。""形不得神不能自生，神不得形不能自成。""圣人无常心，以百姓心为心。善者吾善之，不善者吾亦善之。""能至于无乐者，则无不乐；无不乐，则至极乐矣。"道理再浅白不过，可往往连最善讲大道理的大人物也难以做到，道理只讲给别人听往往是最容易的，也是最适合的。所以，佛、道两家最终是主张无言、坐忘或"不立文字"，主张山洞中的修炼功夫，甚至"说法"的语言也不过是"假名安立"的方便法门罢了，懂与不懂还要看人的资质和悟力，凡事"着相"，岂可"了悟"？这也是佛"无法可说，是名说法"的真意所在。至于如何修成，只好凭你的"业力"和缘分了。

我有时也想试探一下"缘分"，就像一朵飘泊的云总想栖落高耸的峰巅。这次去海边的昆嵛山，也是怀了如许的心态。昆嵛山上的道教神庭"神清观"，定然是深藏于大山褶皱之中的静修之地吧。神清方能气爽。缘何"神清"？惟大海山川之灵气氤氲缭绕，抵挡了市霾的杂扰聒噪，方有此灵效。天下名山僧占多，天下名山道占亦多。走的地方越多，对这类得自经验的判断越是深信不疑。清静之地多在远方，从世俗人间的角度也似可将其命名为"别处"，"别处"总具备"陌生化"的诗意，于是"生活在别处"便成了某种近乎形而上的向往，且包含了对"此在"多多少少的排斥甚至厌离。

于是远行。于是，在波涛奔涌、植被厚密的养马岛住下来，隐身于岛上较为偏僻的一隅。傍晚沿着几乎没有行人和车辆的马路走向海边，久久伫立那里，眺望夕照下的大海，耀眼的波光细腻地跳动，横亘在慢慢幽暗下去的水面上。夜晚，在呼呼的大风中寻到附近唯一的农家喝酒，抖索的身躯不断汲取酒浆的热力，少顷便不知身在何处。清晨，漫步到最近的驼子村，端详着蔷薇花和金银花围拢着的百年建筑，复推门进入无人的农家，仔细观瞧青砖上斑驳的窗棂和飞翘的檐角……除了鲜花、绿树和毫无纤尘的空气，四维之内剩下的就是安静、安静，连远处的水面、水面上的芦苇，以及马路上晒着的渔网，都是静悄悄的，连时间行走的微细之音都听不见。耳畔飞过一只苍蝇，竟如飞机一般轰响。阳光被黑绿、繁密的树叶筛落到地面，才发出几许沙沙的回声。

"不论哪种宁静都存在于自然界中。"（梅·萨藤《独居日记》）这样的宁静之地，散布着温润的气息、祥和的光晕，安适的愉悦就像初夏的树叶般充分张开，心里晃漾着澄澈、明媚且慵懒的感觉，时光像是从缓慢的节奏中滋生出来，能被细细数着，一刻又一刻地在身边从容地流过。眼睛小闭一会儿，似乎就体验到了"刹那即永恒"的"这一个"当下。

此方水土岂能没有昆嵛山？大自然对万物的安排便是如此玄妙。在牟平，无论你先去哪里，这片水土都预置了一份安谧在你感官里，然后将昆嵛山莫大的宁静输送进你的灵魂深处。

从养马岛穿过跨海大桥，一路向南。窗外掠过荒滩，海岸，河渠，公园，鲜花，绿树，干净的村落，还有随处可见的果园，果园上空静浮的白云……一个刚刚降临的夏天正用崭新的色彩轻轻地覆盖着这片土地。

远远地看到了迤逦的群山。很快，一片延展到山根部的巨大水面在身边缓缓后退。公路曲折迂回，两侧唯有密林包裹的山峦和裸露的黄白色岩体。"峰峦巉绝，大石长松"的昆嵛山吞没了我们。

在神清观前面的小广场上，我还盘算着车行的距离。若是在安步当车的古代，恐怕也要走上大半天光阴。寺庙、道观离人间烟火的距离大抵也要讲究远近适宜的，既要清净，又要有香火供奉。虽然生存所需可以至简，但衣食住行亦须方便。即使有高士，若隐遁于终南山者，到今天不也有好奇的探访者吗，比如写出那部《空谷幽兰》的美国人。也许探访本身就是一种供奉，只要虔诚——当然，体验山川的恩赐也是。

昆嵛山和神清观已经是一处随时可以抵达的景点，车子可以直接开到山门前的小广场。大山最深的褶皱往往最先成为通衢，足见世俗的愿力有多么强大。最难铺设的道路，代表着最为执着的寻找。

小广场的南侧立着两块广告牌，云海群山的画面上，各有两排红色大字："神清观四海，烟霞洞乾坤"；"享'寿'原生态，问'道'昆嵛山"。非常有概括力，把昆嵛山的精髓说全了。倘若不为宣传，其实不说也罢。人进得山去，各有体悟，怕也说不清、道不明。这才是佛、道的真趣所在。

从三重石阶下仰望，汉白玉栏杆之上便耸矗着一群红色的建筑群，庄严而醒目。拱形的山门之上书有"神清观"三个金色正楷大字。山门和左右钟鼓楼的红柱之上，均是重檐飞翘，彩绘梁枋。

斑驳的山门关闭，我们从侧门而入。在北高南低的四合院式的庙舍里，我看到几块石碑，其中一块是2008年立的《重修神清观记》碑，漆黑的碑面上刻着密密麻麻的计算机字体，粗糙简陋，与旁边的古碑很不协调，也说明在多次的损毁之中，这里遭遇了无可修复的劫难，后人重建的东西多是敷衍潦草，已失去了历史的内涵。好在还有几块古碑，还有山门石阶下和庙舍内已辨不清面目、且罩了玻璃盒子的石兽在。尽管我无法穿越时空，遥视神清观当年的模样，但那几棵尚存的古柏，应该看到或记得曾经的一切，只是它们的沉默比时光还漫长。

龚道长已经在树下的牡丹花圃间等候着我们了。寒暄几句，他静静地带我们参观完三清宝殿、五祖殿、七真殿，领着我们步入西边的跨院。

这是龚道长的静修之地。狭长的小院中有两排低矮的平房，在院门和平房之间有一块很小的空地，一棵巨大的古银杏树参天而立，粗需两人合抱。树下并排一长一圆两个茶桌，周围摆好了椅凳。长桌上一大盘紫红的樱桃，圆桌上是晶莹的茶盘和杯盏。这是道长专为招待我们准备的。

龚道长并非我猜想中的垂垂老者，而是非常年轻。他轻言慢语，举止斯文，始终面带笑意。一边让我们品尝樱桃，一边去了树下给我们亲自泡茶。当地的朋友说，见道长并非易事，若不提前约好，他可能便去山中云游去了。"云游"二字，凡人无法品其真味，听着却着实令人心驰神往。倘遇到"云深不知处"的那一刻，我们贸然上山，恐怕连"松下问童子"的机会也没有。这胶东的第一大山，有72座奇峰异岭，此间逍遥，云雾悠悠，何处寻觅踪迹？倘若踏遍群山，得见真人，倏忽忘掉人间岁月，岂不又是殊胜的缘分？想到此，才恍然感到身处的这座全真教祖庭藏有无限玄妙，难怪当年王重阳不远千里自终南山到昆嵛山，修真烟霞洞，收丘处机等七人为弟子，大概也是看中了此般妙境中深蕴着开全真教派并使之蜚声天下的机缘。

这段故事，在很多小说和电视剧中被演绎过。南怀瑾先生曾经指出，在朝代更迭的历史大变动中，佛、道两家的人物经常出现在关键的历史节点上，让诸多混沌战事出现转机，影响了历史的走向。这是个很有意思的现象。无论是儒家还是佛家、道家，修身、修心、养性之外，并非远离人间关怀，全真教提出的三教合一、平等、同源观念，在自我完善的基础上，对人间则始终抱有慈悲之心、呵护之责。去物欲，简尘事，经历艰难的修行，方有更大担当的能力。如此看来，对修道者而言，仙境与人世并不遥远，或者本自一体、殊途同归。

我并未将这样的联想请教于龚道长。我们不想耽搁他太多时间。于是，品完几盏香茗之后，便起身告辞。道长陪我们在两排平房中间走过，送出后门，穿过一片青翠的竹林，指示我们登山的小径。回首间，神清观已经被茂密的丛林遮蔽，隐去了踪迹。

沿着上山的石径缓步前行。不远，出现了一块一人高的巨石横躺路边，上书"采芝"两个红字。我想，此间是否灵芝较多？也许还别有深意。又不远，石径的另一侧复出现一块同样大小的巨石，上书一"道"字，这倒易解。两块石头上的字，似乎是说，采药与修道，本是一件事；又似乎是说，昆嵛山灵草妙药众多，不但可以疗疾，更有助于在此修行。得道恐非一日之功，若是采药，定然俯拾皆是，因为山间除了这小径，周边全是蓊郁的植物，只能从偶尔露出的缝隙间看到远处连绵的山峦和湛蓝的天空。

石径有许多岔路，岔路口均设有指示牌，不同的方向，是不同的景点，比如烟霞洞、丹井、孙不二修道处、飞来泉、小蓬莱，等等。偌大的景区，不可能一一走遍，于是有人提出到烟霞洞为止。

前行不远，看到了孙不二修道遗址。无非是一块木头的指示牌和立在树下的一块不大的石碑。石碑下边有一大一小两个方形石座，顶部的盖子刻着上翘的檐角，檐角之间似乎还刻有三枚铜钱一样的图案，不知何意。但一看就是新立的，同样粗糙不堪。

孙不二是全真七子之一的马丹阳的妻子，曾开清净派，元世祖对其有过封号，足见不是凡间女子。既然当时男女不能一起练功，她便找了一处离丈夫不远的地方独自修行，即便彼此牵挂，也能相互照应；即便尘缘已了，也能相互印证；倘若都成正果，更是留下了一段佳话。这在道教史上恐怕也是不多见的。我被他们的故事打动，甚至叹息了几声，转念一想，许是我多情了，还是在俗世之中拔脱不出，如拉康所言的"自恋"所致。

上前十几步，便是丹井亭。亭正中有一石栏围起的井。传说七真人常在此饮水，王重阳更是用此井之水炼得了"起死回生丹"，因此便有了"丹泉喝一口，活到九十九"的说法。有人用瓶子盛了井中的水品尝。在如此高度能打出水井，不禁令人称奇。大概马丹阳当年经常会从烟霞洞下来汲水，看看妻子，说上几句嘘寒问暖的话吧。丹井亭南面有一处黑瓦覆顶的石头照壁，正中嵌立一高出照壁的石碑，上刻"乙卯年石翁"几个模糊的阴文和一个凹陷的井字图案。碑前一个半圆的井栏，围起的仅仅是个石槽，倒似乎有些古旧，不知有何用途。

在丹井亭稍事休息，继续攀登。烟霞洞并不遥远，很快就到了。这是山间的一处平台，北面一块连接着山体的巨石上一石门洞开，洞两侧各有一立一卧两块玻璃罩着的石碑，左上方刻着"烟霞"两个红红的大字。山洞仅一人高，进深也就五六米，并不大。洞内石壁前端坐着七真人石像，石像很小，表情木然，是某个年代被破坏后重刻的。阴暗的光线中，我看见洞内东侧石壁上刻有"烟霞洞"三个丹红的大字。不知道当年七真人是否真的曾在这个浅浅的、幽暗的石洞中做过穿越时空的修行，他们"心不着物，念不随情"的追求和"见人患难，常怀拯救之心"（丘处机）的普世关怀又是如何实现统一的呢？然而，丘处机凭74岁老迈之躯远赴西域，劝说成吉思汗止杀戮、爱生民之举便足以解说这一问题。珍爱众生与遁世修行并行不悖，修行本身便包含了对生命的珍重。"嗟人世兮魂欲飞，伤人世兮心欲摧。难可了兮人间非，指青山兮早当归。"当然，修行必然经历千难万险，最难者大概是对"人欲"的克服吧。也许马丹阳的这首诗真实道出了他们当年出家的心态，即便修行成功，恐怕也要经历遁入深山这一关的。而这深山，则是包括昆嵛山在内的所有能够远离尘世烦扰的所在。

在离开昆嵛山的那天，我翻阅了牟平文化名人宫卜万的《牟平遗香集》，他在作于嘉庆十年的《前叙》写道："吾牟南接昆嵛，北枕渤澥，群山万壑，吐纳其中。昔人谓山水钟韵士，想必有孕毓菁华称一代才者。"我始终相信，无论古今，凡是有文化血脉流淌的地方，都会出现人格完善、兼济天下的"一代才者"，无论是在烟霞深处，还是在市井阡陌，他们身心的劲拔与愿力的强大都不会被时空湮没。

在一片浩茫中遥望昆嵛山的那一刻，我想，只要不畏困苦、艰辛地行走下去，我或许会在某个时空中与他们相遇，哪怕只能依稀看到他们过客般匆忙奔赴的背影。

第三辑
背影追光

时空深处的关羽

一

虽然在四五百万人口的运城市住了一晚,我却没感到它有多少现代化的时髦气息,晚间的小吃摊摆在马路边,扎啤撸串,人声鼎沸,车流滚滚,和济南差不多。但我依然对它充满尊敬。我相信一种说法:运城,是华夏之根,是尧舜禹建都之地(尧舜之都蒲坂、禹都安邑,均在古河东,即今运城。见《十三州记》《竹书纪年》《帝王本纪》《史记》《水经注》等书)。其属地解州则是武圣关羽的故乡。

我不知道黄炎"阪泉之战"的具体位置在今何处,也不知道黄帝战蚩尤的"涿鹿之野"在哪里展开,但传说它们都在运城。"传说"源于求根问底的"猜测",这在几千年前就开始了,一直延续到现在:一说"阪泉"即"涿鹿";一说"阪泉"即今北京延庆的阪山;"涿鹿"即今河北涿鹿(公元188年,关羽在此地结识刘备、张飞)东南,更有人干脆说是在运城的盐池附近;而学者余秋雨认为黄炎之战的发生地在北京附近。说法如此之多,原因仍在于只是"传说",而无真切的史料记载,难怪司马迁说"百家言黄帝,其文不雅驯"。但我相信沉淀已久的认定:这里——运城,或周边更广大的区域,是炎黄两大"集团"的融合地,是华夏民族的第一个雏形的诞生地,其范围包含了今天河南、山西、陕西的部分区域,那里有山坡,有草木茂盛的池沼,所谓"蒲""坂"是也。上古的征战未必限于狭窄的一隅,"融合"的时间怕也不止一年两年,而那个时空交错的中心无疑不会越出上古的中原地带。其实,地域的考证并不是最重要的(我们更无法考证时间),最重要的是,"血流漂杵"的上古厮杀,发生在"文明共创者"之间(余秋雨《寻觅中华》),其结果,便是造就了作为华夏文明创建者的黄帝、炎帝,甚至蚩尤。看来,人类文明的肇始就是流动着鲜血的,文明的延续其实一直以血光为背景,就像每个人出生的寓言。

显而易见的是,逐水草而居的古人首选之地一定有足以养活自己的各类资源,因此,运城解州的盐池定然是各部族的必争之地(运城即"盐运之城")。钱穆先生在《中国文化史导论》中指出:"解县附近有著名的解县盐池,成为古代中国中原各部族共同争夺的一个目标。因此,占到盐池的,便表示他有各部族共同领袖之资格。"那么,黄帝战蚩尤战炎帝的结果,毫无疑问,就是黄帝一族牢牢控制了河东的盐池,也就是说,涿鹿和阪泉应该就在解州盐池附近(一个旁证:盐池附近有蚩尤村,现改名为"长寿村"),说不定就在我们的车轮之下。

在前往运城解州的公路上,我看到了两侧亮晃晃的水面,天光云影,擦肩而过。那就是盐湖——我们的祖先最早获取大量食盐的所在。我感到奇怪,4000多年过去了,这片水面居然还在,据说尚有132平方公里,是世界三大硫酸盐型内陆湖之一。导游说,它像死海一样,人躺在水面上绝不会沉下去。这令我想起了作家余华曾写到他夫人和儿子在死海上的漂浮体验（《我们生活在巨大的差距里》），面对运城的盐湖，我突然也有了仰面朝天躺上去的冲动。据说，这是个元宝状的湖泊，东西长，南北窄，四周高，中间低，所以能持久地积水并沉淀矿物质。元宝自然是珍贵的，凝聚成元宝的晶莹浩荡的盐水，在先民眼里放射着奇异的宝光，璀璨夺目。至于盐湖形成的缘由与独特风光，沈括的《梦溪笔谈》里有记载和描绘："解州盐泽，方百二十里，久雨，四山之水悉注其中，未尝溢，大旱未尝涸，卤色正赤，在阪泉之下……"那"宝光"，原来也曾一度赤色，却是"久雨"形成的山洪，席卷着泥土奔腾跌宕而下，被大地一双巨大的"手掌"团拢在了一起，从此几千年不干涸。那场大雨究竟持续了多久？不免令人猜测与想象。难道比马尔克斯《百年孤独》中淹没了马孔多的三年豪雨还要盛大许多吗？《梦溪笔谈》中还记录了一个很具神话色彩的说法，说黄帝斩蚩尤，蚩尤血化为盐池——怪不得"久雨"，且"卤色正赤"。倘若那是一场残酷的战争，则蚩尤部族的鲜血大抵也能将盐池染成红色。上古传说的魔幻色彩一定包含着真实的历史内核。

在盐池周边，我还看到很大一片长满野草的荒地，和东营、寿光的部分区域差不许多，那些野草肯定是耐盐碱的植物。蚩尤的血想必也是咸的。

不会有人为周边不长庄稼的荒凉感到惋惜，盐利才是国家的重要经济命脉，更是商贾聚敛财富的宝藏之一。我们在《史记·货殖列传》中可以读到，中国最早的商祖猗顿就是靠开发经营运城盐池而发家致富的——"猗顿用盬盐起。"所谓"盬盐"，就是没经过熬制的盐，这种内陆盐无疑出自运城的盐池。今天的盐池已经不用再出盐了，此地也不再有喧哗拥挤的马队商旅，但从盐池到太行山、吕梁山的茶马古道，甚至延伸到更远的地方，也许依然回荡着猗顿运盐商队的马蹄声——那是历史的回响，持续得要比我们今天的盐业史更加漫长。

可惜我们没有时间停留。盐湖的光色只在视野里一晃而过。

大巴转而向西的时候,我看到了绵延的大山,那是葱郁的中条山。右侧便是丘陵或开阔的平畴。盐湖所谓"南依中条,北靠峨眉(应为'吕梁'。或指永济'峨眉塬',非四川峨眉山——作者注),东临古夏,西接解州"(《这里最早叫中国——话说运城》)的地势在这里可窥一斑。山川形胜,不是与地面平行的视角可以通览的,更需要多维而立体的感知,甚或想象的弥补与扩充。

二

接近解州的时候,我看到左侧的山顶上赫然伫立着一尊高大的关羽铜像,左手捋捻长髯、右手提握青龙偃月刀的关帝,目光炯炯地注视着面前无垠的山川土地,气魄雄伟,周身披着金属的光泽。导游不失时机地介绍说,这尊关羽塑像,共用铜料 500 余吨、钢材 2000 余吨、混凝土 1.8 万余吨。铜像总高 61 米,寓意关公享年 61 岁;底座高 19 米,寓意关公在家乡生活了 19 年(一说为 23 年,公元 183 年,因斩杀恶豪吕熊逃离家乡)。截至目前,这是全世界最大的关公像。耸立在方形基座上的铜像,那种魁伟雄峙之气概令人敬畏。

关羽一生戎马倥偬,虽是失败的英雄,却享受着身后无限的殊荣,被奉为神灵,所以这座耸立在山顶上的塑像也甚为妥当——关公终于回到了 19 岁就阔别的故里,从此永久守卫着家乡百姓的福祉与安康。在车上转动脑袋凝视关羽铜像的时候,仿佛能听见他在说:"欢迎你们来到我出生的地方。"记得鲁迅先生在评论《三国演义》时就说过:"惟于关羽,特多好语,义勇之概,时时如见矣。"(《中国小说史略》)从中可以判断,鲁迅对关羽形象的描写还是肯定的。记得初中的时候,我买的最早一套古典小说就是《三国演义》,反复阅读,收藏至今。我觉得关羽只要站着,就是这个样子,可他前面坐着的刘备消失了。眼前这片江山,他还熟悉吗?

去解州,主要为了拜谒舜帝陵和关帝庙,从一个小的、然而却是有代表性的维度感受运城这个"最早叫中国"的地方。

关帝庙位于盐湖区西南15公里的解州镇,因是关羽故里,自然最有资格修建全国最大的关帝庙。关羽是民间的神灵,是战神是门神是财神……他最伟大的个性特征是忠、仁、义、勇,因而儒释道都会接纳他并塑造他,统治者也会接纳他并塑造他——关羽崇拜实则是庙堂与江湖"合谋"的结果。这就不难理解我们的神州大地上到处都有关帝庙和关帝崇拜的原因。我所在的城市中心(济南)就有两座关帝庙,香火不断。比如,五龙潭南侧关帝庙门口的对联写着:"三教尽皈依正直聪明心似日悬天上,九州隆享祀英灵昭格神如水在地中。"里面一进享殿两侧的对联是:"大义参天地,英风冠古今。"点明并概括了儒释道均供奉其为神灵的缘由。

也许人们会疑惑关羽如何超越了刘备、张飞、诸葛亮,甚至其身前身后的历史人物,而独享"帝王"之尊。这大概与地域文化、宗教信仰和时代需求有关。关羽经历了不断被美化、圣化、神化过程(参看王学泰《关羽崇拜的形成》)。关羽事业发达却功败垂成之地的荆州自古巫风甚炙,有报道,2005年,荆州城隍庙遗址出土了一尊最早的关公红陶坐像,说明关羽早在北宋以前就已成为荆州的城隍神。刘禹锡"行到南朝征战地,古来名将尽为神"(《自江陵沿流道中》)的说法大概道出了荆楚之地的这一历史习俗。位于长江中游的荆州水陆畅通,关羽的"神迹"自然很快就会流布四方。而佛教、道教典籍中将关羽奉为神祇的记载或神话传说更可推至隋唐,隋代高僧智顗(智者大师)、唐代高僧神秀据说都梦见过关公。道教奉关羽为三界伏魔大帝、神威远镇帝君。宋元之后的小说、戏曲、话本、稗史、弹词、说话等民间艺术形式，愈加丰满了关羽的忠义与神勇形象，且传唱日久。歌管楼台、勾栏瓦舍、闾里巷陌，凡是百姓生存的地方都是传播的土壤，民间文学的强大生命力完全可以在时间的长河中逐渐完成一场自发的"造神运动"，使之展现为一种生机勃勃、不可遏止的集体意识，将百姓除邪恶、忠情谊、保家国、蓄财源的美好愿景悉数寄托在关羽身上。当然，其中也不乏历代统治阶级宣扬的"忠君集权"思想和"兴复汉室"的大一统观念的推波助澜。还有一种原因——就是特殊历史时期，人们需要纾解被压抑的愤懑，表达对统治者无能的不满，比如南宋，解州盐池被金人强索，但其"不劳人力，自然生成"的神奇，以及"取之不尽，用之不竭"的厚利，一直被诸多南渡将吏和宋人惦念着，关羽的形象与武功便隐含了某种借代与讽喻，对于失去的疆土，既有收复的渴望，又有无能为力的遗恨。于是，"关公斩蚩尤"的神话便流传于世，人们只好借助宗教想象曲折地表达收复国家经济命脉的集体理想、对软弱政权的批评与抗议——盐池异常，"有蛟作祟"，蛟乃蚩尤，而只有"绛衣金甲，青刀美须髯"的关公才能"劈斩群魔"，使"天晴日朗，池水如故，周匝百里，万民雀跃"。这段神话收录于《大宋宣和遗事》《解池斩妖考辨》等书。

如果不是亲到运城，我还不知道关公在黄帝之后也曾"斩"过蚩尤，以为他只在《三国演义》中斩过华雄诛过文丑，在侯宝林的相声里"战"过秦琼呢。蚩尤也真是"倒霉"，已经连续两次被"斩"。然而，倘若他继续作恶下去，那么肯定还会有第三、第四次被"斩"的机会。"关公战蚩尤"的神话，其实最早属于崇尚道教的宋真宗的"创造"，"请关公到解州盐池，大战蚩尤，除妖祛灾"。虽然颇为荒诞，但这个或许旨在祛灾安民的"创造"，一下子增大了关羽信仰的"体量"，而且，熠熠生辉，关公信仰与日俱增。至于宋徽宗缘何在位 25 年间便有四次"加封"关羽，又是"忠惠公"，又是"崇宁真君"，又是"武安王""义勇武安王",却不能不让人猜测他意识深处那种对江山社稷不稳的深深忧惧了。皇帝的推波助澜定会在民间形成风尚,至于他们深层的心理动因,谁能洞彻、明了呢?

有学者指出,在道教的观念里,关羽作为财神,还另有一个隐性的引申层面。明嘉靖以后,道教认定关羽是位应南方的"赤帝"。"赤帝,赤熛怒之神也。"赤帝在五行中属火德,而"汉室"在五行中也属火,所谓"炎汉"相同,正与关羽的"扶汉"正统一致。因此,民间认为关公是"火德真君下凡"。由此,具有火德的关羽战蚩尤便可以理解了:蚩尤乃水神,他与黄帝大战时,邀请了风伯雨师,而盐池最怕下雨,于是,属于"土德"的黄帝从天上请下了旱魃之神战胜他:"蚩尤请风伯、雨师纵大风雨。黄帝乃下天女曰魃,雨止,遂杀蚩尤。"(《山海经·大荒北经》)水火不容,更兼土火夹击,蚩尤岂有不败之理?而宋代以"火德"立国,所以尊奉关羽,也有其内在的文化逻辑。不过,对关羽神化远不只如此,公元1399年,朱棣政变,夺取了侄子的帝位,他宣称是关羽的显灵助其成功。关羽成了朱棣打出的一张正义之牌。之后,更有明神宗、清世祖、清圣祖、雍正和乾隆的一再追封,光环无数,祭祀他的庙宇也终于统称为"关帝庙",遍布神州大地。

从蜀汉到明清,关羽的被崇奉持续升级、有增无减,从"侯而王,王而帝"直至"帝而圣,圣而神"。文化学者王学泰指出:"大体而言,关公信仰的中心地区经过了四次大范围的转移:第一次是隋唐时以玉泉寺为中心的荆楚地区;第二次是北宋以解州为中心的山陕河洛地区;第三次是元明清以京师为中心的华北地区;第四次是明代中叶以'抗倭'为标志的江浙闽广地区。这几次转移几乎覆盖了中国政治经济文化的主要地带,并以此为起点走向全国,又随华人迁徙面向世界。"有资料显示,宋之后的元代,关羽祭祀更为广泛;明清两代,关公的被圣化和神化达到了极致。甚至,关羽"在国家宗教祀典中攀升到几乎与'文圣'

孔子相等的地位，也以官方的姿态促进了关羽信仰向社会底层的渗透"（马循《关帝庙》）。如今，在华人世界，关公信仰也可谓"庙食盈寰中，姓名遍妇孺。"

可见，关羽成为圣人成为神，乃是必然，是历史和民众"发现"了关羽、需要着关羽，并不断按自己的意志塑造着关羽，以致让他走出了解州，走出了"三国"，走向了世界，并一如既往地从历史走向了未来。

三

我曾看到过荆州城隍庙出土的那尊北宋年间关公陶像的照片。陶像并不大，单手可握，下身已残破，但上半身完好。头戴纶巾的关羽，三绺长髯纷披于胸与两肩前。身着的长袍上绣着一只衔梅枝的白鹤，白鹤栩栩如生，梅枝上的树叶纹理清晰可辨。一件非常和蔼可亲的关公陶像。谁的手工如此精巧？一定是南方水土柔美的光线浮动在工匠的心底，才让那一支画笔下的武将关羽拥有了某种柔和与沉静的气质。

显然，梅鹤意象，乃传统绘画元素，有长寿、幸福、美德、富裕、君子、成仙等诸多美好寓意。"梅妻鹤子"的林和靖干脆要独霸这两种元素，把它们嵌入生命，让纯洁成为诗人的传奇。而我心仪的宋人邵雍曾以梅花之名写过一部了不起的大书——似乎梅花还对应着人的命数。梅花象征着高洁，关羽在民众心中无疑具备这一特性；鹤象征长寿，虽是身首异处的英雄，但他在人们心中获得了永生。荆州城隍庙身着梅鹤图案长袍的关公，包含了诸多吉祥与安康的祈愿。倘若要我说出最喜欢的关公形象，那就是身穿梅鹤长袍、手持《春秋》、秉烛夜读的端坐关公——一派神勇静定的儒将风度。儒雅，必有梅花般的傲骨，纯正端庄，暗香浮动。

然而，一枝独傲，又免不了过度自负、轻慢其他，终难免被算计、被摧折。这仿佛又隐含了关羽最后的生命悲剧。

关羽是人不是神。按照一位学者的说法，他是被刘备集团宠坏了的"孩子"，孩子有两个特点：任性、天真。如果他不任性，就不会因好大喜功而发动襄樊战争；如果他不天真，就不会被吕蒙、陆逊忽悠，以"白衣渡江"的骗术轻易拿下他防备空虚的南郡，以致他败走麦城，终于身首异处。关羽自视甚高、刚愎自用、目空一切，却不懂政治。他只是一位大侠，而不是一位大帅。他很可爱，却不可学。但有两点是别人无法与他比拟的，那就是他的忠义与神勇。他发动最终导致失掉了荆州和身家性命的襄樊之战，正是想为刘备夺取益州和汉中继而称王送上一份锦上添花的"贺礼"，不可谓不忠；仅襄樊之战的前半程，水淹七军、降于禁、杀庞德，不可谓不勇。只是个性的弱点导致了他一系列决断失误，以致功败垂成，令人扼腕。然而，关羽的失败难道刘备没有责任吗？一个沉醉于事业迅速发展中的决策者，往往看不到潜在的危险，自古及今，大抵如此。然而，历史的叙事就是这样，没有关羽的悲剧，大概也不会有关羽的被神化。

四

拜谒解州关帝庙的前一夜，同行的一位朋友说起他遭遇的一件事：在高速公路上，他疾驰到时速180公里，右前轮爆胎，车子急速打转后停了下来，他与家人安然无恙。"我家中供奉着关公。"他认为是关公保佑他与家人躲过了一劫。

关羽的"神迹"再次呈现为对后人的救度。或者说，一次危险的化解最终归功于对关羽的信奉。这似乎让人相信——你若在心里安放了神灵，他就会在冥冥中保佑你平安。

记得小时候翻看60册的《三国演义》连环画，最喜欢的就是关羽和赵云。有位同学擅长用树枝雕刻他们使用的兵器，惟妙惟肖。他问我要什么，我毫不犹豫地选择了青龙偃月刀，略长于手掌，一把具体而微的木头青龙偃月刀——那是我一直把玩了近一个学期的"兵器"。少年的心中总有种略带"伤感"的遗憾：不能回到古代，跨马挥刀，将敌将斩于马下。那个时候，我最希望"回到"的朝代，一个是三国，一个是隋唐，理想是成为"取上将首级若探囊取物"的战将。

一个特殊年代男孩子的英雄梦。那个梦很漫长。在那个与古代有关的漫长梦想中，关羽只是一个无所不能的英雄，他已失去了作为神的舞台背景，因而最终被少年淡忘。而关羽的再度"回归"，似乎一下披上了比原来任何一个时代都光辉灿烂的"黄金"盔甲，他"财神"的角色突然大放异彩……然而，倘若在经济大潮的风云激荡中，人们如能真正持守哪怕是明清晋商曾尊崇的"以义制利"从而"从义生利"的原则，似也无不妥之处。那时，很多店铺里都供奉着一尊关帝像，我看见，我所在的人间正变作一个浩荡无边、欲望喧腾的市场。

站在关帝庙前的广场上（广场南侧竖立着关圣文化建筑群和山西洪洞大槐树的巨幅广告牌），想到少年时的梦想，有种生命颠倒的恍惚。

冷兵器时代早就结束了，我知道，只有那个时代才会诞生"禀赋异能"、令后世敬仰祭祀的英雄。

超凡入圣不过是平凡人"超现实主义"式的幻想，所有的膜拜与祈愿也无非如此。其实，命运的神灵是自己。关羽不可能在人们叩拜之后就拱手赠送不尽的财富，更不可能在你为非作歹的同时保佑你永远安康。凡人总喜欢与神灵"做交易"。

关羽的命运也是他自己造就的。荣格说："性格即命运。"从这一点上讲，根本没有天命的英雄。时势造英雄，也不过是外界提供了机遇罢了。

五

　　解州关帝庙的创建史最早可推至隋初（隋文帝开皇九年，公元589年），宋真宗大中祥符七年（1014）扩建。其实，对关羽的大面积信仰，尤其使他实现了从人到神转变的，始自明万历年间明神宗将其封为"三界伏魔大帝神威远镇天尊关圣帝君"。于是，各地的关帝庙、关圣庙、老爷庙，才如雨后春笋般出现在明朝辽阔的土地上。这位喜欢躲在深宫炼丹的皇帝爷，也许在烟熏火燎中得到了神灵的什么启示。于是，在他的进一步推动下，关羽就像宫中那座八卦炉的轻盈虚烟，袅袅升腾，越过蓝天下明黄的金顶，仿佛获得了巨大势能，向辽阔的民间扩散，在山山水水间与那些充满期盼的虔敬心灵相遇，仿佛一瞬间，就凝固成了关羽的灵位（因宗教和封建统治两方面原因，有人将隋唐到宋元视作关羽形象从人到神的转折期。最早将关羽奉为神明的可以追溯到佛教的天台宗，守护佛法的"伽蓝神"就是关羽，从中也可以看出隋唐之后印度佛教的中国化趋势）和肃穆巍峨的庙宇。信仰的"气脉"游走四方，氤氲，持久，蓬勃。直到今天，除了遍地的关帝庙以外，南方很多民间的草根剧团仍然穿梭在边远的山区、村落，在市场的夹缝中坚韧地生存，它们演绎着无数关公的故事，关羽在那些粗糙的管弦、锣鼓、喇叭、铙钹、歌喉和身段中依然栩栩如生地活着。民间是滋养英雄传奇的厚土。英雄的肌肉和毛发吸收着大地的供养，永远都在成长、矫健、有力、茂盛。

　　在民间这类旺盛的"精神需求"背后，肯定不仅是生命的娱乐与灵魂安抚的渴念，还有历朝历代战乱投射的阴影。虽然战争造就英雄，但人民厌恶战争。对于英雄的"审美"和崇拜，只有在远离危险的和平年代才能形成阔大气象。在战争与和平的持续角力中，关羽逐渐化身为一代代百姓心中"驱除战争恐惧的精神力量"与"道德楷模"。庙堂与民间达成了"共识",各取所需,各有"侧重"。不过,关帝唤起的是战胜邪恶的勇气和力量,护佑的是生民的祥和与福祉,慰藉的是一颗颗历经丧乱的心灵,满足的是对幸福富裕的渴念——这是极其重要的。在封建帝王们看来,关帝更是"忠义"化身。"忠义",更使统治者找到了民众意志得以流动的窗口,找到了从"庙堂"与"民间"两个空间维度纾解某种力量(暴力的或精神的)可能淤积的毁灭性洪流。这就不难理解历代统治者为解州这片宫殿般的关帝庙挥毫题匾的原因了——现在,我们仍能看到康熙题的"义炳乾坤",乾隆题的"神勇",咸丰题的"万世人极",甚至慈禧题的"威灵震叠"——统治者与民众实现了信仰的共建。只有共建,才能让一种存在长期保鲜和成长,而不会腐败变质。

六

像所有庙宇的命运一样,解州关帝庙也几度遭遇焚毁和倾塌。我所看到的关帝庙已经是康熙年间的建筑了。康熙四十一年(1702),一场大火将原先的华美殿堂化为灰烬,关羽的神灵也没能保护住自己的栖身之处。于是,历时十一载而重建。信仰笃定的意义就是如此,毁灭的不过是可以不断复现的形式——它们只是精神的外在呈现。信仰虽然可以对应繁缛的仪式、嵯峨的宫阙、高大的偶像、奇异的传说,但植于人们内心的,往往是最直接、简单的东西,就像关帝庙门口那副只有八个字的对联:"精忠贯日,大义参天。"它直接概括了一个难以企及的信仰高度,一个符合"神"的标准。而只有神,才具备护佑苍生的能力。"贯日"与"参天",既是比喻,也是描绘,对应"精忠"与"大义",矗立起了一杆形而上的标尺,使崇拜和教化达到了和谐统一。看着这副对联,我脑海中出现了西藏那些令人膜拜的"神山",只有人力所不能及的地方，才是神的栖所。但神又是人创造的。

从琉璃瓦歇山顶的建筑中门而入，首先看到的是前后并列的两座单体古典建筑：结义亭、君子亭。方形石台上的红柱、红墙、四围的隔窗，低矮的栏杆，荧绿的琉璃檐瓦，单一的红色和简洁明朗的线条，似乎都在阐释着君子之义的内涵。两旁花木扶疏，亭子周围的古柏和花圃遮掩着远处的红墙和殿宇，上边是辽阔的天空。

这座关帝庙应该称作"关帝祖庙"，结义亭前面的一块红色木牌上写道："……经历朝历代多次增建重修，形成了由结义园、主庙区、御花园和东西宫为主体的建筑布局，占地22万平方米。其中，主庙区为'前朝后寝'、中轴对称的宫殿式布局……"俨然皇家气派（事实也是如此：庙内的雉门专供帝王进出；午门乃帝王皇宫专用——解州关帝庙多数门的命名与皇宫建筑一致）。从两座亭子的东侧走过，结义园的桃树葱茏密布，只是桃花已经"走远"。刘关张三兄弟也已移驾到君子亭内"小憩"——那三座逼真的蜡像，仿佛还在兴奋地交谈，不舍昼夜。一个东汉末年最牛的"创业团队"在张飞家的桃园里组建起来，三拜之间，改变了中国的历史进程。身边的这片桃园与1800多年前的那片桃园在时空穿越的呼应中，一位历史人物越过身后的苍茫，一步步"走上"了神坛。从公元184年的那个春天开始，天下所有的桃园都成了"结义"的最佳场所，然而那场"结义"的桃花却没有再度盛开。

关帝庙分作前后两部分。在"结义园"，可以闲庭信步，随意怀想历史的生动细节。后面的正殿则完全是一处神圣空间，挡住了烦嚣俗世的日常温度。建筑学家楼庆西说过，建筑，除了个别如纪念碑之类以外，都具有物质与精神的双重性。庙宇是精神性甚至神性更加突出的建筑，其物质性完全是为了突出其精神性而存在，因而，庙宇也就更加雄伟恢宏，在空间与时间的维度上与日常的建筑截然区分开来，也使其在人们心中具备了非凡的意义。

七

　　创建于明万历、天启年间的结义园由结义坊、君子亭、三义阁、莲花池、假山等建筑组成。我无意描写园中的建筑和景致，没有一支笔端下的文字能精准描摹那些廊柱、重檐、斗拱、石碑、牌坊、雕刻组合的生动细节以及它们在时空中的投影。硬朗、华美、繁复、细腻，甚至妩媚的线条，连接、交错、叠加，与形而上的"义"相呼应，"义"的寓意又隐含在每一块砖木、每一寸雕刻中——恰如纯木结构、四柱三门重檐三顶的结义坊，以及坊后卷棚抱厦的绮丽俊美，越是精雕细琢的人工，越透出一种精神层面"山雄水阔"的深邃气象，越显示出人们对关羽的崇拜那无以复加的极致境界。世间最精美的建筑艺术都是人类精神的顶级写照。而所有这些，又如何能精准地描绘、叙写得出呢？

　　端门和它对面的影壁均以方砖砌成，涂以醒目的红色。影壁斑驳，有墙皮脱落，五根粗木圆柱支撑在背后，好像在用尽气力阻止着一段时光的沦陷，生怕它倾圮倒塌。端门是正庙的第一道门，三个歇山顶，一高两低，下有中大、侧小三个拱门，对称严谨，庄重肃然。"关帝庙"门匾和"精忠贯日""大义参天"匾额分列其上。褪色的绿琉璃瓦上，鸱吻、飞鸟、立兽仿佛仍在伏卧张望、展翅欲飞。

　　一份资料简略说明了关帝庙的建筑布局：

　　　　正庙坐北朝南，仿宫殿式布局，占地面积18570平方米，横线分中、东、西三院，中院是主体，主轴线上又分前院和后宫两部分。前院依次是照壁、端门、雉门、午门、山海钟灵坊、御书楼和崇宁殿。两侧是钟鼓楼、"大义参天"坊、"精忠贯日"坊、追风伯祠。后宫以"气肃千秋"坊、春秋楼为中心，左右有刀楼、印楼对称而立。东院有崇圣祠、三清殿、祝公祠、葆元宫、飨圣宫和东花园。西院有长寿宫、永寿宫、余庆宫、歆圣宫、道正司、汇善司和西花园以及前庭的"万代瞻仰"坊、"威震华夏"坊。全庙共有殿宇百余间，主次分明，布局严谨。

在这样的端庄、肃穆中，人被淹没了，我似乎听不到任何声音，甚至听不到喁喁细语。人们安静地在我身边走过，步态缓慢、神色安然。他们不只是被整个庙宇之内的琉璃龙壁、雕梁画栋、飞檐翘角、卷棚斗拱、牌匾塑像、碑刻浮雕、回廊隔扇、石雕栏杆、吊柱悬梁、神龛暖阁、脊兽鸱尾、蟠龙狮麟、铁塔华表、壁画书法所吸引，更静默于岁月沉积的凝重。最大的声音来自时间深处。岁月的超声波是庙宇折射的独特光影。那光影同样从天上、云端垂落，穿过苍翠的植被，洒落成甬道、院落里细碎而晃动的斑驳，好似神灵的脚印，寂静、轻盈、缥缈，伴随着透明的衣襟拂动，闪过层层台阶、栏杆、重门，进入另一个空间深处。

那些摩肩接踵、步履杂沓、手擎高香、念念有词、伏地叩拜的祈祷者不见了，那些虔诚、沉静、焦灼、渴盼的眼神以及翕动、颤抖、干裂、苦涩的嘴唇消失了。庙宇构筑的空间就像一块巨大的海绵，吸纳了时光的粉末以及人们眼中奔涌的泪水。曾经，成千上万人的庆典与祭祀曾在这里举行，在中轴线上的宫殿与两侧的亭祠楼廊、各式牌坊的对称、呼应所营造的肃然氛围中，关圣帝君接受着前赴后继、汹涌如潮的祭拜。我不知道那些旧时的影像会不会在深夜的岑寂里再次闪回，在白天消失了的虫鸣和月光间徘徊、游走；所有的时间能否重返，就像河流可以逆水行舟；所有的空间能否重叠，就像平静的水面能够完美地容纳云影天光。其实，他们还在身边，只是我们看不到、听不见。正因为我们不能彼此穿越，时空的意义才能得以显现。只有庙宇能够领受时间的馈赠，它的红墙、拱门、石基、柱础、飞檐，能在人们虔敬的心灵中实现跨时空位移。消失的朝代连接起托举的手掌，神位端坐其中，在袅袅香烟里不断上升，光芒四射，抵达此时此刻。漫长的朝代接续中，那些帝王的手书横匾、名人的嘉誉楹联，与苍虬的藤缠柏、古老的柏抱槐、团团圆圆的大叶黄杨、五世同堂的桑树，形成了时间与空间、民间与庙堂的对偶，一次次被仰视的目光阅读、默念、抚摸，在每个人心中映现出不同的影像。人们穿过万代瞻仰坊、威震华夏坊、山海钟灵坊、气肃千秋坊、精忠贯日坊、大义参天坊，走过崇宁殿前的华表和环廊间的蟠龙石柱，左转右绕，仿佛一直要追随关羽刚刚离去的背影。然而，关羽已然端坐在春秋楼里，左手扶膝，右手捻须，在悬梁吊柱的殿内，夜观《春秋》，秉烛达旦，并未被身后的纷纭打扰。八卦藻井，木刻《春秋》全文，柱头额枋上的镂雕飞龙、孔雀、牡丹、寿星、羽神，一直安静地陪伴着他。"身长九尺，髯长二尺；面如重枣，唇若涂脂；丹凤眼，卧蚕眉，相貌堂堂，威风凛凛……"（《三国演义》）关羽神态安然，样貌自古未变，始终如一。

八

与江南的庙宇、宗祠不同，解州关帝庙是一组以红色为主色调的建筑群，像岳飞庙一样。红色，是关公脸膛的颜色，是忠义与武勇之色，是勇士鲜血之色，是烈酒荡涤胸怀之色，是疾恶如仇的怒目之色，是流动着挚爱的温暖之色。在戏曲中，"红生"是扮演关羽的特殊行当，生旦净末丑中的"生"，专门拿出一种给关羽，与专属关羽的五绺髯口相配，表明对舞台关羽造型的恭敬与严谨。关羽的形象始终与红色相关，与"关公髯"一样，不容一丝篡改。

红，也是民族精神的原色之一，在众神之中，它属于关羽。据说，清咸丰、同治年间，京剧名伶于四胜上台饰演关公前必饮一大碗酒，面色霎时变作"醉红"；光绪年间的王鸿寿干脆把关公脸色改为大红色。此后，关公扮相形成定制：缀黄绒球的绿色盔头，后兜披风，耳垂白飘带、黄丝穗，身着绿蟒袍，手执红马鞭和青龙偃月刀……行内还有规矩：饰演关羽者必须熟读《三国演义》，做到扮相英武、做工肃穆。戏曲中的关公亮相就有48种之多，取自各地关公庙不同的关帝塑像，自然也有解州关帝庙的关公形象。扮演者在演出前十天就要斋戒独宿，熏沐净身，出场前还要给关帝像烧香磕头，后台杀鸡祭红；演员胸前须挂关帝圣像的黄表符，演出结束后以此符纸拭面，然后拿到关帝像前焚化，以谢庇护之恩。演出流程的仪式化，包含着神灵崇拜的庄严感和一丝不苟。而红色贯穿其中，观众的目光始终追随着关公的红脸膛，就像始终崇敬着他的忠义、神勇。红色，是关公形象的核心"修辞"，即便舞台上没有真实的赤兔马，人们也能在唱念做打中"看到"那一团奔腾、热烈的枣骝色的红。

九

从解州回到济南，我在人流如潮的芙蓉街北头再度拜谒关帝庙，恰看到大殿前悬挂着庆贺关公诞辰1856年的红色横幅（康熙年间，解州守王朱旦在浚修古井时发掘出关羽的墓砖，上面刻有关羽祖、父两世的生卒年月、家庭状况。据考证，关羽出生于东汉桓帝延熹三年，即公元160年庚子六月二十四日）。一位游客正手持点燃的高香朝着大殿里的关公像鞠躬致敬。青烟徐徐上升、旋转，飞过大殿的檐角，慢慢化入被一场暴雨刚刚洗过的碧蓝天空……

我能想见，这一天，是天下所有的关公庙香火最盛的一天。

公元220年，关羽兵败被杀，首级被运至洛阳——"权送羽首于曹公，以诸侯礼葬其尸骸"（《三国志》裴松之注引《吴历》）。据说，关羽的无头尸骸被孙权葬于湖北当阳。而四川成都则有刘备为其设立的衣冠冢。"一人死而享三冢，皆受王侯葬礼，在中国封建社会史上当属罕见之举。"（《解州关帝庙》）如今，关公的归宿无所不在，甚至，不止端坐在殿宇之中。

有一年我到曲阜，在郊外离曲阜故城遗址不远处看到古柏丛围的一座巨大冢丘，问身边的朋友那是谁人的墓地，朋友说，是关羽的颅冢。我甚为惊讶和疑惑，从没听说过关羽的头颅流落至曲阜一说（倒是听说距曲阜不远的东平县、东阿县有霸王墓、霸王坟）。蒿草覆盖、赫然高耸的关帝头颅冢在傍晚的烟霭中显得孤独、荒寂。我们移步前往，在土冢边的柏树间向上仰望，并未看出什么殊异之处，甚至身前的砖砌围墙上也未发现有任何祭祀的痕迹。这座冢丘与关帝庙的鼎盛烟火形成巨大落差，使我不能相信那里面真的埋有关羽的头颅。之所以会出现关羽颅冢，大概是这片土地上曾诞生过"文圣人"孔子，再将关羽"搬"到这山川富饶的田园，则会满足民间所谓"文武双全"的吉祥愿望吧。然而，这片土地上的人对关圣也有发自内心的崇敬，旧时北城外就有一座关帝庙。关羽所保佑的民众对物阜民丰的美好祈愿、精神与物质的双重追求，本来就是东方文明不可或缺的两个生存层面，曲阜大地有埋葬关羽头颅的坟冢，又有何奇怪呢？在这里，他会与孔子一起仰望浩瀚的星空、俯瞰东方辽阔的大地。想到此，我感到疑惑顿解，心境豁然。

关羽在时空深处永生。

鱼山访曹植

一

我竟然是在多年之后才知道伟大的曹植（字子建）葬在这里。建安文学的大蠹，枭雄曹操与武宣卞皇后的第三子，篡夺了东汉帝位、也算文学大家的曹丕之胞弟，诗家"仙才"的曹子建，"少小好为文章"（《与杨德祖书》）的曹子建，才高八斗的曹子建，"怀此王佐才，慷慨独不群"（《薤露行》）的曹子建，临淄侯、陈思王的曹子建。四十一岁的生命尘埃落定、定格于此——公元232年12月27日，死后谥号"思"，"思"什么？是表彰其善思、敏思、思维奇崛，还是让他即便死后也要继续反省、反思、瞑目思过？

如今也非繁华之地、温柔之乡的东阿县（现属聊城市。另有地属济南市的平阴县东阿镇与此地隔黄河相望），不难想见1700多年前该有多么偏僻、荒凉。四野苍茫，天地空旷，人烟稀少，大地之上只有那一条大水缓慢而滞重地流过。远离了英气勃发、征战南北、优游宴乐、呼朋斗酒、语出机锋、恃才傲物、恣意妄为的曹子建，经历过被忌惮、被打压、改封迁徙、流离辗转的颠簸之后，几乎一直过着被软禁、监控的生活，面对哥哥、侄子的猜忌、迫害，他的寂寞与绝望、苦闷与忧悒、哀怨与愤慨，除了付诸诗赋，除了进一步导致他的窘迫、不幸，大概最后也只能与这方土地、这片山林、这方寸之内的白天与黑夜默默倾诉、对话了。

那些年，提心吊胆、惶惶终日的他，怕再不能如他以诗相赠的徐干一般，"慷慨有悲心，兴文自成篇"（《赠徐干》）了，他只能低回婉转，向天悲鸣。他说："十一年中而三徙都，常汲汲无欢。"（《三国志》）他还说："余初封平原，转出临淄，中命鄄城，遂徙雍丘，改邑浚仪，而末将适于东阿。号则六易，居实三迁，连遇瘠土，衣食不继。"（《迁都赋》）颠簸、潦倒、窘迫，比之年轻时的风光恣意，此情此状相别何止天壤。在此之前数载，他就曾以戴罪之身感叹过："太息将何为？天命与我违。"（《赠白马王彪》）这位曾经的王子，时任的皇弟、后来的皇叔，命运一步步黯淡下去，终至沦落到"与禽兽乎无别"的境地。尽管早有预感，尽管接近生命尾声的无奈与怨怼虚乏无力，却也是发乎血肉、灵魂深处的悲凉和沉恸。

然而，他依然有壮志未酬的慷慨陈词："拊剑西南望，思欲赴太山。弦急悲声发，聆我慷慨言。"（《杂诗七首》）此言印证了他的悲剧也恰恰在此。是否他对自己忧愤的"归途"也早就坦然接纳——经过日损夜耗的流徙、辗转，结局无非郁郁而终，并将圭表上属于他的最后一刻停留在了这个叫东阿的地方，埋葬于这座叫"鱼山"的小山一侧？死了，一了百了，那支随时准备射穿他的死亡之箭，终在他呼吸终止时被那只操弓的手放心地丢下了，紧绷的弓弦不必再发出"嗡"的一声闷响。他奋笔书写的"沙沙"之音也同时被那死亡惊落的时间匆匆抹去。

第三辑　背影追光　175

曹植明白，那支瞄准他的箭矢其实一直存在着，何止一支，有时简直是万箭齐发，隐形地透穿他的躯体，将他心中涌出的带血文字一个个钉在竹简或布帛上。

然而，我们却无法听见那千余年之前的心灵波涛与沉沉幽咽，无法得见那一双夜梦惊起、悚然圆睁，继而茫然失神、疲惫涣散的眼睛。他还记得当年那本乎性情、真率疏狂的曹子建吗？也许他根本不会感觉到什么恐惧与狼狈，以他的才情、履历、身份、地位，即便不是傲世的资本，即便是虚假的光环，也足以让他始终挺直腰身，睥睨人生的至暗时刻。想想当年"置酒高殿上，亲交从我游"（《箜篌引》）的那舍我其谁的潇洒气派，他也不会在苟活中卑微，在卑微中苟活。他更会在无数不眠的夜里，支撑着虚弱的身子，穿过黑暗的丛莽，攀至山顶，站在一块最高的岩石之上，仰望灿烂的月华与星空迤逦的轨迹，慢慢看清时间与命运隐藏的秘密。岁月就那么快地流失了，倏然一生，又倏然千载。时间对谁不是如此无情？在这上山的路途中还有他的足迹吗？在我离去之后还会有我的足迹吗？

我只能去寻找。作为一个相隔遥远的后人、一位热爱他诗赋的读者，也试图在想象中以他的视角，站在他曾经站立过的那个高处，朝他早已远去了的、消失了背影的时空深处凝望。

仍是一片空茫。

二

时间在匀速前行，它比空间存在更大的变数。它只与当下的空间"媾和"，以没有缝隙的一个个瞬间藏匿起它的一去不返，却给人貌似"永恒"的错觉，你只会在某个瞬间流逝很久之后才会发现它已不在。而且，时间或瞬间，只有在每个个体生命的坐标里运行，其功能、价值、意义才能得以显现。而空间是恒定的，自然的空间不会跟随时间的消失而消失。于是，大地上散落着无数个难被抹去的"旧址"，标明着无数个人们可以不断奔波、分赴的方位。

鱼山大抵也已经屹立亿万年了，至今依然屹立在那里。与其他巍峨或不巍峨的山一样，它并未被亘古的、浩瀚的时间之流冲走、粉化。它附近的黄河却历经数次决口、改道、摆尾，自东汉王景治河后，才安流近千年直到北宋时期，其间，再未发生一次重大改道，进入了相对的稳定期。东汉借此"建成了有史以来最为发达的农田灌渠系统，形成了由国家管理的巨大水利灌溉工程。"（杨明《黄河简史》）我查看了黄河河道古今的变更地图，东汉的河道在今黄河左岸不远，基本与现今河道并行。曹植当年站在鱼山之巅朝西张望，是否也能看到黄河的蜿蜒、奔流呢？

我的居住之地就在黄河南面的城市中，距鱼山所在的鱼山镇不过110公里左右，可谓近在咫尺。我想，真的很遗憾，如果早些年能知晓曹植的埋骨之地，或许还能有微茫的机会找见他的足迹、看见他依稀飘忽的背影。有时不得不深信，被市尘染污得越深，越会失去天性的灵觉和空彻杳寂中才能拥有的微妙而敏感的经验——那是隔空对话的天然能力，是言语道断的难解幽奥。

也罢。说与不说实无差别，来与不来亦复如是。谁人不是"人生寄一世，奄忽若飘尘"？有人断定世界是虚拟的，时间、空间并不存在，那么，曹植的鱼山怕也是我的幻觉而已吧。

"弃身锋刃端，性命安可怀？"（《白马篇》》"天地无终极，人命若朝霜。"（《送应氏二首》）他年轻时的慷慨激昂、旷达壮志，是否已暗藏了某种谶语、某种不可逆转的天机？

我可以用他的诗表达对他的追思："翘思慕远人，愿欲托遗音。形影忽不见，翩翩伤我心。（《杂诗七首·其一》）

三

站在鱼山上极目眺望，田野浩荡。

我看到了壮丽的黄河。泱泱大水环绕着脚下这座小山蜿蜒，宛若一条高贵的棕黄色飘带，正坦然吸收着午后最耀眼的阳光。宽展的水面一部分被襟前的森林遮掩，一部分袒露于视野，流过绵延、辽阔的田畴，与晚收的玉米、灌木、杂草连成一片。隔岸远山相送，长河悠悠远去。白云停驻于蓝天，巨大的蝴蝶在一个纵横无边的画面上扇动出依稀可闻的翅音。无边的宁静里散发着秋天寰宇的嗡嗡之声，东阿的鱼山正被庞大的秋色覆盖，妩媚、妖娆、斑斓的光影，如曹子建的锦绣文章，以倏然的闪现占据了永恒的空间。

现在看，这真是一片风水宝地，能安葬在这里也算是一种幸运了。太和三年（229），曹植徙封东阿王，距他去世只有三年时间了。我想，那期间，他一定是登临过鱼山的。尽管他去世那年又被封为陈王（侄子曹叡以陈郡四县封之，食邑三千五百户），卒后才葬于鱼山，但终归算是回到、留在了他曾经"生活战斗过的地方"。查看他的年谱可知，他生于东武阳（今山东聊城市莘县），后封平原，改封临淄，再迁鄄城，葬于东阿，除了陈王封地在今河南周口市，其他均在山东境内。黄初四年（223），他被徙封淮东雍丘王时，写了一首《磐石篇》，明目张胆地表达了自己的不满："我本泰山人，何为客淮东？蒹葭弥斥土，林木无芬重。岸岩若崩缺，湖水何汹汹。"心情糟糕透了，简直厌恶极了。那一年发生了很多事，其中最让他哀伤、警惕的一件是，"黄初四年五月，白马王、任城王与余俱朝京师，会节气"，为迎接立秋节，他们哥几个提前启程，一路同行，要在六月二十四日立秋日之前赶到京城，结果到了洛阳，同胞兄弟、任城王曹彰就莫名其妙地被曹丕的毒枣给害死了，于是他写了那篇流传千古的《赠白马王彪》。

　　还有一件事，就是此年他封雍丘王后被监官诬告，此后命运便是一路下坡，直至最后一年，仍抱着梦想，渴求被起用的他，在终无结果后含恨死去。他的那位皇帝哥哥曹丕比他早死六年（226），比他寿短一岁，对他来讲似乎是件好事，命运也似乎该有所转机，然而，他的那位侄子、皇帝曹叡并没给他任何机会。他终于明白，父亲曹操于建安二十五年（220）去世之后，他就再也没有"好果子"吃了，要不是只比他早死两年的母亲卞氏保护着，怕他也早就被"处理掉了"。"往古皆欢遇，我独困于今。"（《种葛篇》）他在父亲去世后的三四年间便写过这样的诗句，可见是明知自己已经深陷困顿而无可解脱了。此后的近十年里，那些一次次复燃的、带有侥幸般的渴望均一一化为泡影，再无实现可能。于是，他心中的那把焚烧得并不熊烈的枯柴渐渐熄灭，成了一堆冰凉的灰烬。

　　随着我的目光看看黄河吧。曹子建，躺在这片大地上，你还有什么委屈吗？背靠青山，面对大河，阳光灿烂，四季如常，广袤的土地大音希声，你所有的诗赋都可以此为背景，被读诵、演绎得清澈、明亮、光芒万丈，那些身前之事还有什么可留恋、可耿耿于怀的？你的文字依然为世人诵念，你悲凉、抑郁的故事、生命，与你的文章相比，不过是一个短暂的示现，更何叹无人能再还原你所有的生存细节、你与权力的纠缠、你遭遇的苦痛、你无奈的悲剧——那些还有什么意义？

　　在这里，你至少还拥有后人的凭吊，至少能在一片浓郁的苍翠间高卧，听洗砚池的飞湍、看天幕间的流雨。你不是蝼蚁，你有高贵的身份，你的高贵更多源自你的灵魂。所谓才高八斗，不过是谢灵运恃才傲物的自鸣得意，拿你去衬托他自己而已。当年有多少人以此拍过你的马屁啊，其实更是为了拍你父王的马屁。因为你的深信，它深深伤害了你，包括你的恣肆、你的放纵、你的自鸣得意。是的，你的确是天才，但你的天才从不属于权力，这是你始料未及的、更不愿承认的。你缺乏城府，不知低调做人，不懂"不争之争"，处处炫耀自己。在与命运的对抗中，你并不谈笑风生、羽扇纶巾、高瞻远瞩。其实，你的命运只能与辞章缠绕，与生命的体验缠绵悱恻，慷慨也罢，悲怆也罢，华美绮丽也罢，它们只能受益于时间的推敲、咀嚼——也只有时间能付给你令人景仰的"利息"。因此，你可谓死得其所、死得其时。在文学的"锦灰堆"上，你终于永远站立成了千古巨人。鱼山收纳了你 41 岁的鼎盛年华，它不是慷慨的吗？如果你与周边的山峦、树木、黄河，还有你的梵音洞，能够在抑扬顿挫中相和成诵，则仰观宇宙、俯察品类之间，又有谁可与你比肩、一争雌雄？

四

去拜谒曹植墓，源于想一观"篆隶八分"的《曹植碑》（又名《曹子建神道碑》《曹子建碑》《陈思王碑》）的念想。算算距离，天下名碑距济南最近者当属此了。我不懂书法，只因十几年前曾在青岛的康有为故居买了本《广艺舟双楫》，该碑被其列为"能品上"，被称誉为"如大刀阔斧，斫阵无前"，"雄快峻劲"，更因其在齐鲁之地的东阿，便默默记在心里了，心想：总有一个机会去一趟吧。但这个机会却等了十几年。

说实话，也非是真正想去看碑，而是想去看望曹植。

假期的车流如过江之鲫，多是自驾游的时髦队伍，一时间拥挤到一处，车子慢如蜗行牛步。手机地图上显示的高速公路是一条红线，干脆走国道和省道，却一样有着极长的拥堵路段。跨过黄河大桥之后，沿着大堤向南，才开始顺畅起来。大概不会有多少人在这个节日期间去拜访一个古代诗人的墓地吧，看着急速后退、稍染秋黄的林木和身边的黄河,我想,一个没有事功只有文名的才子,一个没被造神运动搞成财神和救苦救难菩萨的古人,还有几个人愿意去参拜、顶礼呢?

果然,如我所见,进入曹植墓公园的不超过三十人。而听因为走错路只好去了黄河对岸洪范池公园游览的朋友讲,那里却人潮涌动、摩肩接踵。曹植生前备受冷落,身后依然如此,想必他也习惯了,自是难得一份清净——于他,于我们都是如此。

强烈的阳光照射在曹植墓入口的红色门楼上,大门紧闭,门漆剥落,寂静和肃穆中,略显寥落与颓败。金色的门环间横着一根金属插销,好似其主人生前最后的时光一样,谢却繁华、闭门隔世,只求郁愤中的一点安生,再不以才情招摇、惹祸。

我们从偏门而入。左转几步,就看到了东西走向、笔直且短的神道,汉白玉的石马、石狮、石鹿、貔貅分列两旁,泛着刺目的白光。虽是汉代风格,却是新设的物件,无甚可观。神道北侧的子建祠,门旁书有一副金漆对联"帝家诗子,诗国帝王",对仗既不工整,文辞也不准确,更谈不上古雅,这种以不着调的赞美遮掩的粗陋,颇令我扫兴,直感慨近世对传统文化的毁损所导致的恶果尤甚,而在这样的地方出现则更显刺目,若曹植得见,恐怕要苦笑一番了。转念一想,也很理解,想让曹植成为当地的文化旅游名片,是需要一番精心打造的,这种耗资巨大的投入从何而来呢?可见,对文化的重视、挖掘、整理,不是动动嘴的事,而是需要踏踏实实干起来的系统工程。

再继续看,坐北朝南的曹子建祠和东西两厢房,也无非矗了一座曹植的铜质塑像,墙上贴了诸多曹植的诗作、生平行迹的文字、绘画,靠墙的橱柜里摆放了几排龙山文化出土文物的复制品而已,亦无甚可观。倒不如庭院中那棵高大粗壮、枝叶繁茂的皂荚树和纪念馆一旁正开着粉色花朵的木槿,更让人能感到一种远离尘嚣的岑寂中尚存一点繁盛与素然交织的生动、安然与明澈融为一体的沁凉;若安静下来,甚至能体味到某种静定、幽邃又超然的古意、诗境在身边弥漫。

出门左转，穿过神道，拾级而上，便是规制精巧、四角重檐的红色隋碑亭。这亭子虽是1996年重建，却收纳了一块历经沧桑的天下名碑，一种醇厚、苍郁的气息拂面而来。大概这片园子里只有曹植墓和隋开皇十三年（593）曹植的十一世孙曹永洛刻立的这块碑是真正的宝贝了。亭内光线暗淡，只能凑近去看粗糙的圆首方座间那密密麻麻的阴文，这不知撰文者和书丹者名字的931个字，尽管曾湮没于大清河中，至清初才被捞出、重见天日，但除少数文字漫漶残缺外，大都清晰可辨，殊为难得。淤泥流水未能将其荡涤销蚀殆尽，也是一种幸运。在时间的长河中，不知有多少书家曾凝视其拓片或拓贴，一遍遍揣摩、临写，试图得其楷杂篆隶的气韵，甚至渴望借此沾得一点曹子建的文气、神采。他们若是能在此处得观此碑，大抵会在惊呼之后屏息凝神、按捺心跳，让目光顺着文字的笔画刻痕一遍遍地游走不止吧。

碑文内容极尽歌功颂德之能事，甚至上追周汉，牵强附会；铺张绮丽，多不足取。倒是概述曹植生平、葬地的文字，还能让人看出一些隐晦曲折的表达：

建安十六年封平原侯，十九年改封临淄侯，都不以贵任为怀，直置清雅自得。常闲步文籍，偃仰琴书。朝览百篇，夕存吐握。使高据擅名之士，侍宴于西园；振藻独步之才，陪游于东阁。黄初二年，奸臣谤奏，遂贬爵为安乡侯。三年进立为王。及京师，面陈滥谤之罪，诏令复国。自以怀正信而见疑，抱利器而无用。每怀怨慨，频启频奏。四年改封东阿王。五年以陈前四县封，复封为陈王。以谗言数构，奸臣内兴。十一年里，频三徙都，汲汲无欢，遂发愤而薨，时年卅有一。即营墓鱼山，傍羊茂台，平生游陟，有终焉之所……

我想，其中的所谓"奸臣谤奏""谗言数构"，不过是为尊者讳而已，天下谁人不知他是被曹丕猜忌、挤对，复被魏明帝曹叡冷落致死的内因呢。其中隐情，岂一个"奸臣内兴"了得？当然，有些宵小之人察言观色、煽风点火、落井下石以清除异己的行径自古及今就不曾断绝过，不是新鲜的东西，亦不必惊讶丝毫。

其实，当年"生乎乱、长乎军"，五言腾踊、纵辔骋节、朝气蓬勃、意气风发、踌躇满志的曹植，受其父曹操影响，并不乏接触现实的经验和罗致文人俊才的政治智慧，其才华更得其父嘉赏，竟至于"甚异之"。然其斗鸡走马、任气使才、"雅好慷慨"，常自得于"我归宴平乐，美酒斗十千"的贵公子生活，又是一种难以克服的"生命搏动"，终于辜负了曹操的那番钟爱。曹操对其本有立储之心，寄之以厚望，出征孙权时曾对他说："吾昔为顿邱令，年二十三。思此时所行，无悔于今。今汝年亦二十二矣，可不勉欤！"可谓语重心长。但他却"任性而行，不自雕励，饮酒不节"，做了多件令其父大为光火的事，最终败在"御之以术，矫情自饰"的曹丕手下。果然又是一个"性格即命运"的范本。若归咎于才子气、文人气害了他，也不为过。而他的人生悲剧，在其后人刻立的碑文中只能隐晦曲折地归罪于单向度的"奸佞谗言"，这类有意无意的"外归因"，总让人觉得源自"为先人讳"的"面子问题"，在这方面，我们似乎向来缺乏内省意识及直面真实的勇气。世间不平害人，一己私欲亦害人，生于帝王家、才高又八斗的曹植尚且如此，更况凡人乎？凡人有欲，往往无进身之阶，跻身世道之中，举手措足若草芥，岂能安身于凄风苦雨之内而不受摧折？而曹植之命运只属于他自己，倘若他在与曹丕的竞争中胜出，还是我们看到的曹植吗？那么，我们接受的曹植，包括诗歌审美中的曹植，本该就是他浮沉于历史时光中的那个样子。

碑亭边还有一座低矮的石砌小屋，屋瓦上杂草、柯叶遍盖，甚是凋敝。正门木质黑漆横梁上能看到"曹植隋碑"四个金字，大概这才是最早放置石碑的地方。破败的门前还立着一块黑而短的碑碣，上书"地级重点文物保护单位曹子建墓碑"，落款是"聊城地区革命委员会一九七八年七月三日公布，东阿县革命委员会立"。其中的"墓"字是已经被废止的简化体，上为"大"，下为"土"，看上去简直不像中国字，而思其组合之意，倒也不差，"大""土"为"墓"，似乎隐含了对逝者的礼敬与安慰。东阿这地方秦属东郡，西汉置县，1947年属平原省，1952年改隶山东省，1958年被撤销，1961年又被恢复……若不是归属数变，我想，当年墓中考古发掘出的遗骨也不至于丢失不见。

再往上便是曹植墓了。墓前一旁竖着石碑，阴文肥硕敦厚，乃"绣虎"二字。墓室为青砖砌成，围墙的两道折棱间，是墓的正面，中间有一个用灰砖封堵起来的拱门，其砖殊异于墓砖，一看便知墓道曾被打开过。整座墓规模不小却极其素朴，似乎并不符合曹植生前的身份，尽管也有史料记载其性俭，不尚奢华等，大概是穷途末路中的无奈吧，早年他又何曾"性俭"过。墓顶的土丘上，绿树杂然纷披，遮蔽着天光与墓土，不露一丝缝隙，似乎将墓墙上半部的砖都染成了漆黑的颜色，或者那黑色真的是经年不透阳光所致。墓两边各有一块墓碑，一块是民国年间立的阴文篆书"魏陈思王曹子建墓"，一块是1980年4月茅盾（沈雁冰）题写的"东阿王曹子建墓"。墓南侧的丛林间满布后人题刻的碑碣，细看，还有几位尚在世的书家、名人。

那块"绣虎"碑不知是何人所题。人们并未忘记曹植被建安文坛誉为"绣虎"的典故，多少弥补了我在曹子建祠前所感到的缺憾。但我又无法克制自己的联想，为他不平、为他惋惜、为他喊冤叫屈，也为他找寻些许平复身后愤懑的"借口"，那就是文拥华美之"绣"，性属雄杰之"虎"的这只"绣虎"——曹子建，身后也只能深埋于眼前这一座极平凡、朴素的"土馒头"中了。也许鱼山上浓密葱郁的植被尚能令人回想起他的锦绣文采,然而鱼山之小,却不足以让一只斑斓猛虎潜迹深林、纵横原野,怀抱"远游临四海,俯仰观洪波"(《远游篇》)的豪情,张扬"丈夫志四海,万里犹比邻"(《赠白马王彪》)的气魄——然而,他根本算不上一只真正的猛虎,而只是一只独步文坛的俊美、优雅之虎罢了。于是,只能眠卧鱼山之抔土,一再感叹"太息将何为?天命与我违""人生处一世,去若朝露晞"(同上)的坎坷与蹇促。然而,山前浩浩汤汤、奔腾不息的黄河,却足以配得上他的"骨气奇高,词采华茂,情兼雅怨,体被文质,粲溢今古,卓尔不群"(钟嵘《诗品》)。何况,此间亦可遥望泰山,环视齐鲁,让一直视之为桑梓之地的他感觉亲近、安心——当然,他也只能以封地为归宿,除了此处,任何别的地方都不适宜、不恰当、不合规制,也似乎都嫌太过吵闹,似乎仍会惹人耳目,似乎依然潜藏着危机,抑或又太过荒僻、凄凉。呜呼,也只能这样了,哪里黄土不埋人,此地甚好,否则,又能如何呢?"死去何所道,托体同山阿。"(陶渊明)真是"时也,命也",上天自有最好的安排。

五

1700多年过去了,这依山营穴、封土为冢的曹植墓依然安坐于斯,尽管历经磨难,后世之人还附会、创造了多处景观与之相伴:"重云洞""绿葫居""四眺亭""夕照轩""倒影阁""羊茂台""仙人脚印"……甚至传说中的神仙也曾在此留下过踪迹,仿佛这位七步成诗、才高八斗的曹子建拥有与仙人相通的道骨、神韵。可在此间为何没有他在东归鄄城途中所见的洛川神女宓妃那"翩若惊鸿,婉若游龙"的踪影呢?想必是后人不愿在这样的地方附会他们的传闻、故事罢。那位令曹植一见倾心、魂牵梦萦的洛神,据说原型是袁绍之子袁熙的妻子甄氏,后被曹操所俘,赐予其兄曹丕。甄氏因与曹植钟情于前,旧情不忘,遂被曹丕冷落,最终赐死。曹丕将其遗物赐予曹植,定然不怀好意,而是对其实施进一步的精神摧残。曹植睹物怀人,肝肠寸断,遂成此篇,千古传诵。我宁愿相信这是真的,《洛神赋》一定是曹植的隐喻之作、伤时感怀之作,他不能直抒胸臆,更不能像后人那样,为甄氏撰碑文一篇,而只能将怀恋之情寄托于绮丽妩媚、惆怅郁结的文字:"践椒涂之郁烈,步蘅薄而流芳。超长吟以永慕兮,声哀厉而弥长"……

  曹植墓明代就曾被盗掘过。听一位朋友讲,多年前,一位文物专家曾看到当街玩耍的一男孩手中挥舞着一柄古剑,便花20元购买下来,剑上的铭文,标示其主人乃曹子建。我从一些资料上看到,在后来的考古中的确出土了一些文物,包括丢失的很可能是曹植的28块遗骨,但并没有提到那柄剑。不过,我宁愿相信那柄剑的存在,这不但符合当时的丧葬礼制,也很符合曹植试图为国效力却终不得志的遗恨心态,相比于写《洛神赋》的曹植,临终前的曹植该更会怀抱一柄利剑,以示其对所受屈辱和未酬之志的愤懑与不甘,而不会只头枕一卷《洛神赋》,幻想与美人相娱于洛水之滨、云端天国。

  鱼山曾是曹植的亲近之地,尽管山很小、很矮;尽管亲近的时间很短暂,无非是被封为东阿王的那三年。一个落寞的文人,定会与山水建立亲密的关系,包括其中的一草一木。山水、草木无情,然人有情堪寄也。他定会在闲适间登山纾解郁闷,忆想当年的南北征战、与友人的诗酒唱和,当然,也包括终不可得的苦涩爱情。他会在山北的羊茂台上读书,抬头环视山河大地,直至夕阳西下,直至北雁南飞。然而,落寞难遣的情怀,总不能与永恒的时间博弈,那不可挽回的一切,化作了一道远逝而揪心的风景。系念汹涌,莫如挥别,人生易老,身后皆空。鱼山终让不到40岁的他"喟然有终焉之心,遂营为墓"(《三国志》),原来这是他自己的决定，他以鱼山为终了之地，并选好了墓址。太和六年，再次被"折腾"了一番后，他在河南淮阳的陈王任上去世，终年41岁。次年（233），其子曹志遵其"遗令"，将其尸骸葬于东阿鱼山西麓，与孤山崖壁、丛林灌木永相为伴。

我不知道这座砖砌的土墓在1700多个春夏秋冬里，究竟更替了多少代树木、杂草，曹植的目光是否会沿着那些深扎的根茎上升，看到后世的星空和人间的风云。有多少人了解他的身世，却依然重复他的人生，他诗赋的绚烂与光芒遮蔽了太多的黑暗，尽管他也曾将黑暗展示给自己和后人："鸱枭鸣衡轭，豺狼当路衢。苍蝇间白黑，谗巧令亲疏。"文章只能凝固在纸页上供阅读者随意翻动，文字只能以慷慨悲心，从来不会站立起来，变作一柄斩除黑暗的利剑，不然，他怎会写下如此惆怅的文字："拊剑西南望，思欲赴太山。弦急悲声发，聆我慷慨言"……谁会去聆听呢？只有星空大地和那些能与其同频共振的心灵。曹植，只担得起中华文脉的一环，却担不了人间烟火的赓续。而鱼山之下不远，便是熙攘的人间，子建近在咫尺，市曹喧嚣依旧。

六

下山时，途经洗砚池和梵音洞。洗砚池里有一方碧水，承接着山壁上的涓流细瀑，哗然有落珠之音。曹植未必在此书写、洗砚，但那一镜被丛林遮掩着的池面，仿佛仍能照见他茕茕孑立的身影；那飞溅的溪流，似乎仍轻声朗读着他的珠玑文字：四言、五言、歌赋，抑扬顿挫，泠泠作响。

梵音洞是山壁下的一座凹洞，幽暗、干燥、空间逼仄。一条草木围拢的小径从洞前穿过。也许它像一只海螺，能吸纳嗡嗡的宇宙初音。不知深爱音律的曹植当年是否在此听到了杳渺深远的梵呗天乐，并拟其声律，撰文制音，而成《太子颂》《菩萨子颂》。《法苑珠林·呗赞篇》写道："魏时陈思王曹植……尝游鱼山，忽闻空中梵天之响，清雅哀婉，其声动心，独听良久，而侍御皆闻。植深感神理，弥寤法应，乃摹其声节，写为梵呗。纂文制音，传为后式。梵声显世，始于此焉。其所传呗，凡有六契。""梵声显世，始于此焉。"曹植成了中国本土梵呗起源的关键人物，所谓"梵呗真宗"。那代表和平妙音、世界大同的梵呗，是否曹植内心渴盼的一种投射呢？我想至少也是他晚年的精神寄托和灵魂归宿吧。而那些"皆闻"梵呗的侍御，恐怕是在安慰他们的主人，不忍去点破他的幻听吧。大概艺术都是幻觉的产物，我相信，只有专注于内心的曹植真的听到了，那其实是他心灵吸纳的宇宙妙音。然而此后，在香火鼎盛的寺庙里，悠扬的梵呗声起，人们渴求神灵将其各色欲望变作现实时，有谁的灵魂能真的沐浴着融通万物的法雨，又有谁还能念想到曹植曹子建，且如他一样品悟到梵呗之音的明澈、纯净、深邃、辽阔、邈远，甚或无边喜悦呢。

途中看到山南侧的树木遮蔽间有一座古典式大殿，里面始终传来俗不可耐的流行乐音，陪伴我们一路往返，仿佛在执意重复一个意念：那些纯净的梵呗之音早已埋没，而尘世的俗丽之曲正进入珠光宝气的"华彩"段落，以无可取代的聒噪声响，席卷着人间所有的耳朵。

不，也许不会永远这样。几年后的一天，我又来东阿，祭奠完当地的仓颉墓，便参访了当年看到的那座高耸的大殿。原来是梵呗寺。寺名的由来或与曹植相关。寺内靠墙的几案上展放着长达数米的梵呗经卷，字如秘符，不得其义。寺庙的住持不久前自外省来，正倾尽心血对其进行翻译、研究，以恢复当年的梵呗音律。但他在交流中没有提到曹植，梵呗之音于他纯属宗教信仰而已。端坐在经堂之上，他给我们演示了"狮子吼"。那种发自胸腔腹脏的雄浑、沉厚的鸣响，若雄狮咆哮，声震椽梁，十分震撼。它与梵呗的悠扬、空彻、明净、邈远，似乎属于声音的两个不同维度，但在"纯粹"的维度上又可以合而为一。我想，当年若曹植在聆听梵呗之余，更作几声"狮子吼"，也许会于"内在"强悍他稍稍孱弱、迷离的精神。

七

在离开曹植墓的时候，居然有些留恋。是想重登高处，再看看这片山河。在一一呈现所有的斑斓与晦暗之后，大地上的事物将消失不见。前生、现世与来世，不过是时间之河的不同流段。曹植已经走远，分明又在其间。就像日常奔波中的我们，把每一个瞬间一一洒落脚下，哪怕在回忆里也难再一一捡起。

只有故地会存余我们的气息和足迹，正如在翻阅那些古老、陈旧的文字时，依然会看到书写者在我们心中投放的影像与声音。

子陵祠的黄昏

一

黄昏的红晕慢慢退去,黛青色的天光落进了眼前这片镜面一般光洁、平整的水塘里。

塘边散立着一溜不高的楼房,楼房尽头,半圈郁郁葱葱的小树林延伸到远处,土岸便似一只轻拢的臂膀,揽住一片亮水,安谧无语。它们倒垂的阴影像探入显影剂里的胶片,隐含了水乡或浓或淡的表情。风拂过水面,远处的涟漪渐次清晰起来。树林背面,依稀有一座小小的石山,伏卧着,脊背上披附了一层茸茸树影,如渗透夕辉的动物毛发。

江南的村落安静如斯,大抵是怀抱着一汪静水的缘故。水面空荡,似乎只为了容纳天光云影、飞鸟翩然,即便有一处插杆的网箱,好似也只是为了给这傍晚的池塘再添一份岑寂。甚至没有人沿着岸边的石阶接近水面,取水、浣洗,或有顽童,抟挲着小手,急速地撩起一片含着落珠之音的沁凉，惊走附近正做着遗世之梦的水黾。

人们在街巷里行走、忙碌，或已进入各自的院落，坐下来喝茶、休憩、准备晚餐。他们把池塘放置在记忆之外，守着一个烟火喧腾的时刻，自在，缓慢，悠然。江南到处是水，水光透过窗户，折射进他们的房屋，散漫的生活便无处不弥漫着水的气息。他们的眼神、面容、皱纹间漾动着水的痕迹，乃至杯碗之间、石阶之间、青苔与墙基之间、衣服的褶皱之间，亦布满水的印渍。他们时时与水相伴而不觉，他们是水的一部分。

然而，我没有看到一位塘边的垂钓者，戴着斗笠，手持钓竿，只将一丝细线横斜入水，久久地凝神谛视，忘记了世间的一切。

二

这是余姚低塘街道黄清堰村边的一片不小的池塘，严光故居的水塘。然而，严子陵早已不在。这片水塘自然也不会是他曾经垂钓过的地方。我只是想猜测一下，严子陵身边的那些潋滟波光是否能从时空的深处折射于我的眼前。历史给了我们想象的张力，却不会给我们一面真实的镜子。一面水塘又实在太小了，不可能容下一位著名隐士的所有行迹与故事，他早就携着身边的大水和细细的钓竿渐行渐远，消失在杳渺的时空深处了。

从王守仁故居出来，便从手机上搜索最近的景点，显示严子陵祠就离我们不远。未料想，穿过城镇边的村庄里一条南北通透的小街后，直接面临的竟是一方与黄昏连接的水面，仿佛在告知我们，这里就是一生喜欢垂钓的严光故里了。

步行。纵横斜插的小巷已不容车子进入。两边尽是新建的二层别墅和低矮的民居，高低错落，彼此嵌入，一律黑瓦白墙，典型的江南样式，舒朗的线条交织着复杂的变数，似乎深不可测。我们问询路边的几位年轻女人严氏宗祠的方位，她们用手指着一个根本看不见的所在，说："就在那边。"

行走间，看到了一垛白墙上的三个指示牌，才知道刚才所见的水塘叫"面前湖"，那座矮矮的小山叫"锭子山"。真是贴切和形象，尽管通俗，但临楼见水，坐拥财富，很符合南方人的性格爱好。只是并不知道"茅湖遗址"究竟为何物。好在，我们只为严子陵而来。

在快到尽头的东西小巷北侧，看到一座古老的房子，像粗布褐衣的老僧枯立在光鲜亮丽却俗不可耐的人群里，被周围布满玻璃门窗的小楼衬得格外显眼。黑色瓦脊与瓦当依然齐整，画出拙朴沉郁的线条，只是屋檐下的遮板已经破损弯曲，门柱呈现出斑驳腐朽的木色，门柱之间横着几根陈年竹竿，上面挂着几件旧衣服。门前正有一对老年夫妇坐在竹椅上，围着一张横搭在两根条凳间的木板吃饭，木板上摆着几只白瓷碗。男人光着脊梁，女人身着粉蓝花色的短衫。两只母鸡在他们身边不停地啄着地面款步，发出咕咕之声。见我们走近，老妇人停箸侧面，热情地与我们打招呼，虽然仍是听不懂，大概能猜测出她是问我们从哪里来。问她吃的什么，她指指瓷碗，说了几样我们探头过去才能看得分明的菜蔬：笋干、梅干菜、炒小白菜，还有带皮的煮花生。说话间，男人进屋去了，朋友干脆坐下来，指着花生问："可以吃吗？"老太太这回说的话我终于听懂了，她快乐地笑着说："吃吧，吃吧，还有咧。很多的。"一对见证过光阴流逝的老人。他们一定在这间老屋里生活一辈子了，如今儿女都不在身边，他们相依为命，用尚能活动的身体抵抗着时间的一点点蚕食。他们当然知道严子陵，从小就知道，但严子陵始终在他们的生活之外。我问他们是不是严家后人，他们说"不是的"。我接着问严氏宗祠里有没有人，老人说"有的"。

三

告别老妇人,在小巷的尽头,抬眼就看见了一列白墙和一溜黑色瓦当中间的祠堂窄门。门上高耸着青瓦翘角,石牌坊上刻着"子陵祠"三个字,显示出异于民居的建筑规制。只是桐油的深棕色大门紧闭着,估计看护祠堂的人已经回家吃饭去了。好在大门右侧墙上挂着的"余姚市廉政文化教育基地"的牌子边贴着一张白纸,上写:"严氏宗祠联系电话,严永春:1395834××××。"一位朋友看到,立马掏出手机,拨了过去。几秒钟等待之间,我心里掠过一声祷告,希望不在计划之内的造访不至落空。那边,严永春已接起电话,答应马上过来开门,旁边悄声静听的另几位朋友立即发出同声欢呼。我知道,这欢呼是对景点的,而不是对严子陵的。

等待严永春的时间,我仔细看了看祠堂大门右侧立着的"严氏宗祠"石碑和墙上挂着的几块深棕色金字木牌:"统战宣传教育基地""严氏宗祠""严子陵故里文化研究基地",均署有颁发单位和时间。其中严氏宗祠牌上有几行简单介绍:"严氏宗祠为余姚'四先贤'之一的汉代高士严子陵祀祠,初建于西晋初年,现存建筑为清代所建。原前后三进,两侧厢房,天井内有戏台。建筑雕刻精致,图案丰富。"余姚"四先贤"为严子陵、王阳明、朱之瑜、黄宗羲。只有朱之瑜(1600~1682)不熟悉,查了一下,才知道他是明清之际的学者和教育家,明末贡生。"崇祯末两奉征辟,不就。南明弘光时授江西按察副使,亦不就。清兵入关后,流亡在外参加抗清复明活动。南明亡后,东渡定居日本,在长崎、江户(今东京)授徒讲学,传播儒家思想,很受日本朝野人士推重。"看来,也是位高士。这四位先贤足以代表余姚人超前的思想和开阔的胸襟,他们宁可奔波游走,也不同流合污,他们赋予了生命崇高的价值，都是一个时代的先行者。

在中华文明史上，无数隐士所塑造的隐士文化，浸润着山的深阔与水的浩渺，从来不曾遁迹、消失，反而在时间的追光下，闪射着神秘而诱人的色彩。隐士们并非只关注个体的生命与存在价值，他们的不合作态度恰恰表现了人格独立的尊严和对灵魂自由的推崇与肯定。他们偶然的出世，也并非为了与强权合作，而是为了天下苍生免遭涂炭的公义与慈悲。即便是纯然出世的"自了汉"，也往往从另一个层面影响、推进着文明的进程，以独立之人格、不羁之行止，塑造着民族性之中不可或缺的精神一环，他们的名字仍然进入了历史，进入了传说，比如：许由、巢父、务光、伯夷、叔齐、鬼谷子、介之推、商山四皓、严子陵、竹林七贤、陶渊明、陶弘景、竹溪六逸……及至今天，也仍有诸多当代隐士遁迹在终南山深处（参见比尔·波特《空谷幽兰》），时人亦难觅他们的身影。

四

严永春步履匆匆地来了，这是一位面色白皙，身量高挑、清瘦的中年男子，穿着白格蓝底短袖衫和深蓝色西裤，腰带上挂着很大一串钥匙，一看就是个当家人。他一定不会想到此刻居然还会有人前来参观。在他的匆匆行色中，我看出了一丝激动。一见面，我就问他是否是严子陵后人，他肯定地回答："是，我是严子陵第六十五代孙。"其实，我的问题有点多余。这位守护祖先祠堂的严氏后人带着谦和的微笑，陪着我们参观并讲解，然后，十分耐心地站在院子里等待我们参观完毕，直到暮色西沉。

这是一座宽敞的大院，北面是一座开放式祠堂，数根立在石头柱础上的圆柱支撑着进深宽阔的屋宇。祠堂正中有四根立柱，外面两根上的楹联是："何处是汉家高士，此间有天子故人"；里面两根立柱上的楹联是："天禄谈经，独晰公羊之旨；桐江垂钓，人钦肥遁之风。"后面这副对联颇有意蕴。上联典指西汉严彭祖，下联典指东汉严子陵。严彭祖与颜安乐（字公孙，西汉今文春秋学"颜氏学"的开创者。鲁国薛人）曾共同师事眭弘（字孟）。眭孟对彭祖、安乐寄予厚望，认为《春秋》之意，必由二人真传。是故，《公羊春秋》有颜、严之学。严姓来源，一传为古严国后裔；二则为避东汉明帝名讳，改庄姓为严姓。严彭祖与严光当为同宗名士。所谓"肥遁"，《周易注疏》曰："上九，肥遁，无不利。"唐代孔颖达疏："子夏传曰，肥，饶裕也。四五，虽在于外，皆在内有应，犹有反顾之心。惟上九最在外极，无应于内，心无疑顾，是遁之最优，故曰肥遁。"意思是说，只有不为外在所动的遁世隐居才是内心最丰饶也最无疑虑的一件美事吧。

历代对严子陵辞官不受、隐居山水的大力推崇，大概更是因为没有谁比他当官更方便、更有便利条件吧——这是一件多么令人艳羡的事，可他偏偏不好好利用——皇帝是他的同窗好友，甚至一再向他示好，他却弃若敝屣，根本就不当回事，天下还有比这更"傻"、更"傲慢"的人吗？当然，他之所以能"傲慢"得起来，如堂内横梁上挂着的"高风亮节""高洁之源"诸匾所誉，背后做陪衬的一定是一言九鼎的皇权至尊。我想，从另一个侧面讲，恰恰是刘秀有容人之量，真正欣赏严子陵的诚实与不欺，才成就了严子陵的千古美名，同时也成就了他自己。

五

祠堂中间高悬着"一本堂"牌匾，供桌后面的石座上安放着严子陵铜雕头像。光线幽暗中，胡须飘然的严先生面露一副慈祥表情。我感兴趣的是铜像背后的墙上挂着的那幅篆字《汉聘征士诏》："汉光武帝诏曰……"与我的说法相印证，似乎只有皇帝的陪衬，严子陵的形象才能更高大、品格才能更高洁。也许，先生有灵，对此只能苦笑一番了，对于隐遁，后世之人有几个能真正了解他并像他做得那么彻底、那么义无反顾呢？

《后汉书·严光传》说严光"少有高名"。他有足够的资本傲世，也有足够的智慧看透世事。当然，他的最终归隐，还有天性不羁的性格因素使然。垂钓于富春江，弃汉光武同窗友谊、再三恳请于不顾，毅然返归山野，连皇帝都诚恳地慨叹："子陵，我竟不能下汝邪？"终至于"升舆叹息而去"，谁还拿他有什么办法？试想，还有哪个人敢与皇帝同榻而眠，将一根粗腿压在皇帝的肚子上而皇帝并不以为意，最多说说"狂奴故态也"之类无可奈何的话，自古及今，大概只有严光一人做到了。当然，刘秀的容人之量，恐怕也是基于对这位同学的深刻了解和真正喜爱吧，不然，岂能容忍他的"臭脾气"。严光当时的心理一定是：我们曾经是同游且平等的好伙伴，如今你做了皇帝，高高在上，我干吗要小心翼翼、低三下四自损人格呢？那不是我严光的性格。再说，皇上总是要面子的，说不定一不小心就触怒了"天威"或让他尴尬得下不来台，到那时，连朋友都做不成了，与其如此，还不如干脆跑路吧。

严子陵曾云游天下，游齐时，"披羊裘钓泽中。帝疑其光，乃备安车玄纁，遣使聘之。三反而后至。舍于北军，给床褥，太官朝夕进膳"。刘秀征召其进京，授谏禄大夫。"不屈，乃耕于富春山。"这个"不屈"写得真好，严光的个性宛在眼前。另外，《严光传》解决了我的一个疑问，既然他来过山东（齐国），那么与我家乡相距不远的翠屏山传说有他的遗迹就不会全是子虚乌有了。有一年，我去济南平阴的云翠山，攀天柱峰，当地人介绍，峰南1500米处有子陵寨，寨高出周围山坡十几米，相传为严子陵隐居处，寨顶平阔，多古迹，有古老石屋，严子陵死后即葬此，子陵墓就在子陵寨内。当然也是传说而已。往事越千年，子陵寨内的乱石与草木，恐怕也难以说清严子陵是否真的在此留下过行迹。然而，这个传说依然如此美好，当地人愿意相信这位高人曾经迷恋过自己家乡的山山水水，并以此为豪。

隐士的行迹有诸多不确定性（单是严子陵祠也不止余姚这一座），且都酷爱山水。这就为后世提供了推测和附会的空间。云翠山风景绝佳，严光游齐，或曾暂居于此，亦不无可能。但最后归隐乡里似更可信一些，毕竟他年高八十才去世，一切安排都来得及。因此，他垂钓于富春江，最终葬于富春山的说法比较靠谱。之所以有如此多的传说和"旧迹"，当是被世人钦羡、崇敬之故。《严光传》对他最后的归处有明确记载："建武十七年，复特征，不至。年八十，终于家。帝伤惜之，诏下郡县赐钱百万，谷千斛。"子陵惠泽后世，光武亦是有情。从哪个角度看，都是一桩人间佳话。

因严光之故，富春山又被后人称为"严陵山"，而他的垂钓处则被称为"严陵濑"，那块他垂钓蹲坐的石头便是"严子陵钓台"。北宋范仲淹曾重修桐庐富春江畔的严子陵祠堂，撰《严先生祠堂记》，其中那句"云山苍苍，江水泱泱。先生之风，山高水长"的赞语可谓天下皆知。

少年时读郁达夫《钓台的春昼》，记得他是在"阴晴欲雨的养花天"，去寻访严子陵和钓台的。那是1931年的暮春三月。从富阳到桐庐，经鱼梁渡头，复坐船至桐君山，那一路的美景不知看了多少。然而他当时却是怀了一种仓皇的心情，因为"中央帝党，似乎又想玩一个秦始皇所玩过的把戏了，我接到了警告，就仓皇离去了寓居"。达夫先生没有严子陵一样的幸运，他是被"当局"列入控制名单的人，他的出游几近于"闻风而逃"。之所以去访严子陵，一是因为距离不远，二是崇敬严子陵的高大人格，还有一个原因，大概是对严子陵所处时代的羡慕吧，相较所谓的"中央帝党"，在他看来，恐怕连给刘秀提鞋的资格都不够。文章起笔，交代了他去钓台的缘起："因为近在咫尺，以为什么时候要去就可以去，我们对于本乡本土的名区胜景，反而往往没有机会去玩，或不容易下一个决心去玩的。正唯其是如此，我对于富春江上的严陵，二十年来，心里虽每在记着，但脚却从没有向这一方面走过。"对钓台和严陵，他的心里其实一直是惦记着的，今天看来，应该"感谢"当年的"中央帝党"，让他留下了这一篇美丽文章。值得庆幸的是，远道而来的我，怀着的是一份自由轻松的心情，非但如此，我似乎更加珍视这种"意外"的参访，与达夫先生不同，恰恰因为路途遥远、人生难得第二回的缘故。

在严子陵先生雕像前，我并直双腿，深深鞠躬。我想表达一份特别的敬意。也许他只是隐于尘世，而非遁迹深山，他不过只想如平凡人一样生活，有简单的衣食、相悦的朋友、和美的家庭，思想与行止不必受这样那样的限制，不必像傀儡、玩偶一样，总被人用一根线牵着神经，时时提心吊胆，或永远闭口不言，或只能做帝王意志的传声筒。他只想自由自在、洒脱从容、身心舒展，一辈子只做完整的自己，不留遗憾。他也不想与任何人纠缠，弄得首鼠两端、身心疲惫。他没有绝尘而去，将自己打扮成遗世独立的孤绝隐士，他始终生活在大地上。他的境界比那些试图通过"终南捷径"孜孜以求高官名位的所谓隐者不知高出多少个层次。在这一点上，他与后世归隐田园的陶渊明本质上是同一类人，甚至更是一位天生的自觉者与行动者，以难以复制的精神高度，塑造了族群人格成长的空间与可能性。他的选择是单向度的，不是那种达则兼济、穷则独善之人，亦非因仕途梗阻而被迫隐退的瞻前顾后之辈，更非处江湖之远尚言思君的献忠、乞怜、谄媚者。他没有后世文人的智慧和狡黠，或者根本不屑。他直奔生命的主题而去，获得了无须绕道曲折才能得到的简单和快乐，因此也就无须计较什么名利、功位。

在子陵祠黄昏的安静中，我把一份崇敬悄悄安放在院落的每一块方砖上，也安放进我的心里。

　　我希望有一天能沿着郁达夫先生的足迹去看看富春江的碧水和钓台，看看富春山的严陵和苍茫山色，希望能从子陵先生甩入时空深处的钓竿里，揣摩到他独对江山的一瞥所含纳的所有意蕴与深度。

　　步出祠堂时，忽然想起雪窦禅师的两句诗：

　　　　看看看，古岸何人把钓竿。
　　　　云冉冉，水漫漫，明月芦花君自看。

皤滩记

一

皤滩，的确已是白发皤然了，苍老，孤独，沉默，安详。就像一位老者，站立在时光深处，不动声色地凝视着远处熙来攘往的喧哗，视死而生。隔空的阒寂只能让他陷入更绵长的追忆，守着的仍是脚下这片无法抽离的故园，剩余的光阴唯有一点点挨下去。

走过皤滩，就像穿越一道道斑驳陆离、错综复杂的布景，舞台宛在，人迹杳然，市声杂沓仿佛刚刚遁离。是的，这里，也曾是无可比拟的梦幻之地、温柔之乡，坐拥过不可一世的盛年气象，财富如山，美女若云，才俊倜傥，插架万轴。无数只商船漂泊而来，纷纭的人流进入交错的街衢、栉比的楼舍，用桨影、灯烛、美色、风流照亮了旖旎繁华的深阔景观，也照亮了耕读传家的光洁门庭和学子漂泊的泥泞路途。然而，倏忽之间，那些鲜活的姿容、喧腾的日子都已消散，留下的时空正夕阳般静止在这里。

我不断寻思"皤"字的含义与所指,不管是言其体量大如鼓腹,抑或是言其垂老发若银丝,还是先人们选址时曾看到这里的水畔簇生着大片的白蒿离离,这座水陆交接的古镇都完全当得起这个字了(实际是:皤滩,即"白滩")。分辨细究毫无意义,我只知道,尽管蕃昌已属过往,垂暮却在今日,皤滩仍蕴藉着深沉的诗意,如洞藏的老酒,芬芳浓郁,且余韵悠远。那些跨水的老桥、凸凹的石板、斑驳的白墙、乌黑的瓦脊、幽暗的院落,仿佛都是他呢喃默念着的旧时文字,是他在日渐衰颓中慢慢写给后世的生命遗书。

而今,这部被时间之笔涂鸦,又被时间之水洇染过的厚重"遗书",可以"翻译"或"解读"成几句简洁、粗浅的话了,"皤滩景区"入口处,一块嵌在墙上的木板上写着:"皤滩位于仙居县中部的河谷平原,距县城西22公里,古镇现存面积10.8万平方米,是临江水系的终点码头和水陆文化交汇为特征的物资集散地,是自成特色、功能齐全、繁华的商贸古镇。皤滩古镇不仅保存了一条长达两公里的古街,同时还保存了宋大理学家朱熹送子求学的桐江书院和一种千年绝活针刺无骨花灯。"旁边还有一幅裱在墙上的喷绘,说得略微详细,其中有句:"历史上的皤滩古镇得益于便利的水陆交通条件,发育于唐宋,成熟于元代,鼎盛于清朝,其时八方商贾云集,名播海内外……在以'九曲龙形古街'为中心的五万平方公里的范围内,至今保存着诸多历史文物古迹……"

这些简括的概述,并不能提供本与地理、历史无法分割的人与事,以及那些烟火人间的生存样本与生命叙事。人们似乎已经不再喜欢搜寻、触摸卷帙浩繁里的生动细节与情感温度,而只想一眼就望到一个漫长故事的粗略情节和最后结局。这种在纷乱无序的都市生活中形成的认知惯性必将在皤滩失效,哪怕一条身躯扭动的"龙形古街"和鱼鳞状层叠的屋脊也会令你对自己的眼力产生深深的怀疑,蟠滩只能依靠仔细的观看、揣摩,才能从漫漶的时光水下从容浮出,展现出清晰的容颜;"市邑雄富,列肆繁错"的抽象描述,也只有一点点落实到更多的"现场"与局部,才能大致还原它的历史"肉身"。

  这里,白花花的盐,如山的陶瓷、山货、布匹,软语缠绵的东阳婺剧、绍兴越剧、黄岩乱弹,庄严、华美的胡公殿、观音堂、下佛堂,庙会、集市、祭拜、香火、戏班、锣鼓、庆寿……曾搭建过蟠滩烟火纷纭的人间。这里,东西通畅,南山古道通温州,苍岭古道通金华,曾经古镇簇拥、埠头林立、诸溪穿汇,货财聚散,闻名遐迩,亦可谓"众美辐辏,表里发挥"。这里,经历了多少代的人与事啊。不过,我觉得,蟠滩的情节与叙事即使散逸众多,即使不能与往昔的场景、光影重叠吻合,也仍会遗落在街衢、屋舍、亭台、门廊、石阶、柱础、雕镂、戏台、藻井的布局、构件、榫卯、凹槽、线条、纹饰、颜色里,遗落在发黄的族谱、清丽的唱腔、散漫的炊烟、叮当的锅勺以及居民的记忆、眼神、表情、言语乃至遗忘中,一切事物聚拢或播散的气息,均游走在岁月不肯撤去的那只手掌之内。

<h2 style="text-align:center">二</h2>

  古镇的外围曾有一条河,已经无水,唯余河床宽展的残迹,乱石荒草,仿佛正张狂地宣示着它们对于河水的胜利。干枯的河滩延伸到脚侧,翁郁的枝柯交错在头顶。在树下的甬道上行走,总感觉像是刚刚踏上了宋元或明清的岸边,迫不及待要赶往河那边的"昌明隆盛之邦,诗礼簪缨之族",却偏要从这畔绕行,在那跨河的石桥上稍稍稳一稳心神,看取五溪汇流处的鸥鹭斜飞,像是先要念叨一下"词牌"与"小令",再去享受那些"长调"与"散套"。身后的舟子仍在水面上晃动,搅碎

的光线折射在树叶上,又纷纷飘落到眼前,像砌在路面上的鹅卵石那样斑斑点点。那其实是树叶筛下的刚刚偏过正午的阳光,玉润,爽净。鹅卵石的小径被照亮,更大面积的阴影则湿漉漉地向两侧延伸。恍如白日之梦的感觉恰是进入蟠滩的好行色。

植物的气息被雨后的燠热更加浓郁地蒸腾出来,令我微醺。或许也是在不远处的酒馆里刚刚饮了杨梅酒的缘故。恍惚间,脑海中虚构的蟠滩意象竟以幻灯片的方式进行着闪回般的漂移、穿梭,好似有某个落拓的前生之我曾在此浪迹、厮混,甚至也"常从幽暗的酒家的楼头,醉眼陶然地眺望窗外的人生"(又好似被人讽刺过的、我心中的"大先生",此处离他的故乡并不遥远)。勾栏瓦肆里的纷纭世相和陋室空堂里的寂寥萧索依然有现世的投影,直让人觉得生命如幻似真,无处不可安顿,步履何必匆匆。

这就是游走古镇的妙处,旧物总是与漫长的时间衔接、牵连,进入记忆的通道,与过往存储的混沌影像融为一体,前生与今世混杂,难分彼此。江南的物象最容易造成这种恍惚。那些最动人的,会成为最明亮的,将某些时刻变作可触般的温暖光泽,往往还蒙着一层潮润的光晕。康德说过,"空间只是人类的感性意识",这种"纯直观"的认知,并非一句话那么简单,却令我认同、心动,仿佛是,蟠滩与我走过的所有古镇一样,同样会成为日后不断追索和抚摸的持续念想的一部分,进入酝酿与选择的过程,在不断地回返或出走中,让我敢于回首过往的一切。端详这些空间的遗存,竟如同摩挲与重温、打量与相认,迷蒙的视野里,杂多的感性渐渐分离出清晰和明朗,如薄雾散尽的月明时刻。然而也有瞬间掠过的悲戚之感,比如脑海里闪过某些情景,闪过貌似真理的断言:"一切仍在者,无非只是残余。"(尤迪特·沙郎斯基《逝物录·序》)又顿然觉得,山川粉碎,心外无物。当然,从"空观"的角度看,所见者尽是"残余",亦非实有,包括蟠滩,也包括我们。但反观之,"残余"又是整个世界,比如"当下",比如我眼前的蟠滩。大地收藏的"旧物"常常更令人思绪绵长。有人说,只有失去的、想念的,才会被哀悼。我来蟠滩不是为了"哀悼",而是希望看到依然"活着"的蟠滩,尽管"发生过的,根本无法再现"(同上)。

蟠滩非"幻地",它仍耸立在时间里。时间指向未来,也并不抹杀过去。它并非一位暴君,为了控制未来,就必须清除过去。蟠滩因此在逐渐消失的同时得以继续成长,也仍可以命名和阐释属于过它的一切,甚至包括草木与道路,这是这片古老土地上所有幸存之物的共性,莫如说是因为包含了一代即将失去"家园"的人悄悄隐藏起来的情感与伤痛,才显现出某类记忆的通感。我们无妨将有限的"重复"视作"再现",便能够体验到时间传递的诗意与深意,还有缅怀的虚幻、无力与执拗、坚持。但我同时也相信,人的想象与情感拥有强大的"赋形"功能——美,是人类情感的具象化。在所有的定义中,我只推崇这一个。

这番启示得益于我在蟠滩外围的行走,在一条小径上,我打量和揣度它的"一切"。首先是鹅卵石砌成的石板路。鹅卵石砌成的花盆围绕的树墩。鹅卵石到处都是,好似蟠滩的特产,带着洪荒大水的纹路与味道。如今这些大水的证词,被用来装饰乡野的美学,蔓延得到处都是,直至古镇内部。这些河流坚硬的"胎记"一定沉淀过商旅船队的欸乃桨声,桨声沉淀为石头,以细密的波纹诉说前生。而更多的是树木,过于繁盛、茂密,似要努力隐藏一个不足为外人道的遗世之谜(时至今日,蟠滩的确鲜为人知、游客稀少)。也许是生长得太久,也许是在深夜时分,河床深处依然游动的水分子聚拢在一起,慢慢爬出来,在枇杷树、栗子树、杜英的树干上涂抹了层层斑驳的青苔,在蟠滩的色调里渗入了一种缓慢的芜杂和幽暗,犹如深渊的苍郁之色生成于时间与水的漫长结合,它们同样是蟠滩的缔造者。水汽巨大的衣衫悄然拂动,将一片片紫红的叶子从树枝上扫落下来，铺满湿漉漉的石板，像是要在游人走过之前，将小径上经年的光阴掩埋起来。透过树梢的遮挡，河谷里葳蕤的杂草和茂盛的玉米株，继续描绘着农耕时代的田园，感觉比目测到的距离更遥远，遥远到童年视野的边界。田地东面，竹林那边，红瓦白墙的民居隐约浮现。那未被民居遮挡的更远处，一座座翠绿山峰耸入云中，山矮云低，氤氲着一层庞大而朦胧的湿润，贴着凹凸的地面朝我漫溢过来。

一定有聚拢在一起的水、剩余的水。我相信，财源滚滚之地，造物主总会不经心地丢下一两块银子。当年，不知有多少人正因为看到过这方水土遍地银两的闪光，才不辞劳苦奔波而至，开始了搜罗财富的过程。南方的水总与财富有关。

果然看到了一湾银亮的水塘，水位很低，被一圈垂柳环绕。一只朽蚀的木船斜倚岸边，在追忆江河的余生中慢慢腐烂。石栏上也敷着一层厚厚青苔，渗入石头的纹理，似要为其注入生命的气息。如今，除了青苔，已经没有缆绳、桨声、舟头的触碰与水波的激荡将坚硬的石头唤醒。大概也很久没有人在这里扶栏眺望了，世间哪还有散淡的人——他们都去了现世的"卧龙岗"，很快受聘于挤破头的岗位与营生了，池塘就这样被冷弃在古镇边上。这种诗词中的场景往往带有残山剩水的意味，适合落魄的书生独自消受，并黯然神伤着。不过，曾经，此处可是烟火鼎沸的民间，水畔的官人、商贾、游客、村夫，或款款而行，擦肩而过，或驻足交谈，相约宴饮，或品茶听曲，观景消夜，或吆喝叫卖，挥汗如雨……更或在月圆之夜，有人伏在石栏上，看翻花的鱼儿搅碎水中皎洁的玉盘，暗自盘算着交易的收获，掐算着归乡的时日。也一定会有张生、莺莺般的情侣，在袅袅的琴音中含情凝睇，看阶柳轻扬，听落花无声。有没有竹杖芒鞋、长啸徐行的人物？在皤滩，想必也是有过的，诗人的短打扮更能增添皤滩的风流韵味。明堂与野店，书案与赌局,脂粉与泥土,吟诵与歌哭,宁静与聒噪,早茶与晚酒,生老与病死,都曾被这里的晨昏所容纳,书卷琴瑟与市声烟火从不会发生冲撞、龃龉,而是共同编织着诗礼、农桑、商贸和谐共生的悠久传统,成为天籁和鸣的一部分。

如今,那番景象统统被时光的"大舟"载走了,残存在眼前的这斑斑苍苔的幻视,俨然旧时代的余绪书写的断章,洇成了模糊的一片,欲说不能。我们无法阻挡事物的前行,正如我们无法挽留它们的消失。绵延了无数代的"乡愁"也有自己的运命,譬如当下,它正在"现代化"的占领与覆盖下,渐渐成为人们喜欢念叨与标榜的空洞"大词",在家园之外游荡,或隐藏在老一代人被磨损的记忆里,混沌不清,支离破碎。耕读渔樵的日子散落为展厅里的遗物,但已少有人去凭吊那个无法还阳的漫长时代,那些丧失了使用价值的物件就像死人的档案一样闲置在橱柜里,成为供某类人参观的必要程序,他们很"认真"地看上一眼,便匆忙转身而去。

三

水塘沉寂在明净的天空下。此处大概就是"五溪汇合"处了,五溪者,永安溪、朱姆溪、万竹溪、九都坑溪、黄榆坑溪是也,永安溪是主流,其他四溪同点汇入其中,说"天下独绝"亦不为过。风平浪静的夜晚站在此处,可以同时观看倒映在水中的五个月亮,五个并列的空间强化了天地的妩媚与辽阔,美得让人迷惑,美得更令人沉醉。皤滩的夜观五月之景,不知吸引过多少古人顾盼流连的目光。人们在五溪间款步、徘徊,或坐在岸边的茶肆、酒楼上,侧脸痴痴地望着窗外的流光之夜,无论是春夏秋冬还是月满月缺,那景色定然是他们生命生活中一帧最美的画幅,天空莽盖之下,朝阳晚霞之内,小镇洁净,柔和,似真还虚，顾盼之间，光曜与荫翳交织，如昔日映现，迷离惝恍。即便南来北往的客商，大抵也会在繁忙中抽得空闲，来此宴客、逍遥，重利轻别的他们，在琵琶声中粗语朗笑，推杯换盏，唯求一醉，忘却了独守空房的美人。流浪的诗人、学子则沉湎于镜花水月、柳岸晓风，怀揣了些许隐痛，酝酿着更浓的思乡情愫，在一丝难舍的眷恋中翘望着梦中常现的山长水阔、长亭短亭。他们当然不会料到，五溪枯断之后，汇流的景观荡然无存，门外楼头的繁华竞逐消散，后人再难得见商船连樯、遏云碍日的旧影，文章与诗韵也被时光的风雨销蚀，历史的长河慢慢漂走身后，粼粼波光成为遥远的事物，沉没在追怀的暮色中。"词语破碎处，无物可存在。"（斯蒂芬·格奥尔格）五溪汇流曾经是大自然诗篇中的一个完美修辞，却只剩一湾残塘剩水、一个遗落的断片、一个无声的词语，或许仍在等待另一篇续文的收录、安置。

环水塘半周，在东面长长的走廊上徘徊，又扶着水榭边一根纹理粗糙的木柱向水塘对面回望。抬眼间，忽然看到柳树枝头站着几只洁白的鹭鸶，收拢起丝状饰羽，定睛审视着眼下这片平展如镜的清浅水色，神态茫然。它们好似刚从宋徽宗的画卷里翩然而来，正迷惑于眼前的陌生。一位叫释智圆的古代诗僧写过鹭鸶："印沙踪自浅，傍水意还深。"（《鹭鸶》）他的身体里似乎就住着一只鹭鸶的灵魂，互换着彼此的视角与灵觉，把人间的循环看作了虚假的幻象，一切存在不过是奄忽瞬间，所有的踪迹都会被水波的漾动抹去，而茕茕孑立的远观方能寻得个中真趣。听人讲起五溪的旧事，再看这里的一切，虽不可能把它们当作古老画面的现实再现，却也总有一种时空颠倒的错觉，有隔世般的怅然。只是鹭鸶的凌空高蹈非我所能企及，"傍水"的况味或比智圆的更复杂而已。我们遭遇了美丽事物的大量消亡，甚至遭遇了衍生过度的粗陋不堪，如小泉八云对社会变动期的感慨那样，正因为此，便更有与他相同的期待，如果"古老的事物与新兴的事物"能够"水乳交融，彼此扶持，相互反衬着对方的存在"（《日本魅影》），我们大抵也会如他那样感受到另一番新意，一种比对与包容带来的接纳和欣悦。那该是一种更为庄重的呵护、存留与纪念，与每个人的生存相关（某些传统的式微往往抽走了我们原本俱足的心性），就像判断当下往往取决于对身后与远方的回眸与远眺一般，我们不能一味地向前狂奔，而不去甄别曾经的路途。不过，那样从容且漫长的"自省"机会已是少之又少了，面对单向度的"古老"（实为"衰老"），和单向度的"崭新"（很多"阳亢"），有时反倒觉得自己处境尴尬、彷徨无地，如来回穿越于两个时空。我们所处的"空间"简直太多了，又何止两个，而且行色匆匆。于是，在"多维"的游走中难免心神混乱、眼波迷离、彷徨无地、荷戟无敌。人无法在时间中回溯，只好在空间里寻找与历史相遇的机缘；鸟儿能够飞翔，它们的羽翅或能拍击出时光逆行的涟漪吧——我从不相信这世间唯有人的视野与胸襟最为开阔，世间的万般得意，仅仅属于那些裸着身子还自以为是穿着华服的人。

蓦地想起文益禅师的诗：

见山不是山，见水何曾别。
山河与大地，都是一轮月。

这种胸襟就非同一般，可是凡人却做不到"非同一般"，总有缠绕不去、时常映现的情景让我等苦索一个答案，尽管"那些最长时间地萦绕在记忆中的难忘景象都是转瞬即逝的"（《日本魅影》）。"……如是世间，虚妄分别，串习惛熟如在梦中，诸有所见，皆非实有，未得真觉，不能自知。"（《唯识二十论》）"真觉"是什么？我也不能"自知"，但当我随意翻检书页的时候，那群洁白的鹭鸶又在眼前生动起来——那蟠滩的灵物，一直站立于柳树的梢头，不愿离去，大概是将五溪的残塘连同迷宫一样的古镇都当作了尘世轮回的梦影了吧。凡尘如梦，越是美妙，越提示我不过是一名匆匆过客，这从未参透世间染污、颠倒的肉身究竟何为，反倒在昏然、熏然中一再沉浸，将自己荒废在忙碌且仓皇的余生里，怕是永远都达不到"挽石枕头眠落叶，更无魂梦到人间"（倚松道人《眠石》）的境界了。不过，只有到了人间，才能了却人间。这份稍稍的觉察，使我有了进入蟠滩的另一番理由。那是一个为数不多的、依然怀抱着过去的人间。

四

黄、红、灰、黑的砖无规则地组合成一垛斑点迷离的矮墙，装饰着一溜漆黑翘脚的檐顶，朴拙，简约，些许的致幻。这是古镇真正的入口，与门洞里错落交叠的建筑一色，估计是近期的"作品"，颇为用心。一条砌在卵石之间的狭长石板路穿过拱门，向东面更深处的拱门径直而去，与更深处的蜿蜒相连接。目光被阻隔，蓝天下的古镇显得深不可测。洞门之内，是一个开阔的广场。四周黑色的屋脊、瓦檐耸起，像舞者身躯上舒展的手臂与灵动的手指，定格着笔直、斜纵或弧状的线条，正做凌空欲飞状。

广场内不见一人，空旷地向天空敞开。只有屋墙外高大的桂花树梢越过墙顶、翻上屋檐，大有攀上屋脊之势，恣意的生长把地面鹅卵石花纹间的那层淡绿青苔反衬得更加卑微。石板路闪着湿漉漉的黑光，沾满石头的水色，沿着石缝爬上陈氏祠堂门口的石狮子，在它周身包裹了一层斑驳铜绿。插着两根长长木旗杆的石础也是锈渍棕黄，像残余的镀金。南方的雨水与湿润具备神奇的功能，它们与时间长期合谋，以浸润与腐蚀的方式，播撒五颜六色，打磨古老光泽，展示累世记忆。

陈氏宗祠的门扇上，彩绘的门神们手执利器，或杵或握或举，华服飘逸、神态威严、生动、画工细腻、传神,却并不吓人,它们与朽蚀的花格门板、花窗来自同一个古老年代,院子里所有的物什组合起来,是一种将人紧紧围拢着的"褪色的辉煌",弥漫着来自古代的略带凉意的气息。门窗、梁枋、隔扇、台案,古老木头绽放的纹理散发出若有若无的香味;台阶的条石因为时间的压力布满坑洼,凸起处被鞋底磨得乌亮、光润。一座完整的清代建筑,保留至今实是被某类浩劫"遗忘"的奇迹,像上天有意留给人间与后来者的"遗物",越是陈旧灰暗,越是强化着无以复加的精致恢宏。跨进它唯一一扇开着的门,便进入了过去的时空,如进入了两面对照的镜子形成的悠长"隧道"。一种逃离现实的迷失与惊喜。

这座院落收纳着几朝几代的影像。皤滩陈氏乃仙居历史上的望族,是东汉颍川太守太邱公之后。自陈武帝陈霸先及其兄陈谈先始,更是笼罩了一圈帝王之家的耀眼光环。家族繁衍遍布长江两岸,尤在江南,更为显族大姓,历代人才辈出,仅宋朝就出了文武进士 22 人,其中包括仙居第一位武状元陈正大。宗祠的建制、布局雄伟、高大、深阔,而最为精彩的总是悬停在所有的事物之上,让人忍不住仰面观看。石雕、木雕精致繁复,仿佛包罗了天下能工巧匠的所有技艺,在保存完好的物件上,你甚至能看出转折、顿挫、凹凸、起伏的精湛刀法,看到天地人间的各种传说被具象化为神奇而伟大的想象力。斗拱雕梁、金饰彩染的五开间大殿及两侧的厢房,更显示着门第的高贵与豪奢。12 根石柱撑起的正殿宏阔雄伟,凿刻有 20 余条楹联,有的显示家族渊源,有的标明姓氏源起,有的敬颂祖宗贤德,有的张扬门庭荣耀。只是门窗、梁柱、匾额均被岁月剥蚀;石柱上的彩绘褪色,字迹暗淡无光,唯有上方雀替的每一件雕饰都是艺术精品,人物、鸟兽,美得无以复加。那是堪称艺术大师的工匠将他们毕生功力用漫长的时光一点点凝聚在上面的,仿佛轻轻触碰就能复活,为世人讲述这"修得正果"的前世今生。难以想象，当夜晚到来，屋檐下的无骨针刺花灯亮起，缥缈的光影下，那些镂雕的翼拱，那些栩栩如生的人物、神兽是否会翩然舞蹈起来。

整座祠堂已如一位安详的老人，端肃地坐着，遍身垂暮之色。只有正殿内的祖先塑像衣饰华美，匾额上的金字熠熠生辉，自上而下的先祖牌位排列整饬——只有祖先才是家族的核心，每年的供奉隆重、盛大。这个空间内，陈家累世的荣耀层层叠叠，按着年代的顺序延伸，如河流分出诸多支汊，仿佛繁衍赓续在一处静止了，又在另一处汩汩流动并蔓延开来。

在院子里徘徊良久，竟未见其他来者。路面只有我微弱的脚步声，午后的寂静从潮湿的黑砖上升起，绕过屋宇的遮拦进入蟠滩上空。转身间，看见大殿前的地面上匍匐着一层青草，翠绿、矮小、蓬勃、寂寥，如自古至今的民间群落，簇拥着、陪衬着这神秘的高门阔院。

第二道拱门以里，便是一眼望不见尽头的龙形古街。卵石铺路，狭长蜿蜒，如披着满身鳞甲的游龙，挤压于层叠的老屋之间，缓慢扭动、爬行，见首不见尾。整面街上，到处都是时间的遗迹：斑驳倾斜的墙面，随着墙皮脱落了一半的漆黑大字，支撑着厦檐的木柱，残损的台阶、屋檐，上层外凸的阁楼，黑洞洞的方形小窗，腐朽却结实的黄木门板，失去功用的石板柜台，闲置的石墩，老旧的街灯……岁月在这里陷落，但并没有腐朽。时间像穿堂风一样掠过一扇扇大门，像掠夺者一样翻过一道道黑色的屋脊，把从唐至清每个朝代的光艳携走，却遗落下纷乱、交错且美妙的线条，勾勒着那些遗存之物：楼舍、村居、店铺、码头、客栈、染坊、布店、戏台、妓院、赌场、寺庙、当铺、药店、书院、义塾、祠堂……多少代人从其间穿过，成长，悲欢，消亡，遁入时空深处，再也无力返回，连个影子都不舍得留下。只有街衢不曾衰老，它是时间的同行者，保持着营造初始时的空间，依然故我地迤逦、蔓延。

有没有人在前面吟唱："今古恨，几千般，只应离合是悲欢？"（辛弃疾《鹧鸪天·送人》）与时间并行的小街适合迎接与送别。那么多岁月里，唯有这样的地方能安抚劳顿、抵挡危机。应该住下来等待油菜花和麦子黄熟的季节。住上一辈子。忽地渴望一场细雨弥散天地，走过去，消失在小街的尽头，在失意和惆怅中气定神闲，就像这条街上年年岁岁都不曾少过的最最平凡的日子。

五

名人在某种意义上讲也是时间的同行者，比如胡公。当然，与时间"同行"的胡公如今变作了一尊令后人想象、揣摩的塑像，一尊被神化的泥塑。胡公早走了，只在当地人的集体意识中留下了一抹信仰的残痕。他厮守着皤滩这有限的空间，却也在慢慢淡出人们的记忆。一尊没有温度的泥塑能端坐多久呢？幸运与悲哀，胡公并不在意。（据说他是皤滩的女婿，其夫人陈思兰是皤滩人。一个"女婿"，在"老丈人"家得如此礼遇，古今能有几人。范仲淹写有《祭胡侍郎文》，足见其并不辱没"老丈人"皤滩的名声。）

胡公者谁？走进胡公殿的院落，抬眼看见写有"胡公大帝"金字的黑漆牌匾。匾下一溜暗红的垂帘和几盏暗红的灯笼。使劲搜索记忆里那些民间信仰的人物，却是一片茫然。好在钉在墙上的一块铜牌细说端详：

胡公名则，字子正，公元九六三年出生于浙江永康库川村。公元一零三九年卒于杭州寓所。享年七十七岁，官至三司使（副相），兵部侍郎致仕等职。

胡公生前近五十年为官清正，曾十握州符，六持使节，诸如整治钱荒，改革盐法，义救外商，奏免丁前等等功绩显著，是历代受广大人民爱戴的宋代名臣。

胡公曾来过皤滩，皤滩人民历代对胡公具有敬仰爱戴之心。南宋期间皤滩建造胡公殿，明万历年间经过重修，并且保留至今。

真的难以恭维这段文字介绍（其中一句应为"以兵部侍郎致仕"），直让人感慨文化在当代的失落。再看看胡公殿建筑之讲究、雕刻之精美，相比之下，真是愧对先人。我们丢弃的东西之多、之珍贵，是时间再难弥补的。

在这个封闭的院落里，合抱粗的石柱支撑起一座敞开式大殿，柱头卷杀，柱子顶端及柱子之间的木梁檐口上，"牛腿"撑拱的翁叟雕刻与花卉图案细腻传神，仍在讲述胡公在人间与天堂的行迹和荣耀。胡公塑像两边的人物与天神塑像也姿态各异，宛然如生，惟妙惟肖。他们背后的祥云、飞龙、舞狮，凝固在屏风上、墙面上，却好似要努力挣脱时空的束缚，以"复活"的背景，衬托胡公始终端肃、威严的表情。只可惜，胡公的襟前、腿上已经蒙了一层厚厚的灰尘。

院中的香炉里没有香火熏腾。北侧居中是一座单藻井戏台，被四周的建筑围拢着。上圆下方的石柱（寓意"天圆地方"）擎起的戏台飞檐高翘，那是伏卧在瓦脊上的狮子的吐纳之物。最高处还能看到两条摆动的鱼尾和一文一武站立在屋脊上翘望的小人儿。台前两根矮石柱雕饰"莲台"图案（寓意"好戏连台"），甜美的期许中隐含着喧腾的世俗美学。戏台两边用柱子撑起的二层排楼是看戏的包厢，当地人称为"子马楼"（也是戏班晚间的住处），发黑开裂的木板，经年紧闭的窗户，说明大戏已经结束，楼上楼下的人们散去久时。唯有探出的屋檐下，一溜针刺无骨花灯依然火红着，仿佛是一个个崭新的节点，连接起脱节、断裂的时间。那些曾经聚集交织的浓艳——戏装、锣鼓、琴弦、铙钹、粉黛、眉眼、扮相、香烟、红烛、脸谱、傩戏、火铳、神伞，都已风化消散。

朋友们登上戏台，展着双臂在木地板上翩翩起舞，身姿婀娜，面对面翘起兰花指。美丽的姿影闪转于幽暗的背景。在石柱垂挂的红色灯笼间，我仿佛看到了时间深处的一幕。她们让这片沉睡的天地鲜活起来，在将醒的梦的褶皱边缘掀起一角现世的光亮。这模拟的场景类似于闪回的影像，再现着曾经历过的生活片段；或是以一次回味，唤醒着某种失去的经验——那经验沉睡在我们每个人心中。古镇垂老、荒寂。念想喧嚣、纷纭的烟火气，身置人声杳渺、空彻的院落中，戏台上的舞姿竟如默片般岑然，伶俜孤影，游走于时空浩大的静默。"但目送，芳尘去。这是一个失去的世界，一种失去的现时性……我们能够拥有的生活世界是那么少，我们失去的世界或不曾拥有的世界是那么多。生活提供的不是获得的经验，而是失去的经验。"（耿占春《沙上的卜辞·回忆中的诗》）在古镇的包围中，我感觉始终脱离于古镇之外。我的视觉里，只有阶梯状的码头墙、漆黑连片的屋瓦、斑驳陈旧的古院落、缄默无语的木石雕、凌空高起的挑角飞檐、晦暗失色的雕梁画栋、错落交织的斗拱枋檩、青苔滑腻的石阶砖面，还有，高远的凝冻般毫无表情的天空。不曾经验古镇的历史，不曾见过为了发财和生存蜂拥而至的商贾、书生、平民、村夫，更不曾见过水旱、地震、匪患之灾对这里的劫掠与破坏，我只看到了一片"文明的废墟"，昔日的风流蕴藉尘散殆尽，蟠滩只落下空空的躯壳，仿佛一片遗留在时间水面上的残败倒影，鲜亮的容颜损毁不堪。面对这一切，我竟也有一种"家园的丧失感"，如阅读一首古词，"月桥花院，琐窗朱户"的光景休止于前世。

有文章记载蟠滩曾经的民间烟火：

农历八月十三是胡公生日，从初十到二十日是庙会时间。届时小商小贩云集蟠滩，方圆几十里、上百里的百姓赶来上香祭拜。还有众多赌徒也来"赶集"，据说多时赌台达四五十桌，昼夜不歇。最热闹的当属胡公殿内古戏台上演的戏。

每年八月初十开始演戏，规定要演10天10夜。演出的费用：一是庙产出资，二是居民摊派，三是商铺赞助，四是临时赌场赞助。旧时戏金每场（下午、晚上）约1担-3担米。

届时，各地戏班会争先恐后事先来联系，经首事们商量后订下戏班，戏班要"押"下龙袍，以防届时戏班不能来演。开演前，有人身背"龙袍"，敲锣打鼓沿街喊，通知看戏。

…………

庙会期间，演戏的习俗是：

八月初十晚开演，第一天演出"庆寿""踏八仙"等彩戏；

八月十三日是胡公生日，晌午戏班到胡公殿前演"踏八仙"，并祭祀胡公……

（郑土有《上海道教》2002年第4期）

在铿锵锣鼓和袅袅唱腔中，人们往来穿梭，步履杂沓，大呼小叫，以物易物，布置生活的华彩乐章。然后，一切静止。三间正殿、两侧厢房、四面合围的院子也永远关起了陪伴胡公的空寂，直到时间的尽头。

六

石板路不知被多少双脚"盘"出了黑厚且油亮的包浆，阳光照在上面，如一道深入古镇的线索，曲折、隐晦、含蓄。几无行人款步在前，更无车马辚辚于后。深深辙痕几乎已被时间抚平。

沿着古街行走，只偶尔看到几个摆摊的老人，售卖高山石莲豆腐、桃浆、梅干菜、笋干、茄子干、土豆干、马兰头干、野生猕猴桃，并不叫喊揽客；几位坐在街边石阶上聊天的老太太更心无旁骛，自顾软语声声——她们还在慢慢回忆、讲述着早年的故事；一间临街破屋里做手工蜡烛的老年妇女，并不喜欢我们的问询，不停地忙碌着手中的活计，她在与时间竞走，靠孤寡的勤劳养活着自己。沿街的万永电料行、古街食品店、古街土特产店、百货汇通、首饰局、当铺、石坊、茶馆、药店，大都门板紧闭，有的是旧址，有的是实在的店面。大概是游客稀少的缘故，店主关上门转身而去，把等待的无趣扔得满街都是。只有"仙居邮电局皤滩营业处"给我一种鲜活之感，门洞大开，一圈二层木楼围拢的天井中央花木扶疏、一片鲜亮，桂花香气拂动，美人蕉红艳如火。尽管木楼下堆满凌乱的纸箱，房屋破损或有闲弃不用者，但有一辆崭新的孩童自行车放在一侧屋檐下，颇令我心动——那位一直在门洞里忙碌的老大爷尚有含饴弄孙之乐，古镇仍有自己的后人。这令我想起在江苏淮安的河下古镇，低矮的窗户里透出收音机和炒菜的声音。身边的人对我说："这个古镇仍有实实在在的居民，它还活着。"话语间洋溢着一种为选择正确而欣喜得意的表情。那表情在阔别多年后显得越发清晰动人，恰似某个瞬间的深刻记忆。

　　大门厅的地面上摆着一堆从河滩里捡来的石头，一个鸟笼里面住着一只黑色鹩哥，用一只眼睛看我，然后扭头再用另一只眼睛看我，像福克纳笔下的那只鸟。门洞两边的木架上摆满各式盆景、奇石、土产，还有老人自泡的杨梅酒、马蜂酒。他指着那几大桶酒，热情地邀请我品尝一下。我想，那一定是有些"功用"的液体，喝下去会燥热得无处消散，于是，我婉言谢绝了。

　　我认真阅读墙面木龛里贴着的绿纸白字的内容《仙居邮电历史沿革》："仙居邮驿通信，自南宋绍兴二十六年（1156）始……建括苍驿，在县治西三百步，后废。嘉泰二年（1202）重建，改名安洲驿……"

又扭头回看对面两块木匾上的"和家福顺""家和万事兴",感觉还是老人一直挂在脸上的微笑最亲切,那是对这座古镇生活始终心满意足的表情,是岁月沉淀的宽和与随意。他一定在这里生活了大半辈子,尽管他的子女已经飞远,但偶尔还会飞回来——第三代毕竟还在这里。还有那只始终不曾问声"您好"的鹩哥,那是老人不离不弃的伴儿,它不会飞走,也一定会在这里生活一辈子,每天看着老人忙碌,寂寞了大概就会跟老人聊上几句。

进来一位穿着拖鞋的小姑娘,她并不吱声,在我看她时她就将眼睛挪开。但我知道她的好奇:皤滩来了游客,她想听听我们在说什么。游了半座古镇,第一次看到孩子童稚、单纯的眼神。

因为下过雨,街上残留着一片片水洼,倒映出天空未散的云朵。远远望去,只有两只母鸡低头觅食,一只孤独的花狗百无聊赖地在屋宇之间走来走去。古镇太安静了,连横穿的小路都布满青苔,绿茵茵地伸向尽头的树林——那里,平日根本无人涉足,树不知道寂寞,也没有痛楚。

七

我们走到花灯展厅时,女孩也跟了过来。陌生的面孔大概是古镇一景,我想起小时候跟父亲回乡村,被村里的孩子跟随一路的情景。好奇之外,这没有玩伴的女孩更是孤单的。我问她是这里人吗,为何没上学?她居然用标准的普通话回答我:是的,放假了啊。想起此前在王守仁故居和桥头镇与当地中年人交流的困难——他们能听懂我,而我听不懂他们,莫非是刻意固守着家乡口音?我觉得,这个问题在下一代不会存在了,也许连方言土语都会慢慢消失,像这座古镇经历的一样,无非是一个过程;像人生,无非是刚刚发生在昨天的事情就已经"翻篇"

"作古"。

但有些事物我们仍在努力保留它们的"生命",尽管很难说这生命在未来是否还能够持续,或只剩下些许想象、虚拟和凭吊的价值,比如无骨针刺花灯。这起源于开元年间的没有骨架的精致灯具,完全由纸片粘贴而成,周身用绣花针刺出各种美丽图案。关于它的创造,有一个异常美丽的传说:一位夜行深山迷了路途的秀才被一仙女搭救,仙女赠给他这样一盏玲珑剔透、轻巧能飞的神物,帮助其凌空飞越山谷,安全归家。神奇的花灯后被秀才复制、传播(期盼着奇迹再现于自己的手中)。他应是蟠滩人吧。可以想象得出大雪封山的深夜,一点红光游动其间,为风雪夜归人照亮归路的古典意境。这个意境与一片黑瓦覆盖的蟠滩古镇遥相呼应,摹画着一种千古岑寂之美。此后,街巷及每一座宅院的屋檐下都亮起了这幽暗、火红的灯笼,古镇的夜晚蒙上了一层迷离、安谧的光晕,吸引着大地上的游子奔赴的脚步。而今,这古老叙事里的精灵,已定格为一座历史迷宫里遗留的鲜亮词汇。一个纯洁的故事,超乎我惯性的想象。没有爱情点燃的花灯,照亮的是整个民间。

这种需经 13 道工序制作、有 8 大类 29 个品种的"千年唐灯",也经历过一番失传的磨难。秀才的后人把祖宗的珍爱与技术丢了,因为他们心中再没有需要感恩的仙女。今天的花灯只是一个当地的"非遗"项目,价格不菲,可订购邮寄。即便如此,不到蟠滩,也没几个人知晓它的存在。现在,"非遗"大都隐藏于文化边缘的褶皱里,失去了时空的依傍,再难复活曾经的丰腴"血肉",残存的枯槁皮囊也再难充盈起曾有的精气神。

尽管展厅门可罗雀,但进来仍感到一种热烈的"喧嚣",棚顶和玻璃橱柜里,各色的灯盏大亮,五颜六色,层层叠叠,璀璨夺目。灯笼里装着灯管、灯泡、LED,珍宝样的灯体、垂珠、灯穗流光溢彩,仿佛恍然游走于深海的水晶宫里。展眼所见,都是装饰繁复、制作精巧的艺术品，完全不是房檐下挂着的极为简素的那种，连胡公怕都难以消受。这是一种绚烂的集合，一种至美的浓缩，一种奋力的绽放。我却在这种浓烈得化不开的至美之中感到深深的落寞，这落寞来自时间深处，甚至漫向遥远的未来。

朋友打听花灯的价格、快递的方式。我觉得太奢侈，这般神物似乎只能抱在怀里。即使愿意抱在怀里，又如何措手去做其他？一个古典的符号，哪怕极尽奢华，又如何融入现代家庭的装饰"修辞"呢？无骨针刺花灯不过是一种文化记忆，与很多类似的东西一样已经死亡或奄奄一息，更几乎从未进入过我们漫长的生活与个人经验，它只能赢得我们短暂的惊奇与赞叹，仅此而已。

八

花灯展厅与何氏里学士府之间是一个小广场。远远望去，这座府邸好似被一堵高耸的马头墙完全遮住，只留下一个过度谦逊的小门容游客进出。门内的回廊里亮着数盏红灯笼，也不能将这片深藏的宅院与内室通体照亮。蟠滩首屈一指的大户人家好像一直生活在历史的幽暗里。

窄门之内更有洞天。我们在天井套天井、回廊接回廊的空间里游弋，仿佛追随着这座前堂后寝的建筑，从南宋一直走到明清，只在举头间望得见明媚的现世天空。据说，这片深宅大院由过去的捷报厅、读书房、书库、闺房、厢房、乡射场、鸦片馆、后花园组成，回廊宛转相衔，天井层递错落，铺排着达官贵人、文人雅士的审美情趣和优渥生活。这样的院子，在大雨倾盆的时刻更有一种惊心动魄的美，雨帘、雨幕从四闭合围的屋檐上疾速地垂落下来，恰好倾泻到石台外的砖面上。在覆盖屋宇的哗然轰然之中，一层层蹦跳的雨珠纷乱成团团缠绕的水线，在天井里垂落、激荡、奔越。穿过厦子和游廊的人衣衫并未被打湿一寸，脚步声却被天地间的热烈雨声吞没。院子里的水缸很快被大雨注满，里面种养的莲叶漂浮在缸沿边簌簌打战。不知过去多久，雨幕开始疲软，继而雨线开始松懈，最后，只剩几颗散漫的雨珠有意无意地滴落下来。雨歇了。蜻蜓开始栖落在莲叶和花瓣上，金鱼在水面上喀喋出细微的波纹。有人从屋子里走出来，握着一本线装书，抬眼凝望黑亮屋脊上画出的长方形天空，由灰变白的云朵正慢慢移出那个大小永远不变的"相框"。这番情形，多年前我曾在婺源李坑村的某些大院里看到过。你还记得吗？

后花园开门便是波光惝恍的水埠。紧依永安溪的丽水埠。读书堂、千年古井、小姐的闺房（房檐下的十二条鱼雕仿佛是溪水中跃上去祝福"年年有余"的使者）经年被潋滟的波光浸润，琅琅的读书声，妆台的摩挲声，井沿的磕碰声与水波击岸的噼啪声交汇在一处，宁静与美也交汇在一处，它们定格了蟠滩昔年的一个个"高光"时刻。也可以遥想当年，某些夜晚，主客谈兴已尽，烛光渐熄，便在搅水的桨声和昏暗的灯影下道别，主人目送访客迈着微醺的碎步颤颤地离去。那情形，犹如宋词和明小品的意境，明媚，清丽，恣意，恍惚，短暂，还有些许的惆怅。

何氏家族曾经人才辈出，尽管有些进士及第的榜文已经漫漶不清，我们驻足的房间一定传出过琅琅的读书声和高中举人、进士的贺喜声，世上有几家门第专设一间"捷报厅"，用以盛满家族的自信和傲世的喜庆？然而此刻却一片悄然、寂静。很多房间已被改作展厅，墙上贴满"仙乡史话——仙居历史文化概览"之类的文字与图片，好像整个仙居的人文、历史、文化、名流、景观都统统集中到了此处。此间，游人陡然多起来，沉默着，仰头细读那些射灯下的文字和图片，像是在仰慕和凭吊着一段漫长而辉煌的史册。而堂屋里的祖先画像、古木家具、高悬的"祥衍寿慈""声飞市槐"匾额，却少有人瞩目端详，显得落寞、孤单——但倘若没有了它们,大院的建筑也许就失去了魂魄、抽离了精神。其实,先人的目光和起居之侧,仍有时间的话语汩汩滔滔,不过,那需要一次内心深处的静息聆听。

朱熹当年在浙东做官时曾来蟠滩巡视,不知是否造访过何氏里学士府。他与王十朋讲学论道的温和与端肃,以及送子求学的殷殷之情,也许是深入蟠滩的另一条线索。他的《送子入板桥桐江书院勉学诗》中有句:"汝若问儒风,云窗雪案深功夫。汝若问农事,晓烟春雨劳耕锄。阿爹望汝耀门闾,勉旃勉旃勤读书",对蟠滩诗礼传统的熏染与教化之功给予了充分的信任和期望。桐江书院在蟠滩古镇东一公里处,东临鉴湖,南面丘山,北望永安溪,不仅风景绝佳,更是独立于蟠滩之外的一个安谧的精神空间。也许是在人间嘈杂的烟火之侧,看到了桐江书院的净洁、整饬和温煦,朱熹迈入桐江书院的第一步,便与同道幽邃且坦诚的目光相遇,他相信同道们背后堆叠如山的书卷以及传承于孔夫子"文、行、忠、信"的教学内容与教育方式,将引领学子们走上自己认定的路途,那路途同样从何氏府的大门里伸展出来,指向更深广的天地。

九

过状元楼,进赌艺坊,看春花院。庄重恢宏、低矮晦暗、粉彩妖媚的格调与氛围过渡得如此自然。在另一个时空里,高雅清气与世俗烟火和光同尘,混杂交糅。天下文章并不排斥声色犬马,灵虚高蹈也不抵触民间市声。

赌艺坊的布置充满着江湖气,赌案、赌具齐备,墙上贴一面漆黑的木板,上书一大大的金字——"赌",两边挂有一副对联:"三尺桌面天地小,四方域内玄机深",屋子边角还设有木栅栏围起的"筹码兑换处"。混沌,幽暗,污浊,酒色财气汇聚着雄野和放浪。

春花院的木楼虽然破败，仍悬垂着撩眼的花灯和大红的绸缎，仿佛窗户被纤细的玉指稍稍一开，伴着几声浪叫，便有文人秀士们步着醉意，摇着纸扇入得院来……屋墙上挂着尖头木牌，姑娘的艺名令人浮想联翩：金花、银花、月娥、相宜、玉兰、秋菊……一间包房里还挂着苏小小、李师师、梁红玉、柳如是等历代名妓的画像（我疑心这都是今人的布置，因为院子整体破败、缭乱，尚未进行精心设计、打造）。那时节，欢畅的歌舞和诗词唱曲在楼下的天井里彻夜不断，笙箫琴瑟酥软着人的魂窍。有人踏着鹅卵石拼成的一颗心和九枚铜钱组合的图案，左摇右晃，在调笑和嬉闹中不断念叨："脚踩九连环，方得美人心"，仿佛立即赢得了美人的允准，可以度过一个缠绵悱恻的美妙春宵了。一掷千金与青楼薄幸之后，往事烟尘，尽散于江湖夜雨。

在街上转悠的时候，碰到一位穿条杠背心和短裤的老人，他举着自己的手机让一位朋友帮他修改自己的诗作。朋友有点张皇，却不好意思拒绝，只"嗯嗯啊啊"地应付着。老者将眼镜推到头顶，低着头认真地倾听。没想到，这样寂寥的古镇上居然还有喜欢写诗的人，而且是一位老者。他恐怕真的将我们视作"文化人"了。想想也不奇怪，此处自古就有流淌的文脉，今天的文人雅客也多有来此"凭吊"或"采风"者，他也定然遇到过许多。朋友随后指指我，说："你才适合做改诗这件事。"我赶紧推让，道："还是你改吧。不是说咱们这次是'文化之旅'吗？都是有文化的人哦。"开玩笑归开玩笑，我边说边抛开她，迫不及待地越过几扇马头墙，走入了另一个小广场。不料被一片巨大的芭蕉叶遮挡的，已是古镇外充满现代气息的街道，两溜崭新、整齐的白色小楼与凋敝破败的古建筑毗邻，一道明显的"分界"刺着眼目，让我颇感意外。摆卖水果和杂物的店门口，有几位中年男女正支着方桌打牌，有人抬眼看我，问："需要买什么？"恍然想起，来的时候，我们的车子曾打此处经过。半天在古镇的沉浸，让我在瞬间的场景转换中产生了短暂的不适感。于是，立马回头，再次钻入那一片"文明的废墟"中。

十

回到镇西的埠头，跨过一座木桥，进入田野。在稻田中间的小道上，迎面再次碰到了那位举着手机的老者。他又走到我的朋友面前，还是额头架着眼镜，高擎着手机（花眼年纪的典型动作），十分虔诚地请教。看来，不大一会儿的工夫，诗已改好。他认定的"文化人"一定就是那一个，而不是我。一位可爱的老者，用诗歌渴望着与外界的交流。那一刻，皤滩在我眼里仿佛化为了这样一个具体的人，一个慈祥、孤独的老人，他努力向皤滩和稻田之外的天地表达着自己的真诚和希冀，试图在来者的目光与话语中实现对自我的部分确认。

这是一个颇有意味的"结尾"。

皤滩还远远没有进入生命的"尾声"。

只是，我不知道，失去了五溪与五埠（武义埠、东阳埠、缙云埠、永康埠和公埠）的叙事，失去了通往浙西苍岭古道的"起步"功能，面对现代化的交通便利和自身必然的衰落、萧条，皤滩未来的前景又在哪里？

我寻不到答案。在离开的那一瞬间，皤滩已经变作了我飘然而逝的一个梦境、一次过往。

西子故里记

悠长的浣江（浣纱溪）贯穿暨阳大地，宽展、蜿蜒、灵秀、浩荡，像一条出乎娟美女子手中的莹亮丝绦，在浙中名邑诸暨的身侧缠绵拢过，粼粼水光在无限繁衍的褶皱中闪烁，仿佛仍纳藏着远古并未逝去的汩汩回声和依依柔情。

自勾践破吴（前473）之后2490年，我来到诸暨，站在了静默奔涌的浣江边。当年的舳舻战舰、车马桨棹、钩矛斧箭、撞击厮杀，已经沉没水下，或远遁消隐，被流逝的光阴分解、融化。周边，从焕然一新的光芒中涌现出的静谧，竟给我一种隔世的恍惚之感，却又嗅不到、觅不见一丝湮没的旧物轮回转世的气息与痕迹。今夕何夕，时间不能掠走空间，但可以剥离它附着其上的记忆，甚至将其悉数带走——以漫长且难以察觉的方式。这样的过程，也同样让我们看到了人生在世间漂浮的短暂刻度。仰望着江对岸青葱的苎萝山，听着山与江之间那条公路上车辆疾驰的噪响，已无法想象相隔数世之久的那场惨烈争霸。这越国古都、西施故里，而今只陷落在一片正午灿烂的阳光里，被起伏无边的浓绿覆盖，在我周围用一只巨大而温热的手掌托拢着我，仿佛抽丝般，一根根解除着绑缚身心的劳顿与倦怠。只有与世俗生活毗邻的宁谧所在，才会让我体会到如此的散淡、舒适和惬意。

在一片澄澈明媚的光影里，我看见，王羲之书丹的"浣纱石"就矗在长长的木桥南面。站在桥上，我一次次隔栏相望，又一次次跨桥而过，步下靠路的石阶，走近那块石壁上的题刻和那块同样题着"浣纱"二字的邻水之石。南北朝孔灵符《会稽记》载："诸暨县苎萝山，西施、郑旦所居，所在有方石，是西施晒纱处。"又说："诸暨苎萝山，有西浣纱石。"《太平寰宇记》亦言："苎萝山，山下有石迹，本是西施浣纱之所，浣纱石犹在。"莫非便是此处？汤汤流水或犹记于心，而勒刻于石壁、石头之字当是后人所为，不知是否也历经千载，有之则聊胜于无，引人遐想，予人慰藉，也不过徒增一景观耳。紧靠着它们，将目光逡巡、放远，我看到有人在石边的平台上垂钓，巨树如伞，浓荫探入水面；我看到不远的路桥跨江而过，离桥不远的岸边，游艇初歇，随波漾动起伏；我看到头顶的蓝天明澈辽远，如练的白云悠然舒展……

此间也曾是勾践的"领地"。在他看来，西施不过是他为吴王夫差特供的、带有复仇使命的人肉"匕首"，是从王的子民中精挑细选出来的美丽"牺牲"。"事成"之后，我不知道他是否会因此感念这方水土的孕育之功，但他一定不会料到，在他身后会出现那么多歌咏、诗章、赞美、纪念的却不是他这个"王"，而是被他篡改了命运的西施姑娘，而诸暨的江河大地，是那些歌咏、诗章的源头——西施越过千年，依然浣纱于此；而他早已腐烂，不知魂归何处。也许，他会骄傲于他的"源头"、他的先人："越王勾践，其先禹之苗裔，而夏后帝少康之庶子也。封于会稽，以奉守禹之祀。文身断发，披草莱而邑焉。后二十余世，至于允常（即勾践之父）。"（《史记·越王勾践世家》）也许，他更会骄傲于他的工具与手段（包括西施在内的"色情间谍"，包括他自己品尝夫差粪便"苦""甘"滋味的史载独一份的"卓越才能")。不管他的血统多么古远、神秘、高贵,甚至与神话传说一脉贯通,也不管他卧薪尝胆的决绝赋予他的坚韧多么励志,他给我的印象永远都像一团阴鸷、漆黑、足以致人死命的毒雾,并以"榜样的力量"弥漫在后世所有的帝王宫殿里,阴魂不散。他的心从未被波光潋滟的江水照亮过,他的眼睛也从未凝视过铺展在面前的辽阔而旖旎的风景,并为之怦然心动。我知道,他有他的苦与难、欲与恨、野心与不甘,以及对生与死的痛苦抉择,但那与我又有何干、与越国百姓的命又有何干?我想的只是一个毫无价值的问题:如果没有吴越之战,西施最可能的命运是什么——作为一位浣纱村姑终老江边,抑或被勾践的幽深宫殿永远吞没?那么,她的美艳与芳名还能流传后世吗?

历史不能假设,假设对应的往往是个人内心的某种企望,对人与事乃至国与运不可逆转的扼腕痛惜,对难以实现、无法"翻盘"的神秘命运的不认同、不接纳,对历史高深莫测的把戏与逻辑的深层不解、敬畏与恐惧,自然是徒劳的、毫无意义的。尤其对被历史迷雾重重包裹的人物,我们在探究其真实面目与遭际的同时,出于个人情感的原因,内心很可能会衍生出某类联想与想象,那种并不存在的"可能性",或许还会产生出一点诗意甚至一点快意,安抚一下我们灵魂的某种疼痛,比如"东风不与周郎便,铜雀春深锁二乔",大抵也属于此类"假设",没有人说"不可以"。对于这首诗,你可以说,站在曹操的立场,是一种"遗恨";而站在周瑜的立场,则是一种"侥幸"。可你就是无法站在"历史"的立场说个清楚明白,甚至也无法猜测"诗人"的立场到底在谁一边,但你完全可以站在"生命"的立场、站在"人道"的立场看待一切。当然,你认同的立场,未必也是别人认同的,世界的复杂,源出于此。

所以,我来诸暨,非为勾践,只为西施。尽管浣江边仅剩了一块被千载流水拍打濡润的岩石，尽管江中的水波试图不断再现西施衣衫上的灵动褶皱，我也似乎能跨越时空，嗅到西施款款走过留在微风中的气息，如这九月的软暖和江水的沁凉。

"落花三月葬西施，寂寞城隅范蠡祠。水底尽传螺五色，湖边空挂网千丝。"（朱彝尊《鸳鸯湖棹歌之四十八》）据说，西施随范蠡归隐五湖后，每早对镜梳妆罢，便将溶了脂粉的水倾入湖中，湖水于是"螺呈五色"，美艳缤纷。宋代诗人张尧同的《嘉禾百咏·范蠡湖》一诗首句即点出"少伯曾居此，螺纹吐彩丝"，说的却是嘉兴的范蠡湖。南方水盛，脉络相通，扁舟孤帆，隐遁江湖，在在处处，尽可留痕，又何必考据西施的行迹到底是在这儿还是在那儿呢。诗人的想象、遗憾与惋惜最后总难免落入兴亡之叹或感伤郁结的俗套，让人感觉沉重、沉痛或哀伤。倒是张尧同诗的后一句"一夜秋镜好，犹可照西施"读之颇欣悦、舒爽（自然，苏轼的"若把西湖比西子，淡妆浓抹总相宜"也是），仿佛西施宛在，且契合我当下的心境。站在横跨浣江的步桥中间，看江流缓缓奔涌，我竟也禁不住移情与投射，希望这水中能绽放出一朵朵五色之花，自上游飘来，向下游飘去。

一

西施，是中国女性史乃至中国历史上一个最美丽又最悲凉的文化符号。不，她曾经是一个活生生的人。她偶然或者必然闯入了2500多年前的那场持续数十年的吴越之争，以 20 余年脆弱之躯的短暂绽放，衬托了一场战争的残酷和卑劣，也造就了一个几乎永恒不朽的传说。没有人认为她决定了一场战争的胜负，她没有那么大的力量。她，只是一个能歌善舞、回眸颦笑、抚胸蹙眉的弱女子；她，只是一条历史长河中随波逐流、倏然消失的美人鱼。战争的风浪太大、太凶险、太血腥、太残酷,她如何有那般主宰自己命运、向长天发动搏击、并以一己之身而决两国胜负的能力;她哪里有"一双笑靥才回面,十万精兵尽倒戈"(鱼玄机《浣纱庙》)的"神仙"手段?然而,时光的尘埃并没有将她掩埋,时至今日,人们依然愿意想象她、传说她、赞美她、塑造她,尽管那可能根本就不是她的真实。或许,她只想守着自己钟爱的男人,在宫中,或在大地上安放一颗奔波、流浪的心,安放一个偶然出现在人群中又被时间之流无情挟裹而去的生命。所有身世与遭际,最终不过是梦幻泡影、水月镜花,不过是供后人不断揣摩和书写的诗与文字,那些青史留名、野史流芳、锦衣玉食、日夜笙歌、帝王宠爱、富甲天下的"叙事"终究没有任何意义。甚至包括历史。齐泽克说:词语暗示了事物的缺席;维特根斯坦说:思考总是围绕着灰烬。他们道出了事物存在的本质。人与历史也是如此,在缺席与灰烬面前,词语和精神都没有意义。就像在我阅读所有关于西施的文字和文本时,并不自责于想象力的匮缺,而是奇怪于诗人或文人们为何总喜欢将热情一并倾注于早就融化在时间深处的虚无之物?难道他们的精神本就是那虚无的一部分?而我总想找到与虚无或有勾连的现世空间,好让"山河粉碎,大地平沉"的最终归宿,有一个此生哪怕瞬间即逝的着落点,把有些事情想得更明白透彻一些,不是要与古人"纠缠",更不是"借古讽今"那么功利、狭隘。

有人说,西施并不存在,这位姓施名夷光的卖柴、浣纱人家的女儿,虽是鱼见其美而羞沉水底的古今第一美人,却只是一个美丽传说、一位虚构的人物而已。正史如《史记·越世家》《国语·越语》等,并没有她的记载,据此可以认定灭吴国的是"离间计"而非"美人计",真正的"执行者"是伯嚭而非西施。她的传奇故事出现在距春秋时代较远的《越绝书》《吴越春秋》《庄子》等著作里,并在其后的民间传说与戏曲中,被演绎得越来越清晰、越来越生动鲜活,就像真事儿一样。于是,一个绚丽多姿、光彩照人的形象"出现"在春秋时期的历史舞台上,如穿越时空的塑形与投放,漂流于时间的长河中,在古老的书册里上溯或下行,并一次次进入后世文人的"期待视野"。事实上,西施曾是古代美人的通称,早于勾践时代200余年的《管子·小称》就有言:"毛嫱、西施,天下之美人也"。"天下美人"也许并非就指"那一个",但一定是艳冠群芳、倾国倾城。《说苑》也说:"古者有毛嫱、西施。"这些文献中的"西施",当然不是越国献给吴国的那位"西施"。为避免混淆,学者朱大可只好用"西施一号"和"西施二号"分别命名她们,"一号"和"二号"西施相隔了200多年。

而我们认定的越国西施确有其人,今天的苏州城西仍有馆娃宫、玩月池、响屐廊、西施洞等西施遗迹,诸暨苎萝村亦有西子祠。哪怕其中有附会与想象,也必定有所依托。"余暨,西施之所出。"在《后汉书·郡国志》"余暨"条中有这样的话,以"西施"之名而突出"余暨"之地,足见这位美人的重要性非同一般。于我,则宁愿相信李白、王维、皮日休们的歌吟,在他们眼里,余暨(诸暨)美女西施岂能只是个传说,他们恨不得西施立马能从自己的诗句中跳脱出来,眉黛含春,舞姿翩然。"西施越溪女,明艳光云海。未入吴王宫殿时,浣纱古石今犹在。桃李新开映古查,菖蒲犹短出平沙。昔时红粉照流水,今日青苔覆落花……"(李白《送祝八之江东,赋得浣纱石》)

于是,为寻觅西施,我来到诸暨;到诸暨,我只为西施而来。之所以再重复一遍这个念想,是因为,西施更是诸暨最耀眼的文化符号,这里依然遗留着她为后世所珍重的"生命背景",典籍与诗册的光芒持续将它照亮。她的传说就像这片土地上的植物,旖旎,葳蕤,交织着时光的幻影,布散着绵长的呼吸。美的传说,不管是纪实还是虚构,都会在人回味的边缘溢出一声深深的叹息。"美的事物总含有某种无端的寂灭,这种悲剧意味使它显得更加动人。"(祝勇《婺源笔记》)但在这里,你似乎可以看到，那"寂灭"之光仍可能在时空的某个角落闪烁。与很多人一样，我来这里，是想在一条江水的折光里，在悠闲的漫步中，找寻诸暨那不凡的动人之处，它们更多是西施姑娘留下的。

别梦依稀咒逝川，两千五百余年前。西子遗梦今何处？依稀浣纱到水边。

浣江的大水还在，在我眼前浩荡奔流。

二

西施故里容纳了诸多西施元素：苎萝山、浣纱溪、浣纱石、越秀亭、古越台、古越街、范蠡祠、西施殿、郑旦亭、苎萝亭、起埠庙、浴美施闸、中国历代名媛馆……西施仿佛有灵，穿越2000余年，依然徘徊、游荡在这片秀美的园林之中。微风轻拂如同她徜徉而过的呼吸，江水奔涌如其滑润的肌肤闪烁，桂花芬芳如其散逸的体香游动，荷叶婷婷如其拖曳的裙裾款款，石面上的斑斑苔藓如其岁月韶华的留痕青碧，楼台亭阁、跨水月桥、层层玉阶则错落、起伏着她弹唱的音节、轻扬的眼波和窸窣的足音……这番想象，类似在追随一次远古朝代的附体经验，或者一个超越现实的惝恍梦境。久远的事物因为并非出自记忆，才提供了可以无限想象的空间，但它们与我的感官却难以建立更为深阔的联系。我倒希望，置身此处，能找得见一个如西施一般的故人，她等待着我，好让我清晰地看到她如何回转身去，沿着时间之流上溯，最终与邈远的西子融为一体。

在郑旦亭前和西施殿内，我发觉这般想象或许来自冥冥之中的某种暗示，曾经独立一体的，或能一分为二，只是不能被时空分割，才具备令人信服的"可靠性"。遗憾的是，她们二人都无法从属于自己的那尊塑像中走出来，还原真实的肉身。据说这两位曾经卖柴为生的姊妹，被勾践派出的"寻美"使者一并带入吴宫,她们相依为命,彼此是活着的唯一理由(虽然北宋韩膺胄在《三溪忭》一文中说:"相国范少伯访西施之家,得采薪者之女,姓郑名旦字夷光者,入选吴宫……"认为西施、郑旦实为一人,父姓郑,母姓施,其父乃施家赘婿,而后人把《越绝书》《吴越春秋》两书中的"西施郑旦"判为二人,实属错误。但我希望西施有一位同患难共命运的伴儿,一个亲如手足、让彼此不再孤单的姊妹。苎萝山上的郑旦亭虽为小亭,与西施殿建筑群无法比拟,但它的存在给我一种说不出的安慰之感)。然而她们却无法拥有同一的归宿,命运的遭际在她们之间划出了一条鸿沟,甚至连最后的"执手相看泪眼"都绝无可能,就那样隔着一片空间的黑暗生死诀别,不知彼此魂归何处。

宫殿之中没有倾诉,只有血泪。凄清冷寂的月色将姣好的面容照得惨白,更为惨白的,是所有的啜泣都被宫殿的阴森吸纳,肉体被抽空,徒留一袭华美的罗縠宫装——她们的体温也早在苎麻衣衫被褫夺的一刻耗散殆尽。而且,每每在夜色中仰望宫墙外的天空,每一个上弦月、下弦月都变作了闪着寒光的剜心利刃。她们只能面对宫墙倾诉,而不是面对家乡的山河。自由,已经从袅袅婷婷开遍莲步的大地,跌落进了深不见底的黝黑深渊。每一寸光阴都漫长得超过一生,蚕食着所有的妙龄芳华,并最终被权力的黑洞一丝不剩地吞噬。

时间是残酷的,被它带走的事物,难留任何痕迹,我们只能去想象去揣度,却无法还原任何真实。当然,时间也无力抹杀一切,那些未被抹杀的,往往变成了更有深意的线索。"词语"和"灰烬"即便失真、变形、熄灭,也能组合、描绘、言说某些"镜像""幻觉""经验"和"情感"。就像我身在其中的这片西施园,浓密的草木既遮蔽着天空,也掩藏着石阶、甬道,簇拥着华美的宫殿、楼阁,似乎正以不断叠加的繁茂与繁复,表达后世对美的想象、补偿与祈愿,在某一刻的香火升腾中，人间虔诚的愿景或能终于达成、实现。

园中行走，树是树的参照物。我迷失了方向，从原点绕了一大圈又回到了原点。对雄伟而黯淡的西施殿显然失去了再次参观的兴趣，空间给我的挫败感让我感觉到一丝疲惫。这疲惫亦令我清醒。坐在一块石头上遥望飘浮在树梢上的屋脊，觉得宫殿不过是一个想象历史、供人祭奠的躯壳，并不是我们与古人相遇的场所，彼此可以对视、寒暄、拥触。宫殿的"生命"尽管漫长，但它的存在永远是单向度的，不过是人试图与历史与自己的某些心念沟通的媒介，高耸而幽暗的空间内其实迷雾重重。我们目光所触及的空间以及空间中的人文"修辞"所纵深的时间，往往呈现为多个层面的汇流，很多时候令人深感无措、迷惑、怅然，甚或隐隐作痛。对于逝去的美，我们无力到不知如何深入；对于历史、时间、记忆，我们更缺乏一种切实的拥有感，如隔空喊话，空茫无音。身处那样的空间，时光流逝的感觉会更加凸显，好像要让你明了，岁月的岸边迟早只会剩下一个空落落的你。那些陈旧的，硬朗的，线条复杂、图案丰富的建筑，在天空的覆盖下，根本无法给我们一种"时光的烂熟之美"，因为它们从来不是带着民间烟火气的遗物，而是某类群体意识的插播，是人间供奉的精神孤岛，也必然会孤零零地耸立在远离人间的高处。

我参观过很多地方的很多殿宇，每次都像是一次漫长旅行的浓缩，拥有和丧失的感觉常常同时出现，这种感觉甚至最终会扩大为对生活的回顾与体味——也许本就是，"我们能够拥有的生活世界是那么少，我们失去的世界或不曾拥有的世界是那么多。生活提供的不是获得的经验，而是失去的经验"（耿占春《沙上的卜辞·回忆中的诗》）。行走与丢失同在——这就是我们不断留恋于"旧"、同时又不断追求"新"的内在动因。对历史的回眸不过是这感觉的瞬间拉长。有时，我们会惊喜、战栗于某类"相遇"，大都出自心灵上的感应。"相遇"之间却存在着遥远的距离，这距离反而又是时间和空间上的，乃至心理上的，比如面对某处风景、某个人、某一片历史遗迹时一刹那间出现的复杂感受。紧接着，我们会无法分辨到底是"进入"了还是"迷失"了，是沿着空间行走，还是在跟着时间漫步。

——西施故里，就给我一种时空纠缠上的深度晕眩。

三

起初，在西施故里入口的小径旁，我看到一片大红色石蒜，丝状花絮开得盎然、红艳、夺目。第一次见到石蒜花，上午的阳光刚好照到它们，那般静谧和纯洁，宛如处子的清新、纯美，就像浣纱溪边的西施姑娘不断闪回的幻影。与旁边挺拔而浓密的翠竹相比，它们矮小而纤弱，却并不卑微，那种绚烂至极的绽放，带着某种独立且高贵的质地。它们应该大片生长在偏僻的原野中，以广袤、深蓝的天空为背景——凡是并不张扬的个性，一定出自山野与河泽——那里才是这些蓬勃物种最佳的孕育与成长地，极致的天真与灿烂并不需要为人所知、市霾污染。它们不像满园的桂树、银杏、香樟、竹林那样，是人间的植物，可以掩映、烘托建筑群在空间上的巍峨、深阔与绵延。但它们却精确描绘了西施故里一个不能被人忘怀的细节，这种又名"曼珠沙华"和"彼岸花"的花朵，因花不见叶、叶不见花而被赋予了死亡、悲伤、别离的象征意义，它们开放在冥府的河边，也开放在幸福的天堂，被人间相思、相爱的血泪染成，像忠贞的爱情炽热地燃烧，像虔诚的手掌高擎着祈祷，坚守着相思，抗拒着轮回，花开彼岸，无尘污染，温婉高洁，令人产生美丽、哀婉且深挚的联想。

我想，除了可织衣物的苎麻，这华美的石蒜花更该被西施端详、喜爱过吧。只是北宋《越州图经》里只有"诸暨出如丝之苎"的记载，明弘治《绍兴府志》中也只是说"苎布,唯诸暨最精,俗传以为西施遗习"。苎麻是实用之物,织以为布,裁而成衣,原是生存的手段。但"如丝之苎"却传达出一种无可取代的柔软曼妙之美,它更成就了西施浣纱的"高光时刻":纤纤出素手,玉臂绕江水,左右流之、舒缓荡之,那般窈窕婀娜、轻云蔽月般的仪态与颜色,谁人见之不会动容?尽管"洗衣女"也属于劳动阶级,但"浣纱弄碧水,自与清波闲"(李白)的"高雅",岂是"卖柴"的"粗鄙"活计可以相比的,这大抵是后人偷偷为西施更改"出道"前职业身份的缘故吧。西施作为民间女子的时候,恐怕也不会只知为生活劳作,而不曾顾盼过身边之美,不知自己之美、没有爱美之心、缺乏学习天分,那范蠡后来费尽心机对其实施歌舞绝技的"素质教育"又岂能奏效,更谈不上"朝为越溪女,暮作吴宫妃"(王维)这般"神速"(据说也花费了三年时间,因为与西施的恋爱故意拖延入吴宫的时间)了。

　　我觉得,古书言简意赅、文字简拙,除了书写材料不便的原因,怕也不会对一些"无关紧要"的生活类细节大书特书,这实在是一大"损失"。就像眼前这一片嫣红绚丽的石蒜,如果它生长在此处的时间与西施的年代一样古老,如果古书里有西子浣纱归来,在林缘、坡地喜见石蒜而躬身采之的描绘,哪怕只有一笔,该多么耀眼、美妙、动人、情寓于景、怜存乎情,一幅令人充满想象的画面就会宛在读者眼前。可见,著史的人没有真心爱过她,就像那么多人从寂寞、招展的石蒜丛边走过,并未侧身低首凝视它非同一般的惊艳一样。读读《吴越春秋》里那段话:"越王使相者国中,得苎萝山鬻薪之女,曰西施、郑旦,饰以罗縠,教以容步,习于土城,临于都巷,三年学服而献于吴。"简直令人扫兴,除了西施、郑旦的出身,就是简单的入宫"准备",哪有二人之"美"什么事。西子之美堪比海伦,另一群人能为海伦之美交战数年,若放在西施身上,我觉得吴越之战还多少有点价值,还多少会让人赞叹一个族群为护卫美的价值所付出的努力与牺牲,那么,所有的离别、悲伤甚或死亡都将拥有"曼珠沙华"一样的绝世之美与清寂尊贵。

于是,我对这片园林便稍稍有了点挑剔。是的,它略嫌现代,太过整饬、雕琢,甚至有一些当代艺人、画匠散布其间的脂粉气和喧噪气,尽管也算安静、干净,却总感觉少了一些淡远、迷蒙,甚或荒疏、孤寂。尤其在范蠡祠,粉墙黛瓦之间的大殿与建筑间——财神庙、魁星阁、三星庙,那些"于越圣臣""大将军""济世匡国""华夏商祖"的牌匾,以及无数的塑像与碑刻、诗词、歌颂、挂满大树的大红丝绦,都让我感到一种吵嚷、拥挤,一种喧宾夺主的溢美和强烈的物欲亢奋。大概,古往今来人们热衷追求的只有功名利禄,西施不过是人们茶余饭后的谈资罢了,甚至连谈资都不是。历代书写者、后世仰慕者,主角无非帝王将相,仿佛只有他们才创造着历史,谁会花费精力为一个弱女子立传树碑?即使有,也无非在野史小说中将那些女子一个个变作集体意淫的对象。如陈寅恪书柳如是者能有几何?

当然,我不否认这里建筑与设计的精美与用心,不否认妩媚、华丽而繁复的建筑美学:郑氏祠堂的几进院落、飞檐凌空的藻井戏台,密集精致的镂雕、清凉明净的回廊、小径尽头的月洞门、端庄高耸的西施祠……都是排闼而来、令人目不暇接的修辞与美篇。不过,我已然对嵯峨的殿宇、端坐的塑像、歌功颂德的牌匾、香火缭绕的富贵祈愿失去了兴趣,我只喜欢这里浓密的树荫、青青的翠竹、缠绕的藤萝、傍水的亭榭、苎萝山的那一层浓绿、浣纱溪的那一脉流水,以及安住其间的静谧。阳光筛落在甬道上,斑影晃动在白墙上,高处那些黑瓦上的青苔,仿佛要沿着"历时"的屋脊垂落,与台阶上的碧痕连做一线。

美则美矣,这一切,又难免给我说不清的神思阻塞之感。这里没有沟通,没有话语,没有表情,有的只是杂沓的脚步、仰望的目光、燠热的温度、阳光下的空寂、抽离了时间的声音、一个公园式的板滞的面容。苏轼曾把西湖比作西子，那种"浓妆淡抹"，是以阔大的山水和空蒙的气韵为背景的，西子只应该住在西子湖畔，在那山水的浩渺间徘徊流连。而园林圈定的，是一个闭塞、回环的空间，是一个类似布景的精巧"戏台"，只适合上演故事与戏曲，却不适合容纳人生的丰富和生动。也许，还有更重要的——即使这里是故里，时间也留不住西施，留不住苎萝村，遥远的事物已经与我们失联，诸多建筑、植物的拥簇、丰茂、拔地而起，诸多文字的刻录、记载、铺排，并不能丈量人类的情感深度。更何况，这里也许已经没有任何遗迹，我们不过是在无数沉落的废墟上漫步。消失的影子都被深埋地下，更包括村落的土石、砖瓦、草木、泥径，甚或曾有的宫殿、廊柱、石阶、雀替、戏台、须弥座、过江的汀步、木桥——那些在更早的时间里曾经出现过的事物。深埋，是空间上的阻断；考古，从来不会有"活过来"的收获。因此，我倒是愿意见到，在这里，丛木之间，只有鸟雀啁啾；天空之上，只有白云掠过；荒疏凋敝的贫苦村落，仍有西施或其乡人生起的人间烟火与袅袅炊烟。

四

有人说，西施忍辱负重，为国献身，身世沉浮，命运蹇促，为越复国立下汗马功劳，不但是美丽和美好的象征，更是正义的化身，因而成为世界儒家文化圈公认的大美女，是诸暨人的骄傲，是诸暨的文化名片。

我不反对她是诸暨的文化名片一说，却不认同她的"为国献身"被授以"正义"之名。且不说"春秋无义战"，只是国与国之间的利益与疆域的争夺战、国君与国君之间的权力与享乐的争夺战，其间，民生涂炭、白骨遍野，有哪个统治者是为了人民福祉？单就吴越之争而言，更说不上谁是正义与非正义，无非是我灭了你的先人你又灭了我，夺了我的财富、我的美人，我要卧薪尝胆寻机复仇，再把失去的财富包括你的财富和美人一并夺过来。如此而已，如是而已。且看《越绝书》中申胥进谏吴王的话，就是完完全全的利害关系和地缘政治那一套："夫王与越也，接地邻境，道径通达，仇雠敌战之邦，三江环之，其民无所移，非吴有越，越必有吴。"最后这句，在《国语》中更直截了当的表述是——"有吴则无越，有越则无吴"。

所以，我想说的是，国运之兴亡与民间女子有何干？将一国成败之命运部分地系于一个弱女子之身，以其色相为诱饵、以其生命为代价，男权的自私、卑怯、冷漠与残酷才真正暴露无遗。在他们眼里，西施只是一个玩物、一个砝码、一次投注、一个取胜的计谋，甚至是一根压垮夫差性命的最后一根稻草，而不是一个活生生的人、一个有情感有呼吸有是非判断的生命，她仅有的价值就是她的沉鱼之姿、婀娜肉身、任人摆布的顺从……后世强加给她的各种赞美，也无非是男权话语的另一个变种，一种光环遮掩下的扭曲与变态——回顾历史，几乎每个朝代都正大光明地、成批地、精心地"制造"西施般的美貌与肉体，在所谓丧权辱国的危急关头将她们一一呈送出去。这类卑鄙、肮脏、丑陋的肉体交易，还要在正义的遮羞布下堂而皇之地进行，并美其名曰"爱国"。真是卑劣到自己都不以为卑劣的程度。

所以，与西施相比，勾践卧薪尝胆、品尝夫差粪便的所谓励志故事，看起来有多么阴鸷、偏狭、恶心、卑怯，西施在他眼里不过是美人计中的色情间谍，到打败吴国之后便是可以立马丢弃、杀掉的红颜祸水。他那种"宫有五灶，食不重味，省妻妾，不别所爱，妻操斗，身操概，自量而食，适饥不费"的表演，除了蛊惑人心以图争霸之外，难道还有别的什么恤民"正念"和"爱民之心吗"？蒲松龄写过一副对联："有志者事竟成破釜沉舟百二秦关终属楚，苦心人天不负卧薪尝胆三千越甲可吞吴"，下联并非赞美勾践，亦非表达立场，不过是借以勉励自己的"狠话"而已。他更不曾提及西施在吴越战争中的"关键作用"，却承认战争最重要的决定因素还是军队及其"战之能胜"的意志力，对于勾践，在他看来顶多算是个"苦心人"吧，其过人的毅力值得学习，却未必值得去真心爱戴。

其实，"爱君就是爱国"的说法，从来就是封建时代统治阶级愚民的言辞，不但要让"民"献身，还要让他们在献身的游戏中感激涕零，深觉忠诚和牺牲的高尚、自得、乐趣和伟大。"为人长颈鸟喙，可与共患难，不可与共乐"的"东海寡君"勾践之流深谙此中玄妙，让范蠡、文种之辈甘做效命奴才，给他们灌下"为越人复仇"的迷魂药，让他们自觉将那把深藏的权力利刃视作渴望了很久的富贵"画饼"，最后也不过是"狡兔死，走狗烹"的命运。也许，正是这种残酷性为后人所不忍，才虚构了范蠡携西施隐遁江湖的美丽传说，不过是自欺欺人罢了。然而，我也宁愿相信人性的良善与聪慧，那是对群体伤痛乃至对人性之恶的安抚、校正与治疗。范蠡祠的存在，似乎就是给后世强调这一点。但我觉得，这类祠庙越是高大、奢华，言辞越是虚弱、矫情。也许，拥有智慧、财富、美人的祈愿才是它能持久存在的理由，那是天下所有男人不愿示人的最大欲望，如果加上权力，则更加完美。范蠡做到了。后世那些在他的塑像前祈愿的人，内心也渴望能做到。

五

所以，在西施故里偌大的一片园林景区，转了一圈儿，我只看到了一个男人的祠堂，那就是范蠡祠。没有勾践的，没有夫差的，更没有文种的。后面几个男人岂能与西施相配？这种设计，至少保持了西施作为诸暨文化名片的合理性与纯粹性，大概也能暗合西施本人的心愿吧。

不过，在偌大的园子里，范蠡只是一个配角。想当年，勾践谋复国，因夫差淫而好色，文种献灭吴九策，其中就包括呈送西施、郑旦的美人计，而为勾践"苦身勠力"的范蠡便是美人计的具体实施者。得西施之后，即"饰以罗縠，教以容步，习于土城，临于都巷，三年学服而献于吴"（《吴越春秋》）。《浣纱记》中更有勾践夫人指导西施歌舞的形象演绎，这般戏剧家的编排果然了得，可见供养君王的色欲得有多么高妙的功夫，甚至要让人只看到审美而忘记了其背后的寡廉鲜耻：

歌所以养人性情，故《阳春》动于花下，《子夜》奏于房中。古人有《白水》《渌水》《玄云》《白云》《江南》《淮南》《出塞》《入塞》。须要音声嘹亮，腔调悠扬。即今江南佳丽之地，多用玄《白苎》《采莲》。美人，你如今学歌呵，当筵要飞尘遏云，论音调又须纡徐淹润，切忌摇头合眼，歪口及撮唇。……今一动唇，则飞声流转，余韵飘扬。

夫差"得诸暨苎萝山卖薪女西施、郑旦"后大喜过望，"嬖之，日事游乐而废朝政"。他不但在姑苏建造了春宵宫，挖筑了大水池，制作了青龙舟浮于水上，天天与西施"为水戏"，玩得不亦乐乎；还建造了供西施表演歌舞并与之欢宴的馆娃阁、灵馆；更有"响屧廊"名扬天下。擅跳"响屧舞"的西施，站在用数以百计的大缸铺满的木板上，脚蹬木屧、裙系铃铛，翩然起舞，木屧的节奏、铃铛的叮咚、大缸的砰砰，这视觉与声律交织的盛宴，令夫差如痴似狂、陶醉不醒。这种"斫木为底，衬于履下，行辙阁阁有声，多为妇女所用"的木屧，原非范蠡等人的发明，"据可查证史料记载，中国最早的'木屧'多起源于吴越地域。在浙江省宁波市慈城慈湖原始社会遗址中，发现了距今四千多年的木屧，属良渚文化时期的产物"。而西施"响屧舞"，一直就是吴地舞蹈史上的经典与代表（符姗姗、冯程程《吴地西施"响屐舞"的民族风格与地域风格研究》）。可想当年，西施跳的"响屐舞"，一定是被宫廷化了的、美轮美奂的经典样板，她顾盼生姿，"长袖舞腰，翘袖折腰"，颤动的节奏如水波荡漾，嗵嗒之音催生着吴王不尽的情欲。"响屐"所蕴含的历史价值自然也就不是"石蒜"之类乡野之物可比的了，就像"一骑红尘"中的荔枝，只有进入杨贵妃的日常生活才能成为史书叙事。

我很佩服范蠡的耐心，这位"少小豪雄侠气闻，飘零仗剑学从军。何年事了拂衣去，归卧荆南梦泽云"（《浣纱记》）的少年才俊、拥有经纬之才的大将军，为了美人计的有效实施，专设"美人宫"，竟用了三年时间培养西施的宫廷礼仪和媚君之术，可谓无所不用其极，硬生生地将一个山野村姑驯化成了一个安插在夫差身边的合格的"色情间谍"。《越绝书》载："美人宫，周五百九十步，陆门二，水门一，今北坛利里丘土城，勾践所习教美女西施、郑旦宫台也。"应该是范蠡奉了勾践之命在一个卫戍严密的空间里实施复国计划。在这个阶段，他与西施两人的日久生情也符合人性逻辑，但范蠡少不了对西施进行洗脑工作和"爱国复国"思想教育，致使一个懵懂无知的女子与他共同担负起了复国图强这一"艰巨而伟大"的历史使命。于是，牺牲个人感情是必须痛下决心的决断，何况以范蠡的"智慧"，西施更不过是促其功成名就的一枚棋子，这点牺牲对自己的煌煌前程又算得了什么呢。于是，他也提供了一个为后世"奴才"们可资借鉴的成功样本，然后都以"国家利益至上"的"道义担当"遮蔽了自私、卑劣的心理动机和小人行径，还为后世乡愿提供了一块道德遮羞布、一把人性庇护伞。善良的只是百姓、民间，他们宁愿创作范蠡、西施隐退江湖、携手共享二人幸福世界的"神话"，聊以满足一种自欺式的大团圆心理。中国古代的戏曲、小说，有几个不是大团圆结局呢？有时候真难说所谓美好的"愿景"究竟是一种希望，还是一种自慰、一场黄粱美梦。

范蠡与文种相比，似乎聪明得更胜一筹，"西施亡吴国后，复归范蠡，同泛五湖而去"（《越绝书》）。灭吴之后，他逍遥自在地带着西施泛舟江湖，又"浮海出齐""耕于海畔""居无几何，致产数千万"，好好发财过日子去了。"齐人闻其贤，以为相。"然而他认为"居家则致千金，居官则至卿相，此布衣之极也。久受尊名，不祥"。面对乱世，他已厌倦参与其中，于是"归相印，尽散其财，以分与知友乡党"，"而怀其重宝，间行以去"，最后"止于陶，以为此天下之中，交易有无之路通，为生可以致富矣。于是自谓陶朱公"。《史记》中的《越世家》和《货殖列传》把范蠡的行迹记载得大致很清晰，他最后"卒老死于陶，故世传曰陶朱公"。他这辈子做的事赢得了后世很多的崇拜者。我曾几次去过定陶，当地乡贤对家乡"天下之中"的地位和刘邦登基之地自豪有加，更绝对相信范蠡死后归葬此地，信誓旦旦地认为范蠡墓葬着他的真身，其他地方的皆为衣冠冢。

然而，我还是不太相信勾践能放过他，就像不能放过文种一样。勾践对范蠡说的"孤将与子分国而有之。不然，将加诛于子"这句话，必然进一步坚定了他出走的决心，他于是"乃乘扁舟浮于江湖"（《史记·货殖列传》）。不过，我更相信，他和文种实际上是"殊途同归"，均被勾践所杀。虽是传说，并不比史书记载确凿，但也多少符合逻辑推断的合理性，更符合勾践待人之风格。数年前，太湖边无锡市鸿山镇邱承墩大墓的考古挖掘，有专家判定，这座出土了无数高等级文物的帝王规格的陵墓，埋葬的就是范蠡，而且周边有蠡河、蠡湖、仙蠡墩等多处带"蠡"字的地名，似乎也佐证了大墓与范蠡的关系。《史记》的记载则是，范蠡到了齐国，改名换姓，自称"鸱夷子皮"，"鸱夷"是一种盛酒的革囊，可以展开，可以卷起，范蠡用之，有能屈能伸、放下身段、入乡随俗之意，还能起到一种看似粗俗却令人喜爱的广告效应，甚至有人认为,"鸱夷"的形象,正与孔子"邦有道,则仕,邦无道,则可卷而怀之"(《论语·卫灵公》)的话相应,大抵也是范蠡的自喻和自况吧。但我认为,如果范蠡被杀,"鸱夷子皮",即马皮裹身投水淹死的刑罚,这句话其实应该是勾践对范蠡讲的,并非范蠡的称号,意思是"把你裹上马皮,绑上石头,沉水去死吧"。他最后遭受了与伍子胥一样的杀害,这种杀死重臣的方式,仿佛是吴国的"优良"传统,被勾践学以致用。范蠡死后,勾践为掩盖真相或减少自己的愧疚,为他修建一座帝王式的大墓,并予厚葬,似也合乎他的个性。

而且,史书有载,范蠡的确有一位夫人,育有三男,但这位夫人并不是西施。西施若有其人,最后的归属也不会是范蠡。只有在后世的戏剧和小说中,范蠡与西施的情缘才终被演绎得荡气回肠、感天动地——他们驾一叶扁舟,浮于太湖,消失在浩渺苍茫的烟波深处,却始终不曾消失于文人墨客的主观臆想和审美视野,连大文人苏东坡都写下过"五湖闻道,扁舟归去,仍携西子"的词句,谁不愿意把想象的美事一代代传递下去呢,何况范蠡还是一个特能挣钱的主儿,化了一个"陶朱公"的名,潇洒江湖。

六

西施究竟归宿何方,也有各种不同传说,不外乎沉水、自缢、跟随范蠡出走几种。沉水自然是被杀,其一说,与范蠡一样,也是被裹了马皮沉江。将其沉江者,一说是吴人,一说是勾践,还有一说是范蠡,甚至包括勾践宫中嫉妒西施美貌的妇人:"西施之沉,其美也。"(《墨子·亲士》)"越浮西施于江,令随鸱夷以终。"(《吴越春秋》)"勾践班师回越,携西施以归。越夫人潜使人引出,负以大石,沉于江中,曰:'此亡国之物,留之何为?'"(《东周列国志》)"家国兴亡自有时，吴人何苦怨西施。西施若解倾吴国，越国亡来又是谁。"（罗隐《西施》）不管是何种死法，都不过是"红颜祸水"荒谬却铁定的注释，是亡国之罪所能找到的最荒唐却最具体的牺牲品，背后掩盖的是男人的贪欲、女人的嫉妒、人性的扭曲、由爱而恨的变态。也许只有诗人深怀同情与爱，并不理会"道德君子"们的虚伪与挞伐。李白也曾写过一首《乌栖曲》，在臆想中试图恢复那个短暂时空里的美妙情景，让人"感叹时间的无情，美好与享乐的短暂，以及激情与权力的无常"（哈金《通天之路：李白传》）："姑苏台上乌栖时，吴王宫里醉西施。吴歌楚舞欢未毕，青山欲衔半边日。银箭金壶漏水多，起看秋月坠江波，东方渐高奈乐何。"

所以，我也更愿"随喜"后人的"心愿"，相信"西施与范蠡同泛五湖而去"的传说，也让当年两人分手时的"痛不欲生"有了一个"圆满"结局。今年春天，我到济南市长清区孝里镇方峪古村参观，看到村南的一片山脉，当地朋友告诉我，那山原名"陶山"，相传陶朱公范蠡曾携西施到此留驻，故名。西施随范蠡到此后不久即染病去世。山那边便是泰安肥城境内的田野，中有西施墓，如今已成较大景区。听到此说，我心有戚戚，虽然美好的愿望总是流布民间，但西施身后只剩下了一个个借其美名穿凿附会的景点或景区而已。

然而，西施又是永恒的，她出现在后世几乎所有的文学艺术样本中——话本、传说、戏曲、绘画、诗词，比比皆是，可谓家喻户晓，妇孺皆知。甚至浙江、山东等地出产的一种贝类海鲜也被命名为"西施舌"（沙蛤），其肉状如小巧精致的人舌，尖头呈紫红色，所做汤菜，滋味鲜美，咬之润滑筋道。（《苕溪渔隐丛话》言："福州岭口有蛤属，号西施舌，极甘脆。"）齐鲁大地的胶南一带，至今还流传着西施与范蠡在逃生路上失散，为防出语而招不幸，她咬断舌头吐于河中的传说。舌头恰落于张开壳的河蚌中，竟存活下来，并游入大海繁衍，成为餐桌上的美味。我真佩服中国的食文化，所有的美色都可以与吃联系起来，西施舌也是"秀色"可餐之一种，仿佛吃着它就约等于享受了西施的绝色——由此也可以判定，"食色，性也"既可指两件事，也可指一件事。想想，真是令人哭笑不得。

不过，西施的一生确实未离开水，不管是她的浣纱，还是她的对镜梳妆，还是她家乡的养育，还是她的沉水而死，抑或是隐身五湖，更或是在大海中留下了一种名叫"西施舌"的贝类。她的周身总闪动着粼粼波光，涌动着浩浩大水，甚至作为绘画的主角，也从未离开那一支支凌波高挺的纯洁荷花——四大美人中，各有花属，荷花之侧的西施自然是荷花的化身（貂蝉为月季，昭君为菊花，玉环为牡丹）。曾经，"西子蒙不洁，则人皆掩鼻而过之"（《孟子·离娄》）的屈辱，终于被荷花出淤泥而不染的品质涤荡而尽。"不知水葬今何处，溪月弯弯欲效颦。"皮日休这首满含伤逝之情的《馆娃宫怀古》，也咏叹了西施来自于水、终归于水的短暂人生。清凉月色下的水面，都是西施魂归之所。

七

来诸暨，我们没赶上农历三月三西施诞辰的烟火祭拜，也没赶上农历七月最后一天纪念西施、郑旦的荷灯节，我只是把西施殿、古越台、红粉池、沉鱼池、西子碑廊、鸬鹚湾逛了个遍，将西施殿和西施故里建筑群内的西施塑像、青石圆柱、朱红油漆拱门、水池、东西侧厢，以及诸多梁、柱、门、窗、斗拱、擎枋、牛腿、雀替等木、石雕刻构件反反复复端详了个遍。其间，我是不是也算是"转过若耶渡，来到苎萝村"（《浣纱记》）一回呢？星移物换，我不敢确定。只是不曾见到鱼跃鸢飞、渔歌采菱、沙汀江渚、碧波莲塘的江南意象。单是此番看罢，亦足矣。我想，这里——诸暨，自古及今，都是西施的，不管它什么"肠断吴王宫外水"，不管它什么"浊泥犹得葬西施"（李商隐《景阳井》），"艳色天下重"（王维《西施咏》）的西子才是永恒的美丽符号，永远珍藏于不竭奔涌的浣江，跳动闪耀，在大地的史册上幻化着不断被猜想、描绘、呼唤、歌咏的沉鱼之貌、娉婷丽影。

第四辑
惝恍梦境

尖扎的锅庄舞

无法形容那朵洁白的云，凝定在深蓝的天空，仿佛巨大的玉兰刚刚张开它团抱的花瓣，光润、纯净、柔软、失重；又恍如一条没有展开的哈达，正等待着被人们翻转的手掌、闪动的手指轻轻拈起、握拢、挥舞、旋转。天空和大地如此之近，好似只隔着一只手臂的距离。此刻，半山坡上的碧草正被慢慢游走的云那低垂的裙裾覆盖，该是高耸的棕红色大山在灵光再现之前一次帷幕的轻轻合拢。

突然之间，悠扬的乐音升起，一群身着盛装的藏族姑娘，旋转着欢快的舞步，摇摆着灵动的身姿，仙人般翩然而至，一声清脆、明丽的欢呼中，如一朵朵美艳的格桑花，颤动、舒展着五彩斑斓的花瓣，飘浮、绽放于黄河岸边宽展的平台上。阳光的瀑布倾洒在她们每个人身上，照耀着她们明洁的面庞、妩媚的笑容。从天而降的曼妙幻影，在荒旷、寂静的大地上升起，带着令天地生动的惊心动魄。路过的人几乎都没有心理准备，对这突如其来的美感到讶异，感到惊喜，纷纷驻足观赏、凝望。

在青海的尖扎县，你看到了人间最旖旎、绮丽又质朴、本然的舞蹈，这些藏族美少女就是大地上的绚烂音符，在拉脊山、青沙山的褶皱以及黄河的波纹编织的曲谱上俯仰、跳荡，忽而聚拢，忽而奔散，忽而俯身，忽而扬臂，忽而拉手旋转，忽而飘向一旁，裙摆随着曲谱的节奏、韵律来回荡漾，每一个舞步都散发着青春健康蓬勃的纯净气息。这是苍然、辽阔之中的另一道绚烂风景，如此鲜活地存在于你的往昔与现实之外，你的视野与想象之外，你混沌、喧嚣、暗弱、逼仄、焦灼的生存背景之外，与你相隔千里，与你相隔半生。一道多彩的光芒照进了你封闭在心中的幽密隧道，那种猝然的炫目犹如神谕降临，让一次陌生的"遇见"变得盛大而奢侈。这该是多么大的礼遇，让你明白真正的荒芜不在这里，恰是在你心里，在你数年的奔波、昏沉和寂寥里。为什么会来到这儿？只是因为你的一次书写、倾诉被人看到、听到的意外？只是因为在冥冥中被某种声音牵引抑或被某种出离的欲念催迫？你根本无法想象那些不曾得见的事物的局部与细节，在虚拟的场景中安排你的角色，变化你的情感与心跳。然而你曾预感到在这片偏僻之地会遇到真正打动你的东西，比如别样的生态、别样的人们、别样的凝视、别样的时光、别样的俗世和烟火。还比如，眼前，在庞大的宇宙般的静音里，花枝漫展的藏族少女正诠释着高原恩赐她们的生命之舞，她们像背后的山河一样，坦然面对、接纳你的凝望、疑惑、惊叹、赞美、思绪的弥漫。那一刻，你溶解在记忆中的忧伤、迷失在街市中的惶然、压抑在胸腔里的郁结，都暂且被这一刻铺展于异地的夺目之美逼退进了遗忘之谷。

你愣愣地、木然地站在那里，时间也静定地陪在一旁。恍然间，又一声嘹亮的颤音穿越高空，那是悠扬、欢快中的激越闪跳，姑娘们闪动着阳光的脸庞轻轻俯下又迅速扬起，漆黑的眸子星颗般明亮，清澈的目光投向远处的山峦和绿茸茸的达坂。

当乐曲的尾音缭绕，长袖轻轻地垂下，浅笑的面庞粉艳如花，你才回过神来，转身离开。你生怕美的结束。然而美不会结束，舞蹈结束的一刻，她们松弛下来，矜持又活泼地嬉闹着，银铃般的笑声远远地传来，如高原百灵鸟的鸣啭；也许，几十分钟之后，她们就会回到自家的庭院，继续操持手中的活计，那真正属于她们生命的事情，完成自己的人间使命。舒展、悠扬的舞蹈，是她们爱的图腾，表达的是对这种使命的悦纳、享有、敬信、礼赞、自豪和追随，她们也以这种方式欢迎来访的朋友和客人，再献上虔诚的哈达和热忱的青稞酒，让平静的日子拥有温暖、激情和感恩。

你回头再次深深地望了她们一眼，缓慢而迟疑地往前挪着。看到已走出很远的人们，才急匆匆追赶过去。可令你没想到的是，另一曲舞蹈的韵律在接近正午的强烈阳光下陡然升起。你立即止住脚步，转身，背对着太阳，朝向她们迅速奔去。你不曾预料，她们会接着再跳上一曲，这次，她们是跳给自己的，没有观众，没有人群围拢的、礼仪般的观赏，四维上下唯有大山、草甸、黄河、天空、云朵，她们为它们、为自己而舞。哦，是的，还有唯一的观者——你。舞蹈在她们的身躯内涌荡、绵延，仿佛那重叠的节奏、芬芳的气息，可以慢慢打开心中的祈祷和持念，播撒进清澈的黄河，跟随它奔向遥远和辽阔。如果你站在对面的山坡朝这边观望，定能看见她们和她们的倒影与白云一起舞蹈，那张开的手臂上垂落的袖管，那艳美的裙裾上摇摆的各色条纹，那默片一样无声的画面与光色，更会令你对这里所有的美轮美奂、所有的奇迹与神秘充满猜测和遐想——当然，站在任何角度都会。

她们在跳锅庄舞。一曲献给归来的爱人的舞蹈。而当你凝神观看，在她们抬手、扬臂、步子轻曼、明眸善睐营造的温煦和柔情中，你能感到所有的人都是被爱着的。她们的爱毫无纤尘、杂质。顺着她们起伏、波动的曲线，你仿佛看到了时间深处透明的光晕，她们从祖先那里承接下来的柔韧、坦诚、善意、淑静与欣悦，与黄河，与对岸高耸的大山一脉相承。她们让你禁不住再次抬眼观看周边的一切，绿毯样的碧草将大山的褶皱平抚得更加圆柔、妩媚、莹亮，一如她们明艳、华美的服饰；宽展、顺滑的黄河水如被清风吹起的丝绸拂动，明暗闪烁的光影攀升在她们泛着红晕的浅浅笑靥中，进入惦念与相思的潜流里，以一曲歌舞的亮度与动感，召唤遥远的音信，在即将降临的冬夜，举起苍茫岁月里的那盏暗弱却能烛照整个黑暗的灯盏。漫长的期待中，那晶莹的皓齿、如水的眸子始终蕴含着耐心与爱意——你想象着那样一个场景：那爱意的流盼、凝睇由远及近，追随着一匹奔腾的骏马逐风而来，归心似箭的骑手，那个脸膛红黑、肌肉发达的男人，一路狂奔到眼前，猛拉缰绳，在马举前蹄的嘶声中翻身而下，一把将她揽入怀中……身边的篝火灼热而安静地闪烁、跳动在他们的脸膛上。属于篝火的夜晚，更属于守候日久的团聚时刻。相拥的热烈伴着缤纷的泪水从烟火的缭绕中跃起，从一锅锅、一盆盆手抓羊肉的香味和烈酒的浓郁里升腾。女人用锅庄舞将自己徐徐打开，抚慰男人的劳顿、寂寞和挂牵。旷日持久的煎熬顷刻间得到了最丰厚的回报。

　　那个场面也许已经很古老了，甚至渐渐退出了她们的生活现场。但族群亘古传袭的生存密码还在，一直伴随汩汩的血脉流淌。没有多少族群像她们一样以这种美丽的方式迎接自己的亲人、客人。那是山河、草原的秉性养育的爱与柔情所呈现的仪典，庄重而喧腾的仪典在她们欢悦的姿容和华美的服饰上同时展开……是的，她们不会丢失集体的记忆，那些最为珍重的事物一定会绕过时间的淹没，永不褪色。所以，至今她们仍惯常用这简单而深情的舞蹈接续遥远的记忆和传统，在辽阔的祁连山下，在同样辽阔的草原上，让一团不息的篝火、一缕明亮的阳光将她们照亮，让她们柔韧的臂膊、曼妙的身姿从深夜抵达正午，又从正午回返到广袤的静夜。

　　你想留驻于绚烂的此刻，让她们能看到你这位远道而来的客人，让她们采撷下那朵白云纤巧的哈达，轻轻地搭在你的脖颈上。

白塔与老妇

　　西北高原空阔而明亮的上午。万物净澈，视域辽远，这刚开启的美梦，正以静止的姿态进入永恒的幻境。这是大山及背后的无数大山、天空及更高之上更深远的天空共同参与的营造与描绘，那些巍峨、拥簇、参差，那些深蓝、棕红、黝黑，即便仅仅展露出某些局部、片段，也足以让你深感想象力的贫乏与限度。只有坡谷上覆盖的碧草是具体的，你甚至可以伸手触摸到它的丰茂、柔顺与丝滑。当然，那坐落在坡地边缘、无法判断其空间尺度的白塔也是具体的，当你转眼看见它时，它就像一件终止了时间的法器，摆放于深阔的空间一隅，塔尖正指向宇宙深处的某个刻度。强烈的阳光下，它白得耀眼，凝然不动。白塔与作为背景的棕红色大山就这样共同进入了时间停驻的区域并与时间融为一体，不会衰颓、不会倒塌。而与之相遇的异乡人，不过是恰巧出现在了时间延伸到此处的一个世俗维度上。

　　只有围绕着白塔的转动、行走才具备祈祷般的仪式感与神圣感。那种重复的过程起初所包含的关于生存的倾诉将在默默的持念中慢慢止息，轻缓的步态继而成为对生命的一次次丈量与掂量，它们还将在年深日久的运化中，全部变作对恩典的承接和感念，让置身岁月与命运之外的从容与安详覆盖灵魂的表情。转塔的专注、静定和虔诚会悉数度尽尘世的劫波，包括风霜雪雨，包括前世、余生，也包括镂刻在时间表盘上的那些曾经的痛楚与欢悦。

在大山围绕的深处，你意外发现了一座藏式白塔。你曾经在很多地方见到过不同的塔：砖的，石的，木的，土的；高的，矮的，粗的，细的；雕饰繁复的，构造简洁的；即将颓圮的，再度修复的；门可罗雀的，游人如织的……所见之中，最著名的当数西安大慈恩寺的大雁塔，摩肩接踵地跟着众人上去，又小心翼翼地跟着众人下来。只有很少几个人双手合十，围着它转上三圈。你记得很多年前，有位诗人为大雁塔写了一首被后人视作"经典之作"的诗歌，表达了对矗立于历史深处和依然矗立于现实人心中的那些高耸之物的看法与态度。那是你曾经在场的某个年代，在集体的狂欢构造的语境中，你读出了那首诗歌的另一类深度。然而，时至今日，它引发过一阵喧腾的热闹或意义，已被更为平庸的时间和世间销蚀、瓦解。大地上的塔在背景一再置换之后，还存在再度发光的时刻吗？无数纷纭的道场，对应着无数纷纭的欲望。而真正的光，也许正相反，是从凡人敬畏的心底涌现的，而塔，只有在接近天空的几乎孤绝的高处，才能让那些光源源不断地溢出，并照亮和温暖周边的幽暗与苍凉。

一切并非你的想象。当看到那几位正在转塔的老妇时，你渐渐确认了你的判断。太阳几乎抵达高原正午的时刻，除了你们，巨大的天地空旷中只有她们几个人矮小的身影。无须知道她们从何而来，她们更像是突然出现的，是白塔凸显了她们的存在，她们则衬托了白塔的高大、凝重。由于距离并不遥远，你得以细致观察她们的形象、容颜、举止及其表达的含义。她们已经衰老，黑红色的脸膛上皱纹遍布，只有强烈的阳光与季节的多变才能沉淀、雕琢出这般颜色与纹路。就像她们沉静、端庄、又略带天真的表情，也只有人迹罕至之地才能让日常生存的本相展露其中。她们仿佛从岁月遥远而隐秘的深处走来，剥离了积满尘土的日子，与艰辛的生活达成和解，并卸掉了人间所有的情欲。刺目的阳光照在她们脸上，如神灵的施洗，滑过她们粗糙而洁净的皮肤，在她们向前移动时，光亮与阴影便在她们身上交叠、晃动、起伏。你看到，她们抬起眼睛，神情专注地朝斜上方的塔尖凝视，那里似乎有一个至高无上的存在，正慈悲地俯视着大地和自己。仰望的那一刻，她们并没有停下缓慢的脚步，而是一个跟着一个走过去，将右臂轻轻抬起，将一块块用双手摩挲了许久的石头安安稳稳地放置在白塔正面那高高的底座顶端。那是一个居中的位置，用力举着的手刚好可以够到。她们对那个位置如此熟悉，似乎从年轻的时候起就以同样的方式无数次地测量过。那不只是一只手臂可以触及的地方，更是一个心愿放置之处，在手掌的"花瓣"一次次托举着的上方，她们心中的某位神灵就端坐在那里朝她们微笑。白塔的尖顶所指示的天空之上，是湛蓝色的宇宙，也一定是神灵的居所和轮回众生向往的殿堂。空中的云朵如此洁白，洁白的云朵是天空吉祥的装饰。她们双手合十，虔敬地绕着白塔慢慢地、慢慢地旋转。这一过程使她们得以不断重复自己的默念，仿佛穿行于可与神灵对话的隐形而悠长通道，送达祈愿，获得加持。

你定定地愣在那里，目光随着她们轻盈的步履飘移，心中却涌动着莫名的悲伤。你过去的生活中从未出现过类似的场景，没有任何一条道路通往这里，如她们一样领受圣灵降临的叙事。你距离她们那么遥远，遥远得就像两个不同世界。你不知道是什么样的机缘将你带到这里，但很清楚，这或许是你此生的唯一一次。你当然听不见她们默念的经文或咒语，即使听见，怕也难解其中的奥义。但凝视得久了，她们的气息仿佛越过了清流湍急的黄河，在你的周边缭绕、弥漫。你的心中居然也蓦地生出了几句持诵和祷告，节奏与她们移动的步伐正好吻合。你注意到，她们其中的一个走过白塔正面的折角，另一个则刚好从侧面转过来。她们之间始终保持着不变的距离，好似这个仪式需要依次进行，那举过头顶的石头是独属于个人的敬奉和供养，包含着她们与白塔之间日积月累达成的默契、相互倾诉的密语。她们以这种单调、独立、寂寞的行走踏上了一条朝拜之路，不过咫尺数十米，却与漫长的一生等距。转塔，成为她们不能停止的功课，成为她们理解生命的方式，更是她们迎接启悟、承纳护佑的微妙法门。在这一过程中，她们得以放下所有挂碍，进入身心的淡泊和开阔。

　　穿越大山的黄河。黄河岸边一座孤零零的白塔。三位转塔的藏族老妇。你看到，她们身着斜襟的藏袍，质地暗淡而素朴，一如她们露出头巾的花白发丝，只剩余了被时间之流漂洗过的颜色。藏袍宽大，足以包裹她们松弛的肉身。领口与袖口绣有彩色宽边的祥云图案，似乎还透出生命一直昭示给她们的东西：干净与美。她们紧束腰间的红色丝绦在身后垂荡着长长的尾穗，与包裹着头部的天蓝色围巾对比鲜明，恰如坚韧的理性之中偶尔露出的一丝感性、幽寂的余岁里依然残存的些许明媚。她们几乎都前倾着腰身，保持着积久劳作、操持或漫漫长途奔波的姿态，布满皱纹的黑红、瘦削的脸庞偶尔会露出孩童般的憨然微笑，那种满足而明朗的天真神情，净潭止水般的欣悦、从容，无疑是劳顿一生收获的福祉，就像她们脖颈上悬垂的念珠，在经年累月的捻动中贮藏了全部的生命密码，浑然一体的温润已趋近圆满，光泽内敛，如历经磨炼的心，波澜不惊。

　　她们并不是那个空间里的灿烂风景，尽管她们身上布散着一种沧桑沉淀后的静美，尽管映衬着她们的山河是如此辽阔、壮丽。即使是把她们当作风景中一个微不足道的元素和细节，你都觉得是一种不能饶恕的亵渎。她们不是风景，她们是上苍的仆人，正行走在朝圣的途中。一念专注的她们，只将当下的一瞬转作了永在的奉持。这周边的一切被她们搁置一旁，仿佛不曾得见，仿佛已然寂灭。因此，虽然你对她们始终怀有一丝好奇之心，却生怕举止的失当打扰到她们。在虔诚和庄重面前，除了庄重与虔诚，其他都是喧嚣和妄动。

她们绕着白塔转过一圈又一圈。你开始明白，她们根本不会被打扰，始终没发觉你的存在。你的一丝担忧顿然消解，为自己的那份起念感到羞愧，甚至深感到自己的渺小——你根本无法进入她们的世界，就像根本无法抵达对面遍布褶皱且高耸入云的群峰一样。然而，你却有种神秘的感应，仿若听到了杳杳冥冥、似有还无的经声回响。那或许是生命深处本自具足的存在，也或曾属于过每一个人，只不过大都被尘世的生活、幻想、梦境、倦怠、欲望、苦乐销蚀殆尽，如灰烬，失去了复燃的能量。而启悟只会在某个神秘的、空彻的时刻发生。

从某种意义上讲，她们没有进入生存、垂老、衰败的自然循环，她们最终步入了神赐的丰饶之地。对此，你不得不放弃某类认知的逻辑通则。当然可以确信，她们有过非同一般的艰辛与劳苦，却同样会被视作神的眷顾：用尽大半生时光，收割牧草，种植青稞，制作糌粑，喂牛挤奶，打扫羊圈，安置家居，将青稞酒捧给自己的男人，伴着孩子们一个个长大。她们也曾经在璀璨的星空之下点燃熊熊篝火，与洋溢着青春热力的身躯紧紧相拥，与贫苦的日子相濡以沫……那些都足以滋养她们的品性、她们的生命、她们对时间的期许。她们会在双手合十间迎来一个又一个黎明，送走一个又一个黄昏。她们感念上天与神灵的恩赐，哪怕暴风雪席卷了所有的收成，让生活数度陷入冻馁与困顿，她们合十的手掌也不曾松开、放下。沿着并拢的手指，她们会看到心中的光仍在冉冉升起，只要与白塔的指引同向，爱、幸福与温暖就会在持续不停的祷告中依次降临。她们相信哪怕微弱的愿力也能得到神灵的眷顾与垂怜，因此纯洁的祈念不可放弃——它始终关乎她们的生活，关乎她们看待生活的那双眼睛能否永远明净、慈爱。

你不必怀疑自己的想象与揣测。在看到她们眼角那密布的皱纹时，你也同时看到了她们漆黑而明亮的眸子，与她们美丽过的青春一样晶莹闪烁、光彩夺目。在看到那一只只干枯的手背高高举起时，似乎也看到这片贫瘠土地上的另一种丰腴——她们用心血与汗水完成的播种和饲育。还有，在看到她们迟缓而坚定的步履时，似乎也觉察到了自己心中刚刚接收到的那声深长的召唤……

这是一个普通的正午时刻，一个属于青海高原的正午时刻。清清的黄河之水劈开祁连山的余脉，从一座白塔边缓缓流过，也流过了三位藏族老妇的日常生活。斜对面的山峰上有经幡飘荡，拂过玛尼堆的微风正飘拂而至，无声的六字真言掠过了你的耳际。

一位面对白塔的老妇正合掌拊额仰面向上。她站了那么久，好像要站上一生。她留给你一个再也抹不掉的背影。在洁白得不能再洁白的白塔前，在闪耀着金光的塔尖下，在大山变作了棕红色的背景里，在达坂草甸碧绿的映衬中，你要记住那：黑色的藏袍，红色的丝绦，湛蓝的头巾，花白的发辫。

格桑梅朵， 遥远的梦境

　　你以为进入了最绚丽的梦境，整整一个下午都没从中醒来。有时，短暂睡眠里的梦会感觉无比漫长，比实际的睡眠还要多出数倍，甚至能讲述一部电影完整又曲折的情节、展现漫长又离奇的故事。而美梦无论做多久，醒来的一瞬都消失无踪，让你明白，它不过仅仅持续了一个瞬间，刚刚发生的情景转眼间就被悉数遗忘，再难寻找。此类经历常让你诧异和着迷，有时也让你惋惜和遗憾，当一切再度进入日常生活的逻辑循环，那失而不得的困惑不免令人怅惘。然而，当你在大西北看到真正的格桑花的那一刻，你才蓦然发现，美梦原来可以按照你的意志任意上演，永久持续，或戛然而止。因为在她们面前，你已分不清哪是真实哪是虚幻、哪是梦着哪是醒着，却有着在二者之间随意出入的自由，如果你愿意花上一天的时间徜徉在这娇艳又纯净的烂漫里，那么真实中的梦幻就会同时持续一天。

　　大片的格桑花铺满巨大的园子，突然在面前绽开了她们的夺目、销魂之美。你只能以凝神屏息的表情领受这种震慑，生怕一声粗重的呼吸

第四辑　惝恍梦境　　257

或鲁莽的举止将其扰动、破坏。这是梦中不曾有的感受，但被拥抱和融化的感觉是一致的，就像时光汇入了庞大的寂静，清凉的秋意纷纷栖落在每一片花瓣上，闪烁出晶莹剔透的五颜六色，又合而为一，成为照进你心底的同一道光源，如洞彻万物的神示，让你顿然抖落下携带自烟火人间的尘埃和倦怠。

于是，你像空气一样游走在她们身边，如空气一样失去了重量，变得轻盈无比，并与空气遇合成一缕柔和的清风，拂过她们荡漾的斑斓之海，沿着河谷一侧的山坡，上升至一个足以俯瞰、拥抱她们全部瑰丽、明灿的高度。如此，在你的视觉里，这片偌大的花园依然是"空无一人"之处，她们享有着全部蓝天高远的布景，并与蓝天同谋，覆盖了所有陆地上的行走之物，也将远来的游客稀释、掩没，让天真的孩子、花季的少女成为这庞大梦境中的一部分，成为西域高原独特物候哺育、安置的旷野芳华。她们也时常会被流浪的云影覆盖、被疾驰的细雨扫过，好像得到了霎时的抚慰与施洗，使本自具足的圣洁与明丽享有了额外的护佑、加持。她们在荒寂之地坚韧而野蛮地生长，在自然严苛的养护下实施对单调空间的生动覆盖，为黑沉沉的土地着上节日的盛装。她们集合起无数个瞬间，在凡是你经过的地方或抬眼遥望的大地尽头，飘荡、摇曳起瑰丽的视觉幻象。她们在夜晚睡去，于白天醒来，却也一再证明着能让梦的幻象不断持续的天性与超验之力——即使此刻，阳光灿烂的正午，你也会误以为这广袤无际的"花园里到处是星星的碎片"（索德格朗），而多年之后，那带着冰晶光色和绸缎质感的梦幻"碎片"将如游动的云霓，依然能引领你徒步穿越空茫，去找寻自己那颗在"宇宙的某个角落悬挂着"的孤独、失重的"心"。

这的确令你想到了很多具象之外的事物，是的，只有遥远、陌生，乃至荒凉的所在，如此极端到无以复加的繁盛和绚烂才能令你思绪的领地无限拓展，领会视觉和意念不断延伸的可能性和多维性。你因此发现了自己此前的狭隘和逼仄，那些暗淡的局限，那些疏离于大美之境的窘促生存，那些如枯坐日久的僵硬躯体一样的感知功能，那些沦落现实而难以舒展的困境与挫败。"治愈"，你忽然想到了这个大量泛滥的浅薄词汇，那些从未经历过深刻病痛的人，才会在所谓的美景面前频繁使用这个词不达意的比喻。你甚至因此想到，身边的这些格桑花与近年来广泛种植于内地的格桑花有着本质不同，同族同宗的种子播撒在城市的公园、路边、湖畔、小区，发芽、生长、开花，源自异地的"陌生化"无疑强化、增益了她们在很多人眼中的"异质"之美，又因名字所带有的"幸福"含义，便被他们视作了"岁月静好"的代名词，从而拥有了一道美妙的光环，变作了具有"治愈"功能和"幸福"寓意的代表性、装饰性花卉，被拍照、被描写、被赞美、被到处种植，成为与园艺美学双重鼓动下的奇花异草、天使化身，也为城乡美化的丰富性增加了一个元素和品种。

当然，她们并没有失去颜值，甚至相反，她们的颜值在大量平面的图片里更被做了进一步"美颜"，哦，如此贞洁、宁静、漂亮、妖艳。但总感觉缺少了什么，是的，她们失去了那片被命名的土地，也由此失去了部分只有高原旷野才能养育的神采——在原乡，她们只是自然生态里的普通植物，美好的寓意与广袤、荒芜里的一茎茎坚韧契合、匹配，不惧人迹罕至，不分卑微、高贵，也根本不在人类歌咏的传统词汇之内，那凡尘无法抵达的国度，大自然的"静好"与超越人间的"岁月"本自一体，甚至连"岁月"都不存在，只有"静好"本身，而真正的"静好"难以进入、无法描绘，四季轮转、花开花落与人的关切又有何干？不过是人的移情、自恋罢了。在彻底而孤绝的独立者面前，人兀自而唐突的抒情从来都意味着因匮乏所引发的渴念和欲望，美之令人愉悦，大抵也是如此。美，不动声色；人，心旌荡漾。

情知描摹的冲动无非心念所致，在事物的本真面前无一不会遭遇失败的命运，但你仍想记录那些不曾领略的极致风韵，让她们像一道救赎的光照亮并清洗你芜杂、幽暗的记忆，让沉没的往昔再度呈现出与之对应的光彩与色泽，就像她们此刻浮映、荡漾在你心底的模样。

没有任何准备地，她们就在一个阳光刺目的正午猝然降临了无边的绚烂。果真是世间最绚丽的花，如此洁净，如此妩媚，如此薄如蝉翼的花瓣，编织成一个个粉、白、黄、红、紫，以及各色交织的夺目瞬间，在眼前，在身边，在遥远，一并，或逐次呈现。格桑梅朵，若栖落在大地之上的五彩月华，一朵，抑或一片。在这样的花海里，你永远会觉得自己只拥有了时间的一瞬、天地的一角，纵然你从中徜徉、徘徊了她们盛开的整个时节。她们生长在泥土里，却拥有天堂里的颜色。微飔轻扬，她们飘摇且颤动；阳光洒落，她们静止且透明。这是风景中的风景，世界外的世界，这是栖落在大地上的云霓，是冬天之外的斑斓降雪，是游弋在时光之上的轻滑丝绸，是所有娇艳组合而成的无与伦比的美，而所有轻盈的绽放都包含着无上欢愉的光晕。透明、单纯的宁静，无染、娴雅的从容，因为跃出了审美的边界，才抵达了感应美的那根最深处的神经。你甚至也无法走近她们，她们既包围着你、簇拥着你，又似乎辐散、涌动在远处，幻视般缥缈、依稀，在每一个令你心动、牵挂的意念中潜隐并浮现——好像，她们与你的生命曾经建立过的隐秘联系被突然唤醒，向你昭示着那些你前生与今世曾经拥有过的美好岁月，而此前，被你一度遗忘或埋葬。而此刻，你目视着她们的起伏、跳荡、飘散、聚拢，花海的光线，延伸到无远弗届，甚至已延伸到你对人生开始憧憬、向往的最初一刻。

格桑梅朵。你轻轻唤着她的名字，像呼唤着一个心爱的女孩。格桑，究竟是什么样的启示，让人们用如此深情的发音命名一种花，一如她本身的美丽。你想，最初的命名者，一定在她的美艳面前愣住了，睁大眼睛，双唇微张，屏息着霎时的惊讶，不知不觉间就从心底发出了这个带着爱意与感叹的一起一落的双音节。梅朵，则用同样深情的发音命名了所有的花，好像要让所有美丽的花朵都拥有一个共同的名字，让那些盛开在高原上的浩瀚花海倾听一声清风携带的呢喃，并回应一次集体的颤动。格桑梅朵，不仅指一种花，而是一个美丽的家族，她们是：紫菀、翠菊、秋英、金露梅、高山杜鹃、雪莲，甚至狼毒花。格桑梅朵，没有植物学上的认定，却有另一种更本质的认定：她们绝不单单只拥有扑面的美丽和惊艳，更拥有生命的劲韧和顽强，在酷暑炎炎或秋风萧瑟的日子里，她们抵抗贫瘠与寒冷，却从不轻易放弃绰约的风姿，就像你热爱、敬重的女性，即便拥有得再多，也从不丢掉平凡与卑微、亲切与温婉、自适与高傲。

在青海高原的化隆，在黄河岸边，你第一次见到如此辽阔的格桑梅朵。沿着木栈道，穿越花海，宛如一次焕然一新的"遇见"。这般"遇见"，已经不是惊讶，也不是赞叹，而是投入与融化。她们有一种让人遗忘的能力——背后的尘世渐行渐远；她们甚至真的具备疗愈的功能——顿然修复了曾有的创伤。她们令你深深沉浸，不止一次屏住呼吸，躬身靠近，仿佛依依不舍地——凝视那灿然明媚的姿态和神情。她们开放在神的花园里，开放在宇宙的村落里，开放在唯有诗歌才能接近的最极致、动情的描绘里。她们分明也会把人带向远方的远方，朝向雪山之巅，朝向星空灿烂。你恍然觉得，格桑梅朵拥有一种纯粹意义上的丰饶，尽管只是嫣然唯美的绽放，却让一片辽阔、寂寞之地具备了蕴深且透彻的表达。没有格桑梅朵，我们如何找到想象青海的方法？没有格桑梅朵，我们如何拥有高原之乡的梦境？祁连山，原来是格桑梅朵簇拥着的祁连山；青海湖，原来是格桑梅朵装扮着的青海湖；还有黄河，还有无数的村落、街道……当然，还有质朴、真率、勤劳的人们——桑格梅朵开放在他们的心里，开放在姑娘们翩翩起舞的藏裙上、明眸善睐的眼波中、顾盼生姿的笑靥里。

你已经忘了置身青海，只记得此生拥有了一个无比珍贵的时刻——阳光下，与蓝天一样，你漂浮、徜徉在一片桑格梅朵荡漾、波动的大海上，她让苍穹的天顶壮丽而深阔。

红嘴鸦和它的庭院

那天,它终于见到了来人,在伴随我们穿过院子之后,还毫无顾忌地蹦到了无数只脚嘭嘭踩踏的台阶上,以更高的声调再次嘎嘎叫将起来,那声音显得惊讶、兴奋、急切、嘹亮,甚至有些不知所措,好似一边在告知我们它的存在,一边在告知主人院子里突然闯入了一群不速之客。

起初,我朝院子深处观瞧的时候,它正在门廊上盘桓,在一个白色瓷盆边来回徘徊,并不时探头饮水,间或朝我们看一眼。这种反反复复的行动像是焦急地等待着主人归来,或是小心翼翼地观察我们的动静以决定下一步的行动。我们在大院门口吵吵嚷嚷放起鞭炮,一串长长的躺在地上的鞭炮炸裂着电光,腾起漫天蓝烟。它似乎并未受到打扰、受到惊吓。那一刻,还没有更多人知道它的存在,它深藏不露。正在我稀奇这几乎隔绝人世的院子里居然养着一只有趣的鸟时,它突然从我视野里消失了,大概是潜藏在茂盛的花草茎叶下耐心等待某个事件的进展,试图搞清楚这些在铺天盖地的巨大宁静中陡然制造了一大片哗哗啦啦的噪声、烟气、浓烈火药味的人，是否会鱼贯而入，进入它的领地和保护范围。我猜，它不会轻易离开，这里有它生存的家什呢。

当我们进入院子时，它果然再次出现了。它不再迟疑，而是站在地面上，晃动着身子，迈着疾速的脚步奔到我们身边，并跟着我们行走起来，显得特立而怪异。无疑，我们引起了它强烈的兴趣。它步态笨拙，时不时发出嘎嘎的声响，像是在提起我们的注意。它并未利用翅膀的优势在我们头顶飞来飞去，似乎懂得，那种凌空的姿态显示的傲慢不会有任何效果，而只能被我们忽视。它在我们腿边来来回回地徘徊，似乎紧张地寻找着什么，带着一种无法加入我们的紧张和焦躁。不过，我就此感觉出，它的举止分明是盛情的相邀，而不是叱责、阻止对它的打扰、对这座院子的"入侵"。也许，它早已习惯了时常出现在这里的人群，它从包括我们在内的这些人身上看到了与主人一样的共性，比如模样、声音、气味，等等，我们也分别具备着类似主人的某些特征。于是，我们倒像是真的变成了它的主人，对它迫切的需求有点漫不经心了。

的确，并不是所有人都能领受它的盛情。而它的聪慧之处就在于，能很快判断出谁更愿意与它亲近——那些扭头看着它的，那些驻足聆听它的。它先是跟随着一双脚向前走，但那双脚并未停驻，而是急匆匆打它身边掠过。于是，它回转身，去跟随另一双脚，那双脚只是迟疑了一下，又兀自前行。它只好再度回转身，叫声开始变得高昂、急促，甚至还扑棱了两下翅膀，以扩大它的体貌，引起更大的注意。有一刻，它只好站立在了原地，仰起头，侧着脸，凝神专注地盯视着我们的一举一动。终于，它又勇敢地蹦跳到了我们脚边——甚至开始来回转动着身子，用那只赤红色的喙，急不可耐地叨啄一只只从它前面走过的脚面，好似要硬生生地将他们拦下，低头将它看上一眼，以顾及它的亲昵之情；又仿佛在说，这里还有一个"它"呢，在它的领地里，忽视它的存在怎么能行。紧接着，它干脆飞上了楼梯，快步走到拐角处，跟着一

第四辑　惝恍梦境　263

撼人一阶阶地往上蹦跳。它忙碌地、小跑般地从一双行走的脚，转到另一双行走的脚，从那些腿脚的速度上一再做出"放弃"的判断，直到锁定我这样一个愿意理会它的，才终于停下不知所措的焦灼。

这真是一只智商毋庸置疑的鸟，我明显感到了它要与我们交流的迫切愿望。它没有惶恐地躲避，不然，怎会如此愿意接近人类这种复杂的庞然大物，非但未被这几十个人的浩荡队伍吓跑，反而是睁着那一对圆圆的、漆黑闪亮的眼睛，执拗地寻找与确认那不知何时才能降临在它身上的关切。

我在它连续发出鸣叫并叩啄我脚面的时候便感觉有点于心不忍，出于对它的好奇，在楼梯与二楼前廊的连接处，我停下脚步，蹲下来等着正在来回奔跑不止的它，仔细观察它可爱的举动、它的行为所表达的"深意"。它的眼睛真是无比敏锐，立即注意到了我对它的兴趣，先是愣了一下，然后侧转着脑袋，用两边的眼睛分别看了我一眼，似乎流露出突如其来的惊喜，随即就迈着两条细腿从几米开外奔跑到了我的脚边，像一个孩子一样，定定地站在了我面前。我发现，除了尖尖的喙和一双腿爪通红之外，它浑身漆黑发亮，闪射着金属般的光泽，外表更像一只乌鸦，只是个头稍大。我朝它伸出手，它便开始用尖尖的喙啄咬着我的手掌、手指，尖锐而有力，是表达对我的亲热与感谢吗？我将另一只手中的书递给它，它就又转头啄咬书页的边缘，好似要让我翻开书页给它看上一看。

这是一只红嘴山鸦，他们告诉我。这种别名山乌、山老鸦、红嘴鸦、红嘴燕、红嘴乌鸦的雀形目、鸦科鸟类，多栖息于海拔4500米以下的山地和丘陵，常见于河谷、高山的草地、草甸、灌丛、裸岩等开阔地带，冬季喜欢到山脚和平原栖息，有时甚至进入到农田、村寨和城镇，善仿人言，可以饲养。难怪，在接近深秋的青海省化隆县，一座平时很少有人前来的院子里会住着这样一只神奇的鸟，对它而言，这里的环境再适宜不过。这只精灵一般的鸟，平日里深隐在茂密的植被和花丛中守候着家园，更能随时飞出去、飞到很远，与辽阔的山河相伴，享受自由、愉悦的志趣。或许只有这偏僻、空旷之地，才能增进这类有灵之物的智识吧，至少在它们眼中我们不再是恐怖的异类，可以视之平等，赠以真挚的盛情。这红嘴鸦是否就是一只来自《山海经》《神异经》《淮南子》里的神鸟？可它不像是喜欢琼玉膏液的重明鸟，不像是救过黄帝的火焰灵鸟毕方，更不是南方的守护神朱雀，它只是青海化隆文联创作基地的一只喜欢读书，喜欢与人纠缠、厮磨的红嘴鸦。

在参观了二层小楼的格局和布置后，我到院子的深处散步。

一座黄河岸边的、孤单单的院子，被周边的庄稼、树木和花草合围着。院内那些缭乱而茂盛的植物生机勃勃，阴影斑驳交织，在我脸上晃来晃去。很多花开着，阳光洒落在上面，金灿灿、红艳艳。树与院墙之间的菜畦里有躺在地上的南瓜、支棱在绿叶间的辣椒和爬在架子上的豆角、西红柿。地头边还有一串串垂挂着长长紫红色花穗的尾穗苋，十分张扬地蔓生着一大片，密密麻麻高过人的头顶，仿佛岑寂大地上陡然升起的一片无言的喧闹。第一次见到这般奇异的花卉——也许在大西北它不过是一种寻常的植物——这种野蛮的生长足以抵御整个院子的寂寥。从此处看，那座二层小楼就深藏在这些绿植当中。楼下有住家，锅碗瓢盆摆放在厦檐下的过道里。主人也许是位躲在这僻静之地专心写作的作家，也许是看护基地的一位老者，这会儿外出了，屋门紧闭，不见人影。多么幽静、美好而孤独的家园。何况，在这家园里，还有一只留守的红嘴鸦，一只看门护院的红嘴鸦，一只懂得人性的红嘴鸦。它有着独特的习性，并不喜欢在空中飞来飞去地巡视，而是更喜欢在植物的荫翳中，迈开细细的长腿，身子一探一探地昂首阔步于庭院中，优雅从容中带有睥睨一切的霸气。的确，在它跟随我看取那些植物的时候，它紧紧收拢着翅膀，左右轻轻地摇晃着身体，俨然一位身着燕尾服、倒背着手款款漫步的智者、一位正陷入沉思的哲人。抑或，它还是九天玄女的某个现世化身，也未可知。

不过，我想，与我们暂时亲近的它并不会永久地记住这个瞬间和场景，没有什么东西能比蜿蜒的大河、高耸的雪山和辽阔的天空与大地更令它眷恋和向往，那些才是它熟悉的。它一定不止一次从这座小院里起飞，飞到我们的躯体不可能到达的地方，去寻觅不同季节里的草种和昆虫。而人在这样的地方住久了，会感觉到越来越深切的孤独、寂寞。一只鸟就不存在这个问题，孤独、寂寞原本是它们的天性，因此也不需要过度的爱怜。如果想得太多，你与它对话的声音就变得嘶哑、失真，变得怯懦、无力。

是的，我与这只红嘴鸦只有一面之缘，它出现在我的生命中只是一个瞬间。但我仍觉得，我们的相遇却一定是属于我生命中的一个重要事件，就像我曾经遇到过的为数不多的几只鸟在我心中投下过一道道从未抹去的影像一样。它——这只红嘴山鸦也不会沉入我记忆的海底，甚至渺无痕迹。我会永远记住它，想起那个日头明亮的中午，在高原河谷深处一座孤零零的院子里，在一大片宇宙嗡嗡之音覆盖的岑寂里，有一只鸟、一只红嘴鸦的存在。它不会隐去，在辗转无眠的孤独黑夜里，它的形象也许会更加清晰地出现在我面前，它的眼睛、它的翎羽、它通红的喙与指爪、它善解人意的神情、它的焦灼与渴望——那是很久之前就彼此交付过的，好似有人曾经说过的一句："让我们相互记住，因为此生不再相见。"

回到所在的城市，时常在湖边索寞地散步，想起那个深秋的远行。此刻，冬天即将过去，大西北难熬的寒冷大概还有一个强劲的尾声。不知道万木萧疏之中，红嘴鸦是否能挨过冬天的严寒与风雪。离开化隆的那天，空中飘扬着那一年第一场零星的雪花，我就暗自担心过。如果有过类似的担心，那一定是重要的。这样的时节，作家们是不会去守着一份冷寂,到那所院子里去寻找"浩茫心事"的,广宇之下,它能否得到主人的特别呵护,就像人间仍有那么多对于呵护的渴求一样,那嘎嘎的叫声是否能赢得一次次真实的回应?

此生只相遇一次。我念叨着,忽然领悟这句话又不单单是因为它。我的想念或担心突然变得真实而具体。它(她、他)知晓吗?在人们生存的这边,更多的真实是看不到的,它们只隐藏在心的深处,隐藏在无法抵达的另一个时空里。离开,就意味着永远的消失与埋葬,一切的念想都变作了虚妄。

然而,我们终究还会迎来另一个春天,绵延到天涯的绿会让我们欣悦地迎接所有坚韧生存的消息。

第五辑
行尘影录

流动的盛宴

我一点点记录远航的消息,直到今天
仿佛尚未归来。它们在记忆里不断浮现
闪耀于消失的海洋和遥远的时光
在那里,在某个深处
我曾经怀念过亲历的生活
怀念过所有的等待与渴望
并试图重返被丢弃的岁月
爱、疼痛与平静

——题记

第一章

7月14日,天津港。大西洋号。渤海,中浪。

一

夏日,地面上所有的裸露之处都是炽热的发光发热体,烤得人浑身灼烫。

白花花的太阳把天津港照射得通体透亮、耀眼刺目,在弥漫着阳光粉末的巨大浅蓝色天幕下,港口显得渺小而坚硬。无数洁白的轿车整齐地排列在宽阔的广场上,组合成了一块巨大的热与光的反射板,在被"晒化"之前,仍硬挺挺地匍匐着。

渤海,中浪。地面即使在呼呼的热风中依然波澜不惊,脚下感觉不到一丝晃动。在朝向盛大的海水构成的视觉晕眩中,陆地还是那么可靠。但大海是我们的"目的地",它深广无际,在无限慈悲的平静里深埋着毁灭的狂飙恶力。不过,我们毫不怀疑,乘一艘邮轮远航,比乘坐飞船遨游死寂的宇宙星河要踏实许多,也不妨说,就本质而言,邮轮即是我们的目的地。站在船头或船尾,看开阔的洋面、翻涌的波涛,如迎纳,如告别,均发生在一条生命的航道上。

一艘大船,划过蔚蓝、浩瀚的水面,下面是比陆地更为宽广、幽深、复杂的世界,布满神秘的大陆架、海丘、海岭、海沟、深海平原、暗礁、激流,荡漾的植物和浩大的鱼群在其中生长、繁衍、游弋、藏匿。我们滑行其上,在芝诺的悖论里无限靠近一条弧状的海平线。可它是航速的同谋,你永远不能抵达。如果久立船头,紧紧盯着远处那条线,你会怀疑生命的意义,但如果有几只海鸥好奇地盘飞在你的头顶,你觉得意义又回到了身边。隐身一座移动的"楼宇",我们遨游大海,会得到更多神秘的启示。在入水的那一刻，诺亚方舟的幻象在脑海里闪过。即便远离了洪荒年代，我仍可以变作一只鸽子，急切地飞抵一块陆地，去寻找遗失的家园。我会发现，无论过去多久，我想念的人仍在那里一如既往地生活着，并不担心我的"走失"，或早已把我忘记；也或许，时间回到了更早以前，我尚未在那里出现，因此，一切安好，我不曾用几十年的生命去打扰过他们，以后也不会，我将飞回船舷，在苍茫的大海上漂流到最后一次日落的那一天。

难道远航的意义仅仅是为了"归来"或"回去"？是在重返时蓦地发现，那些暗淡的岁月因为流逝而变得弥足珍贵；还是看到，它们在被"往昔"标注的时间刻度上已然重新开始，并将伴随你一生，哪怕黑暗，也不离不弃？我已看到，漫漶的旧影，正以一层忧悒之色涂抹着晃漾的水域。但我仍期待大海的魔镜没有裂隙，能在短暂的现场制造永久的迷幻，比如：正午白热的光辉将邮轮变成一座移动的耀眼"冰山"，耸然且神秘；夜晚，璀璨的灯光会吸引成群的鱼儿狂奔而来，像群氓跟随着"头领"般劈波斩浪，而那时，我们正坐在甲板上，如巡视大海的统治者，享受着茫茫黑暗中明亮的妩媚和安逸，在一种尊贵无比的美妙错觉中沉醉。

默片一样的客轮时代已是被翻过的历史影像，邮轮成为商业消费的载体，装满欢愉和享乐，不再驶向"彼岸"和家园。它们是漂浮在海上的歌厅、舞场、剧院、酒吧、商店、卧室、露台、泳池，人们穿梭其间，自在悠游，漂泊、离愁、等待、煎熬、思念、期盼等情愫的命运背景，退回到往昔的书卷里，成为情感的"遗址"。或许，我们乘坐的邮轮，仍延续、保留着某类古典传统和元素，悬垂着枝形吊灯的餐厅，挂满拉斐尔、达·芬奇、提香画作的走廊，摆着精致玲珑的古董、瓷器、大理石雕像和铜像的拐角与房间，以陈旧的异国风味，渲染古典的调性和温情，高贵，奢华，遍布艺术之美——复制品聚拢的拟古光色，让人在短暂、柔和的消遣中享受着心的轻度迷失与不知身在何处的微醺陶醉。一切都那么赏心悦目。大海平展如镜，肉身舒泰自适，连凡尔纳描述的挪威海那巨大的旋涡也绝对不会出现……

二

那白色的庞然大物停靠在码头上，船首高翘，驮着一座敦实的"城堡"，密密麻麻层叠着一排排整齐的窗户，"重楼"上面，是连在一起的小阳台。一排棕红色救生艇横挂在"城堡"上。歌诗达邮轮家族的成员之一"大西洋号"——起源于1860年的"海上意大利"（Italy at sea）正等待着我们。

天色暗下来。从安检出口走进导引通道，透过玻璃窗，才看清"大西洋号"的全貌。洁白的宫殿。站在上面的人或只能俯视整个堆满集装箱的港区。据说还有一艘同样大小的船"海洋量子号"也在此停泊，与我们同时启航。

近300米长的船上灯火通明。在漆黑无际的大海上破浪前行的发光巨轮，一定是个浪漫奇观，且不再有泰坦尼克号那类叙事的强烈年代感：嘈杂、喧嚣、匆忙、纷乱、寻找、叫喊、招手、送别，在长镜头的摇转中进入叙事，然后拉近、聚焦，主人公出现，美丽的脸庞，焦灼、冷漠、略显俗艳……

钱公子挎着背包走在我身边。"在船上待好几天，你不期望发生点什么？"我想开个玩笑。"哦，是啊，最好是有，只是忘了带画板。"我们相视而笑。"据说，目前最长的邮轮航程是86天环球，什么故事都可能发生……"我说。"那大概只剩下无聊了。"他说。"凡尔纳写过一个80天环游地球的故事，或许现在的邮轮公司老板有一个超越它的梦想吧，一个复古主义梦想。"我说。"啊哈。"他扬了扬手中的报纸，不置可否。

"虽然遇不上冰山,但可能遇到台风。"我转移了话题,"那就去不了福冈和佐贺了。"

在港口大厅等候的时候,我们已签了有可能改变航向的协议。因为想去日本,心里祈祷着台风"浪卡"快一点刮走。不过,济州岛也不错。我对大海的神往很大一部分原因来自对岛屿的喜爱。

三

晚八时左右,开始登船。2600多人共用一条通道,却不拥挤。我们所属的 G71 团排在后面。挂着胸牌,背着背包,等候近四个小时,才每人手持一张"登船表"过安检。可是打印机"累坏了"。一个卷头发的意大利帅哥舞动着胳膊"哇啦哇啦"地解释着什么。我们懂,那就手写。

人挨人地进入船体,立刻被凉爽的空气包围。明亮、温和的光散发着稳重、安定的气息。人像站在舞台中央,等待大幕的徐徐开启。寂静,甚至有点肃穆。走廊两侧全是豪华商店,手表、香水摆满柜式、立式货架,在灯光下熠熠闪烁。

几位身着西装的印度或巴基斯坦人认真地检查每张"登船表"和护照,让游客站在一张白色幕布前,举起手机模样的东西拍下每一张脸,还友好地为我、钱公子、焕东拍了合影。不知晓他们这样做的目的。

我和焕东住在一个房间,一楼 1240——旅游公司配发的胸牌上清楚地写着。

原来,排队经过的是三层免税店。越过中央大厅,走楼梯才能抵达一层。步下铺着红毯的阶梯,左转,一道长廊从头顶斜矮下去,很幽深。房间一个挨着一个,1240 在走廊尽头。

打开门,看到正冲着舱内的圆窗。房间完全是封闭的,门与窗之间空间很小，并排了两张窄窄的单人床。一张红色双人皮革沙发横靠在外侧的床头。沙发对面的墙上挂着一台小电视，旁边一面镜子正对着卫生间，镜子下边的台桌上摆着一张粉色的邮轮介绍折页、电视遥控器，一个白色瓷碟内叠放着一块白色方巾。

一切都好，干干净净。透过窗户能看到海，海面很近，仿佛触手可及。

四

按之前领队的提醒，看到了外边那张床上摆放的两张房间卡、两张红色卡。旁边还有邮轮日程表、几张说明书、免税店和珠宝展示会的广告单。红卡是马上进行的演习要用到的。

刚安置好行李，房间的广播就通知到三楼甲板的 D 区域参加救生演习。七声短、一声长的"滴滴"信号发出后，按语音提示翻出了壁橱里的救生衣，一只手拎着奔出客舱，七拐八绕才好不容易找到那里。

一位服务人员将我手中的红卡收回。灯光幽暗的甲板上站了很多人，前后两队一字排开。我的救生衣还没穿好，一位年轻美女（大概是意大利人）走过来，面对我，双臂环绕到我背后，若拥抱般给我系好了带子。钱公子和焕东微笑着报我以羡慕的眼神。前方一位船员冲我们讲了一大串意式英语。只三五分钟后，队伍解散。这就是一次大张旗鼓、充满紧张感的"救生演习"？进入船内，又听到广播，说第二次演习晚九时开始，没有参加的必须参加，明天上午还会安排一次，这是强制性的国际惯例。

五

晚九时，进入餐厅。来天津途中，只在河北青县服务区吃了一碗齁咸的面条，肚子早饿了。

二楼的西式零点餐厅可容纳 1500 人同时就餐，每人都须坐在事先安排的固定区域。

从肤色和脸型判断，服务员多是南亚人，也有中国人和意大利人，年龄在 20 到 50 岁之间。他们一律身着酒红色西装、黑色西裤，白衬衫、黑领结。服务员拿来菜单，站在我身边，打开自己手中的那份，低头记录着。

均为西餐：两款开胃菜、两款汤、一款主食、四款主菜、六款甜点。当然，也有付费的两款：烤龙虾配西式龙虾汁、烤番茄西兰花和胡萝卜，每例 10 美元。免费的每一类菜品和主食当中只能点一款，不过足够了。

桌上铺着洁白的桌布，每位客人面前都有一块折叠好的方巾、整齐摆放的刀叉和筷子。

餐厅坐满了人，语声嘈杂。服务员有的在引领刚进餐厅的客人，有的为客人倒水，负责上菜的则一只胳膊托着码满菜品、每道菜碟上都扣着圆盖的大托盘，穿过餐桌间的缝隙，走进固定工作区，放下托盘，再端起里面的盘子，到客人的一侧轮流布菜。菜上得很慢，但井然有序。

饭毕已近十时。错过了九时在中央大厅举行的启航派对。不过，这里的人依旧很多。大厅是"大西洋号"的中心区域，三只巨大的柱状吊灯从三层的顶棚垂挂下来，亮若白昼，几串手帕大小的中国国旗在吊灯旁穿过。两部闪着灯光的电梯直通九楼，上下不停地运行着。大厅装饰的基调是棕色，包括二三层环绕的走廊栏杆与廊顶，古朴、庄重、奢华。

厅堂可容纳 300 多人，足以举办小型派对。冲着电梯的吧台内另有一高台，一位戴着黑边眼镜、谢顶的、胖胖的男歌手坐在上面，一边弹着钢琴，一边嘴对麦克风，专注而深情地吟唱着意大利风情的歌曲。

在电梯口遇到了作家刘玉堂。听钱公子说他携家人也乘此船旅行。

打过招呼，心想也许还会有奇遇。记得刚上船时，在微信圈里发了几张照片，就有朋友回复说也有好友在这船上。世界突然变小了。

看了看歌诗达日报单，卡鲁索剧场的魔术秀大概已经结束，三层弗洛里安咖啡厅的古典音乐演唱正在进行，二层威内托酒廊十时十五分到十一时还有一场国际音乐会……艺术的乐章同时奏响，我们只能聆听一个声部。

经过威内托酒廊，很多游客（多是女性）正在一位意大利小伙的带动下，节奏十足地跳"恰恰"。小伙一边击掌，一边前后左右挪动着脚步，嘴里不停地发出"恰恰恰"的声音。他对面的一个小型舞台上，一位意大利女歌手伴着一位男贝斯手的弹奏，唱着欢快的歌曲。这是船上的娱乐团队为游客举办的舞蹈课程。坐在沙发上，我饶有兴趣地观看了一会儿。邮轮上已经摆开了大海的盛宴。不过，你选择一处，便成了另一处的"局外人"，就像生活本身。

睡觉之前，我登上了最高层的甲板。

海风轻拂着，周边出奇地宁静。船舷的玻璃护栏内，一排灯光幽黄。岸上的灯火依然明亮。突然，船头发出几声震耳的汽笛——巨轮启动了，缓缓地，那么轻。在一长排空荡荡的躺椅中选了一张躺下，睁着眼发呆。天上没有星光。也没遇到一个人。忽然想起了蔡琴演唱的徐志摩那首《偶然》：

> 你我相逢在黑夜的海上，
> 你有你的，我有我的，方向；
> 你记得也好，
> 最好你忘掉，
> 在这交会时互放的光亮！

我低声哼唱着，感到一种分离的忧伤。

零时已过。回到船舱。躺在床上，扭头看窗外，已是茫茫一片黑暗。

身下传来机器隐隐的轰响。

第二章

7月15日。大西洋号。中国东海，中浪。

六

六时醒来。窗外已大亮。惨白的太阳从左侧海面升起。周围薄雾笼罩，窗玻璃上挂着水珠。船速很快，浪花如沸水蹦跳。远处有一两艘货船在慢慢移动。

洗漱完毕，乘电梯直达九楼。自助餐厅紧挨着游泳池。泳池很小，中间有一个凸起的蓄水圆台。泳池边，焕东正在跟着一位瘦瘦的、中等身材的小伙打太极拳，专心致志。

他们很久才停下来。小伙来自北京，叫廖梓原，四川人，说话时常露乡音，学声乐的研究生。恍然记起九时在卡鲁索剧场即将举行旅意男低音歌唱家栾峰音乐会启动仪式。他是否是栾峰弟子？一问，果然。

七

时间尚早。站在一长排窗户边朝海上张望。视野开阔，天色灰青，薄雾仍未散去。一艘驳船凝然不动地漂浮在远方。水面静寂，游动着细细波纹。

九楼的波提切利自助餐厅，整排墙壁装饰着这位十五世纪佛罗伦萨画家的油画，最著名的是《春》和《维纳斯的诞生》。早餐在这里进行。因为营业时间长，此刻人并不多。钱公子也到了，捏着盘子在我前面晃荡。

我端详菜品，蒸鱼、意式火腿、混合蔬菜沙拉、酸奶酱、荷兰干酪芝士、燕麦粥、里昂风味土豆、葡萄干松饼、法式吐司、蒸米饭，居然还有"煎饼"，实则是种小圆饼。叉烧包是带甜味的，因为貌似"国货"，便拿了两个，塞到嘴里就后悔了。焕东说，还是泡菜和豆腐乳可口。不过，在意大利船上能有中国口味，已属难得。若都是中餐，何来意大利风情。

我边吃边扭头看窗外，不见一只海鸟。一望无际的大海上只有两道白色的浪痕伸向远处。听不到海浪之声，恰有杳杳冥冥之感。

八

饭后，乘坐观光电梯下楼。在二楼扶着栏杆俯视吧台，第一次看到意大利船员，四男一女，白色制服，金色图案的黑肩章，腰挂对讲机，坐在吧台前的旋转圆凳上聊天。有位中国客人走过去，大概是请求与他们合影。他们立即转身，站起来，并作一排，满脸笑意地将游客让到中间，显得亲切而友好。

高延丽和王桂桂看到了我们。小高说要参加九时在一楼珊瑚厅举行的"补充救生演习"，昨晚虽然参加了第二场，但忘了交红卡，视同没参加。我们冲她坏笑。大西洋号对"规矩"的坚持很执拗。

中央大厅附近的人多起来，栏杆周围的二楼和三楼都有商店。吃早餐的时候，听到中文广播，基本是各种商品的免税、打折优惠广告，还有"蓝丝绒的诱惑无上装表演"的预告，那是收费的，不同区域的座位价格不同。一瞬间的诱惑与考验。但……还是算了吧，我可不愿看男人们光着膀子露着肌肉耍酷。

也许会买点什么。按广播的说明，在附近找到了个没人等候的刷卡机，先将 VISA 卡刷一下，得到提示后，再将房卡刷一遍，两张卡就关联在一起了，消费时只刷房卡就可以。很多游客手中只有日元和人民币，在中央大厅的一排机器前排起长队兑换美元。

船上消费项目很多，比如十楼餐厅，伴着罗马钢琴师的演奏，可以品尝地道的意大利美食，每位 33 美元；二楼的吉祥餐厅，100 美元一位；赌场，可以使用歌诗达卡（即房卡）每天购买 1000 美元的筹码。特价鸡尾酒、酒吧套餐特惠、美容美发健身中心、照相馆、免税店消费价格不等。

回到房间的门口时，发现墙上的小篮子里放着一张长条状的"舱内早餐"项目单，中英文双面，提供果汁、咖啡、茶和麦片粥，原来是送餐服务，当然需要付费。

免费的活动项目也不少。我们决定放弃九楼的鸡尾酒展示、美味意大利面厨艺展示、超级厨师烹饪比赛、东方舞蹈派对以及二楼中央大厅的歌剧演唱和三楼的意大利语课程，直接去卡鲁索剧场参加栾峰音乐会启动仪式。

九

卡鲁索剧场的一层几乎坐满了人，也有端坐二层的。舞台上灯光亮起。先是旅游公司的张董事长致辞，他对登船用时过长表示了歉意。"但是，大家只要上了船，就会忘记之前的一些烦躁和不快。邮轮与一般的客轮相比，就像哈根达斯对冰棍儿。"他把话筒交给了站在台上的栾峰，栾峰让他唱一曲，张说："栾大师的歌和我的比，也恰如哈根达斯对冰棍儿。"看来他的身体还滞留在燠热的天津港。台下发出一阵欢笑和欢呼。

仪式时间不长。下午三时，我们又回到这里，听栾峰的音乐课。

栾峰身材魁梧，精神饱满，卷曲的头发披向脑后，两鬓斑白，声音

第五辑　行尘影录　279

低沉、浑厚。这位获得过意大利共和国骑士勋章的首位华人歌唱家，用柔和的目光、嘴角不时翘起的笑意表达他的修养。他简述了西方歌剧的发展与特点。在与观众的互动中，他特别指出，意大利歌剧翻译成中文演唱是别扭的，就像将京剧翻译成意大利文去唱一样。紧接着，他用意大利语唱了一段"苏三离了洪洞县，将身来在大街前……"笑声一片。"意大利语几乎每个词的结尾都是元音……"关于元音的说法，印证了我在电梯里听到的意大利语广播。根据观众提问，他形象地演示了发音部位的"面罩"和"口罩"问题，有点意思。他说，此次应邀登上"大西洋号"，肩负着开启音乐大师班之旅的使命，目的是和观众交流西方歌剧知识。他带来了自己的团队，也邀请了几位著名歌唱家，此后还有一次华美演出。

团队成员的歌曲演示一曲又一曲。栾峰有时会打断演唱，纠正口型和发音。继而，钢琴声再起。身着红裙的美丽钢琴师轻轻拂动琴键，间或，右手伴着节拍舒缓地扬起又落下，并不时抬头，用清澈、安静的目光望着歌手。早上在甲板上相识的廖梓原演唱的《松花江上》，经栾峰提点，确有不同。更有一位歌剧女"票友"，听说有栾峰讲座，便毫不犹豫地买票登船，身着意大利"行头"，登台演唱。

尽管栾峰一再说还有一场演出，但观众的热情难却。他回转身，沉静了一下，右手轻按钢琴边缘，轻柔、低回的歌声响起，似徘徊中的低语，似追忆中的沉思……整个剧场沉寂下来，陷入深邃的宁静。时间停顿了，打消着我们去生存深处流浪的念头。

十

下午购物之前，在二楼纸牌室观看法国女教师的手工艺表演，孩子们在家长陪伴下，用彩笔、画板、剪刀和胶水做纸玫瑰。空间太小，人头攒动，好不容易拍了张照片。

只有赌场不允许拍照。轮盘赌、百家乐、21点、押大小和色子等。谨慎一点的，10美元可以玩半天，但玩家稀少，观众很多。我本赌盲，看看也好。非为门道，只是好奇。赌场里摆放着几座精致的裸体雕塑，美丽的维纳斯。人们匆匆走过，并不多看几眼。

购物的场面十分火爆。紧挨着中央大厅的走廊上挤满了人。商店内的化妆品、烟酒、珠宝柜台边的顾客远不如摆上走廊的货柜前人多。欧米伽表六五折优惠，一种美国牌子的手表只要50多美元，施华洛世奇水晶有50-200美元之间的折扣款式，韩国马油护手霜更是捆绑销售……人们从这头走到那头，不时驻足挑选商品，负责结账的服务生忙个不停。售货员都是讲中文的国人。我挑了几件东西，两次刷卡100多美元。钱公子踌躇再三，也未出手，有点辜负他的姓氏。但我们都不是富人。

还是去看海吧。上午在三层甲板上，我在笔记本上记录过几句："海面沉静，平滑的波谷缓缓涌动。穿透薄雾的阳光洒落在波峰上，像璀璨耀眼的焰火，瞬间点亮，又瞬间消失。"完全是写实，眼睛长久地盯在水面上，大概出现了幻觉。而下午，九楼的窗边，我看到的是海面上碎波跃动，只有朝向落日的那边，一片银光耀眼。

一边看海，一边喝咖啡。惬意，又怅然若失。豪华游轮，技术与美学的驾驭之物，人们穿梭在自己外化于钢铁、装饰的"本质力量"中，在缤纷的嘈杂里激情荡漾。娱乐仍在不同区域同时进行，就像正在地球上发生的一样，而那些你想象不到的、不曾经历的，只能视若虚无。

独享安静。身后是流动的盛宴。那些未被它覆盖的事物，才足以回望半生。

十一

穿过国际音乐演出尚未结束的威内托酒廊时，扫了一眼挂在墙壁上的意大利艺术家们的黑白生活照，发现多了几块木板，上面贴满了游客登船时的照片，都剪裁、修饰过。许多人站在那儿寻找自己的面孔，照片标价19.9美元。原来如此。我记起了当时被拍照的情景。船上的生意无处不在，三千乘客的容量大多时候不足两千人，一艘大船的运营需要财力，大海航行不能光靠舵手。

我打算早一点吃晚餐，好在六时三十分之前赶到卡鲁索剧院，有一场外籍演员的歌舞演出《流金岁月》。

研究了菜单，点的菜品和主食是：酸辣椒煎墨鱼仔、培根土豆浓汤、意大利螺旋面配西兰花凤尾鱼黑橄榄和番茄、煎箭鱼配地中海风味汁和炒蔬菜、混合切片水果。我第一品尝这些用复杂的文字解说的菜品。

很多中国家庭围坐在餐桌边，也有情侣，有年老的夫妇，有结伴度假的大学生，有旅行社的导游将父母和孩子带到了船上，不时过来照顾一下。远处坐着两位裹着头巾的阿拉伯女孩，眼大眉浓，在中国人的包围中特别醒目。她们正悄声交谈——应该是在华留学生。

聊天的声音、点餐的声音、招呼孩子的声音、刀叉杯盘触碰的声音、服务生回应客人的不同语声、餐厅里缭绕的背景乐音交织在一起，在人体和桌椅的缝隙间弥散。灯光如白昼。餐厅的廊柱、二层环形游廊的玻璃护栏、天花板上蓝天白云的抽象图案、中式座椅的靠背、带暗纹的米色长沙发，均线条明朗，让人感觉清朗、舒适。

十二

走出餐厅，歌声灌进耳朵。卡鲁索的大幕正鼓胀得饱满。台上歌舞激情四射，动感十足，欢快的节奏荡漾着青春和肌肉的活力。灯光扫射，瞬息明灭，灿若瀑流，美轮美奂。节目迅速转换，演员片刻不歇。这是另一个世界，另一个迥异的时空，我们在经历全新的一切，被纯粹的欢愉迷醉……这恰是邮轮所要营造的：把船下的生活和记忆全部扔掉，现在，你——只浸泡在当下狂欢的海洋里。

"CIAO！CIAO！CIAO！"（意大利语"问好"或"再见"的意思）舞台上一个年轻小伙激昂的告别引起台下同声的叫喊。灯光渐渐暗了下去。45分钟的演出转瞬即逝，那些声光电的震荡还在脑海里翻腾，某些画面将漂入记忆，证明这真实的瞬间曾经存在。我想起那个遥远的年代，那首我们无数次唱过的歌："多少次歌唱/你唱出了希望/多少次散场/你忘记了忧伤/你知道现在已经散场/在黑漆漆的晚上/现在已经散场/在陌生的地方……"任何狂欢都会散场。同样的演出将在八时三十分重复一场。我不会再来了。

经过蝴蝶夫人广场，见到了昨晚在威内托酒廊看到的情景。还是那位长着络腮胡子的年轻小伙一边击掌，一边闪转腾挪，一边招呼大家加入跳舞的行列。快四步、恰恰，舞池里的人比昨晚多。我很想拎起一瓶酒加入那个队伍。

弗洛里安咖啡馆的古典音乐曲调没有太多起伏，如光滑的木质扶手，能触摸到温润、柔和的"质感"与"包浆"。他们试图把威尼斯圣马可广场上的弗洛里安咖啡馆搬到船上。歌德、拜伦、普鲁斯特、狄更斯都去过那儿。他们今晚会来吗？如果来，我要请他们喝上一杯。

钱公子、焕东要去一楼珊瑚厅唱卡拉OK。我搂一搂他们的肩膀，表示一同去。那里没几个人，几排沙发圈着一个小舞池。屏幕上放着张靓颖和杨幂等人的歌，我一律不会。几个小姑娘轮流上去唱，扯着嗓子任意跑调。"美丽的姑娘，你真年轻。"我属于《冰山上的来客》那个年代，赞美也带着悲壮的味道。我怕我唱的她们也听不懂，只耐着性子坐着。离开的时候，背后传来钱公子沙哑的、同样跑调的歌声。

回船舱早。两次听到敲门声，打开却不见人影。但见门口的小篓里多出两张纸，其中一张写着：日本海面受台风影响造成9-10级风浪，风速高达 50 节，福冈港口 7 月 16 日、17 日关闭，"大西洋号"将在韩国济州岛停泊。

看来，去韩国已成定局。

我躺在床上。焕东打开电视，居然有 20 多个频道。漫不经心地看了两个老电影《卧虎藏龙》《满城尽带黄金甲》。

我在女主角那气喘吁吁的愤怒中沉睡过去。

第三章

7 月 16 日。济州岛，大西洋号。阴。

十三

睁开眼已过了七时。船在轻微晃动。窗外，三层甲板上，有人在唱《我爱你，中国》。

我们已到了韩国。拉开窗帘，看到城市、低矮的山峦、海面上慢慢移动的船只。"浮天水送无穷树，带雨云埋一半山。"好似抵达了另一个送别的地点。

没来得及吃早餐，赶到蝴蝶夫人酒吧，在一张红色方桌旁坐等离船通知。酒吧外侧紧靠窗户的地方，沿走廊放置了一溜牌桌。满满的人。我扭头看海，"肥胖"的大海"赘肉"颤动。

杂乱的鞋子从装饰着蓝、紫色蝴蝶图案的地板上踩过。广播声响起："请打开护照第一页，拿好歌诗达卡，不许拍照，耐心等待。"

窗外，一条长长的栈桥与船并列，猩红色的路面。很多乘客已经行走在上面。

必须经过昨晚"看"卡拉 OK 的地方，即一层的珊瑚厅，进行"入境面对面检查"。韩方检查人员每人面前一台笔记本。他们扫描歌诗达卡，将护照收去。

脑袋伸出舱门就是韩国的天空和陆地了。

十四

我想把济州岛的记忆永远留在济州岛上。

棕榈树覆盖的街道边，夹竹桃繁花似锦。枝叶婆娑的花园里，纺锤状的海女和戴宽边礼帽的土地神雕像憨态可掬。很多小店前摆满盛开的鲜花，表明隐身的主人拥有安适与欣悦的生活。午饭后，逛新罗免税店，听中国留学生店员们介绍马油、马骨粉、高丽参。泰迪熊博物馆，毛茸茸的动物玩偶和人造巨树、木屋，营造着一个非常卡通的儿童乐园。

十五

晚六时之前回到船上。为欢迎大家归来，提香餐厅的服务员点燃无烟焰火，跳起了热舞。身边一个女孩干脆站起来，与二楼的服务员遥相呼应地抽动着身体。孩子们全被吸引过来，双手搭在前边服务员的肩上，连成一排，在大厅里欢快地转圈儿……钱公子有点兴奋，问我是否可以来杯啤酒。当然！

看完卡鲁索剧场的歌舞杂技"动感视觉"，我们又被蝴蝶夫人酒吧的四人歌舞吸引住了。架子鼓、电贝斯、键盘和女歌手。卡朋特的歌令人沉醉，悠扬，浑厚，深情。或因酒意尚在，我朝艺术家挥手，他们也微笑着朝我挥手。我忽然觉得，在这样的船上，当歌手也不错，一首又一首地唱，唱给别人，也唱给自己，一辈子就这样既单纯又孤独地过去了。年轻的时候跟着一艘大船在海上漂泊，大海和大船就是移动的"故乡"，即使到了暮年也会念念不忘。

十六

高延丽说海洋量子号正在驶离码头，场面壮观。我们赶快跑到九层甲板，邮轮灯光璀璨，包裹着辉煌的光晕，正缓缓离去，在浓稠的夜色中显得如此神秘，像飞船在寥廓的宇宙悄无声息地漂移。我盯着它一点点"熄灭"、消失。

正要转身去自助餐厅喝咖啡，忽然听到斜对面飘来一阵悠扬的口琴，《一条大河》的曲调，不时呈现复杂的和弦和混音。琴声吸引了我。幽暗的光线下，一位老者坐在躺椅上，双手持琴，专注地在嘴边移动着吹孔。我上前打招呼："老先生吹得真好。"话音刚落，但见他一拍大腿站起来，高声叫出了我的名字！原来是过去常在一起喝酒的老同事作槐兄。没想到再次相见竟是在"大西洋号"上。我们喜不自胜，坐在一起，吹着海风，聊起过往的趣事。然后移到光线明亮的桌子边，请钱公子为我们拍合影。我问他是自己来的吗，他说："与你嫂子。她去看演出了，怕她找不到我，就吹吹口琴，顺着声儿她就知道我在哪儿了。"正说着，嫂夫人款步来到我们身边。我觉得我的眼角已经流下了泪水。

与作槐道别后，钱公子意味深长地说："是啊，总有意料不到的相遇，也总有意料不到的错过。"

第四章

7月17日。济州岛，大西洋号。多云。

十七

这一天，听导游说，济州岛还有"三多"：石头多，风多，女人多。但我看到,除了车窗外掠过的建筑,便是郁郁葱葱的树木和树木遮掩的小块田园。

汉拿树木园里的空气芬芳馥郁,树种繁多,芳草萋萋,900多种自生树种和亚热带植物分栽于乔木园、花木园、药食用园等不同园区。木槿到处绽放粉色花朵。下午参观的汽车博物馆也坐落在一个生态园里,门口高大的仙人掌结满无花果般的果实,草坪上野兔奔跳,梅花鹿在石山间漫步,两个西方音乐家的红铜雕塑矗立在草坪上,拉着小提琴、吹着萨克斯……

看不出这座岛屿是漫长的韩国电视剧的诞生地。这里有我们无法深入的缓慢而平静的生活,被过多的细节填满,没有离奇的情节和故事,却隐含着让人心动的悲喜。柔和、恬淡酝酿了细致、精微的耐心,朴质的温情不动声色。

十八

与昨晚一样,二楼的提香餐厅里又跳起了舞,人们串成行在大厅里转圈儿,服务员请所有人手持方巾在头顶上方挥动,朝二楼四位跳着奔放舞姿的男服务生欢呼。这回,我也加入了转圈队伍,双腿屈膝跳着小碎步。

从热闹的喧嚣中抽身,登上九层甲板的时候,天黑了。一块巨大的黑云山峰般从海面上升起。风大且凉。泳池边有两叠摆放整齐的浴巾,我们每人拿了一块披在肩上。也许是兴奋劲儿没过,我、钱公子和焕东一边说笑,一边又跳将起来。舞姿夸张,浴巾成了狂浪的道具。高延丽和王桂桂一边大笑一边为我们拍照。看了看取景器,身影若魅。背景是岸上惝恍迷离的灯火。

甲板上走过来一个人,是乍槐兄。大家请他再吹一次口琴,他并不推辞,连奏三首。琴声悠扬,在海风鼓荡中时远时近。"嫂夫人去哪了?"一曲终了,我问他。他说,去吃夜宵了,听见口琴声就知道他在哪里。这是他们的"接头"方式,恋爱时也如此这般吗?

甲板上只剩下我们。邀作槐兄一起去打乒乓球,到比萨广场吃比萨、喝咖啡,但他希望吹海风,我知道他要等待自己的"情人"。

一连喝了四杯咖啡,不想回去睡觉。我想刻舟求剑般把丢失在记忆之海里的东西打捞上来。

十九

蝴蝶夫人广场酒吧的女歌手穿了一袭孔雀图案的曳地长裙,扭动腰肢,一曲又一曲地唱着。不久,一位马来西亚女歌手将她替换下来,用中文唱起邓丽君的《小城故事》和慢三、快四节奏的歌曲。舞池中央忽然出现了一对80岁左右的老夫妇,他们姿态优雅、笑容平和地慢慢摆动着身躯,接连跳了两支舞曲。他们或许正沉浸在所有一起走过的时光里,又携手来到了大海的舞台中央,将一个瞬间变作献给彼此的珍贵礼物。一曲终了,老先生露出了一丝羞赧的表情。大家为他们鼓掌——为他们的精神矍铄、恩爱一生、仍然从容享受着生活的恩赐。他们定格在岁月的余晖里,用星光一样的眸子教给我们如何坦然面对可能隆起的幽暗。

两位老人的翩翩舞姿令我感到一丝羞愧与茫然。不知是否因为这个缘故,我提着神,跟着几位年轻人到卡鲁索剧院看了半场歌舞《目的地》,到中央大厅学了一会儿舞蹈,最后又转回卡鲁索看了半场电影《白银帝国》。我还年轻吗?还能做些什么、经历些什么?

入睡时已是船上时间午夜十二时。将手表调后一小时,明天将回到中国东海了。

第五章

7月18日。大西洋号。中国东海,渤海。中浪。多云。

二十

  九楼的晨练已经开始,两侧船舷之间聚了不少人,每晚带队跳舞的意大利小伙正指导大家做瑜伽,旁边还有一位女教练。

  舞蹈环节的动作难度不大,但变化较多,每个人都紧盯着教练,跟随着口令忽左忽右忽上忽下地击掌。

  我们走到船尾等待。几位有行走障碍的人士坐着轮椅陆陆续续地来了。他们将在这里朗诵诗歌。这是旅游公司举办的"我是你的脚"公益活动的一个环节。有人围拢过来拍照。一位谢顶但身材健美的老男人穿着泳裤,将身子斜靠在栏杆上,冲他们举起手机。

  "从明天起,做一个幸福的人
  喂马、劈柴,周游世界
  从明天起,关心粮食和蔬菜
  我有一所房子
  面朝大海,春暖花开"
  …………

  他们一遍遍朗诵海子这首诗,从低声呢喃、声音杂乱到整齐高亢。一个女孩干脆用济南方言朗诵,继而大笑起来。开心的时刻才是幸福的时刻,也该是——面朝大海的时刻。

  空中铺满薄云。一艘货轮正沿着海平线行驶。海面如镜,邮轮在上面划出一道宽宽的口子，碎玉翻滚。船舷边，突然出现了几只瞬间停顿又瞬间疾飞的蜻蜓，好像在寻找借以栖落的诗歌韵脚，或起伏的语流曲线。这美丽的休止与颤动，带来了陆地的消息。

二十一

三楼的帕帕拉奇休闲厅几乎没人了。我很快取回了护照。

十时，歌诗达集市在二层中央大厅举行，来自免税店、赌场、酒吧、Spa美容美发中心和照相馆的大促销进入"最后的疯狂"。人头攒动。一个漂浮在海上的大型超市、花样繁多的巨型娱乐场、魅惑多多的"大巴扎"。

再次返回九楼。厨艺展示"美味提拉米苏"正在进行。长条桌边，戴着白色高帽的厨师被密不透风的人群围于中央，用手押着一条细布袋，往甜点上挤奶油。旁边的圆碟里摆放着刚做好的食品，像一个圆形蛋糕。观看和等待的多是女人和孩子，孩子们目不转睛地盯着他们的美味。

厨艺展示刚结束，意大利派对便登场了。邮轮的娱乐团队和Poker乐队共同登场狂欢。音乐响起，响起的还有那意大利小伙的喊叫："美女，美女，跳舞，跳舞！""爸爸，妈妈，哥哥，姐姐，帅哥，OK，再来——"大概他只会这几个中文词汇，但很有效果，在场的女人们大都挥舞着手臂加入了波浪起伏的行列。这位留着络腮胡子，有着一双单纯且快乐大眼睛的意大利小伙已是大家心中的明星。"布拉——布拉——恰恰恰——啦啦啦——啦啦啦——唰唰唰——啦啦啦——唰唰唰——"他不停地喊着节奏蹦来蹦去，面颊上的汗水闪闪发光。女人们面对面、手拉手，左左右右不停地摇摆着。

与此同时，舞台旁边几个投沙袋的孩子也玩兴正浓，几米开外的木盒上都开着一个孔，沙袋要投到里面去。一位身着棕红色马甲的意大利女孩每次都很认真地弯腰将沙袋捡起，投给孩子们，她始终张嘴大笑，孩子们玩得越发兴奋。

十一时五十五分，船长发表简短的广播讲话，翻译用中文复述一遍：目前，歌诗达的"大西洋号"邮轮正行驶在黄海海域，速度每小时 14 海里，预计明天上午十时到达天津港……

我沿着楼梯登上了制高点。窄窄的平台连着盘旋的蓝色水滑梯。一大群孩子正络绎不绝地爬上来、滑下去。一位年轻的意大利姑娘始终站在滑梯旁保护着他们。她非常热情地接受了我与她合影的要求。

大海一览无余。水天澄明，海风轻拂。

十二时，汽笛长鸣。手机有了信号，陆地更近了。

二十二

按照上午的通知要求，下午三时，我们准时来到卡鲁索剧院参加"下船说明会"。

主持说明会的是邮轮副总监王艺儒。我熟悉她的形象，每晚的演出都由她主持。起初我以为她仅仅是一位漂亮的主持人，未料她的意大利语和英语都很好，且记忆超群，几乎能说出每一位工作人员的名字。

舞台的屏幕上出现了离船手续的汉字说明。接下来的短片，依次浮现出一张张微笑的脸，那是不同国籍的工作人员，照片下面标注着他们的职业或岗位。轻柔的音乐伴着画面的出现与消失，仿佛在告别，在唤醒回忆。

王艺儒在一边介绍："大西洋号上有 870 名员工，大家见过的不足三分之一。他们每天至少工作 11 个小时。按国籍分，欧洲籍工作人员合同期为 3 个月，亚洲籍工作人员合同期为 8 个月，根据个人情况，可以提前或推后一个月解除合同。"

短片结束后，工作人员轮流登台。王艺儒分别做介绍——

面包师,他们每天凌晨三时起床;吉祥餐厅服务员,他们手里的托盘重达 15 公斤;前台服务团队,他们 24 小时轮流值班;酒吧工作人员,每天站着工作 11 个小时,平均年龄不到 25 岁;客房服务员,每人每天打扫 35 间客房,每天两次。她继续介绍:蝴蝶夫人酒吧的意大利 POP 乐队,威内托酒廊的夫妻组合,马来西亚、印度尼西亚的二人组合,罗马尼亚二人组合,罗马尼亚钢琴家——他把毕生献给了大海,法国手工艺师,来自英国和巴西的歌手,西班牙魔术师,匈牙利杂技艺术家,来自美国拉斯维加斯的滑稽表演艺术家,来自罗马尼亚的伊万、美国的露丝、巴西和新西兰的 12 位艺术家们,船头的思高俱乐部儿童娱乐主管,意大利健身教练,意大利舞蹈老师格劳斯,多米尼加共和国的成人娱乐主管,意大利邮轮总监、技师团队和灯光技师……掌声送给他们!

掌声四起,经久不息。

绚丽的大幕即将落下。

二十三

下午四时三十分,栾峰中外艺术歌曲音乐会在卡鲁索剧院如期举行。

他一登台便让大家安静,说,这样的演出不用电声,完全是歌唱家自己的声音,所以要安静地倾听。"一曲完了,可以叫好,像听京剧的叫好一样。但意大利的叫好是 Bravo 和 Brava。Bravo 是对男歌手,Brava 是对女歌手。一起跟我学——"舞台下顿时响起一大片并不熟练的卷舌音,有点像起哄。笑声此起彼伏。

栾峰感到满意。他礼貌地介绍了美丽的女钢琴师,接着唱了一曲登船第一天唱过的中国歌曲《西风话》和一曲《紫罗兰》。

"Bravo——"这回,台下的卷舌音高亢而齐整。

"对。非常好。有点意大利歌剧院的感觉了。不亚于在那儿的感觉！如果有意大利人在场，他们会向你们伸大拇指的。"

杨琪的一曲《别唱吧，美人》之后，是张博的《像天空一样宽广》。中间，栾峰介绍拉赫玛尼诺夫与荷兰人写的中国歌剧。舞台的背景是童话般的意大利建筑，演员站在前面，形象更明丽，尤其女歌手，低胸曳地长裙，红色的、粉色的，华美得一如她们的歌喉。

一位叫郭楠楠的年轻姑娘走上台，她九年前听过栾峰的课。据说是转道北京，又赶到天津，才登上了"大西洋号"。如此痴迷，归于音乐的魔力。伟大的音乐流芳百世，正如伟大的卡鲁索（1873—1921）一样。

意大利咏叹调《美妙的歌声随风飘荡》和《塞维利亚理发师》中的片段《我的家乡有多美》给我留下深刻印象。我喜欢咏叹调，如阳光下的晴空一样明澈、高旷，没有杂质，没有纤尘。《风流寡妇》的选段《相对无语》在我脑海中呈现了一幅夜色静谧、朗月如水的画面。

歌唱家们开始在舞台上翩然起舞。演出在威尔第的《饮酒歌》中结束。

二十四

晚宴有龙虾，每人一份。"散伙饭很丰盛，关键是档次高。"王桂桂一笑就会露出那颗小虎牙，很天真的样子。我们却三下五除二吃完，跑到了三层甲板。天还亮着。我看到了几条船、几只海鸥，还有岸上的山峦。

七时四十分，卡鲁索剧院的船长鸡尾酒会开始。连排椅前的台桌上，整齐摆放的玻璃杯里盛着颜色漂亮的鸡尾酒。孩子们喝果汁。

船长发表热情洋溢的致辞，并一一介绍他的团队成员。一位中等身材、胖胖的船长。

接下来是"I have a dream"员工演唱会。他们努力给人们留下多才多艺、充满活力的印象。有个节目很有趣，裸着上身、身材健美的小伙子跳着节奏欢快的舞蹈，六块腹肌令人艳羡。然而，当他们最后跳到强光下的时候，大家才看清，那腹肌是用红笔画上去的。他们擅长逗乐，否则，寂寞就会不停地爬上甲板。

船上的每个角落都熙来攘往。中央大厅的抽奖派对人头攒动。获奖者从船长手中接过奖品，从观众那里获得阵阵欢呼。

二十五

零时，我们登上九层甲板，想在夜的大海上再站一会儿。那不勒斯比萨广场，张董事长正和几位朋友喝酒聊天。他招呼我们过去，闲聊了一个多小时。我多次低头看黑暗的大海，并没发现追随我们的发着荧光的鱼群。

没有睡意。站立船头仰望，几颗星在云朵的空隙间发出冰晶般幽蓝的光芒。古人将天文和计算结合，运用于航海的"牵星术""指南浮针"在星月隐迹的时刻，还能让船只如我们这般破浪前行吗？此刻，或许是在同一空间里的不同时间里，我们也能彼此相望。在一本书上，我曾读到古人对于航海技术的熟练操持，智慧之中蕴含着开阔的视界和广博、深邃的诗意："经济大海，绵邈弥茫，水天连接。四望迥然，绝无纤翳之隐蔽。唯观日月升坠，以辨东西，星斗高低，度量远近。皆斫木为盘，书刻干支之字，浮针于水，指向行舟。"（巩珍《西洋番国志》）

我们不是"经济大海"者，我们只是大海的过客，陆地才是我们永远的"大海"，而且，我们永远不会知道，在那里——生命的"大海"上今后还会遇到什么。

船头浪花发出细微声响，若群鱼唼喋。我与夜的大海一同呼吸，却感觉自己慢慢消失了……

临窗之境（代后记）

有时候坐在窗前才能看清自己。窗户提示了你与世界的距离，玻璃之外，一切与你无关，只有透入的光影会把你的内里照亮，让你目睹早已退到远处的事物，对于你与它们之间的关系，有了一个处之泰然的角度。曾经，那些生命中的重要线索，像一直被忽视的血管那样逐渐展示出它们盘根错节的网络。往昔的丛林葳蕤茂盛。之外，并无其他冗杂的物象。

需要一扇窗，一个角度，一个镜像的淹没和凸显，以及长镜头的离间效应。这样，在窗户内看着外面的街景，会觉得恍若隔世，遥远而不真切。你曾是那个世界的意外闯入者。很多个归家的时刻，站在小区门口看夕阳沉没，就有过类似的"出离"之感，那种"出离"之感并非佛家放下凡尘的喜乐，而是一颗疲惫的心试图寻求退隐的山林之所。然而，悲伤却令我更看到了最深的眷顾。还有那么多对尘世的牵念。那一刻，嘈杂的世界变得陌生而遥远，它一再驱使我走向那暗红的余晖覆盖下的原野——那里，或者"那边"，还有海德格尔所谓的"日常共在"

吗？我不能确定。而当下，时间的停驻和流变突然显得清晰而简约，甚至多余。当思绪停顿下来，它几乎就与你融为一体。在寂静中，时间是有声音的，像封闭在躯体里的血液一样流动，汩汩作响。那声音会让我回到童年，一个人被锁在屋子里，低矮的房子，窗户悬在高处。时间就是那以最慢的速度在泥黑的地面上爬行的光线。阳光透过树影射到脸上，对面黑色的瓦脊好像刚刚被雨水淋过，油亮闪光。一只白猫在上面忽走忽停，如一个自由顽皮的孩子，打量、探索着空间提供的可能性，也许是在寻找食物，比如一只栖落的鸟。有一刻，它仿佛看到了对面窗户中的我，愣愣地与我对视，惊讶且警觉。我生怕它从屋檐上跌落下来，揪心地替它担忧着。即使有祖母说的"九条命"，那只猫也难以应对自如。而我只有一条命，跨出窗户就可能面临与它一样的境地。于是，我重新退回到阴暗的孤独中。在那一刻，猫也消失了。我失去了再次引起另一个孤独者感兴趣的机会。

那时候，每天，我总试图从窗户那里爬出去，一如现在的我总试图退守于一扇窗户之后。有时候，成长不只是前进，更可能是不止一次的后退，一步步地就范。那只童年的猫早就没有了，大概就是后来被埋在树下的那只——我目睹过它的结局。大人们像种树那样挖了一个坑，将它放进去，用潮湿的黑土把它埋住。我看到树叶在夏天变得墨绿，一层油亮的蜡质上闪烁着刺眼的阳光。猫的尸体分解为丰盛的营养，它让一棵树的生命茁壮成长。多年前，它死了。而我还活着，并继续就范着，小心翼翼地躲避着各种跌落的危险。此刻，能暂坐窗前，透过窗户再次看到那些往昔的影像，我知道，并不是什么奇迹，不过是个闪念、一次记忆的闪回罢了。此前的一切都已终结，只不过有时会从黝黯、寂灭的心海里冒出一点虚假的"梦幻泡影"，也无非是世间"有为法"的把戏而已。

如果我们用几十年体验了与世界的紧张关系，就能渐渐学会与自己对话，在世界与他人面前保持缄默，或者干脆离群索居。只有独处是体面的，有尊严的，而且，忍耐也是值得的，会让事物的驳杂变得清明。独处、远离、放逐、抛弃，像叔本华那样，面对生命意志做出的抉择。当然，也包括面对黑暗。"一个人靠着想象光明是不会茅塞顿开的，而是要从黑暗中悟出道理。"（荣格）可哪有什么道理，道理都包含在时间和空间里，本质上都是人不能抗拒的东西，比如天气，比如土地，比如天空，比如岁月，比如人居的现实，甚至包括——近窗之处那些葱茏绿植。

然而，看着窗外的一切，在那个瞬间，我感觉安静与沉默更像是在祈祷遗忘。遗忘，忧伤与沉痛。因为没有任何等待，更不会有被等待。即使遗忘的努力使记忆更加清晰，也无法再回转身去，像面对着窗户那样面对过往。这似乎说明，我与这个世界的紧密程度正在层层递减、慢慢融化。所有的离散重新变得被珍视，在断送了一切纠结、一切担忧与眷顾之后。它们就像窗外的树叶纷纷坠落，慢慢化入泥土。没有一棵树觉得枝干上少了什么，春天的时候它们重获了簇生的新叶，也不会觉得多了什么。递减总是萧疏的，骤增却令人怀想最初的年岁。人不是一棵树，在成长与衰败中重复相同的过程，怀念因此就显得比树木的枯荣更为重要——但也仅限于人的范畴。我由此猜想早年住过的院子，中间那棵从枯瘦到枝叶婆娑的杨树怕早被高楼大厦的基座压在下面或者干脆被连根刨掉了，那只猫曾在它的根部留下过无数道抓痕，在它的树冠里留下过无数道影子，并为之贡献了最后的肉身与骸骨。当然，还有很多其他的事情，一个并不算遥远的年代，那些小院里住过的人们……他们都是我个人经验的一部分，其中有些人与事会随着时间的推移变得稍稍重要。只是，记忆模糊，记忆阻止着真相，包括我行走中遭遇的那些人与事——他们如今又在何处？只有到了某个年纪才会有这般自问，而恍然间我已经到了某个年纪，一个"想到故我今我同为一人并不使人难为

临窗之境（代后记）　297

情"（切斯瓦夫·米沃什）的年纪，一个喜欢坐在窗边看风景的年纪，一个更留意众多影子在地面上伸缩、消失的年纪。它们都是沉默的。温和、宁静、充满热情与感激的生活，我不想再推迟对它们的实践。坐在窗边，一切重新开始。往往在这时候，不知怎的，我会默念那些话，在深深的羞愧中原谅着自己、融化着自己、埋葬着自己："爱是恒久忍耐，又有恩慈；爱是……不喜欢不义，只喜欢真理……凡事盼望，凡事忍耐。"

不，这个世界没教会我做到。我的痛悔也不会有任何回报。一棵即将老死的树或许能够。还有一些老者，一些生活过的人，一些善于忘却或已被忘却的人。

"有酒有酒，闲饮东窗。愿言怀人，舟车靡从。"（陶潜《停云》）同样是临窗，我却无酒；同样是怀人，浩大的车流却在远处漫溯，对我毫无招引。期待，只有被嘈杂喧嚣的世界中心逼入荒野小径才能生效。泥泞的期待，无人来访方能构成的期待。这情形提示我，要主动抽离对那种过深沉浸的介入，而不是"良朋悠邈，搔首延伫"。窗户早就不是那扇窗户，人也早就不是那个人。其实，我，我们从来都不是介入者。或者——我突然想到，我们才是那个被介入的生命，有种力量总想将被动的你变作主动，令你投降并顺从，让你时时面临被他者或自我驱逐的命运。生活的阴影重重，我似乎已从中穿过，毕竟，我早就"交出了青春"，只是尚未完全交出"自由与笔"。然而，当我坐在窗前回顾的时候，怎么觉得仍被淹没其中？荣格说的那些话，我只是感受参半，他说："走出阴影之门后是令人不胜惊奇、无边无际、未曾预料的不确定，所展示的显然是无里无外、无上无下、无此无彼、无我无你以及无好无坏。那是一片汪洋的世界，那里所有的生命都在漂浮；而同情之王国，生命之灵魂从那里开始了；那里我既是此也是彼；我本身经历着他人，他人也在经历着我。"是的，"同情"，无力的"同情"，或者"共情"，或者"物我两忘""万物合一"。但那不是你能放下的。一道在灵魂深处弯曲的伤痕。不能展示的伤痕。不是空间的扭曲，可以让更短的时间从中穿越。很多人在你仍深刻地记得他们时，就消失了，很多人被你不知所以的"愿力"离弃。此刻，我眼见那些"经历"在我的对面落座，它们正是为了把过去变作整个黑夜而"活着"并"欣欣然"翩然而至的，它们在一个阳光明媚的日子穿越了一扇窗户，将阴影的手掌再次敷在我的额头。而介入者，在更高的高处站立着，让你明白，如果你看到一束光，那不过是对面窗玻璃的反射而已，你自始至终都没逃过它光影的覆盖，它无疑也会覆盖到你的消失之处。我由此看到了荣格视野的逼仄与狭窄，他所谓的"阴影之门"不过是人可以跨越的某类"内在"，只是那部电影寓意的内容，那部电影的名字叫《楚门的世界》。可那个世界之外呢？仍旧与我们的相同。

现在就让我回到我的视角吧。一个同样逼仄狭窄的面对一扇独立窗户的视角。我与外界实际上不过是隔着一层透明的玻璃。是的，伟大的发明，让你觉得与外面拉开了本质的距离。你成为一个旁观者，世界依旧容光焕发，看起来很美妙。车来车往，人影穿梭，像一道布景。你可以隔开一层"生命的意志"去缅想、追忆、凝视、眺望、思虑、感喟，类似在超越时间之海的"假想的自由"里徜徉，暂时跳脱了"节律"或"意外"，一切清寂而安好，如冬日下午迅速垂落的日光，独立于江山、旷野之外。但那不过是你的幻觉，因为你还得走出去，深入时空的当下，并领受一次次"日新月异"的侵犯，直到麻木不仁。这大概就是有人总想"生活在别处"的原因吧，如果"生活在别处"是为了更好的归来。不，有时候我们并不是为了要"生活在别处"，而是因为无法再返回旧日的时光。如果抛掉时光锋利、残酷的一面，那么它都是好的，是回忆包装了一切。也或许置身于陌生之地与异质时空，我们才能将一切看得清晰明了，包括对自己，仿佛带了自我救赎的使命。我们常常要借助"遗忘"而"获得",要借助"陌生"而再度"记起"。但你始终要明白,桃花源总是在"别处"的,人人都这么看,但"远方除了遥远一无所有"(海子《远方》)。"远方"就像这个窗户,因为你从未熟悉过,所以它就可以是世界上任何一个街边的窗户,安置在你想要或即将抵达的任何一个街角,你在它后面看景、等待,于是,来自内心深处的影像开始涌入到行走的人、行驶的车辆、百年前的房屋、一排排"绿柳才黄半未匀"的景致之中。

好在,春天的介入还是美的,无论在哪里。但你也不能与她同行。好在,玻璃窗内的时光还是你的,尽管迈出去的那一刻,你就可能再次沦为一个丢失了自己语言和思想的人。

但我始终警醒自己,不要变作风景的同谋,因为,很多时候,风景之美也是一种假象,就像某些美梦,醒来只剩一片混沌或让你惊出一身冷冰冰的汗水;就像此刻,我因守着一扇不知在何处的窗而存在着,跨出门槛的那一刻大概就不是了。

"安得促席,说彼平生。"此刻,我很想从外面请进一位陌生人坐在我的对面。世界应该还有留在一双眼睛里的光源,把逃离喧嚣的沉默或词语照亮,而所有的风景与表情都袒露出真实的样貌,依然清澈与美好。

王川